Elke Bergsma

Der Makel der Hoffnung

TINTE & FEDER

Das Buch

1924. Die Geschwister Ulferts ringen um ihr Glück: Enna lebt wohlversorgt in der Adena'schen Villa, aber mit dem zunehmenden Terror der Nationalisten, der auch vor Ostfriesland nicht Halt macht, wächst die Sorge um ihre Tochter Clivia. In Berlin verfällt Janno der Vergnügungssucht und setzt damit nicht nur seine, sondern auch Ediths Existenz aufs Spiel. Erst als Edith und ihre Kinder eines Tages spurlos verschwinden, erkennt er, worum es sich wirklich zu kämpfen lohnt.

Hiska, Karl und Henrike sehen in Duisburg erleichtert dem Ende der französischen Besatzung entgegen, doch treiben sie, nicht zuletzt wegen Claras Flucht nach Berlin, vermehrt persönliche Sorgen um.

Inmitten des beschwerlichen Alltags der Geschwister aber bahnt sich zart auch die Liebe ihren Weg.

Die Autorin

Elke Bergsma, Jahrgang 1968, ist ausgebildete Diplom-Geografin sowie PR-Beraterin und systemische Coachin. Seit 2014 arbeitet sie hauptberuflich als Autorin und hat bereits mehr als vierzig Bücher veröffentlicht. Einen Namen machte sich die Ostfriesin vor allem mit ihren Ostfrieslandkrimis rund um die Ermittler Büttner und Hasenkrug. Für diese Krimis war sie 2017 unter den Finalisten des Kindle Storyteller-Award und wurde 2020 mit dem Skoutz-Award ausgezeichnet. Auch mit ihren historisch-zeitgenössischen Ostfrieslandkrimis erschloss sie sich eine breite Leserschaft. Nach »Die Bürde der Freiheit« und »Die Kraft der Entbehrung« legt sie mit »Der Makel der Hoffnung« das Finale ihrer Reihe »Wege in eine neue Zeit« vor, in der sie die dramatische Geschichte einer Familie in den schicksalhaften 1920er-Jahren erzählt.

Elke Bergsma lebt in Ostfriesland und in Köln, fühlt sich jedoch in der ganzen Welt zu Hause.

ELKE BERGSMA

Der Makel der Hoffnung

WEGE IN EINE NEUE ZEIT

ROMAN

TINTE & FEDER

Deutsche Erstveröffentlichung bei
Tinte & Feder, Amazon Media EU S.à r.l.
38, avenue John F. Kennedy, L-1855 Luxembourg
Juli 2023

Umschlaggestaltung: zero-media.net, München
Umschlagmotiv: © ilbusca / Getty Images; © Rawpixel.com / Shutterstock;
© pashabo / Shutterstock; © Laura Ranftler / ArcAngel
1. Lektorat: Kanut Kirches
2. Lektorat: Rainer Schöttle
Korrektorat: Manuela Tiller / DRSVS
Gedruckt durch:
Amazon Distribution GmbH, Amazonstraße 1, 04347 Leipzig /
Canon Deutschland Business Services GmbH, Ferdinand-Jühlke-Straße 7,
99095 Erfurt /
CPI books GmbH, Birkstraße 10, 25917 Leck

ISBN: 978-2-49671-099-1
e-ISBN: 978-2-49671-100-4

www.tinte-feder.de

Wichtige Personen

Familie Ulferts

Janno Arjen Ulferts	Bruder von Enna und Hiska, Berlin
Hiska Ulferts	Jannos und Ennas Schwester, Ruhrgebiet
Enna Ulferts	Jannos Schwester, Ostfriesland
Arjen Ulferts	Ennas Vater, Bauer, Ostfriesland
Talea Ulferts	Ennas Mutter, Ostfriesland (gestorben)
Ubbo Ulferts	Ennas Bruder, Ostfriesland
Wiebeke Ulferts	Ennas Schwester, Ostfriesland
Clivia Adena	Ennas Tochter, Ostfriesland

Georg (Gerke) Adena	Ennas Sohn, Ostfriesland
Nienke Ulferts	Ubbos Frau, Ostfriesland
Reelf Ulferts	Ubbos Sohn, Ostfriesland
Siemtje Ulferts	Ubbos Tochter, Ostfriesland
Familie Brodenbeck	
Hagen Brodenbeck	Waffenfabrikant, Berlin
Eberhard Brodenbeck	Sohn von Hagen Brodenbeck, Berlin
Edith Wiemers	Tochter von Hagen Brodenbeck, Berlin
Gustav Wiemers	Ediths Sohn, Berlin
Marie Wiemers	Ediths Tochter, Berlin
Familie Adena	
Georg Adena	Geschäftsmann, Fabrikant, Ostfriesland (gestorben)
Odo Adena	Georgs Vater, Ostfriesland
Undine Adena	Georgs Mutter, Ostfriesland

Ernfried Adena	Georgs Bruder, Ostfriesland (gestorben)
Marika Adena	Frau von Ernfried, Ostfriesland nb (gestorben)

Familie Kembrowski

Karl Kembrowski	Bergarbeiter, Ruhrgebiet
Joris Kembrowski	Karls Bruder, Ruhrgebiet
Annemarie Kembrowski	Karls Schwester, Ruhrgebiet
Luise Kembrowski	Karls Mutter, Ruhrgebiet
Hans Kembrowski	Karls Vater, Ruhrgebiet (gestorben)
Clara Kembrowski	Karls Frau, Ruhrgebiet

Familie von Wolff

Heinz-Rudolf von Wolff	Zechendirektor, Ruhrgebiet
Käthe von Wolff	Frau des Direktors, Ruhrgebiet
Elisabeth von Wolff	Tochter des Direktors

1

Ostfriesland, November 1924

Die Augen des kleinen Gerke leuchteten mit den Flammen um die Wette, als er tief Luft holte und die vor Aufregung geröteten Wangen aufblies, um im nächsten Moment mit der ganzen Kraft seines Atems die Kerzen auf der Geburtstagstorte zum Erlöschen zu bringen. Jubelnd riss er die Arme hoch, als es ihm gelang, alle vier Flammen auf einmal auszublasen, und die um den Tisch herumstehenden Kinder klatschten ihm so begeistert Beifall, als hätten sie selbst diese Heldentat vollbracht.

Enna ging beim Anblick ihres strahlenden Sohnes das Herz auf. Seit Wochen schon hatte er diesem Tag entgegengefiebert, und als es nun endlich so weit war, schien sein Glück perfekt zu sein.

»Bin ich nun ein großer Junge?«, hatte er am Morgen gleich nach dem Aufwachen gefragt, während er sich die noch müden Augen rieb.

»Aber ja«, hatte Enna lachend geantwortet und ihm über seinen blonden Schopf gestrichen, »nun bist du ein richtig, richtig großer Junge, mein Schatz.«

»So groß wie Via?«

»Natürlich nicht, du dummer Kerl«, war ihm seine um ein Jahr ältere Schwester Clivia sofort tadelnd über den Mund gefahren. Mit den Augen rollend hatte sie ihre Arme vor der Brust verschränkt. »Nur damit du es weißt, Gerke: So groß wie ich wirst du sowieso nie sein.« Diese Worte unterstrich sie mit einem so heftigen Nicken, dass ihre langen dunklen Korkenzieherlocken wie Sprungfedern auf und ab wippten.

Diese unabänderliche Tatsache aber schien Gerke in diesem Moment, da er im Mittelpunkt des Geschehens stand, nicht anzufechten. Mit herausgestreckter Zunge machte er sich eifrig daran, die Geschenke auszupacken, die sich neben dem Kuchen auf dem Tisch stapelten. Auch jetzt schienen die anderen Kinder genauso gespannt zu sein wie er, die um zwei Jahre ältere Dania hüpfte gar lachend von einem Bein auf das andere.

»Hach, ist es nicht perfekt?«, wandte sich Enna an ihre Schwester Wiebeke, die vom heimischen Bauernhof in die Adena'sche Villa gekommen war, um gemeinsam mit ihnen zu feiern. Wenigstens für ein, zwei Stunden, so hatte sie verkündet, wolle sie sich von der harten Arbeit auf dem Hof freimachen, um ihren Neffen gebührend hochleben zu lassen.

»Ja«, bestätigte Wiebeke nun, »es ist mehr als perfekt.« Sie sah ihre Schwester nachdenklich an, dann tätschelte sie ihr stumm den Rücken.

Enna verstand, was Wiebeke ihr mit dieser Geste sagen wollte, und nickte. »Du hast recht«, hauchte sie. »Ich danke dem lieben Gott jeden Tag auf Knien, dass er für mich und die Kinder alles zum Guten gewendet hat.« Gedankenverloren, ohne es wirklich wahrzunehmen, tastete sie nach dem Ring, den Karl ihr erst vor wenigen Wochen in Duisburg an den Finger gesteckt hatte.

»Und für alle anderen auch«, murmelte Wiebeke mit einem verstohlenen Blick aus dem Fenster. Durch das Dach der Veranda vor Regen und Sturm geschützt, stand Alexej

Sorokin auf der Terrasse und unterhielt sich geschäftig mit dem Verwalter des Anwesens, wobei er mit den Händen mal hierhin, mal dorthin deutete. Er war, nachdem er deutlich an Gewicht zugelegt hatte, ein gut aussehender Mann von ansprechender Statur.

»Alexej ist ein echter Glücksgriff«, stellte Enna nicht zum ersten Mal fest. »Seit er für die Bücher unserer Unternehmen verantwortlich zeichnet, geht es stetig bergauf. Im Handumdrehen hat er mit seiner Kompetenz und seiner Freundlichkeit selbst die größten Skeptiker mundtot gemacht.« Sie erinnerte sich noch gut an den Tag, als sie ihren Gärtner gebeten hatte, für Alexej und dessen Frau Aglaia eine Arbeit zu finden. Keiner hätte damals ahnen können, dass sich der Russe aufgrund seines ausgeprägten Faibles für Zahlen innerhalb kürzester Zeit zur ebenso visionären wie unverzichtbaren Stütze des Firmenimperiums mausern würde.

Wiebeke lachte auf. »Und das will unter den sturen Ostfriesen schon was heißen.«

Es war erst gut ein Jahr her, dass dieser Mann mit seiner Frau und seinen Kindern Dania und Valentin, den sie alle liebevoll Valja nannten, plötzlich in ihr Leben getreten war. Seine ganze Habe hatte aus den Lumpen bestanden, die er am Leibe trug. Alexej entstammte einem alten Adelsgeschlecht und war als ehemaliger Vertrauter des ermordeten Zaren einer von Millionen Russen gewesen, die die Revolution in Schimpf und Schande außer Landes getrieben hatte.

Nachdem die Kinder jeweils ein großes Stück Torte vertilgt hatten, bat Enna das Dienstmädchen Greetje, mit der siebenköpfigen Rasselbande ins Spielzimmer zu gehen und sie dort zu beschäftigen. Enna hatte gehofft, dass die Kleinen sich wenigstens für kurze Zeit an der frischen Luft würden austoben können, doch war daran gar nicht zu denken. Unablässig trieb ein von der Nordsee kommender böiger und eiskalter Wind

Unmengen Regen vor sich her und ließ diesen, einem nassen Lappen gleich, geräuschvoll gegen die Scheiben klatschen.

»Alexej ist ein höchst attraktiver Mann, das muss man schon sagen.« Nach einem schmachtenden Blick auf den Russen, der mit dem Verwalter einem im Park stehenden Pavillon zustrebte, ließ Wiebeke sich seufzend in einen Sessel sinken. »Wie schade nur, dass er schon vergeben ist. Er könnte mir gefallen, das ist mal sicher.«

Enna lachte, wobei dies zumindest zum Teil aus Verlegenheit geschah. Denn auch sie konnte sich der Anziehungskraft des Russen nur schwer entziehen, hätte dies jedoch nie zugegeben, nicht einmal vor sich selbst. Wie sie wusste, stand Wiebeke mit ihrer Schwärmerei keineswegs allein, denn es gab im Unternehmen wohl keine Frau, die in seiner Gegenwart nicht zumindest sanft errötete. Enna vermochte nicht zu sagen, ob Alexej von all der Schwärmerei überhaupt etwas mitbekam. Wohl eher nicht, dachte sie, schien er doch einzig seiner reizenden Frau Aglaia zugetan, die – sehr zum Leidwesen seiner Verehrerinnen – in wenigen Monaten ihr drittes Kind zur Welt bringen würde.

»Was hört man von Karl?«, brachte Wiebeke ihre Schwester auf den Boden der Tatsachen zurück. »Wann gedenkt er, dem Verlobungsring Taten folgen zu lassen?«

»So weit … sind wir noch nicht«, sagte Enna zögerlich, während ihre Finger unwillkürlich zum Ring an ihrer linken Hand wanderten. Sie wich dem prüfenden Blick ihrer jüngeren Schwester aus, indem sie rasch von dem Tee einschenkte, den Greetje bereitgestellt hatte.

»Aber du liebst ihn doch.« Wiebeke formulierte es wie eine Feststellung, nicht wie eine Frage. »Er ist ein patenter Kerl, wie mir scheint. Ich kenne ihn zwar nicht, aber nach allem, was du über ihn erzählt hast …« Sie runzelte die Stirn. »Obwohl ich mich ja schon frage, wie das gehen soll, wenn er in Duisburg lebt und du hier. Oder hast du dich nun doch dazu entschieden, nach Duisburg zu ziehen und …?«

»Du weißt, dass das nicht geht«, wehrte Enna unbeabsichtigt schroff ab. »Clivia verträgt die Luft nicht, den ganzen Ruß … Sie hustet wie sieben Schlachtrösser, wenn sie dort ist. Und ganz sicher werde ich nicht ohne sie gehen.«

Wiebeke nickte, musterte sie jedoch aus schmalen Augen. »Und das ist der einzige Grund?«

»Wie meinst du das?«

Wiebeke hob wie entschuldigend die Hand. »Nicht, dass du mich falsch verstehst, Enna. Wenn du nach Duisburg gehst, dann wäre es schon die zweite Schwester, die ich an diese Stadt verliere, und das kann ich nicht wirklich wollen. Andererseits: Wenn du dort mit Karl so glücklich wärst, wie Hiska es offenbar mit Heinz ist, dann …«

»Ich sagte doch gerade, dass das nicht geht«, unterbrach Enna unwirsch ihren Redeschwall.

»Wo ein Wille, da ein Weg«, behauptete Wiebeke. »Aber mir scheint, dass der Wille in deinem Fall nicht allzu groß ist. Oder?«

»Wie du weißt, muss Karl sich zunächst noch von Clara scheiden lassen. Vorher können wir sowieso nicht …«

»Liebst du ihn?«

»Was?!« Enna stellte klirrend ihre Tasse ab.

»Du hast mich ganz gut verstanden, Enna.«

»Ich … ich mag ihn.« Enna spürte, wie ihr das Blut ins Gesicht schoss. Liebte sie Karl? Natürlich hatte sie sich diese Frage auch schon gestellt. Ganz sicher hatte das, was sie für ihn empfand, nichts mit der Leidenschaft zu tun, die sie einst mit Jean-Pierre geteilt hatte. Aber sie fühlte sich bei ihm geborgen, und das war so viel mehr, als sie in ihrer Ehe mit Georg und in den Jahren danach erlebt hatte.

»Das war nicht meine Frage.« Wiebeke beugte sich vor und legte eine Hand auf die ihrer Schwester. »Du hast so viel Leid erfahren müssen, Enna. Jetzt bist du endlich frei und hast nach allem, was war, jedes Glück der Welt verdient. Bitte, Enna, heirate nicht noch einmal einen Mann, den du nicht wirklich, wirklich von Herzen liebst. Dazu besteht doch gar kein Grund. Du bist schließlich so unabhängig, wie es sich eine Frau nur wünschen kann. Du würdest viel aufgeben, wenn du wieder heiratest.«

»So einfach ist das nicht.« Enna, der die Wendung des Gesprächs nicht behagte, schloss für einen Moment die Augen. Prompt sah sie Karls Gesicht vor sich, sein Strahlen, als er bei ihrem letzten Besuch in Duisburg nach ihrer Hand gegriffen und ihr den Ring über den Finger gestreift hatte. »Du musst jetzt nichts sagen, Enna«, hatte er mit heiserer Stimme gesagt. »Du musst mir jetzt nicht antworten, aber eines sollst du wissen: dass du mich zum glücklichsten Mann der Welt machen würdest, wenn du mich heiratest. Willst du, Enna? Willst du meine Frau werden?« Nie würde sie seinen Blick vergessen, den Blick eines bedingungslos liebenden Mannes. Und hatte nicht auch sie bis zu diesem Augenblick geglaubt, mit ihm glücklich werden zu können? Ihn so lieben zu können, wie er es verdiente?

Irgendetwas aber hatte sich in ihr gesträubt, seinem Werben nachzugeben, ohne dass sie zu sagen vermochte, was genau es war. Vermutlich, so versuchte sie sich einzureden, waren es die schlechten Erfahrungen, die sie in ihrer Ehe mit Georg hatte machen müssen. Aber Karl war nicht Georg, also gab es keinen Grund, sich ihm gegenüber derart ablehnend zu geben. Nicht einen einzigen Grund, denn Karl war eine durch und durch treue Seele, auf die jederzeit Verlass war. Und hatte sie es nicht zuletzt nur ihm zu verdanken, dass sie heute frei sein durfte und nicht in einer zutiefst demütigenden Ehe mit Ernfried gefangen war? Musste sie ihm dafür nicht aus vollem Herzen dankbar sein?

Bislang hatte sie mit niemandem darüber gesprochen, was sie über Ernfrieds Tod erfahren hatte. Dass sie wusste, wer ihn erschossen hatte, vor dem Traualtar, mit einem Schuss mitten ins Herz. Oder – so wurde es ihr jetzt erstmals bewusst – war es womöglich genau dieses Wissen, das sie davon abhielt, Karl zu heiraten? Das Wissen, dass sie Tisch und Bett mit einem Mörder teilen würde? Aber wäre es nicht zutiefst ungerecht, ihn ausgerechnet dafür zu verurteilen? Denn schließlich hatte er es für sie getan, hatte dieses Risiko auf sich genommen, einzig um sie vor neuerlichem Leid zu beschützen. Hätte er es schon allein deswegen denn nicht mehr als verdient, dass sie seine Frau wurde?

»Enna? Ist alles in Ordnung mit dir?«, unterbrach Wiebekes Stimme ihre Gedanken. »Du bist ja ganz blass.«

»Was? Jaja.« Enna strich fahrig mit den Händen über ihr smaragdgrünes Kleid aus feinstem Wollstoff. »Es ist alles in Ordnung. Möchtest du noch ein wenig Gebäck?«

»Gebäck? Du sprichst von Gebäck?« Wiebeke seufzte. »Noch mal, Enna: Ich weiß zwar nicht, ob und warum du dich gegenüber diesem Karl verpflichtet fühlst, aber tu bitte nichts, was du für den Rest deines Lebens bereuen würdest. Versprichst du mir das?«

Enna nickte, doch bemerkte sie selbst, dass diese Geste alles andere als überzeugend wirkte. Zu ihrer Erleichterung schwang nun die Tür auf und ihre Schwiegermutter, die mit ihrem Mann inzwischen einen eigenen Trakt der Villa bewohnte, trat ein. Normalerweise war deren Anwesenheit nicht eben das, worauf Enna großen Wert legte, doch wenn es der Ablenkung von dem unglückseligen Thema Heirat diente, kam selbst Undine Adena ihr allemal recht.

Die Schwiegermutter nickte ihr zu, während sie Wiebeke schlichtweg ignorierte. »Was ist das denn bloß für ein Krach da oben?«, beklagte sie sich. Ihre Finger, die in ledernen Handschuhen steckten, pressten sich an die Schläfe, als hätte sie unter einer plötzlichen Migräne zu leiden.

»Es ist der Geburtstag Ihres Enkels, schon vergessen?«, klärte Enna sie auf. »Ich nehme doch an, dass Sie ihm schon gratuliert haben?«

»Selbstverständlich habe ich das. Wenn du aber dem Mädchen sagen könntest, dass es die Kinderschar zur Ruhe anhalten soll, dann wäre ich dir sehr verbunden. Ich habe wirklich keine Ahnung, warum es überhaupt nötig sein soll, Kindergeburtstage zu feiern. Die Kleinen nehmen sich dadurch doch nur viel zu wichtig.«

»Was führt Sie zu mir?«, ignorierte Enna ihre Bitte, die selbstverständlich nicht wie eine solche formuliert gewesen war, sondern vielmehr einer Anweisung gleichkam.

»Deinem Schwiegervater geht es von Tag zu Tag schlechter. Seine Gelenke machen ihm zu schaffen. All das hier«, Undine Adena machte eine raumgreifende Bewegung, »geht ihm zunehmend an die Substanz. Was ja nicht verwundert, wenn in seiner Firma plötzlich dahergelaufene Hottentotten das Sagen haben und in seinem Haus …«, sie musterte Wiebeke abschätzig und zog eine Grimasse, als hätte sie ein lästiges Insekt entdeckt, »… nun ja.«

»Ich darf Sie daran erinnern, dass Ihr verehrter Herr Gatte selbst es war, der meinem Vater«, Enna zeichnete Anführungsstriche in die Luft, »Hottentotten ins Haus brachte. Und wo ein Hottentotte, da sind die anderen meist nicht weit, nicht wahr?«, fügte sie spöttisch hinzu. »Ich erinnere mich noch gut daran, dass Sie selbst diese Worte benutzt haben, meine gnädigste Schwiegermutter.«

Die Zeit, da Enna Angst vor ihren Schwiegereltern gehabt hatte, war längst vorbei. Vielmehr taten ihr die beiden leid, da sie durch den Tod ihrer Söhne und den damit einhergehenden

Verlust ihres Firmenimperiums jeden Halt im Leben verloren zu haben schienen.

»Nun, wie dem auch sei«, gab Undine Adena klein bei, wohl weil auch sie der ständigen Auseinandersetzungen längst müde war. »Dein Schwiegervater und ich ziehen uns in wärmere Gefilde zurück. Das ist alles, was ich dir sagen wollte.«

»In wärmere Gefilde?«

»So ist es. Nach Ägypten. Wir fahren mit einem Schiff den Nil hinab.«

»Das klingt nach Spaß.«

»Nun ja, wir werden sehen. Die Hitze dort soll unerträglich sein.« Undine Adena tupfte sich mit dem Taschentuch die Stirn, als würde ihr schon beim Gedanken an die hohen Temperaturen der Schweiß ausbrechen.

»Und wann geht's los?«, erkundigte sich Enna.

»Gleich morgen. Für sechs Wochen.« Die Schwiegermutter wandte sich der Tür zu. »Das war's schon. Adieu, meine Liebe.«

»Himmel, wo hat denn die Kreide gefressen?«, erkundigte sich Wiebeke verwundert, als die Tür hinter Undine Adena ins Schloss gefallen war. »Wo ist bloß die alte Furie geblieben, die ganz Ostfriesland in Angst und Schrecken versetzt hat?«

Enna zuckte mit den Achseln. »Sie muss sie irgendwo auf ihrer langen Schiffsreise, die sie nach Ernfrieds Tod angetreten hatten, über Bord geworfen haben. Sie …«

Enna wurde durch ein Läuten an der Haustür aus dem Konzept gebracht. Während sie eines der Hausmädchen zur Tür gehen hörte, lauschte sie in die Diele hinein. Wer mochte sich bei diesem scheußlichen Wetter auf den Weg gemacht haben, um ihr seine Aufwartung zu machen? War es womöglich ein Gast, der Gerke zum Geburtstag gratulieren wollte?

Wenig später klopfte es an der Tür, und auf Ennas *Herein!* hin trat das Hausmädchen ein und knickste. »Bitte, gnädige Frau, da ist ein Mann an der Tür, der Sie zu sprechen wünscht.«

»Wer ist es?«

»Das … das kann ich nicht sagen, gnädige Frau. Ich habe ihn nie zuvor gesehen.«

»Wo ist er jetzt?«

»Ich habe ihn vor der Tür stehen lassen. Ich hielt es für keine gute Idee, ihn eintreten zu lassen, weil … nun, er sieht recht wüst aus, wenn ich das sagen darf. Und … und ein Deutscher ist er auch nicht.«

»Schon gut, ich gehe selbst.« Enna erhob sich schwungvoll von ihrem Platz und lief schnellen Schrittes durch die Diele. Lächelnd registrierte sie, dass sich die Kinder im oberen Stockwerk gut zu amüsieren schienen, denn es war lautes Gelächter zu hören. Selbst die ehemals so stillen und verunsicherten Töchter ihres Schwagers Ernfried hatten sich nach dem Tod ihrer Eltern zu fröhlichen Mädchen entwickelt, die sich hervorragend mit Clivia und Gerke sowie auch mit Valja und Dania verstanden. Ein Haus voller Kinderlachen – genauso hatte Enna es sich immer gewünscht.

Das Hausmädchen hatte sich vorm Treppenaufgang postiert, zupfte nervös an seiner Haube herum und schien beschlossen zu haben, in sicherem Abstand und mit kritischem Blick abzuwarten, was passierte.

Enna wurde es ein wenig flau im Magen. Sah der Ankömmling denn so schrecklich aus, dass man ihm mit Misstrauen begegnen musste? Sie warf einen Blick zurück. Ob sie Wiebeke bitten sollte, ebenfalls in die Diele zu kommen? Heutzutage wusste man schließlich nie, was den hungernden Menschen einfiel, um … Ach was, wischte Enna ihre Zweifel fort. Was sollte ihr hier denn schon geschehen? Überall in der Villa und auf dem Grundstück trieben sich ihre Angestellten herum. Zur Not würde ein Hilferuf genügen, und sie wären im Nullkommanichts bei ihr.

Enna drehte den Türknauf und linste vorsichtig durch einen Spalt. In diesem Moment aber stob mit einem schrillen Pfeifen eine heftige Windböe heran und schlug ihr die schwere Tür aus der Hand, sodass sie schwungvoll aufflog. Gerade noch tat Enna einen Satz zur Seite, sonst wäre ihr die Tür unweigerlich gegen den Kopf gedonnert.

Oder war sie es sogar?, fragte sie sich im nächsten Moment. Denn anders war doch wohl der Anblick des Mannes kaum zu erklären, den sie nun, zerzaust von Sturm und Regen, zu sehen glaubte.

»*Bonjour, Enna. Comment vas-tu?*«

»Jean-Pierre?«, hauchte sie ergriffen, bevor die Knie unter ihr nachgaben.

* * *

»Der Belgier ist bei Enna?!« Arjen Ulferts, der am Küchentisch saß und Werkzeug reparierte, starrte seine jüngste Tochter an, als habe sie den Verstand verloren. »Ich hoffe doch sehr, dass das nur wieder eine von deinen wirren Geschichten ist!«

»Was denn für wirre Geschichten?« Wiebeke funkelte ihren Vater finster an. »Wann, bitte schön, habe ich jemals wirre Geschichten erzählt?« Von den jüngsten Ereignissen noch ganz aufgewühlt, wusste sie selbst nicht so recht, wohin mit sich. Es gelang ihr nicht einmal, sich aufs Kochen zu konzentrieren. Gerade erst hatte sie die Kartoffeln ohne Wasser auf den gusseisernen Herd gestellt. Gott sei Dank hatte Ludmilla diesen Fehler noch rechtzeitig bemerkt. In der heutigen Zeit konnte es sich nun wirklich keiner leisten, sinnlos Lebensmittel zu vergeuden. Drei Pfund verbrannte Kartoffeln hätte Wiebeke sich daher nicht so schnell verziehen.

Zunächst hatte sie sich nicht getraut, die neuesten Entwicklungen ihrem Vater gegenüber zu erwähnen, doch hatte sie dann eingesehen, dass er ohnehin davon erfahren würde; ganz sicher nämlich würde ein solcher Besucher im Hause Adena nicht unbemerkt bleiben, die Dienstboten würden tratschen. Also war es wohl besser, der Vater erfuhr es von ihr.

»Als hätten wir nicht schon genug Probleme«, knurrte Ubbo, der im Licht mehrerer Petroleumlampen über einem Stapel Rechnungen saß und sich die Haare raufte. »Die Niederländer, die Dänen, die Polen … alle strömen sie auf den Lebensmittelmarkt. Man weiß ja gar nicht mehr, wo man steht. Die Preise für landwirtschaftliche Produkte sind so wechselhaft wie das Wetter. Heute so, morgen so. Ich weiß wirklich nicht, wo das noch hinführen soll. Was für eine verrückte Welt.«

»Hör auf zu kratzen!«, fuhr seine Frau Nienke ihn an und schlug ihm auf die Hand, als er nun mit den Fingernägeln den Schorf von einer nur langsam verheilenden Wunde über dem Auge bearbeitete. »Als wäre alles noch nicht schlimm genug, musst du dich auch noch von der rechten Saubande verprügeln lassen«, redete sie sich in Rage. »Was, wenn dich die Braunhemden totgehauen hätten, he?« Sie griff sich an den sichtbar gerundeten Bauch, in dem erneut ein Kind heranwuchs. »Willst du deine Kinder zu Halbwaisen machen? Willst du das?«

Ubbo grinste. »Da solltest du mal erst die Braunhemden sehen, Nienke. Glaub mir, selbst ihre Mütter erkennen sie nicht mehr, nachdem ich sie mir vorgenommen habe.«

»Euch ist wirklich nicht zu helfen.« Nienke seufzte, während sie ihre Zwillinge Reelf und Siemtje gründlich mit einem Lappen abschrubbte. Die beiden hatten sich, seit wenigen Wochen erst des Laufens mächtig, draußen im Matsch einmal der Länge nach hingelegt und saßen nun in einer mit warmem Wasser gefüllten Zinkwanne. »Nach dem Elend der letzten Jahre geht es nun endlich ein bisschen bergauf, und ihr Männer habt noch immer nichts Besseres zu tun, als euch die Köpfe einzuschlagen.«

Zu ihrem Leidwesen machten sich auch in Ostfriesland mehr und mehr die Schlägertrupps der NSDAP in ihren braunen Uniformen breit, die sich selbst als *Sturmabteilung* bezeichneten. Inzwischen verbreiteten sie nicht mehr nur in München, sondern überall im Land Angst und Schrecken. Vor allem hatten sie es auf Kommunisten, Sozialdemokraten und Juden abgesehen, wie man hörte, wobei sie gemeinhin selbst entschieden, wer einer dieser Gruppen angehörte. Von sich selbst behaupteten sie, ein politisches Anliegen zu haben, doch schienen ihre Fäuste deutlich besser ausgeprägt als ihr Verstand.

»Davon versteht ihr Weiber nichts«, sprang Arjen seinem Sohn bei. »Wer provoziert, bekommt ein paar auf die Fresse, so einfach ist das.« Er richtete seinen Blick auf Wiebeke. »Nun will ich aber mehr von diesem verdammten Belgier wissen. Warum ist er hier? Was will er von Enna?«

»Ich weiß es nicht, Vater.« Wiebeke reagierte sich, direkt neben dem Herd stehend, mit dem Messer an einer Karotte ab, indem sie sie in atemberaubendem Tempo in zahlreiche dünne Scheiben schnitt. »Enna hat mich weggeschickt. Das heißt, nein, eigentlich bin ich geflüchtet, noch bevor sie mich zum Gehen auffordern konnte. Sie war so weiß wie ein Laken. Ich dachte wirklich, sie fällt jeden Moment in Ohnmacht.« Nun nahm sie einen Rettich zur Hand, um auch den zu traktieren.

Arjen ließ seine Faust auf den Tisch niedersausen. »Was fällt dem Kerl ein, hier alles durcheinanderzubringen?! Hat der denn gar keinen Anstand?!«

»Anstand?«, lachte Ubbo rau auf. »Ein Belgier? Das wäre ja ein Widerspruch in sich. Hätte der auch nur eine Spur Anstand, dann hätte er Enna wohl kaum ein Kind angedreht und sie dann sitzen lassen.«

»Soviel ich weiß, wusste er nichts von dem Kind«, wandte Wiebeke ein. Sie stockte in ihrer Bewegung und bekam große Augen. »Na, der wird sich ja wundern, wenn er Clivia zu Gesicht bekommt!«

»Hoffentlich bricht er bei ihrem Anblick tot zusammen«, knurrte Arjen.

»Vater!« Wiebeke war empört. »Versündige dich nicht! So was wünscht man niemandem, nicht mal einem Belgier!«

»Den Belgiern wie auch den Franzosen wünsche ich noch ganz andere Sachen.« Ihr Vater riss den Arm hoch. »Erschießen, das ist es, was man mit ihnen macht, schon vergessen?«

»Wie ist er?«, fragte Nienke, vom Einwand ihres Schwiegervaters unbeeindruckt. Sie hob ihre Tochter aus der Wanne und rubbelte sie mit einem Handtuch trocken, was die sich glucksend gefallen ließ. »Ich meine, wie sieht er aus? Hat er Ähnlichkeit mit Clivia?«

»Stattlich sieht er aus.« Wiebeke zwinkerte ihrer Schwägerin verschwörerisch zu. »Wenn er auch reichlich verdreckt und zerzaust daherkam, was bei dem Schietwetter aber kein Wunder ist. Aber alles in allem … ja, stattlich. Ich denke, das trifft es ganz gut.« Sie schürzte die Lippen und nickte. »Ich kann schon verstehen, warum Enna auf ihn reingefallen ist.«

»Weiber«, knurrte Arjen. »Habt ihr denn gar keinen Verstand?« Er klopfte ein paarmal mit dem Zeigefinger auf die Tischplatte. »Hier an meinem Tisch wird jedenfalls kein Belgier jemals Platz nehmen. Wo kämen wir denn da hin, wenn wir jetzt auch noch dem Feind den roten Teppich ausrollen! Nach allem, was uns die Alliierten angetan haben, kann man ja wohl erwarten, dass …«

»Kaum vorstellbar, dass Enna ihn ausgerechnet hierherbringt«, versuchte Wiebeke zu beschwichtigen. Obwohl ihr das allemal lieber wäre, dachte sie, als wenn Enna nach Duisburg ginge, um Karl zu ehelichen. Doch das sprach sie lieber nicht laut aus.

»Wenn Enna auch nur einen Funken Verstand hätte, dann hätte sie ihm umgehend die Tür vor der Nase zugeknallt«, meinte Ubbo. Er hob den Blick von seinen Papieren. »Aber ihr Weiber seid ja viel zu gefühlsduselig für so was.«

»Enna ist jetzt eine reiche Frau«, sagte Nienke. »Die braucht niemanden mehr. Die kann sich einlassen, auf wen sie will.«

Es war nicht ganz ersichtlich, was sie mit dieser Aussage bezweckte, doch Wiebeke nickte zustimmend. »Mein Reden. Das habe ich ihr auch erst heute Mittag gesagt.«

»Nun setzt Enna mal keine Flausen in den Kopf«, schimpfte Arjen. »Frauen mit Geld – daraus ist noch nie was Gutes entstanden. Da soll sich mal schön ein Mann drum kümmern, sonst geht das in die Hose. Man stelle sich nur mal vor, wenn Frauen die Geschicke der Wirtschaft lenken würden …« Er machte eine wegwerfende Handbewegung. »Nee, das mag man sich gar nicht ausmalen, was dann passiert.«

»Alexej sehr zufrieden mit Chefin Enna«, meldete sich Ludmilla mit ihrem scharfen russischen Akzent zu Wort. »Frauen nicht so gierig, er sagt. Frauen die besseren Geschäftsleute.«

»Pah!«, war alles, was Arjen darauf erwiderte.

Als sich die Tür öffnete und Ludmillas Mann Sergej hereingestürmt kam, brachte er einen Schwall kalter Luft mit herein, woraufhin Ubbos Papiere in der Zugluft gefährlich anfingen zu rascheln. Gerade noch rechtzeitig gelang es Ubbo, sie mit den Armen zu beschweren.

»Nun mach mal langsam, Sergej!«, knurrte er ungehalten. »Ich habe keine Lust, das alles noch mal zu sortieren.«

»Kuh Lena bekommen Kalb«, keuchte Sergej. Sein Gesicht war triefend nass, wobei nicht zu sagen war, ob vom Regen oder vom Schweiß. »Irgendwas nicht in Ordnung. Besser Tierarzt holen.«

»Verflucht, das hat uns gerade noch gefehlt.« Ubbo sprang auf, gleich gefolgt von seinem Vater, und die drei Männer hetzten zur Tür hinaus.

»Die sind vermutlich erst mal beschäftigt«, stellte Nienke fest. Sie griff zu einem großen, scharfen Fleischmesser und legte es auf dem Tisch bereit. Sollte sich abzeichnen, dass die Kuh Lena das Abkalben nicht überleben würde, zählte für eine Notschlachtung jede Sekunde, denn so würde wenigstens ihr Fleisch noch zu verwerten sein.

»Und nun du erzählen«, wandte sich Ludmilla an Wiebeke. »Wer ist Belgier, der bei Enna?«

»Clivias Vater«, erklärte Wiebeke.

Ludmilla riss die Augen auf. »Oha, dann ich doch richtig verstanden. Warum er so lange weg? Wegen … wegen Krieg?«

Nienke seufzte. »Das weiß nur er allein.«

»Er nun bleiben bei Enna und Kind?«

»Kaum vorstellbar«, meinte Wiebeke. Sie schaute nachdenklich zum Fenster hinaus, hinter dem nur tiefe, schwarze Nacht herrschte und dessen Läden im Sturm klapperten. »Obwohl auch ich mich das frage. Warum, um alles in der Welt, taucht er wieder hier auf? Nach so vielen Jahren? Hat ihn plötzlich sein schlechtes Gewissen übermannt?« Sie vergegenwärtigte sich noch einmal den Moment, als Enna mit diesem Mann im Schlepptau in den Salon zurückkehrte. Aus irgendeinem unerfindlichen Grund erinnerte sich Wiebeke als Erstes an die schweren Tropfen, die von seinem dunklen Umhang in den dichten Flor eines Teppichs fielen, weil anscheinend niemand daran gedacht hatte, ihm das Regencape abzunehmen und zum Trocknen aufzuhängen. Seinen Arm hatte der Mann schützend um die bedenklich wankende Enna gelegt, so als müsste er sie vorm Fallen schützen. Und vermutlich musste er das auch, denn Ennas bis dahin so rosige Gesichtsfarbe war einer wächsernen Blässe gewichen. »*Bonjour*«, hatte Jean-Pierre mit einer knappen Verbeugung gesagt, und es war genau dieser Moment gewesen, in dem Wiebeke verstanden hatte, wer es war, der sie an diesem nasskalten Tag in der Villa aufsuchte, und ihr war schwindlig geworden. Sie selbst war mit dieser Situation so überfordert gewesen, dass sie sofort aufgesprungen und sich, gehetzt etwas murmelnd, verabschiedet hatte. »Wiebeke, darf ich dir Jean-Pierre vorstellen?«, hatte sie Enna noch mit schwacher Stimme sagen hören, doch da war sie bereits zur Tür hinaus gewesen. Die Zeit hatte zwar kaum ausgereicht, sich ein erstes Bild von ihm zu machen, doch war nicht zu übersehen gewesen, dass er von großer, schlanker Statur und unter seinem dunklen lockigen Haar mit einem äußerst markanten Gesicht und kohlschwarzen Augen gesegnet war. Augen, wie auch Clivia sie hatte.

Jean-Pierre. Wiebeke überkam erneut ein Schwindel, und sie hielt sich für einen Moment an der Tischkante fest. Wer, in Dreiteufelsnamen, rechnete denn mit so was?! Und vor allem: Wohin sollte sein plötzliches Auftauchen führen, wenn nicht in eine Katastrophe?

»Wiebeke? Alles in Ordnung mit dir?«, fragte Nienke besorgt. Sie hatte ihre beiden Kinder angekleidet und ihnen jeweils ein Stück Brot in die Hand gedrückt, an dem sie nun zufrieden kauten.

»Jaja, es geht schon. Ich frage mich nur gerade, was nun werden soll.« Wiebeke hob den Blick. »Was, wenn Enna sich erneut in ihn verliebt?«

Nienke senkte den Blick. »Hat sie denn jemals aufgehört, ihn zu lieben?«, fragte sie zweifelnd.

Wiebeke presste die Lippen aufeinander. »Ich … ich weiß es nicht. Ich hoffe für sie, dass sie nichts mehr für ihn empfindet, denn dann könnte sie ihn einfach abweisen und ihn ein für alle Mal vergessen. Leider aber fürchte ich …«

»… dass es anders kommt«, vervollständigte Nienke ihren Satz.

Wiebeke nickte. »Leider ja.« Sie fuhr erschrocken zusammen, als im nächsten Moment Ubbo, begleitet von einem eisigen Windhauch, hereingestürmt kam. Noch bevor sie ihn richtig registriert hatte, war er auch schon wieder verschwunden, das große Fleischmesser in der Hand haltend. »Arme Lena«, murmelte sie.

Hoffentlich hatte wenigstens das Kalb überlebt.

* * *

Das Hausmädchen musterte den Gast neugierig, während es Tee und geschmierte Brote auftrug. Als Jean-Pierre ihren Blick erwiderte und ihr sogar schelmisch zuzwinkerte, schlug es die Hand vor den Mund und kicherte albern. Auf Ennas mahnenden Blick hin beeilte sich das junge Mädchen jedoch, zu knicksen und den Salon zu verlassen.

Enna konnte sich lebhaft vorstellen, wie aufgeregt man im Gesinderaum die Ankunft des gut aussehenden Gastes, der Sturm und Regen nicht zu scheuen schien, diskutierte. Das war kaum zu vermeiden, zumal alle nur darauf lauerten, dass sie wieder Verehrer empfing. Sie vermutete sogar, dass darauf bereits Wetten abgeschlossen wurden. Es passte nicht in die Weltsicht der Menschen, dass eine junge Frau wie sie lange ungebunden blieb. Aber wie dem auch sei, Enna hoffte inständig, dass niemand eine Verbindung zwischen diesem Mann und Clivia herstellen würde, denn diese Art Klatsch konnte sie nun wirklich nicht gebrauchen. Jetzt, da Jean-Pierre ihr gegenübersaß, bildete sie sich allerdings ein, dass selbst einem Außenstehenden die Ähnlichkeit zwischen Vater und Tochter unmöglich verborgen bleiben konnte, ja sogar jedem bereits im ersten Moment ins Auge springen musste. Oder sah sie einfach nur Gespenster, weil sie die Wahrheit kannte?

Keine drei Sätze hatten Enna und Jean-Pierre seit dessen Ankunft miteinander gewechselt, obwohl schon etliche Minuten vergangen waren. Enna war viel zu aufgewühlt, als dass sie auch nur einen klaren Satz hätte formulieren können. Tausend Fragen schwirrten in ihrem Kopf herum, und doch gelang es ihr nicht, auch nur eine von ihnen zu fassen zu kriegen. Also saß sie nur stumm da, hielt die Hände im Schoß gefaltet und den Blick gesenkt und wartete darauf, dass sie erwachte und sich alles als ein Traum herausstellen würde. So oft schon hatte sie sich diesen Moment in den letzten Jahren ausgemalt, sich Sätze zurechtgelegt, die sie dann sagen würde. Jetzt, da dieser Moment Realität geworden war, erschien ihr jedoch alles, was sie je geglaubt hatte, sagen zu müssen, nur noch lächerlich.

»Ich sehe, dir geht es gut«, brach Jean-Pierre nach quälenden Minuten so plötzlich das Schweigen, dass Enna unwillkürlich zusammenzuckte. Als sie eine auffordernde Geste machte, griff er nach einem mit Wurst bestrichenen Brot und begann hungrig zu essen. »Du hast gemacht eine gute Partie, wie ich sehe. *Vraiment.*« Er schaute sich anerkennend im Salon um, den sich Enna nach Ernfrieds Tod so hatte einrichten lassen, wie es ihr gefiel. Alles in ihrem Bereich der Villa war nun hell und freundlich, der dunkle und deprimierende Muff der Kaiserzeit, wie Georg und Ernfried ihn zeitlebens für gut befunden hatten – oder womöglich hatten sie sich auch nur nicht getraut, den Geschmack ihrer Eltern infrage zu stellen –, gehörte endgültig der Vergangenheit an. Dies solle ein lichtes Haus sein, in dem sich die Kinder frei und ungezwungen bewegen können, so hatte Ennas Auftrag an den Ausstatter gelautet, und genau so war es gekommen.

»Bist du hergekommen, um mir das zu sagen?«, fragte sie laut, während sich in ihr ein Sturm der Entrüstung zusammenbraute, den sie jedoch zu unterdrücken suchte. *Du hast eine gute*

Partie gemacht, wie mir scheint. Was fiel diesem Mann eigentlich ein?! Nichts wusste er von ihrem Leben, gar nichts! Er hatte ja keine Ahnung, wie es sich anfühlte, in diesem goldenen Käfig durch die Hölle zu gehen, Tag für Tag, Woche für Woche, Monat für Monat, Jahr für Jahr. Und wofür? Für sein Kind! Für das Kind, von dem er nicht einmal wusste, dass es existierte! Und warum? Weil er sich aus dem Staub gemacht hatte, als sie ihn am dringendsten gebraucht hätte. Einfach so. Ein Abenteuer war sie für ihn gewesen, mehr nicht. Ein Abenteuer mit Folgen, die nur sie ganz allein zu tragen gehabt hatte, und für das sie und Clivia jahrelang einen hohen Preis gezahlt hatten. Einen viel zu hohen Preis.

»Du hast mir gefehlt, Enna, all die Jahre. Gott allein weiß, wie sehr du mir gefehlt hast.« Aus Jean-Pierres Blick sprach eine so tiefe Verzweiflung, dass sie beinahe gewillt war, ihm zu glauben. Doch warum kam er dann erst jetzt, nach so langer Zeit? Fast sechs Jahre waren seit dem Tag vergangen, als er ihr Innerstes zum Einsturz brachte. Fast sechs Jahre. Und nun plötzlich fiel ihm ein, dass sie ihm fehlte?

»Du hättest bleiben können«, sagte sie leise. »Damals. Du hättest bei mir bleiben können.«

»Hättest du es denn gewollt?«

Ihr Kopf schnellte in die Höhe. Hatte er ihr wirklich diese Frage gestellt? »Was tut das zur Sache?«, entgegnete sie bitter. »Hat es dich jemals interessiert, was ich will?«

Er sah sie ungläubig an. »*Mais oui, Chérie*, natürlich es hat mich interessiert. Nie war etwas so schwer für mich, wie dich zu verlassen. Bitte, das musst du mir glauben!«

»Muss ich das?« Sie schnaubte. »Du hast mich *verlassen*, Jean-Pierre, allein das ist es, was zählt.«

»Ich hatte meine Gründe.«

»Davon gehe ich aus, ja.«

»Bitte, Enna, es waren … wie sagt man … triftige Gründe. Sehr triftige Gründe. *Tu comprends*?« Er griff nach einem weiteren Brot und biss hinein.

»Vielleicht würde ich sie verstehen, wenn du sie mir jemals erläutert hättest.« Enna hob die Teekanne an, um nachzuschenken, aber ihre Hände zitterten so sehr, dass sie die Kanne zurück aufs Stövchen stellte. Sogleich ärgerte sie sich, dass sie sich Jean-Pierre gegenüber als ein solches Nervenbündel präsentierte.

Er richtete sich im Sessel auf. »Ich sie dir werde jetzt erklären. Du sollst verstehen …«

»Ich will sie nicht hören, Jean-Pierre«, fuhr sie ihm über den Mund. »Jetzt nicht mehr. Was sollte das ändern?«

»Aber …«

»Warum bist du hier, Jean-Pierre? Nach all der Zeit?«

»Kannst du es dir denn nicht denken?«

Als er sie nun fragend anschaute, glaubte sie, von seinen großen dunklen Augen verschlungen zu werden. Rasch schlug sie den Blick nieder. »Was soll ich mir denn denken?« Enna war wild entschlossen, sich nicht noch einmal von ihm aus der Bahn werfen zu lassen, ganz egal, was er ihr zu sagen hatte. Ihre gemeinsame Zeit war vorbei. Unwiderruflich. Alles andere würde nur kompliziert werden, und auf weitere Komplikationen hatte sie nun wirklich keine Lust.

»Ich bin gekommen, um dich wieder für mich zu gewinnen, Enna«, sagte er mit ebenso leiser wie flehender Stimme. »Bitte, Enna, werde meine Frau!«

»Was?!« Enna fuhr aus dem Sessel hoch, als hätte sie etwas gestochen. »Was, Jean-Pierre? Was sagst du da?« Ihre Stimme geriet krächzend.

»Ich möchte dich heiraten, Enna. All die Jahre ich habe nie gewollt etwas anderes.« Auch Jean-Pierre war nun aufgestanden und trat mit ausgestreckten Armen auf sie zu. Er wollte ihre Hände greifen, aber sie entzog sie ihm. »Bitte, *Chérie, s'il te plaît* … höre mich an! Bitte!«

»Geh jetzt, Jean-Pierre! Sofort!«

»Aber Enna … *Chérie* … So lange habe ich nach dir gesucht, so lange! Nachdem Karl mir sagte, dass … nun, ich wusste, es ist nicht richtig, dich zu behelligen. Aber du bist mir nicht mehr gegangen aus dem Kopf, und was auch immer wird sein, ich verspreche dir …«

»Karl? Du hast mit Karl gesprochen?«

»Ja. Ja, und ich … ich weiß, dass du bist verheiratet, Enna. Karl hat es mir gesagt.« Er machte eine raumgreifende Geste. »Und ich sehe, dass es dir gut geht. Was gut ist, was wirklich gut ist. Ich weiß, ich verlange viel, wenn ich dir sage, dass du sollst alles aufgeben. Aber tu es für uns, Enna, *pour nous*. Bitte, tu es für uns!«

»Wann …« Enna räusperte sich, als sie plötzlich einen Kloß im Hals verspürte. »Wann hast du mit Karl gesprochen?«

»Vor einem Jahr, im November«, erklärte Jean-Pierre. »Ich … man mich hatte erneut dort stationiert, in Bochum, *tu sais*.« Nun war es an ihm, sich verlegen zu räuspern, vermutlich weil ihm bewusst war, dass die Besatzer nach wie vor völkerrechtswidrig das Ruhrgebiet besetzt hielten, auch wenn sie sich bei der erneuten Verhandlung der Reparationszahlungen zum schrittweisen Rückzug verpflichtet hatten. »Ich habe mich auf die Suche nach dir gemacht und traf Karl. Hat er es dir denn nicht erzählt? Er hat mir versprochen, es dir zu erzählen.«

Im November. Vor einem Jahr. Nein, davon hatte Karl ihr nichts erzählt. Sie runzelte die Stirn. Warum hatte er es ihr verschwiegen? Und warum hatte er gelogen, indem er behauptete, sie sei verheiratet? Nun, die Gründe lagen auf der Hand, gab sich Enna selbst die Antwort, und sie spürte plötzlich einen bitteren Geschmack im Mund. Karl hatte gelogen, weil er selbst in sie verliebt war. Weil er keinen Rivalen duldete, der ihm seinen

Platz an Ennas Seite streitig machte. Einen Platz, den es für ihn vor einem Jahr noch nicht einmal gegeben hatte. Schon immer war er eifersüchtig auf Jean-Pierre gewesen, und das war nun seine billige Revanche.

Enna ballte die Fäuste. Ja, auch Karl hatte über sie und ihr Leben bestimmen wollen. Er hatte bestimmen wollen, dass sie zu ihm gehörte. Ohne dass er ihr die Gelegenheit gegeben hatte, selbst eine Entscheidung zu treffen. Warum sonst hätte er Jean-Pierre anlügen sollen, wenn nicht aus ganz eigennützigen Gründen? Vertraute er ihr denn so wenig, dass er ihr eine so wichtige Begegnung verheimlichte?

»Was … was bildet ihr euch eigentlich ein?«, presste sie hervor, ihre Stimme bebend vor unterdrückter Wut. »Was bildet ihr euch eigentlich ein, wer ihr seid!?«

»Aber *Chérie*, was ist denn los?«, rief Jean-Pierre erschrocken, und wieder wollte er nach ihren Händen greifen, doch sie schüttelte ihn auch jetzt ab. »Was habe ich denn getan, dass du … *je ne comprends pas.*«

»Geh!« Sie deutete mit spitzem Finger auf die Tür. »Geh! Sofort! Und komme nicht auf die Idee, dich noch einmal hier blicken zu lassen!«

»Aber, Enna, das kann doch nicht …«

»Was kann es nicht?«, fauchte sie, ohne ihre Lautstärke zu zügeln. »Was kann es nicht, *Chéri*?« Sie spie das letzte Wort geradezu aus. »Mein Ernst sein? Es kann nicht mein Ernst sein?« Sie lachte rau auf. »Oh, doch, Jean-Pierre, es ist sogar mein voller Ernst! Glaube mir, noch nie in meinem ganzen Leben war mir etwas so ernst! Geh, Jean-Pierre! Geh, bevor ich mich vergesse!«

»Bitte, lass mich erklären dir …«

»Ich will aber keine Erklärung, hörst du?! Du hast mir vor sechs Jahren keine Erklärung gegeben, warum also sollte sie mich jetzt noch interessieren?«

Noch ehe Enna sich weiter in Rage reden konnte – und sie fühlte sich geradezu dazu berufen, all die über Jahre angestaute Wut und Enttäuschung aus sich herauszuschreien –, flog plötzlich die Tür auf und Alexej stolperte herein. »Ist hier alles in Ordnung, Enna?«, rief er ebenso besorgt wie drohend. »Brauchst du Hilfe?« Hinter ihm erschien der Gärtner Erich Küster, der mit beiden Händen einen Spaten fest umklammerte.

Enna reckte das Kinn vor und deutete auf Jean-Pierre. »Der Herr möchte gehen.«

»Aber Enna, ich …« Jean-Pierres Blick flog zwischen Enna und den beiden Männern hin und her, dann wandte er sich an Alexej: »Bitte, der Herr, Sie nicht verstehen die Situation. Keineswegs wollte ich belästigen Ihre Frau. Bitte, verstehen Sie …«

Als sich nun sowohl auf Alexejs als auch auf Küsters Gesicht Irritation breitmachte, beeilte sich Enna zu sagen: »Bitte geleiten Sie den Herrn hinaus, Herr Küster. Es wird Zeit, dass ich nach den Kindern sehe.« Mit diesen Worten stolzierte sie davon, ohne Jean-Pierre auch nur eines Blickes zu würdigen.

»*Eh bon*«, hörte sie Jean-Pierre resigniert sagen, »dann es soll wohl so sein.« Enna lauschte seinen Schritten nach, die auf den Marmorfliesen der Diele widerhallten. Im nächsten Moment fiel die Haustür ins Schloss.

»Hat dieser Mann Sie belästigt?«, rief Alexej hinter ihr die Treppe hinauf. »Wir könnten ihm folgen und ihn der Polizei übergeben.«

»Nein«, antwortete Enna, um einen möglichst gelassenen Tonfall bemüht. »Er hat mich nicht belästigt. Er war nur ein wenig aufgebracht. Lassen Sie ihn einfach gehen.« Und nie mehr zurückkommen, fügte sie im Stillen hinzu.

Kurz überlegte Enna, zum Spielzimmer zu gehen, hinter deren Tür lautes Johlen und Gelächter zu hören war. Anscheinend hatten die Kinder von all dem Aufruhr nichts mitbekommen, und das war auch gut so. Nicht auszudenken, wenn Jean-Pierre plötzlich seiner Tochter gegenübergestanden hätte! Zweifelsohne wäre ihm bei ihrem Anblick nicht verborgen geblieben, was es mit diesem Kind auf sich hatte. Und dann? Was wäre dann geworden?

Bitte, Enna, werde meine Frau, hallte Jean-Pierres Stimme in ihrem Kopf nach.

»Zu spät«, murmelte sie. »Dafür kommst du sechs Jahre zu spät … *Chéri*.«

2

Berlin, November 1924

»Nun guck sie dir an«, sagte Fritze gedehnt, »da kommen sie wieder zu Hunderten ans Licht gekrochen, um sich etwas zu beißen zu besorgen, die Ratten der Nacht.«

»Ratten?« Janno sah seinen Freund stirnrunzelnd an, während er eine zerknitterte Schachtel aus der Hosentasche zog und eine Zigarette herausklopfte. Die beiden standen unter einer Straßenlaterne, deren Licht sich vielfach auf dem Pflaster der regennassen Straße spiegelte. »Nun seid also selbst ihr Kommunisten schon so weit, dass ihr diese Menschen als Ratten bezeichnet?« Er ließ sich von Fritze Feuer geben und deutete auf eine Gruppe junger Männer, die vor dem *Admiralspalast* an der Friedrichstraße herumlungerten. »Es sind Arbeitslose. Sie haben Hunger und hoffen auf Almosen von den Feiernden, die sich Nacht für Nacht ins Vergessen saufen und koksen.«

»Müssen Sie Ihre Verstümmelungen wirklich derart zur Schau stellen?!«, hörte er im nächsten Moment eine Frau im Pelzmantel einen Mann ankeifen, der ihr, offensichtlich im Krieg um einen Arm und ein Bein gebracht, mit flehendem Blick einen Blechnapf entgegenstreckte. »Glauben Sie mir, junger Mann, niemand will einen Krüppel wie Sie sehen. Niemand!«

Janno seufzte. Er hatte es längst aufgegeben, für diese armen Kriegskrüppel Partei zu ergreifen, denn es schien, als würden sowohl sie als auch die, die sie anfeindeten, täglich mehr werden. Nicht wenige Menschen empfanden es anscheinend als Zumutung, mit dem Anblick der Versehrten konfrontiert zu werden, waren diese für sie doch das Sinnbild für die Schmach der Niederlage, die ein ganzes Volk mit Macht zu verdrängen suchte. Und was, so fragte so mancher hinter vorgehaltener Hand und immer häufiger auch offen, berechtigte diese Menschen überhaupt zum Leben, da doch so viele andere hatten sterben müssen?

Aufgeschreckt durch eine Straßenbahn, die sich lärmend und blitzend an ihnen vorbeischlängelte, fiel Jannos Blick erneut auf die Gruppe der Herumlungernden. Ein paar der Männer hatten dürre, ausgehungerte Kinder dabei, wohl um bei den feiernden Nachteulen Mitleid zu erregen. Gerade schnippte ein aus dem Revuetheater kommender, in einen schwarzen Frack gekleideter Mann, dem eine mit Federhut und Fellkragen geschmückte Schönheit am Arm hing, mit arroganter Miene ein Geldstück in die Gruppe Wartender. Er lachte amüsiert, als sich mehrere Kinder auf die Knie schmissen und versuchten, mit ihren steif gefrorenen Fingern das Geldstück vom nassen Pflaster zu klauben. Ein vielleicht Vierjähriger ging aus diesem unwürdigen Gerangel als Sieger hervor. So schnell ihn seine dürren Beine trugen, sprang er auf und rannte, die kleine Faust fest um die Münze geklammert, in eine dunkle Gasse hinein. Ihm dicht auf den Fersen waren ein paar ältere Jungen, die sich gegenseitig anfeuerten, ihm das Geldstück abzujagen.

»Sind sie nicht ganz entzückend, die lieben Kleinen?«, gurrte die Federgeschmückte, als sie an Janno und Fritze vorbeischwankte. »Mach das doch noch mal, Egon. Es ist so lustig mitanzusehen, wie sie um die Münze rangeln. Aber sollten sie nicht längst in ihren Betten liegen?«

Angewidert von einer solchen Blasiertheit, stieß Janno geräuschvoll den Rauch seiner Zigarette aus. Dann kramte er in seiner Hosentasche nach ein paar Münzen und drückte sie einem kleinen Mädchen in löchrigem Mantel in die Hand, das still an eine Mauer gedrückt zitternd dastand, die Lippen blau vor Kälte. Er nickte ihr aufmunternd zu, als sie ihn aus viel zu großen Augen ungläubig anstarrte, und er hob den Finger an die Lippen. »Psst«, flüsterte er ihr zu. »Bring die Münzen lieber in Sicherheit, bevor sie jemand sieht!«

»Ein Skandal ist das«, knurrte er, als die Kleine nun mit schleppenden Schritten um die Ecke davonschlich und möglichst unbeteiligt tat. »Ein veritabler Skandal. Ich frage mich wirklich, ob unser Land aus diesem Elend jemals wieder herauskommt.«

»Lass uns noch was trinken gehen«, erwiderte Fritze. »Diese Zustände erträgt man nur im Suff. Außerdem muss ich noch die ganze gequirlte Scheiße verdauen, die wir uns gerade auf der Versammlung anhören mussten.«

Durch Zufall waren sie an diesem Abend in einem Saal gelandet, in dem ein Nationalist in brauner Uniform eine feurige Ansprache hielt. Ursprünglich lediglich angelockt von dem Geruch heißen Grogs, der aus den Fenstern waberte, hatten sie beschlossen, hineinzugehen und sich für ein paar Minuten aufzuwärmen. Wenige Sätze völkischer Redner aber hatten gereicht, um sie wieder in die nasskalte Nacht hinauszutreiben.

»Mit der Wirtschaft geht es dank Stresemanns Nachverhandlungen mit den Alliierten endlich bergauf«, bemerkte Janno und beantwortete damit selbst seine zuvor gestellte Frage. »Sobald es den Menschen besser geht, werden sie sich von den Nationalisten abwenden, du wirst sehen. Die Braunen sind immer nur so stark, wie das Elend der Menschen groß ist. Schon bald aber wird der Großteil der Arbeitslosen dank der amerikanischen Kredite wieder in Lohn und Brot sein, und dann kann diese braune Bagage Hetzreden schwingen, wie sie will, es wird sich niemand mehr für sie interessieren.«

»Ich traue dem Braten nicht«, widersprach Fritze. »Und ich wüsste nicht, wann uns die Amerikaner jemals Gutes wollten. Sie bringen uns mit ihren Krediten in eine Abhängigkeit, die keiner wollen kann.«

»Allemal besser als das, was jetzt ist.« Janno machte eine Kopfbewegung hin zu einer Reihe junger, grell zurechtgemachter Dirnen, die sich vorbeifahrenden Freiern feilboten. »Wenn Tausenden anständigen Mädchen und Frauen und selbst jungen Männern nichts bleibt, als ihre Körper an feiste alte Säcke zu verkaufen, *dann* sind wir in Abhängigkeiten, die keiner will. Nee, Fritze, glaube mir, die Kredite der Amerikaner kommen gerade richtig. Du wirst sehen, für uns brechen endlich goldene Zeiten an. Auch Edith und ich merken es bereits an unseren Auftragsbüchern, die sich langsam wieder füllen. Die Menschen gewinnen das Vertrauen in die Wirtschaft zurück, und das ist gut so.« Er hielt seinem Freund die Tür eines Tanzlokals auf, aus dessen Innern ihnen der Geruch von Zigarettenrauch und Champagner sowie laute Musik und Gelächter entgegenschlugen. »Komm rein, ich kredenz uns was zu trinken. Heute machen wir mal richtig einen drauf. Denn wozu, verdammt, leben wir sonst in Berlin?!«

Kaum, dass sie das Lokal betreten hatten, wurden sie auch schon von zwei jungen Damen untergehakt und auf die Tanzfläche geführt. Hier wirbelten Dutzende junge Menschen wild und ausgelassen durcheinander, die Männer zumeist in dunklem Anzug und Fliege, die Damen in Nahtstrümpfen und knielangem Hängerkleid, das im Rhythmus von Shimmy und Charleston schwang.

Nach anstrengenden Wochen und Monaten, in denen Edith und er, genauso wie so viele andere, um ihre Existenz gerungen und unter vielen Entbehrungen zu leiden gehabt hatten, beschloss Janno, in dieser Nacht alles so zu nehmen, wie es kam. Und so gab er sich nach dem vierten Glas Champagner bereitwillig den Avancen einer hübschen Brünetten hin, die sich an der Bar seiner angenommen hatte und nun beim Tanzen mit ihrem grellrot geschminkten Herzmund seinen Hals liebkoste und ihm unanständige Dinge ins Ohr flüsterte. Angestachelt durch die Musik und zu viel Alkohol ließ er sich schließlich von ihr in eines der vielen Separees führen, in deren Schutz es keine Tabus gab. Er ließ eine Flasche Champagner kommen und erstand von einem umherstreifenden Händler ein Mäppchen Kokain.

Als die Hände der Brünetten fordernder wurden und an seinem Hosenbund herumzufingern begannen, dachte Janno für einen kurzen Moment an Margot, die Witwe seines Kriegskameraden Werner Decker. Dann jedoch verscheuchte er den Gedanken an sie sogleich wieder. Nach wie vor konnte er sich ein Leben mit Margot an seiner Seite gut vorstellen, doch war auch er nur ein Mann mit Bedürfnissen, der nicht für den Rest seines Lebens auf diejenige warten wollte, die ihn seit Jahren auf später vertröstete.

Und so ließ er sich von Alkohol, Kokain und zärtlichen Händen immer tiefer in eine Welt hineintreiben, die ihm eine kurze Flucht aus dem harten Alltag versprach.

* * *

»Janno, wach auf! Was ist denn los mit dir?! Es muss ja eine ungestüme Nacht gewesen sein, wenn du um diese Uhrzeit noch im Bett liegst.« Edith versuchte erneut, ihren Kompagnon mit einem Rütteln an der Schulter wach zu bekommen, doch

Janno zog nur seine Stirn in tiefe Falten und ließ ein unwilliges Grunzen vernehmen. Die Augen aber hielt er geschlossen.

»Nun gut, du willst es anscheinend nicht anders.« Edith griff nach der noch zur Hälfte mit eiskaltem Wasser gefüllten Karaffe aus Emaille, die neben einer Waschschüssel auf der Kommode stand. Kurz überlegte sie, ob ein Glas voll Wasser womöglich genügen würde, Janno zu wecken, dann jedoch entschied sie sich dagegen – und kippte den gesamten Inhalt der Karaffe in einem Schwall über Jannos Gesicht aus.

»Was, was, was …?!« Prustend und schnaubend kam Janno zum Sitzen und ließ seinen Blick gehetzt in alle Richtungen schweifen. Ganz offensichtlich begriff er nicht, wie ihm gerade geschah.

Edith stand mit in die Hüften gestemmten Händen an seinem Bett und nickte zufrieden. »Zeit zum Aufstehen, Herr Ulferts.«

»Ja, sag mal …!« Janno schnappte empört nach Luft, als ihm endlich dämmerte, dass die eiskalte Dusche, die ihn so überraschend getroffen hatte, keineswegs ein Versehen war. Er schlug die nun völlig durchnässte Bettdecke zurück und sprang auf. In seiner Kehle formte sich bereits eine wütende Reaktion, doch durchfuhr seinen Kopf bei der unbedachten Bewegung ein so stechender Schmerz, dass er sich an die Stirn fasste und mit einem gequälten Stöhnen aufs Bett zurücksank. »Himmel, Edith!«, presste er heiser hervor, »willst du mich umbringen? Was, um alles in der Welt, habe ich dir getan?«

»Zieh dich rasch an, sonst holst du dir noch den Tod.« Sie warf ihm ein Handtuch zu, das er jedoch ignorierte.

»Ja, vielen Dank auch«, knurrte er. »Aber falls es dich interessiert: Mir ist nicht kalt und …« Noch während er diese Worte herauspresste, schlug er die Arme um den nur mit einem Unterhemd bekleideten Oberkörper. »Scheiße, Mann, woher kommt bloß diese schreckliche Kälte?«

»Von draußen.« Edith deutete auf das Fenster, an dem sich über Nacht Eisblumen gebildet hatten. »Nachtfrost«, stellte sie mitleidlos fest. »Nach dem Regen gestern dürfte es auf den Straßen verdammt glatt sein.« Als Janno noch immer keine Anstalten machte, sich zu bewegen, seine Zähne jedoch zu klappern begannen, griff sie nach seiner Hose und einem Pullover und reichte sie ihm. »Hier. Schaffst du es allein, oder soll ich dir helfen?«

»Wie spät ist es?«, fragte er mit dünner Stimme, während er sich mit schmerzverzerrtem Gesicht den Pullover über den Kopf zog.

»Neun Uhr.«

»Was machst du in meiner Wohnung?«

»Dich wecken.«

»Warum? Verdammt, Edith, es ist … es ist Sonntag.« Er runzelte die Stirn. »Oder?«

»Exakt.«

»Was gibt dir dann das Recht, mich zu wecken?« Er starrte sie aus nur einem halb geöffneten Auge empört an. »Was gibt dir überhaupt das Recht, in mein Schlafzimmer einzudringen? Ich bin ein erwachsener Mann, Edith, und …«

»Dann benimm dich auch so.«

»Wie bitte?! Ich muss niemandem Rechenschaft ablegen, wenn ich mal einen Samstagabend ein wenig über die Stränge … ooooh-ha!« Stöhnend presste er seine Hände gegen die Schläfen.

»Ein wenig mehr über die Stränge, meinst du wohl.«

»Selbst wenn, Edith, ich …«

»Auf Semmerings Büro hat es einen Überfall gegeben. Und auf sein Haus.«

»Jaja, ist ja schon gut, aber … Was?!« Ebenso verzögert wie entsetzt riss Janno die blutunterlaufenen Augen auf. »Was … was sagst du da, Edith?«

»Das ist der Grund, warum ich dich geweckt habe. Ein Überfall auf Semmering, heute Nacht. Es ist alles verwüstet, sagt er. Wir haben telefoniert. Er ist völlig aufgelöst.«

»Ver… verwüstet? Aber … aber warum denn nur?« Es fiel Janno sichtlich schwer, auch nur einen klaren Gedanken zu fassen, und er presste die Hand auf den Bauch, als wäre ihm plötzlich übel. »Wir … wir müssen zu ihm.«

»Mein Reden. Oder glaubst du, ich mache das alles hier aus Spaß? Genauso gut könnte ich jetzt mit meinen Kindern beim Frühstück sitzen und …«

»Ist ja schon gut, Edith. Gib mir ein paar Minuten, in Ordnung? Ich komme gleich zu euch rauf.« Janno sah sich mit finsterem Blick um. »Scheiße, Mann, ich kann mich nicht mal daran erinnern, wie ich ins Bett gekommen bin.«

»Irgendwer hat dich hergebracht«, erklärte Edith. »Ich habe euch im Treppenhaus poltern und singen gehört, mitten in der Nacht. Na ja, was man so singen nennt. Es klang nach Fritze, wenn du mich fragst. Keiner grölt die *Internationale* so falsch wie er.«

»Fritze, richtig.« Janno nickte, bereute dies jedoch sofort und stieß einen Fluch hervor. »Was ist bei Semmering passiert?«, besann er sich wieder aufs Wesentliche.

»Das, was derzeit überall passiert, schätze ich«, erklärte Edith.

»Die Völkischen?«

»Sieht so aus.«

Janno fluchte. »Da steckt dieser Bracken dahinter. Der ist es, der die braune Meute auf Semmering hetzt. Er hat sich diesem Schlägertrupp angeschlossen, dieser … dieser SA von diesem Hitler, der … wofür steht SA noch gleich?«

»Sturmabteilung.«

»Sturmabteilung. Richtig. Diese kleingeistigen Verbrecher breiten sich aus wie die Pest.«

»Offiziell ist die SA verboten«, gab Edith zu bedenken.

»Dafür gibt es jetzt den Frontbann«, winkte Janno ab. »Anderer Name, derselbe verdorbene Inhalt. So was kriegt man schlecht ausgerottet, wenn es erst mal da ist. Da können die den Hitler noch so oft ins Gefängnis stecken.«

»Vermutlich hast du recht damit, dass im Fall Semmering Horst Bracken der Anstifter war«, bestätigte Edith nachdenklich. »Nur können wir es ihm nicht beweisen.« Sie schloss die Augen und atmete einmal tief durch. »Mein Gott, der arme Semmering. Ich frage mich wirklich, warum sich die Braunen ausgerechnet auf ihn einschießen. Er hat doch niemandem etwas getan.«

»Er ist Jude. Das reicht den degenerierten Erbsenhirnen als Argument.«

»Ja, sieht so aus.« Edith seufzte. »Wie auch immer. Ich geh dann mal hoch und mache dir einen Kaffee.«

»Und ein paar Spiegeleier?« Janno grinste schief.

»Komm einfach rauf, dann sehen wir, wie wir aus dir wieder einen halbwegs funktionierenden Menschen machen können.«

Janno hob lahm die Hand, während er nach seinem zweiten Socken suchte. »Ist gut. Danke, Edith. Ich bin gleich bei euch.«

* * *

Entgeistert starrte Janno auf das Bürogebäude der Firma Semmering. Mehrere Fensterscheiben waren zu Bruch gegangen und die Haupteingangstür ganz offensichtlich mit einer Axt bearbeitet worden. Doch damit nicht genug, hatten die Randalierenden an den Mauern Schmierereien hinterlassen, unter ihnen mehrere Hakenkreuze und die Aufforderung *Juden raus!*. Das Gleiche an den Lieferwagen, die nebeneinander aufgereiht in einem Schuppen standen. An einem der Fahrzeuge, auf dem in knallroten Lettern *Judensau* geschrieben stand, machten sich gerade zwei junge Burschen mit Seifenwasser und Bürsten zu schaffen, doch schien sich die Farbe nur sehr schwer entfernen zu lassen.

»Auch an meinem Privathaus sind derartige Schmierereien«, erklärte Jacob Semmering mit dünner Stimme. »Als ich heute Morgen vor die Haustür trat, um eine Runde mit dem Hund zu laufen, standen auf der Straße Leute, um zu gaffen. Ich drehte mich um, um zu sehen, was sie so faszinierte, und da …« Er rieb sich die Stirn, als versuchte er, die Bilder aus seinem Kopf herauszustreichen. »Du lieber Gott, es war wirklich ein Schock. Ich weiß gar nicht, was ich jetzt tun soll. Meine Frau, sie ist sowieso schon so labil, und jetzt das. Es hat nicht nur uns getroffen, sondern auch zwei jüdische Nachbarn.«

»Hast du die Polizei verständigt?«, fragte Edith. Ihr war anzusehen, dass auch sie zutiefst erschrocken war über das Ausmaß der Randale.

»Ja, natürlich habe ich das, aber …« In Semmerings Augen stand die pure Verzweiflung, als Janno nun seinen Blick einfing. »Sie schienen eher amüsiert zu sein.«

»Amüsiert?« Janno glaubte, nicht richtig gehört zu haben. Er schob es auf seinen Kater, der ihm trotz eines reichhaltigen Frühstücks immer noch dröhnende Kopfschmerzen bereitete. Vielleicht war es an der Zeit, dem Freizeitvergnügen in den einschlägigen Lokalen der Hauptstadt nicht mehr zu frönen, dachte er, denn schließlich verlangte seine Arbeit einen klaren Kopf. Andererseits genoss er diese vergnüglichen kleinen Auszeiten, die ihm Alkohol und Kokain und nicht zuletzt die aufgeschlossenen weiblichen Schönheiten bereiteten, immer mehr. Niemals hätte er sich vorstellen können, dass ein solch ausschweifendes Leben in diesem Land möglich sein konnte – und in seiner noch tief in der Vergangenheit verhafteten ostfriesischen Heimat war das auch ganz sicher immer noch undenkbar. Umso mehr aber war er darauf erpicht, sich auf die sich bietenden Möglichkeiten einzulassen, vor allem auf die körperlichen Freuden, hatte er doch bis dahin nicht gewusst, wie lustvoll sich so manche Dame zu geben bereit war. Er lächelte in sich hinein. In der Tat, die süße Brünette von letzter Nacht war allemal einen verkaterten Sonntag wert.

»Ja, amüsiert«, holte ihn Semmerings Stimme in die Gegenwart zurück. »Einer der Polizisten meinte frech, dann solle ich mir die Aufforderung doch einfach zu eigen machen, und das Problem wäre gelöst.«

»Die Aufforderung zu eigen machen?« Janno zwang sich, sich wieder auf seinen ehemaligen Chef zu konzentrieren. »Von welcher Aufforderung sprach er?«

Semmering deutete auf die Hauswand. »Juden raus«, wisperte er.

Janno schnappte fassungslos nach Luft, während Edith einen kieksenden Laut ausstieß. »Das … das ist doch …!«, keuchte sie, doch fehlten ihr anscheinend die Worte, denn sie brachte den Satz nicht zu Ende.

»Und seine Kollegen?«, fragte Janno. »Er wird doch nicht allein hier gewesen sein. Ich meine, überall laufen dieser Tage verwirrte Gestalten herum, selbst bei der Polizei. Dennoch würde ich …«

»Sie haben gelacht«, unterbrach Semmering ihn.

»Was?«

»Sie haben gelacht und ihm auf die Schulter geklopft, als hätte er einen besonders guten Scherz gemacht. Einer von ihnen verabschiedete sich gar mit *Auf Wiedersehen, Saujude.*«

Janno, durch diese erschreckende Schilderung wieder ganz im Hier und Jetzt angekommen, schluckte schwer. Er mochte kaum glauben, was er da hörte. Natürlich war auch ihm nicht entgangen, dass die mit der Faust argumentierende rechte Brut in ihren braunen Uniformen immer mehr Unterstützer um sich scharte, auch nahmen die Straßenkämpfe, die zum Teil ein kriegerisches Ausmaß hatten, zwischen Linken und Rechten zu. Von der Polizei aber hätte er erwartet, dass sie sich zumindest in diesem Fall auf die Seite der Opfer stellte. Wenn selbst das nicht mehr gewährleistet war, dann wären Menschen wie Jacob Semmering den gegen sie gerichteten Hasstiraden in Zukunft schutzlos ausgeliefert. Und das war nun wirklich keine Welt, die man sich vorstellen mochte.

»Glaubst du, dass Horst Bracken dahintersteckt?«, fragte Edith freiheraus.

Semmering nickte, ohne zu zögern. »Das ist gut möglich. Er hat nie aufgehört, mir das Leben schwer zu machen, wie ihr wisst. Auch nicht, als er schon längst nicht mehr für mich arbeitete. Erst kürzlich hat er sich mir bei einer zufälligen Begegnung in den Weg gestellt und mir mit stolzgeschwellter Brust, aber auch mit einem unverhohlen drohenden Unterton in der Stimme erzählt, dass er jetzt Mitglied des Ringvereins *Immertreu* sei.«

»*Immertreu*?« Edith verzog das Gesicht. »Von denen hat mir Gertrud erzählt. Die Herren Mitglieder geben sich piekfein, tatsächlich aber halten sie die Geschäftswelt mehr und mehr in Atem. Auch *Trudes Perle* haben sie angeblich im Visier. Gertrud bekam unlängst Besuch von zwei Herren, die ihr«, Edith zeichnete Anführungsstriche in die Luft, »den Schutz ihrer Mädchen angedient haben. Außerdem haben sie ihr erklärt, von nun an für die«, es folgten erneut Anführungsstriche, »Personalvermittlung zuständig zu sein.«

»Was nicht weniger heißt, als dass sie es sind, die *Trudes Perle* ab sofort mit Prostituierten und sonstigem Personal versorgen und dafür ordentlich abkassieren.« Janno stöhnte auf. Elisabeth hatte ihm kürzlich Ähnliches zu berichten gewusst. Nun war also auch Gertrud eines der Opfer geworden, und es würde für sie kaum eine Möglichkeit geben, sich zur Wehr zu setzen. Denn auch, wenn es um die kriminellen Machenschaften der Ringvereine ging, die sich nach außen als wohltätige Männergesangs-, Sport- oder Geselligkeitsvereine anpriesen, hielt sich die Polizei gern bedeckt. Die Ringvereine sorgten ihrer Ansicht nach in vielen Stadtteilen auf ihre ganz eigene Art für Zucht und Ordnung, was der Staatsmacht nicht selten entgegenkam. Schutzgelderpressung, Prostitution, Einbruch, Drogenhandel … Das waren nur einige der Geschäftsfelder, die in Berlin inzwischen fest in der Hand der Ringvereine waren. Es war allgemein bekannt, dass es mindestens einer beachtenswerten Vorstrafe bedurfte, um als Mitglied aufgenommen zu werden. Janno wartete nur auf den Tag, an dem einer der zahlreichen Vereine auch bei ihm vorstellig wurde, um sich seinen Anteil am Geschäft zu sichern, doch hatte man *Janulf & Partner* bislang verschont. Wenn nun aber Horst Bracken Mitglied bei *Immertreu* war, dann mochte sich das wohl bald ändern. Grauen machte sich in ihm breit, wenn er daran dachte, dass sein so schwer erarbeiteter Fuhrpark dann ebenso verschandelt werden könnte wie der von Semmering.

»Das hier sieht allerdings mehr nach den Schlägern der SA oder des *Stahlhelms* als nach der Tat eines Ringvereins aus«, stellte Edith fest. »Es ist ein klar antisemitisch motiviertes Verbrechen.«

»Vielleicht gibt es Zeugen«, überlegte Janno laut. »Irgendwer muss doch mitbekommen haben, was hier passiert ist.«

»Selbst wenn es Zeugen gäbe, dann würden sie sich ganz sicher nicht als solche zur Verfügung stellen«, vermutete Semmering. »Niemand legt sich freiwillig mit einem Ringverein oder den rechten Schlägertrupps an – schon gar nicht, wenn es darum geht, einen Juden zu verteidigen.«

»Was ist mit den Geschäften?«, lenkte Janno das Gespräch in eine andere Richtung, weil er nicht darüber nachdenken wollte, dass Semmering mit dieser düsteren Analyse recht haben könnte. Außerdem ließ sein Kopfschmerz keine allzu komplizierten Gedankengänge zu. »Ich hoffe, sie entwickeln sich zufriedenstellend?«

»Ja, es geht bergauf. Gott sei Dank geben die meisten Leute nichts auf die antisemitische Propaganda, zumindest nicht, wenn es um ihre Lebensmittel geht, die sie in exzellenter Qualität geliefert haben wollen. Zudem hat sich der Markt in den letzten zwei Jahren bereinigt, wie es so schön heißt. Etliche Lieferanten haben die sorgenvolle Zeit nicht überlebt, sodass Lieferlücken entstanden sind. Aber das weißt du ja alles.« Er klopfte Janno auf die Schulter. »Danke nochmals, dass ihr mich in der Wirtschaftskrise nicht im Stich gelassen habt. Ich weiß das sehr zu schätzen.«

Janno nickte, auch wenn ihn kurz das schlechte Gewissen streifte. Als es auch *Janulf & Partner* im vergangenen Jahr immer schlechter ging und Edith und er froh sein mussten, sich überhaupt noch etwas zu essen leisten zu können, hatte er nicht nur einmal darüber nachgedacht, seinen Geschäftsvertrag mit Jacob Semmering zu lösen. Natürlich war ihre Misere nicht allein der Tatsache geschuldet gewesen, dass sein Geschäftspartner jüdischer Abstammung war, doch hatte es auf nicht wenigen gekündigten Verträgen ihrer Kundschaft durchaus entsprechende Hinweise gegeben. Sollte sich *Janulf & Partner*, so hatte es hier und da geheißen, dazu entschließen, ein rein arisches Geschäft zu sein, würde man sich einer weiteren Zusammenarbeit gegenüber offen zeigen.

Nun aber, da es mit der Wirtschaft zusehends bergauf ging, schien auch der Groll vieler Menschen gegen die vermeintlich am Elend schuldigen Kommunisten und Juden ein Stück weit wieder abzuflauen. Wer nicht hungerte und zudem Obdach hatte, legte in der Regel weniger Wert darauf, Schuldige zu finden, die er für sein Leid verantwortlich machen konnte.

»Wie willst du jetzt weiter vorgehen?«, fragte Edith. »Es wird Wochen dauern, bis die Schmierereien und Schäden beseitigt sind, wenn dir niemand hilft.«

»Noch gibt es Arbeitslose genug«, antwortete Semmering. »Viele von ihnen werden froh sein, ein wenig Geld verdienen zu können. Ich werde nicht knausrig sein, dann werden sich schon Leute finden.«

»Ohne den Teufel an die Wand malen zu wollen«, sagte Janno, »so würde ich dir doch dringend raten, zumindest über Nacht ein paar Wachposten aufzustellen. Es sollten Männer sein, die nicht zögern, körperliche Gewalt anzuwenden, wenn es nötig wird. Keine andere Sprache versteht der Abschaum, der sich zu solch widerlichen Taten herablässt.«

»Darüber hatte auch ich schon nachgedacht«, nickte Semmering. »Es wird nicht ganz billig, aber alles andere würde mich auf Dauer sicherlich deutlich teurer kommen.« Er schaute Janno prüfend an, als der nun Anstalten machte, sich zu verabschieden. »Ist mit dir alles in Ordnung?«, fragte er. »Dunkle Ringe unter den Augen, eingefallene Wangen, deine Hände zittern … du bist doch nicht krank?«

»So krank, wie man eben ist, wenn man nächtelang durch die Lokale zieht«, erwiderte Edith, noch bevor sich Janno eine Antwort zurechtgelegt hatte. »Du weißt, wie es in Berlin zugeht, Jacob, und … nun ja, Janno ist mittendrin.«

Täuschte Janno sich, oder hatte in Ediths Äußerung eine gewisse Verärgerung mitgeschwungen? Oder war es Sorge? »Hör nicht auf sie«, sagte er schnell, als sich Semmerings Falten noch tiefer in die Stirn gruben. »Hier und da ein Bier – das wird einem Mann nach anstrengender Arbeit ja wohl noch zustehen, oder?«

»Du solltest auf Edith hören«, sagte Semmering und rieb sich müde die Augen. »Krüppel haben wir in diesem Land schon genug, da müssen sich nicht auch noch die gesunden jungen Männer mit irgendwelchem Teufelszeug zu solchen machen.«

Janno lachte auf, doch merkte er zu seinem Ärger selbst, dass es verbittert klang. »Ich weiß wirklich nicht, was schlimm daran sein soll, das Leben ein wenig zu genießen.« Er schaute Edith an, sein Blick ein einziger Vorwurf. Dann jedoch versuchte er, seiner Stimme einen humoristischen Tonfall zu geben, als er hinzufügte: »In Momenten wie diesen – und nicht nur wie diesen, das kannst du mir glauben, meine liebe Edith – bin ich wirklich dankbar, nicht verheiratet zu sein.« Er legte seinen Kopf schief und einen Finger ans Kinn. »Hm, wenn ich es mir richtig überlege, sollte ich daran auch nichts ändern, oder was meinst du?«

Edith drehte sich auf diese kurze Ansprache hin wortlos um und lief schnellen Schrittes davon. Janno ging davon aus, dass sie sich in den Lieferwagen setzen würde, mit dem sie hergekommen waren, aber sie lief an dem Fahrzeug vorbei und aus dem Hoftor hinaus, ohne sich noch einmal umzudrehen.

»Was hat sie denn?«, lachte Janno gekünstelt, während er in viel zu schnellen Zügen an seiner Zigarette zog. »Versteh einer die Weiber.«

Semmerings Kehle entwich ein undefinierbares Knurren. »Ein bisschen mehr Respekt würde dir gut zu Gesicht stehen, Janno. Was ist nur in dich gefahren, dass du dich derart gehen lässt?! Es gibt keinerlei Grund, gerade Edith, die immer zu dir gestanden hat, auf eine so schäbige Art zu begegnen.«

Janno griff fluchend nach seinen Zigaretten und zündete sich eine an, ohne Semmering auch eine anzubieten. »Ich weiß schon, was gut für mich ist«, entgegnete er, »also spar dir deine Belehrungen.«

»Ist es wegen dieser Margot Decker, dass du so ungehalten bist?«, ließ Semmering nicht locker.

»Margot?« Janno fluchte erneut. »Wie kommst du denn jetzt auf Margot? Natürlich geht es nicht um sie, warum auch?

Sie ist nicht die einzige Frau auf der Welt, oder? Außerdem wüsste ich wirklich nicht, was dich mein Leben angeht.«

»Du solltest Menschen, die dir wohlgesinnt sind, nicht vor den Kopf stoßen, Janno«, belehrte Semmering ihn, wobei er offenließ, ob er dabei von sich selbst oder von Edith sprach. »Stattdessen sollten wir alle dankbar sein, dass es solche Menschen in unserem Leben gibt, findest du nicht? Die Zeiten sind schwer genug, da sollte man es sich mit ihnen nicht verderben.«

»Wenn du noch Hilfe brauchst, sag Bescheid«, knurrte Janno, ohne auf das Gesagte einzugehen. Semmerings Worte hatten ihn vor allem deshalb getroffen, weil er wusste, dass er recht hatte. Mit allem. Und genau das machte ihn, Janno Arjen Ulferts, so wütend. Er wusste selbst nicht, was mit ihm los war, aber eines wusste er ganz genau: Niemand, absolut niemand hatte ihm zu sagen, wie er sein Leben zu führen hatte.

Er nickte Semmering zum Abschied zu und schaute sich nach Edith um, bevor er seinen Lieferwagen startete. Die aber blieb verschwunden. »Na, dann eben nicht«, schimpfte er, wobei er selbst nicht zu sagen wusste, warum er dieser Frau gegenüber plötzlich eine so unbändige Wut verspürte. Er kam zu dem Schluss, dass dies an dem verdammten Kopfschmerz liegen musste. Also galt es, etwas gegen ihn zu unternehmen.

Nur wenige Minuten später hielt er an einer Spelunke, vor der sich ein paar abgerissene Gestalten aufhielten. »Alkohol bekämpft man am besten mit Alkohol«, schoss ihm eine Lebensweisheit in den Sinn, von der er nicht wusste, woher er sie kannte. Aber er nahm es als Zeichen, dass es an der Zeit war, zum angenehmen Teil des Sonntags überzugehen.

* * *

Entgegen ihrer Gewohnheit kehrte Edith an diesem Sonntagabend in *Trudes Perle* ein. Normalerweise verließ sie ihre Wohnung abends nicht, sondern blieb bei ihren Kindern. Heute aber hatte sie den elfjährigen Gustav und die sechsjährige Marie darauf eingeschworen, für ein paar Stunden ohne sie zurechtzukommen. Was kein größeres Problem darstellen sollte, denn zum einen hatte sie zwei sehr selbstbewusste und selbstständige Kinder, zum anderen war in dem Mietshaus, in dem sie wohnten, Hilfe niemals fern, wenn sie gebraucht wurde.

Früher hatte Edith sich in solchen Fällen stets auf Janno verlassen können, der ein Stockwerk unter ihnen wohnte, doch seit der sich immer häufiger im Berliner Nachtleben vergnügte, war er nur selten greifbar, wenn man ihn brauchte. An diesem Sonntag zum Beispiel hatte sie ihn nicht mehr zu Gesicht bekommen, obwohl sie nach dem Frühstück vereinbart hatten, sich auch zum Abendessen zusammenzutun. Leider aber war er mal wieder verschollen. Offensichtlich hatten ihn selbst Semmerings Worte nicht zur Vernunft bringen können.

Es war eine Entwicklung, die sie mit Sorge betrachtete, und sie verspürte den dringenden Wunsch, diese Sorge mit irgendwem zu teilen. Mit viel Glück würde sie in *Trudes Perle* nicht nur die Eigentümerin Gertrud antreffen, sondern auch deren Freundin Margarete, die sich inzwischen immer häufiger in Berlin anstatt in ihrer Heimat Duisburg aufhielt.

Edith öffnete die Tür zu *Trudes Perle*, und sofort schlug ihr eine Wolke aus blauem Dunst entgegen, der sie zum Husten brachte. Aus den mit dämmrigem Licht ausgeleuchteten Separees der Kaschemme, in der sich gemeinhin viele ausländische Gäste mit den hier arbeitenden jungen Frauen vergnügten, schauten ihr diverse Paare glasiger Augen entgegen, in nicht wenigen von ihnen glomm bei ihrem Anblick ein lüsterner Funke auf.

»Edith«, erklang unweit von ihr Gertruds Stimme. Mit besorgtem Blick kam ihre Freundin, die mit einem knallroten, mit Strassperlen besetzten Hängekleid bekleidet war und zudem eine Pelz-Boa um den Hals trug, auf sie zu. Auf ihrem Kopf wippten ein paar an einem Haarreif befestigte Reiherfedern, in der Hand hielt sie eine Spitze mit Zigarette, ihre Lippen waren grellrot geschminkt. Gertrud nahm sie in den Arm und hauchte ihr Luftküsschen rechts und links am Ohr vorbei. Nach einem warnenden Blick von ihr wandten sich zwei Männer, die sich Edith genähert hatten und ganz offensichtlich auf ein Techtelmechtel aus waren, rasch wieder ab. »Was, um alles in der Welt, treibt denn dich zu so ungewöhnlicher Zeit hierher?«, raunte Gertrud ihr mit gedämpfter Stimme ins Ohr. »Ist irgendetwas geschehen? Brauchst du Hilfe?«

Edith lächelte. »Ich brauche deinen Rat, Gertrud. Aber zunächst einmal brauche ich ein Glas Champagner. Vielleicht auch eins mehr.«

»Na, wenn das alles ist – damit können wir dienen.« Gertrud führte sie zur Theke, hinter der zwei leicht bekleidete junge Mädchen dafür sorgten, dass die Gläser der Gäste immer gefüllt waren.

Zu Elisabeths Freude trat nun auch Margarete aus einem hinter der Theke gelegenen Raum heraus. »Edith«, rief sie freudig aus, »welch unerwarteter Anblick!« Doch sofort verdunkelte sich ihr Blick. »Ist was passiert? Brauchst du Hilfe?«

Allein durch die Anwesenheit dieser beiden so aufmerksamen Frauen fühlte sich Edith gleich besser. In ihrem Viertel genoss Gertrud den Ruf, dass es kein Problem gab, das sie nicht aus der Welt schaffen konnte. Und als ihr eine der Bardamen allein auf Gertruds Wink hin nun ein Glas Champagner in die Hand drückte, war Edith einmal mehr geneigt, dies zu glauben.

»Also, was ist los?«, fragte Gertrud, als Edith ihr Glas in einem Zug zur Hälfte leerte.

Edith nahm allen Mut zusammen. »Es geht um Janno«, sagte sie. »Er … also … ich habe Angst, dass er unter die Räder gerät, und ich habe keine Ahnung, wie ich ihn davor bewahren kann.«

»Ist es denn deine Aufgabe, ihn davor zu bewahren?«, fragte Margarete, die heute ein entzückendes Kleid aus königsblauer Seide trug, in ihrer direkten Art.

»Wie meinst du das?« Edith schaute sie verunsichert an.

»Na ja, ihr seid schließlich nicht verheiratet, und …«

»Das nicht, aber wir sind Geschäftspartner, schon vergessen?«, unterbrach Edith sie ein wenig zu ruppig. »Da geht es mich eine ganze Menge an, wenn er …« Sie zögerte, weil sie nicht die richtigen Worte fand.

Gertrud drückte sie auf einen Barhocker und ließ ihr Glas nachfüllen. »Nun erzähl erst mal in aller Ruhe, warum du dir Sorgen um Janno machst.«

Edith schaute sich verstohlen um, um sicherzugehen, dass niemand sie belauschte. Auf keinen Fall wollte sie riskieren, dass irgendein Zufall dazu führte, dass man Janno von diesem Gespräch berichtete, denn dazu war die Situation viel zu heikel. Zögerlich begann sie, von Jannos zunehmenden nächtlichen Eskapaden zu berichten, und endete schließlich mit den Worten: »Ich mache mir wirklich Sorgen um ihn, denn sein Verhalten passt so gar nicht zu seiner sonst so vernunftgesteuerten Art.«

»Und nicht zu dem, was du dir unter dem richtigen Partner vorstellst.« Margarete zwinkerte ihr zu. »Und damit meine ich ganz sicher nicht nur den Geschäftspartner.«

Edith errötete, weil sie wusste, dass ihre Freundin recht hatte. Irgendwann einmal hatte Edith die Hoffnung gehegt, dass sich auch zwischen Janno und ihr ein so inniges Band entwickeln würde, wie es Gertrud und Margarete verband. Inzwischen aber hatte sie einsehen müssen, dass Janno bei

Weitem keine so tiefen Empfindungen für sie hegte wie sie für ihn. Die Enttäuschung, die sie darüber empfand, wurde lediglich dadurch gemildert, dass im Gegenzug auch Janno nicht von seiner Angebeteten erhört wurde – wobei Edith absolut schleierhaft war, warum Margot Decker sich nicht für eine Verbindung mit ihm erwärmen konnte.

Für Ediths Seelenfrieden aber war es besser, die beiden nicht zusammen zu wissen, auch wenn sie diese Form der Genugtuung, genau wie ihre Eifersucht, als erbärmlich empfand. Ihr war durchaus bewusst, dass Janno auch ohne Margot die Nächte keineswegs allein verbrachte, denn alles andere war für einen so jungen und gesunden Mann wie ihn im heutigen Berlin undenkbar. Den Reizen der Frauen, denen jedes Gefühl für Anstand und Sitte abhandengekommen zu sein schien, würde er sich nicht entziehen können. Und vermutlich auch nicht wollen. Aber solange er sich lediglich die Hörner abstieß und keine feste Verbindung einging oder einer anderen Frau gegenüber irgendetwas von Liebe faselte, gelang es Edith, ihre Wut und Enttäuschung darüber im Zaum zu halten – auch wenn sie die jungen Frauen, denen Janno vermutlich seine Aufmerksamkeit schenkte, so glühend beneidete, dass dies in ihrer Seele durchaus Verletzungen hinterließ.

Als viel schlimmer aber empfand sie tatsächlich den offensichtlichen Alkohol- und Drogenkonsum, dem Janno anheimgefallen war. Noch litt seine Arbeit nicht darunter, auch wenn es durchaus schon mal zu vereinzelten Gedächtnis- und Konzentrationslücken gekommen war, die sie von ihm nicht kannte. Von so manchem Zuspätkommen einmal abgesehen. Sollte Janno also nicht schnell die Notbremse ziehen, war vermutlich Schlimmeres zu befürchten, bis hin zur Gefährdung ihrer beider Existenz.

»Wie auch immer«, sagte sie, um einen sachlichen Tonfall bemüht, als Gertrud und Margarete sie nun ebenso schweigend wie prüfend musterten. »Trotz ständiger Überlegungen habe ich keine Ahnung, wie ich dem Niedergang unserer Firma entgegenwirken kann, wenn Janno sich weiterhin derart gehen lässt. Selbst Jacob Semmering hat heute eine Bemerkung zu seinem schlechten Aussehen gemacht.« Sie sah Gertrud hoffnungsvoll an. Als tüchtige Geschäftsfrau würde sie doch sicherlich einen Rat für sie haben, oder?

»Wie geht es Jacob?«, fragte Gertrud, anstatt sich zu Ediths Problem zu äußern. »Wie mir zugetragen wurde, haben die Rechten ihm in der letzten Nacht übel mitgespielt.«

Edith nickte. »Er ist sehr verunsichert, wie ihr euch vorstellen könnt. Für ihn steht alles auf dem Spiel.«

»So wie für dich.«

Edith schaute Gertrud verwundert an. »Du siehst es also auch so?«

»Wenn Janno sich nicht am Riemen reißt, dann solltest du dich schleunigst von ihm trennen«, erklärte Gertrud in aller Deutlichkeit. »Und wenn du diesen Mann noch so sehr liebst, Edith – wovon ich allerdings seit Langem ausgehe –, so musst du doch als Allererstes an dich und deine Kinder denken. Oder willst du vielleicht noch einmal durch die Hölle gehen, nur weil du einem Mann zu lange dein Vertrauen schenkst? Dein Ehemann war doch auch schon ein Totalausfall.«

Edith seufzte. Natürlich wusste sie, dass Gertrud recht hatte, doch war es absolut nicht das, was sie hören wollte. Dennoch würde ihr wohl gar nichts anderes übrig bleiben, als sich von Janno zu trennen, wenn er nicht endlich zur Besinnung kam. Nach den Erfahrungen mit ihrem seit dem Krieg verschollenen Ehemann, der außer leeren Versprechungen nichts zu bieten gehabt und sie und ihre Kinder ins Elend geschickt hatte, war sie nicht bereit, sich das so schwer Erarbeitete wieder nehmen zu lassen. Also würde sie sich Janno morgen wohl oder übel vorknöpfen und ihm klipp und klar sagen, dass …

Edith kam nicht mehr dazu, diesen Gedanken zu Ende zu führen oder ihn gar noch mit Gertrud und Margarete zu diskutieren, da in diesem Moment die Tür aufflog und sich ein bestimmt zwölfköpfiger Trupp Männer in brauner Uniform Zutritt zur Lokalität verschaffte, obwohl die Türsteher sichtlich bemüht waren, sie am Eintritt zu hindern. Was ihnen nicht gelang, denn wie immer schreckten die Nationalisten nicht vor Gewalt zurück. Noch ehe sich's einer der Türsteher versah, schlug ihm einer der Braunhemden seinen Gummiknüppel derart hart ins Gesicht, dass man allenthalben das Bersten des Jochbeins und womöglich noch anderer Gesichtsknochen vernehmen konnte – was nicht zuletzt auch der Tatsache geschuldet war, dass in *Trudes Perle* plötzlich eine angespannte Stille herrschte. Jedes noch so kleine Säuseln war verstummt, und selbst das Orchester, das an diesem Abend stimmungsvollen Jazz zum Besten gab, hatte abrupt aufgehört zu spielen. In den Augen der vier schwarzen Musiker zeichnete sich schiere Angst ab, und sie versuchten mit kaum wahrnehmbaren Schritten, rückwärts den Weg hinter den Vorhang anzutreten, um dann durch den Hinterausgang verschwinden zu können.

Das Gesicht eines der Braunhemden, der offensichtlich der Anführer der Truppe war, verzog sich zu einem ebenso breiten wie verächtlichen Grinsen. Noch während er, wie auch seine Kumpane, seinen Gummiknüppel in einer Drohgebärde immer wieder auf seine linke Handfläche schlug, griff er in einem Moment blitzschnell nach dem Arm eines der blutjungen Animiermädchen und zog diese unsanft zu sich heran. »Wie man mir sagte, gibt es in diesem Sündenbabel die Mädchen für so tapfere arische Burschen wie mich, die noch dazu Geburtstag haben, heute gratis.« Er sah Gertrud, von der er offenbar wusste, dass sie die Chefin war, provozierend an. »Also werde ich mich jetzt mit der Kleinen hier ein wenig amüsieren, während meine Kameraden gern beim Aufräumen helfen, sollte es hier zwischenzeitlich zu Ärger kommen.« Er hob eine Augenbraue. »Ich denke doch, dass du nichts dagegen einzuwenden hast, dass ich mich ein wenig amüsiere, meine liebe Gertrud?«

»Du kennst diesen Mann?«, zischte Edith ihrer Freundin genauso unüberlegt wie entsetzt zu, doch gebot Gertrud ihr mit einer harschen Geste, den Mund zu halten. Zu spät.

Der Braune musterte Edith mit einem interessierten Blick, dann nickte er dem zu seiner Rechten stehenden Begleiter zu, ohne seine Augen von Edith abzuwenden. Der zögerte nicht lange und zog seinen Gummiknüppel mit Schwung über einen der Tische. Gläser zersprangen, Champagner spritzte, Holz splitterte, das elektrische Licht einer Lampe erstarb. Allenthalben waren erstickte Schreie zu hören, doch reichte ein halbes Dutzend warnend durch die Luft schwingender Gummiknüppel aus, um wieder Ruhe einkehren zu lassen.

Edith erstarrte, als der Anführer die Kleine, deren Taille er umklammert hielt, wegstieß und nun mit langsamen Schritten direkt auf sie zukam. »Mir scheint, da ist eine ganz scharf darauf, mich kennenzulernen«, gurrte er. »Na, dann komm mal mit, meine Schöne, denn auch ich könnte mir durchaus vorstellen, an dir Gefallen zu finden.« Er trat so dicht an sie heran, dass sie seinen alkoholisierten Atem in ihrem Nacken spürte, und ließ seine Finger durch ihre blonden Locken fahren. »Du hast seidiges Haar«, raunte er. »Und ich wette, dass deine Haut sich ähnlich gut anfühlt.« Er strich ihr mit seinen schwieligen Fingern über die Wange, dann über den Hals, während sie viel zu schockiert war, um sich zu regen.

Niemand im Saal machte Anstalten, ihr zu helfen. Selbst Gertrud stand einfach nur da und starrte ausdruckslos auf die Szene, die sich ihr bot. Nach ihrem Fauxpas war Edith klar, dass die Situation eskalieren würde, sobald auch nur einer den Mund aufmachte oder sich gar bewegte. Als der Mann sie nun um die Taille fasste und sie Richtung Treppe führte, begann sie am ganzen Leib zu zittern.

Edith sah aus dem Augenwinkel, dass die Musiker von der Bühne verschwunden waren, was die Eindringlinge nicht zu stören schien. Ganz offensichtlich hatten sie heute keinen Auftrag, sich um die Jazzer zu kümmern.

Ediths Beine waren inzwischen so weich, dass es ihr kaum gelang, die erste Stufe zu nehmen. »Na, nun komm schon, mein Goldlöckchen«, hörte sie ihren Begleiter säuseln, der ihren Arm fest umklammert hielt. »Du kannst es doch sicher kaum erwarten, dass ...«

Er stockte, als wie aus dem Nichts ein Mann neben ihm auftauchte. Edith sah noch, wie der Braungekleidete voller Entsetzen Augen und Mund aufriss, als sich der Lauf eines Revolvers an seine Schläfe drückte, doch kam er nicht mehr dazu, auch nur einen Laut auszustoßen, denn plötzlich zerriss ein Schuss die Stille und blies ihm das Gehirn weg.

Elisabeth, plötzlich von oben bis unten mit Blut besudelt, wollte schreien, doch entwich ihrer Kehle lediglich ein jämmerliches Keuchen.

»Es war ein verdammter Fehler, sich ausgerechnet meine Frau auszusuchen«, hörte sie den Mann sagen, dessen Stimme ihr einen eisigen Schauer über den Rücken jagte. Er fuchtelte mit seinem Revolver herum, um den anderen Braunhemden, die starr vor Entsetzen dastanden, stumm zu bedeuten, dass sie das Lokal auf der Stelle zu verlassen hätten, wollten sie nicht das gleiche Schicksal erleiden wie ihr Kamerad.

»Alles in Ordnung mit dir, mein Schatz?«, wandte sich der Mann wieder Edith zu, als die Braunhemden verschwunden waren.

»Martin«, krächzte sie, »wo kommst du denn her?« Dann wurde es schwarz um sie.

* * *

Janno fühlte sich an diesem nasskalten Morgen im späten November wie von einer Straßenbahn überrollt. Was weniger daran lag, dass sein Kopf von Alkohol und Kokain noch ganz benebelt war – auch wenn das durchaus der Fall war. Vielmehr konnte und wollte er immer noch nicht glauben, dass Ediths Ehemann zurückgekehrt war. Nach so langer Zeit. Wo, um alles in der Welt, hatte dieser Mann in den vergangenen sechs Jahren gesteckt, seit man ihn zum letzten Mal in Berlin gesehen hatte? Sie alle waren davon ausgegangen, dass er tot war, wie sie auch bei so vielen anderen Männern davon ausgingen, die nicht mehr aus dem Krieg heimkehrten und bis heute als verschollen galten. Nun aber stand Martin plötzlich quicklebendig vor seiner Frau und tat so, als wäre nie was gewesen?

Das zumindest war es, was man ihm erzählt hatte, denn er selbst hatte Edith seit diesem Vorfall nicht mehr zu Gesicht bekommen, genauso wenig wie ihre Kinder. Mehrmals schon hatte er an deren Tür geklopft und auch mit den Fäusten dagegengehämmert, doch es war ruhig geblieben. Die Familie schien ausgeflogen zu sein, und niemand konnte ihm sagen, wohin. Was nur logisch war, denn natürlich konnte Martin Wiemers nach allem, was in *Trudes Perle* geschehen war, kein Interesse daran haben, dass man ihn aufspürte. Die Nationalisten würden auf Rache sinnen und ihn jagen, bis sie seiner habhaft wurden.

Doch was hatte Edith mit alldem zu tun? Warum hatte Martin sie mitgenommen? Oder hatte sie sich ihm gar freiwillig angeschlossen, froh darüber, dass er endlich wieder da war?

Janno schüttelte den Kopf. Nein, so war es ganz sicher nicht. Stets hatte Edith voller Verachtung von ihrem Gatten gesprochen, der auf ganzer Linie versagt und seine Familie ins Elend gestürzt hatte. Halb tot hatte Janno Edith im Winter Anfang 1919 vorgefunden, nachdem der kleine Gustav verzweifelt an seine Tür geklopft und um etwas zu essen gebeten hatte. Nein, dass Edith mit den Kindern freiwillig zu ihrem Ehemann zurückgekehrt war, war absolut ausgeschlossen.

Aber was war dann geschehen?

Janno stapfte gesenkten Hauptes durch den erneut einsetzenden Schneeregen, den Kragen des Mantels hochgeschlagen, den Hut tief ins Gesicht gezogen. Der eiskalte Wind kroch durch jede Ritze seiner Kleidung und biss ihm in die Haut. Also schlang er auch seinen eher nachlässig drapierten Schal noch ein wenig enger um den Hals. Es war wahrlich kein Vergnügen, sich hier draußen aufzuhalten, doch galt es, einen klaren Kopf zu bekommen.

»Ab heute ist Schluss«, murmelte er. »Ab heute geht es nicht mehr um mich und meine Vergnügungen, sondern um Edith und die Kinder. Ich muss sie wiederfinden.« Er redete sich ein, dass es ihm in erster Linie ums Geschäft ging, denn dort, und das war unbestritten, fehlte Edith an jeder Stelle. Natürlich war ihm immer bewusst gewesen, dass sie für *Janulf & Partner* unverzichtbar war, doch nun begann er erstmals klar zu sehen, was sie über all die Jahre tatsächlich geleistet hatte. Auf die Schnelle hatte er gestern einen jungen Mann eingestellt, der sich mit Zahlen auskannte und noch dazu einen guten Zugang zu den Kunden zu haben schien. Edith aber konnte auch der nicht ersetzen, denn sie, und das erkannte Janno jetzt erstmals sonnenklar, war die Seele des Unternehmens.

Und wo die Seele fehlte, gab es nur noch Leere.

Janno machte sich wenig Hoffnungen, dass sein Plan, den er in dieser Nacht ersonnen hatte, aufgehen würde. Aber mit ein wenig Glück würde Ediths Sohn Gustav auch weiterhin seinen Dienst als Laufbursche der Gießerei Lohmann verrichten und ihm sagen können, wo sich seine Mutter derzeit aufhielt. Sollte es wirklich so sein, dass Martin Wiemers sie von ihrer Arbeit fernhielt, dann würde er, Janno Arjen Ulferts … ja, was würde er?

Janno runzelte die Stirn. Martin Wiemers hatte erst vor wenigen Tagen ohne Umschweife einen Mann erschossen. Es war also davon auszugehen, dass er sich von einem harmlos und unbewaffnet daherkommenden Geschäftsmann ganz sicher nicht würde beeindrucken lassen. Sollte es also Martins Anliegen sein, dass Edith von nun an wieder Ehefrau und Mutter war, dann war es sein gutes Recht als Ehemann, das auch durchzusetzen, und Janno würde kaum etwas dagegen ausrichten können.

»Dennoch muss ich es versuchen«, schimpfte Janno. »Martin ist, wie man hört, keineswegs dumm. Also wird er sich guten Argumenten nicht verschließen.«

Janno war am Tor der Gießerei angekommen. Vom Betriebsgelände her dröhnte dumpfes Stampfen, Zischen und Klopfen zu ihm herüber, und aus den Schornsteinen der Fabrikhallen stieg dunkler Rauch in den Himmel und verschmolz dort mit dem Regengrau der tief hängenden Wolken. Ein paar Vögel flogen so träge vorbei, als wären ihnen ihre Flügel zu schwer zum Fliegen. Hier und da hetzten ein paar Arbeiter – unter ihnen auch etliche Frauen – zwischen den Hallen hin und her und rauchten eine schnelle Zigarette, insgesamt aber waren draußen nicht viele Menschen zu sehen, die meisten von ihnen schufteten in den Hallen.

Für einen Moment sinnierte Janno über Außenminister Gustav Stresemann, der mit den Nachverhandlungen des Versailler Vertrags dafür gesorgt hatte, dass Deutschland seine Würde zurückerhielt. Zwar hatte auch der im August dieses Jahres ausgehandelte *Dawes-Plan* das Land nicht von der Pflicht der Reparationszahlungen befreit, diese jedoch an die wirtschaftliche Leistungsfähigkeit gekoppelt und der Republik damit wieder Luft zum Atmen verschafft. Hinzu kam die internationale

Anleihe, über die nun Kredite an deutsche Unternehmen vergeben wurden. Alles in allem war Stresemann damit ein akzeptabler Coup gelungen, der Deutschlands Wirtschaft Leben einhauchen und endlich wieder viele Menschen in Lohn und Brot bringen würde. Es war so viel mehr, als die Deutschen noch im letzten Jahr, als man für ein Brot mehr als hundert Milliarden Mark bezahlte, zu hoffen gewagt hätten.

Janno durchschritt das schmiedeeiserne Fabriktor und trat auf das Portierhäuschen zu. Gerade wurde die Schranke zum Betriebsgelände geöffnet, und als ein schwarzer Mercedes Benz in nicht eben gemächlicher Geschwindigkeit auf ihn zufuhr, machte Janno rasch einen Schritt zur Seite. Er ließ den Wagen passieren, wobei sein Blick auf eine edel gekleidete ältere Dame fiel, die im Fond des Fahrzeugs saß und ihn durch ein Monokel musterte. Janno hob grüßend zwei Finger an den Hut, doch da hatte sie bereits gelangweilt ihren Blick abgewandt.

Ein hoch aufgeschossener, schlaksiger Mann in grauer Uniform kam beflissen aus dem Portiershaus geeilt, streckte die Brust heraus und schlug die Hacken zusammen. »Guten Morgen, sehr verehrte Frau Direktor«, grüßte er zackig. »Ich wünsche einen angenehmen Tag.«

Als sich der Mann nun anschickte, in sein Häuschen zurückzukehren, machte Janno durch ein Räuspern auf sich aufmerksam.

Der Portier verschränkte seine Arme hinter dem Rücken und musterte ihn seinerseits. Anscheinend kam er zu dem Ergebnis, dass Janno – obwohl von Wind und Regen nass und zerzaust – nicht so abgerissen aussah, dass man sich nicht mit ihm abgeben sollte, und sagte: »Ja, bitte, Sie wünschen?«

»Mein Name ist Ulferts«, stellte Janno sich vor. »Ich bin auf der Suche nach Gustav. Gustav Wiemers. Er ist hier als Laufbursche beschäftigt.«

»Als Laufbursche sagen Sie?« Es folgte ein unverständliches Gemurmel. »Ich werde nachsehen.« Der Mann verschwand in sein Kabuff, klemmte sich ein Monokel zwischen die Augen und ließ seinen Finger über eine auf Papier geschriebene Liste schweifen. »Wie, sagten Sie, heißt der junge Mann?«, vergewisserte er sich wenig später.

»Gustav Wiemers. Er ist elf Jahre alt und …«

»Wiemers, Wiemers … Es tut mir leid, aber den führen wir nicht als Mitarbeiter.«

»Aber …«

»Glauben Sie mir, junger Mann, ich kenne jeden, der hier arbeitet. Und der von Ihnen genannte Name kam mir gleich gänzlich unbekannt vor. Andererseits stellen wir derzeit so viele Arbeiter neu ein, dass man schon mal den Überblick verlieren kann. Also habe ich lieber gründlich nachgesehen.« Der Portier, der so gerade aufgerichtet dastand, als hätte er einen Stock verschluckt, deutete in die Ferne, und Janno folgte mit den Augen seinem Finger. »Sehen Sie den spindeldürren Winzling dort drüben?«

»Ja. Was ist mit ihm?«

»Das ist unser Freddie. Der ist es, der hier als Laufbursche beschäftigt ist.«

»Aber Gustav …«

Der Mann schüttelte den Kopf, wobei er keineswegs ungeduldig wirkte. »Kein Gustav. Nur Freddie. Friedrich Kabulke, wenn Sie es genau wissen wollen.«

»Hat Gustav aufgehört, hier zu arbeiten?«, ließ Janno nicht locker.

»Nee, hat er nicht. Der hat hier nämlich nie angefangen.«

»Aber das kann nicht sein!« Janno fragte sich, was hier gespielt wurde. »Gustav arbeitet seit mehr als einem Jahr hier, und …«

»Aaaah!« Der Portier tippte sich an die Stirn. »Ich glaube, jetzt weiß ich, wen Sie meinen, aber da sind Sie bei uns falsch, junger Mann.« Er deutete über die Schulter. »Sie haben sich im Tor geirrt. Der kleine Gustav, der ist Laufbursche bei Brodenbeck.«

»Bei …« Janno versagte für einen Moment die Stimme, und er starrte den Portier ungläubig an. »Bei der Waffenfabrik Brodenbeck, sagen Sie?«

»Jawoll.«

»Aber das ist … das ist nicht möglich.« Janno wurde plötzlich ganz flau im Magen. »Das muss ein anderer Gustav sein.«

Der Portier ließ sich nicht beirren und winkte den kleinen Freddie heran, der vielleicht acht Jahre alt sein mochte und nun wie ein Wirbelwind angerannt kam.

»Ja, bitte?«, fragte Freddie, als er bei ihnen stand und seine Mütze zog. Er grinste erst den Portier, dann Janno kess, aber nicht unfreundlich an, wobei etliche Zahnlücken zum Vorschein kamen.

Der Portier deutete in Richtung Waffenfabrik. »Freddie, nun sag mal, du kennst doch den Gustav von der Brodenbeck'schen, den Laufburschen. Wie hieß der noch gleich mit Nachnamen?«

»Wiemers. Der heeßt Justav Wiemers.«

Janno stockte das Herz. Das durfte doch alles nicht wahr sein!

Der Portier scheuchte Freddie davon, dann sagte er: »Sehen Sie, junger Mann?! Ist ein freundlicher und aufgeweckter junger Bursche, der Gustav.« Er kratzte sich an der Stirn. »Ist der Schützling vom ollen Brodenbeck persönlich, wie es heißt.«

»Der Schützling von … oh, mein Gott!« Janno mochte sich gar nicht ausmalen, was das bedeutete. Wenn es denn überhaupt stimmte, denn er war trotz Freddies Aussage immer noch nicht bereit, es zu akzeptieren. Gustav der Laufbursche von Ediths verhasstem Vater! Von seinem eigenen Großvater?! Aber wie, bitte schön ... Nein! Das war ganz und gar unmöglich. Niemals hätte es Gustav mehr als ein Jahr lang vor ihnen allen, vor allem aber vor seiner Mutter verheimlicht. Niemals! Andererseits ...

Gustav hatte sich im letzten Jahr sehr verändert, überlegte Janno, das war nicht zu übersehen. Aus irgendeinem Grund, den sich bislang niemand, am allerwenigsten Edith, erklären konnte, sympathisierte der Junge mehr und mehr mit den Nationalisten, hatte sich die Haare ausrasiert, interessierte sich gar für Waffen ...

Für Waffen! Natürlich! Janno schlug sich mit der flachen Hand an die Stirn. Wenn Gustav in der Fabrik seines Großvaters tätig war, dann ... »Ach du Scheiße!«, entfuhr es ihm. Er hatte keine Ahnung, wie er das Edith beibringen sollte. Und was erst würde Gustavs Vater, der radikale Kommunist, zu solch einem Arrangement sagen?!

»Sie meinen?«, erkundigte sich der Portier unverändert höflich.

»Nichts. Ist ... ist schon gut.« Janno, nach wie vor benommen, hob in einer abwesenden Geste die Hand. »Vielen Dank, Herr ... äh ... Ich geh dann mal. Auf Wiedersehen.«

Als Janno sich wenig später zögerlichen Schrittes der Brodenbeck'schen Waffenfabrik näherte, fuhr gerade eine dampfende Lok mit wohl einem Dutzend mit Kohle beladenen Waggons fauchend und grell pfeifend auf dem Gelände ein. Gut möglich, dachte Janno, dass sie direkt aus der Duisburger Zeche von Brodenbecks Freund Heinz-Rudolf von Wolff kamen, denn die Herren schienen nach wie vor einen regen Umgang zu pflegen, wie man munkelte. Beide sympathisierten angeblich mit der verbotenen NSDAP dieses Adolf Hitler. Es hieß sogar, dass sie die Partei mitsamt deren Schlägertrupps trotz des Verbots nach wie vor mit nicht unerheblichen finanziellen Mitteln unterstützten. Aber geredet und spekuliert wurde viel, sodass

Janno, der es von seinem kommunistischen Freund Fritze zugetragen bekommen hatte, nicht mit Gewissheit sagen konnte, ob es stimmte.

Für ein paar Minuten beobachtete Janno, zur Beruhigung der Nerven eine Zigarette rauchend, durch den schmiedeeisernen Fabrikzaun hindurch einfach nur das Treiben einiger Arbeiter, die damit beschäftigt waren, Kisten auf Lkw zu verladen. Bei dem Gedanken an die illegalen Waffentransporte zwischen Duisburg und Berlin, die er im Frühjahr 1920 gemeinsam mit Karl und Elisabeth hatte auffliegen lassen, schlich sich ein verschmitztes Grinsen auf sein Gesicht. Es war ein wirklich guter Coup gewesen, der Hagen Brodenbeck und Heinz-Rudolf von Wolff für einige Zeit hinter Gitter gebracht hatte. Bedauerlich nur, dass die beiden Herren Direktoren dadurch keineswegs schlauer oder gar einsichtiger, sondern allenfalls gewiefter geworden waren.

Jannos Grinsen verflog, als er sich ausmalte, was es für einen Jungen wie Gustav bedeuten musste, in die Fänge eines so skrupellosen Menschen wie Hagen Brodenbeck zu gelangen. Noch dazu, wenn es der eigene Großvater war. Nicht ohne Grund hatte Edith sich irgendwann dazu entschieden, sich komplett von ihrem Vater loszusagen und ihn selbst in schwierigsten Zeiten nicht um Hilfe zu bitten. Zwar hatte Janno keinerlei Ahnung, wie es Brodenbeck gelungen war, Gustav ausfindig zu machen und auf seine Seite zu ziehen, aber er konnte sich nicht vorstellen, dass dabei mit offenen Karten gespielt worden war. Auf irgendeine Weise musste Gustav geködert und zugleich darauf verpflichtet worden sein, seine eigene Mutter anzulügen, und das über einen sehr langen Zeitraum. War es lediglich die prekäre finanzielle Situation seiner Familie gewesen, die Gustav dazu verleitet hatte, sich mit einem solchen Pakt einverstanden zu erklären, oder steckte mehr dahinter? Ob der Junge überhaupt wusste, dass Brodenbeck sein Großvater war?

Kaum vorstellbar, dachte Janno, dass er sich dann hinter Ediths Rücken auf diesen Pakt eingelassen hätte. Oder?

Janno rauchte vom vielen Nachdenken der Kopf. Das alles führte zu nichts. Er musste Gewissheit haben, und genau die würde er sich jetzt verschaffen. Er ließ seinen noch glimmenden Zigarettenstummel zu Boden fallen und trat ihn aus. Dann steuerte er, die aufkommende Nervosität ignorierend, erneut ein Portierhäuschen an.

3

Duisburg, November 1924

»Oh, mein Gott!« Plötzlich leichenblass, stützte sich Karl mit seinen Ellenbogen auf dem Tisch ab und raufte sich aufstöhnend die Haare. »Verdammt, das darf doch alles nicht wahr sein!« Seit wenigen Wochen erst gestattete er sich den Gedanken, dass nun auch in seinem Privatleben alles gut werden würde, und nun das! Was nur hatte das Schicksal gegen ihn, dass es ihm immer wieder so übel mitspielte?

»Was ist los?«, fragte Ennas Schwester Hiska, bei der er zu Mittag gegessen hatte, alarmiert. »Ist irgendwas mit Dieter?« Sie bückte sich schwerfällig, um einen Bauklotz aufzuheben, den ihr jüngster Sohn Willi liegen gelassen hatte. Die Kinder selbst hatte sie nach dem Essen nach draußen in die Herbstsonne geschickt, damit sie sich müde tobten.

»Dieter?« Karl sah sie stirnrunzelnd an, dann brach es aus ihm heraus: »Was soll denn mit ihm sein, he? Der lebt bei Henrike wie die Made im Speck. Ich habe noch nie ein Kind gesehen, dem es derart gut geht. Und noch nie eines, das so rund und gesund ist wie er. Henrike mästet ihn wie ein Ferkel. Warum also machen immer alle so ein Theater um den Jungen?«

Karl starrte missgelaunt vor sich hin. Ging es hier denn immer nur um seinen Sohn? Seit sich Clara im Frühjahr letzten Jahres aus dem Staub gemacht und ihren gemeinsamen Sohn bei ihrer Schwester Henrike zurückgelassen hatte, konnte er sich des Gefühls nicht erwehren, dass dieses Kind zum Mittelpunkt der ganzen Siedlung geworden war. Alle taten so, als wäre Dieter, der eigentlich Dietrich hieß, plötzlich zum Waisenkind mutiert. Schon lange konnte Karl die vorwurfsvollen Blicke, die man ihm zuwarf, nur noch schwer ertragen. Ein jeder schien ihm die Schuld dafür in die Schuhe zu schieben, dass Clara spurlos verschwunden war. Die Leute beschimpften ihn als verantwortungslos, lieblos und Schlimmeres. Dabei war es doch Clara gewesen, die ihn verführt und sich von ihm hatte schwängern lassen, um ihn dann zur Ehe zu zwingen. Und niemand, am allerwenigsten er selbst, hatte sie je aufgefordert zu gehen. Immerhin waren die anfänglichen Spekulationen, sie könnte sich aus lauter Verzweiflung das Leben genommen haben, inzwischen verstummt, denn wenige Wochen nach ihrem Verschwinden hatte sie ihrer Schwester Henrike einen Brief geschrieben, in dem stand, sie sollten sich keine Sorgen machen, ihr gehe es gut. Wer also war in diesem Spiel die Böse?! Doch wohl einzig und allein die Mutter, die mir nichts, dir nichts ihr Kind zurückließ. Was, bitte schön, konnte denn noch verwerflicher sein?!

Hiska schnaubte auf seine Worte hin missbilligend, während sie sich dem Teig widmete, aus dem sie ein Brot fürs Abendessen zu backen gedachte. Immer wieder machte sie zwischendurch eine Pause und hielt sich mit schmerzverzerrtem Gesicht den Rücken. Es schien, als würde sie mit jedem Tag ihrer Schwangerschaft, die ihr nach dem fünfjährigen Johannes, der dreijährigen Ilse und dem zweijährigen Willi ihr viertes Kind bescheren würde, unbeweglicher werden, obwohl sie gerade einmal gut die Hälfte der Zeit hinter sich gebracht hatte.

Manchmal fragte sich Karl, was sie und Heinz sich dabei dachten, ein Kind nach dem anderen in diese Welt zu setzen, denn schließlich lebten sie in so wechselvollen Zeiten, dass man nie sicher sein konnte, eine so große Familie auch in den nächsten Jahren noch ernähren zu können. Das vergangene Jahr hatte sie alle an ihre Grenzen gebracht. Hinzu kam, dass Heinz seit seinem Unfall unter Tage nur noch eingeschränkt arbeitsfähig war. Wohin also sollte das alles noch führen?

Insgeheim aber beneidete Karl die beiden mehr als jeden anderen. Hiska und Heinz liebten sich, und sie liebten ihre Kinder. Sie waren eine Familie, wie Karl sie sich selbst so sehr wünschte. Aber nur mit Enna als die Mutter seiner Kinder und mit keiner sonst.

Er schaute verkniffen auf den Brief, der vor ihm auf dem Tisch lag. Und nun das!

»Von wem ist der Brief?«, fragte Hiska. »Ist er es, der dich in so schlechte Stimmung versetzt?«

»Er ist von deiner Schwester«, antwortete er. »Von Enna.«

»Oh, wie schön.« Hiska strahlte. »Wann kommt sie uns mal wieder besuchen?«

»Nicht so bald, fürchte ich«, gestand Karl kleinlaut. »Sie … sie …« Er stöhnte auf und raufte sich erneut die Haare. »Sie ist sauer.«

»Sauer? Warum?« Hiska stemmte ihre mehlverschmierten Hände in die Hüften und sah ihn vorwurfsvoll an. »Was hast du denn jetzt schon wieder getan?«

»Wieso ich?«, fuhr Karl auf. Er hob den Brief mit zwei Fingern an und ließ ihn dann wieder auf den Tisch segeln. »Wieso soll auch das denn jetzt schon wieder meine Schuld sein?!«

»Es muss ja einen Grund geben, warum sie sauer ist.« Hiska schob den zu einem Brot geformten Teig mit einem

Holzschieber in den Ofen. »Und wenn sie dir schreibt, dann gehe ich davon aus, dass es deinetwegen ist.«

»Ich habe es doch nur gut gemeint«, murmelte Karl.

»Was hast du nur gut gemeint?« Hiska klatschte ungeduldig einen nassen Lappen auf den Tisch und begann, diesen abzuwischen. »Herrgott noch mal, Karl, nun lass dir doch nicht jedes Wort aus der Nase ziehen!«

»Jean-Pierre. Er war … anscheinend bei ihr.«

»Hä?« Hiska hielt im Wischen inne, die Augen weit aufgerissen. »Jean-Pierre war … Was um alles in der Welt faselst du da, Karl?«

»Du hast richtig gehört. Jean-Pierre. Er war bei Enna in Ostfriesland und hat ihr anscheinend erzählt, dass …« Karl lehnte sich aufstöhnend zurück. »Oh, mein Gott, das darf doch alles nicht wahr sein!«, wiederholte er. »Da taucht dieser Bastard wieder auf und …«

»Und was?«, rief Hiska, der alle Farbe aus dem Gesicht gewichen war und die sich instinktiv an den Bauch griff, dessen Umfang beinahe täglich zuzunehmen schien. »Ach herrje«, stöhnte sie, »was ist mit Clivia? Hat er Clivia gesehen? Herrgott, Karl, nun rede endlich!«

»Ich … ich weiß es nicht. Davon steht hier nichts.« Karl hatte darüber noch gar nicht nachgedacht, und er fühlte eine plötzliche Übelkeit in sich aufsteigen. Natürlich, dachte er, Enna hat ein Kind von ihm. Clivia ist das Kind dieses verdammten Bastards! Das heißt … das heißt … wenn Jean-Pierre Enna immer noch wollte, dann … dann …« Karl versuchte, ein Würgen zu unterdrücken, während Hiska ihm ungeduldig den Brief aus der Hand riss und zu lesen begann.

»Jean-Pierre war im letzten Jahr *hier*?«, fragte sie fassungslos, als sie den Brief zurücklegte. »Hier bei uns in der Siedlung?«

»Ja, vor ungefähr einem Jahr, aber …«

»Und du hast ihm gesagt, dass Enna verheiratet ist und er sie deswegen nicht behelligen soll?«

»Ja, aber …«

»Obwohl du wusstest, dass das nicht stimmt?«

»Ja, aber …«

Hiska beugte sich über den Tisch und sah ihn mit vorwurfsvoller Miene an. »Natürlich, Karl, hast du es gut gemeint«, zischte sie, »aber ganz gewiss mal wieder mit keinem anderen als mit dir selbst. Enna hat ganz recht, sauer auf dich zu sein. Was, frage ich dich, nimmst du dir eigentlich heraus, ständig anderer Leute Leben kaputtzumachen?«

Karl sprang auf, das Gesicht wutverzerrt. »Was *mir* einfällt?«, schrie er. »Was *mir* einfällt? Nicht ich war es, der Enna ins Unglück gestürzt hat, sondern er. Hast du das vielleicht schon wieder vergessen? Jean-Pierre hat Enna sitzen lassen, als sie schwanger war, nicht ich. Und nach sechs verdammten Jahren«, er hob sechs Finger in die Luft, »nach sechs verdammten Jahren, Hiska, besitzt er die Dreistigkeit, hier wieder aufzutauchen und nach ihr zu fragen? Du hättest ihn mal sehen sollen, wie er dastand, so siegesgewiss und …«

»Du hast nicht das Recht, für Enna zu entscheiden, was gut für sie ist«, unterbrach Hiska ihn gallig. »Nichts und niemand gibt dir das Recht, dich in ihr Leben einzumischen.«

»Ich wollte sie schützen, Hiska! Verstehst du das? Ich wollte sie schützen! Und ihre Kinder.«

»Nein, das wolltest du nicht.« Hiska war zu ihm getreten und bohrte ihm ihren Zeigefinger in die Brust. »Du, Karl Kembrowski, wolltest ausschließlich dich selbst schützen und niemanden sonst. Es ist aber an Enna zu entscheiden, ob sie sich wieder auf diesen Belgier, den Vater ihrer Tochter, einlassen will oder nicht. Absolut nichts gibt dir das Recht, es für sie zu entscheiden. Absolut nichts!«

»Er ist ein verdammter Besatzer, Hiska!«, entgegnete Karl aufgebracht. »Du kannst doch nicht wirklich wollen, dass Enna es mit dem Feind treibt!«

»Schluss jetzt!« Hiska riss die Arme in die Luft. »Enna hat es bereits mit diesem verdammten Besatzer getrieben, Karl! Sie haben ein Kind zusammen! Und nur sie beide haben das Recht zu entscheiden, was sie miteinander zu tun haben wollen und was nicht. Oder würdest du vielleicht wollen, dass sich jemand derart in dein Leben einmischt?«

»Aber versteh doch, wenn ich nicht gewesen wäre, dann …« Karl biss sich rasch auf die Lippen, um sich nicht zu verplappern. Bislang wusste einzig und allein Enna, dass er es war, der ihren Bräutigam Ernfried Adena vor dem Traualtar erschossen hatte, um sie vor einem ähnlich schrecklichen Schicksal zu bewahren, wie es ihre Schwägerin Marika in den Freitod getrieben hatte. Ja, er hatte es für Enna getan. Und er hatte es für sie beide getan. Aber in erster Linie hatte er es für Enna getan. Punkt. Alles hatte sich seither gut angelassen zwischen ihnen beiden. Endlich hatte er eine reelle Chance gehabt, sie eines Tages heiraten zu können. Da konnte doch jetzt nicht schon wieder dieser verfluchte Belgier daherkommen und alles zunichtemachen! »Sie ist undankbar«, presste er hervor, die Stimme ganz rau vor Wut und Enttäuschung. »Sie ist so verdammt undankbar.«

»Undankbar! Pah!« Hiska schüttelte den Kopf. »Was ihr Männer euch nur immer einbildet. Nach diesem verdammten Krieg und allem, was danach kam, weiß ich wirklich nicht, wofür wir Frauen euch Männern überhaupt noch dankbar sein sollten.« Erschöpft ließ sie sich auf einen Stuhl sinken. »Ich bleibe dabei, Karl: Du hattest keinerlei Recht, dich einzumischen, ganz egal, was vorher war. Auch dann nicht, wenn es um einen Belgier geht.« Sie hob den Blick und sagte in versöhnlicherem Ton: »Wenn Enna sich für dich entscheiden will, dann wird sie es tun, Karl. Oder würdest du wollen, dass sie dich heiratet, obwohl sie eigentlich einen anderen will? Schau dir an, wohin Clara eine solche Entscheidung gebracht hat.«

Karl schwieg. Er wusste, dass Hiska recht hatte. Aber allein der Gedanke, dass Enna sich für einen anderen Mann entscheiden könnte, nachdem zwischen ihnen endlich alles in Ordnung schien, ließ ihn zutiefst bekümmert zurück.

Hiska setzte erneut zum Reden an, nun aber flog die Tür auf und Heinz, der von seiner Frühschicht als Portier zurückkam, kam hereingehumpelt. Auf dem Arm hielt er seine weinende Tochter, die sich das Knie aufgeschlagen hatte. »Ich bringe dir eine kleine Patientin«, sagte er lächelnd, während er Ilse eine Träne von der Wange wischte. »Sie wollte es ihrem großen Bruder gleichtun und von einer mit Kohle beladenen Lore springen. Es lief anders als geplant.«

»Du bist ein kleiner Wildfang, Ilse«, seufzte Hiska. »Na, dann komm mal her.« Sie nahm ihrem Mann das Kind ab und setzte es auf einen Stuhl. »Da bleibst du sitzen, hörst du!«

»Oh, Karl, du bist ja auch hier«, entdeckte Heinz erst jetzt seinen Freund und klopfte ihm auf die Schulter. »Hast dich wohl mal wieder von meiner Frau durchfüttern lassen.« Er hob schnuppernd die Nase in die Luft. »Mmh, hier riecht es aber gut.«

»Dafür hat er mir ein ordentliches Stück Speck für den Eintopf mitgebracht«, nahm Hiska Karl in Schutz. »Ohne ihn würde der also nicht halb so gut schmecken.«

»Nun gut.« Heinz zwinkerte Karl zu, dann deutete er auf den Brief, der nach wie vor auf dem Tisch lag. »Post?«

Bevor Heinz nach dem Brief greifen konnte, nahm Karl ihn rasch an sich und steckte ihn in den Umschlag zurück.

»Ja, von Enna. Es … geht ihr gut«, sagte Hiska, während sie mit Karl einen schnellen Blick tauschte. Sie nahm ein sauberes Tuch zur Hand und griff nach einer Flasche Schnaps. Dann hob sie Ilse hoch, setzte sich mit ihr wieder hin und desinfizierte deren Schürfwunde. Das Mädchen, das diese Prozedur bereits kannte, zuckte kurz zusammen, beschwerte sich jedoch nicht.

»Und wann wird geheiratet?«, flachste Heinz, nicht ahnend, dass dafür nicht der richtige Zeitpunkt war.

Karl schnappte nach Luft und setzte zum Reden an, Hiska aber gebot ihm mit einer Geste Einhalt und sah ihn beschwörend an. »Fängt nicht gleich deine Schicht an, Karl? Du solltest dich also auf den Weg machen.«

Karl brummte etwas Unverständliches, stand jedoch auf und sagte: »Ja, ich geh dann mal. Danke für den guten Eintopf, Hiska.« Er nickte ihr dankbar zu, wohl wissend, dass Hiska den Inhalt des Briefes erst einmal für sich behalten würde.

Wie er mit dem Wissen, dass Jean-Pierre bei Enna aufgetaucht war, seine Schicht und überhaupt die nächsten Tage überstehen sollte, wusste er allerdings nicht. Enna hatte sich nicht dazu geäußert, wie sie mit dem Belgier verfahren war, ob sie ihm die Tür gewiesen hatte oder er von nun an wieder Teil ihres Lebens sein würde. Karl wusste, das hatte sie absichtlich getan, um ihm unmissverständlich klarzumachen, dass sie ihm sein Verhalten so schnell nicht verzeihen würde.

»Also alles wieder auf Anfang«, murmelte Karl. »Sauber hingekriegt, Kembrowski. Wirklich sauber hingekriegt, du Idiot.«

* * *

Der kleine Dieter hielt mit seinem speckigen Händchen den Zeigefinger seiner Großmutter fest umklammert und zog sie, irgendwelche Laute vor sich hin brabbelnd, zu einem Holzspielzeug hinüber, das er unlängst von einem Nachbarn geschenkt bekommen hatte. Es handelte sich um eine Katze auf Rollen, die er an einer Schnur hinter sich herziehen konnte. Seit Tagen tat er praktisch nichts anderes mehr, denn diese Katze hatte er, sobald er sie zum ersten Mal in Händen hielt, zu seinem Lieblingsspielzeug auserkoren. Wobei er auch nicht über viel mehr Spielzeug als dieses verfügte, von ein paar von Heinz geschnitzten Bauklötzen und einem abgegriffenen Stoffhund, den ihm Karls Schwester Annemarie vermacht hatte, einmal abgesehen. Aber immerhin besaß der Junge nun etwas, das ihm richtig Freude bereitete und dazu führte, dass die Wohnung immer wieder von entzücktem Glucksen erfüllt war. Was wiederum Henrike Freude machte, denn es gab wahrlich nicht viel in ihrem Leben, das sie zum Lachen brachte.

»Nun guck dir diesen Prachtjungen an«, schwärmte Henrikes Mutter Hedwig, und sie strich Dieter über das rotblond gelockte Haar, das dem seiner leiblichen Mutter Clara so ähnlich war. »Für seine achtzehn Monate läuft er schon richtig sicher auf seinen kurzen Beinen. Und so schnell! Da musst du aber wirklich immer gut auf ihn aufpassen, Henrike. Nicht dass er noch irgendwo da draußen verloren geht, nur weil du einen Moment unachtsam warst. Du weißt ja, dass es hier an der Zeche nicht ganz ungefährlich ist.« Sie klatschte in die Hände. »Hach, es ist aber auch ein schönes Alter, wenn sie anfangen, die Welt zu entdecken, findest du nicht?«

Doch, grundsätzlich fand Henrike das auch. Nur wäre es ihr allemal lieber gewesen, bei Dieter handele es sich um ihr eigenes Kind und nicht um eines, dessen Aufzucht ihr von ihrer Schwester Clara quasi aufgenötigt worden war, ohne dass sie die Möglichkeit bekommen hatte, abzulehnen. Sie liebte dieses Kind, ja, und das mehr als alles andere auf der Welt. Und ja, sie kümmerte sich wirklich gern um den Jungen, konnte sich ein Leben ohne sein fröhliches Gelächter oder auch seinen Trotz kaum mehr vorstellen. Aber letztlich war es auch wegen Dieter, dass sie …

Henrike schüttelte diesen Gedanken ab. Wie sehr sie auch über ihre persönliche Situation nachgrübelte, es würde nichts daran ändern, dass sie nun mal so unerfreulich war, wie sie war.

Henrikes Blick fiel auf ihre Mutter, die sich zu dem brabbelnden Dieter hinabgebeugt hatte und ihm den Rotz von der Nase wischte. Schon so oft hatte sie darüber nachgedacht, ihr die Wahrheit über Clara zu sagen, doch brachte sie es nicht übers Herz. Die Schande, mit der sie dann plötzlich alle würden leben müssen, würde Hedwig vermutlich krank machen, wenn nicht gar umbringen. Auch würde Hedwig darauf bestehen, diese Siedlung zu verlassen, um sich nicht länger den hämischen oder anklagenden Blicken ihrer Mitmenschen aussetzen zu müssen – wenn diese sie nicht gar in Schimpf und Schande davonjagten. Denn das war es, was Menschen gemeinhin taten, wenn irgendwer oder irgendetwas nicht in ihre vermeintlich heile Welt passte. Dass es aber einzig und allein Clara war, die ihrer aller Welt in zutiefst egoistischer Weise auf den Kopf stellte, würden sie dabei vermutlich geflissentlich übersehen.

Nein, dachte Henrike, lieber ertrug sie alles so, wie es jetzt war, wenn sie ihrer Mutter, die nach dem viel zu frühen Tod ihres Mannes schon so viel hatte durchmachen müssen, nur dieses mit der Sippenhaft einhergehende Leid würde ersparen können.

Die Wut auf ihre Schwester aber, die ihr all das eingebrockt hatte, blieb, genauso wie die Enttäuschung. Und diese beiden Gefühle wurden auch mit dem Brief, den Henrike heute von Clara erhalten und nach dem Lesen gleich unter ihr Kopfkissen geschoben hatte, nicht eben gemildert. Ganz im Gegenteil – sie hätte seither vor Wut geradezu aus der Haut fahren können, und es war gut möglich, dass es genauso kommen würde, wenn sie wieder allein war. Es wäre nicht das erste Mal gewesen, dass ihre Gefühle mit ihr durchgingen. Viel zu oft schon hatte sie in den letzten Monaten des Nachts verzweifelt in ihre Kissen geweint. Und jedes Mal glaubte sie am nächsten Morgen, für ein weiteres Mal ganz sicher keine Tränen mehr zu haben.

Leider aber gab es in ihr gerade die wohl in Hülle und Fülle.

Der liebe Gott wird im Übermaß für alles sorgen, was du in deinem Leben brauchst, hörte Henrike im Geiste den Pfarrer sagen, und ihr entfuhr ein hämisches Lachen.

»Was gibt es denn so Lustiges?«, meldete sich prompt ihre Mutter zu Wort.

»Nichts, Mutter, gar nichts. Ich habe …« Henrike deutete auf den kleinen Dieter, der angelegentlich den Kopf seiner Katze abwechselnd mit der Zunge und den Zähnen traktierte. »Ich habe mich nur über den Jungen amüsiert. Er nimmt alles in den Mund, einfach alles. Als ob er davon ausginge, dass man alles essen kann.«

»Auch da musst du aufpassen«, erwiderte Hedwig mit mahnend erhobenem Zeigefinger. »Ruckzuck schlucken sie irgendetwas runter, woran sie ersticken. Damit ist nicht zu spaßen, Henrike.«

»Nein, Mutter, natürlich nicht. So habe ich es auch nicht gemeint.«

»Nun gut, ich gehe dann mal wieder, die Wäsche wartet nicht. Und sobald Annemarie den Kleinen übernimmt, kommst du mir helfen.«

»Ja, Mutter, natürlich.« Henrike fühlte sich so ausgelaugt, dass sich schon beim Gedanken an die tropfnassen und schweren Wäschestücke, die sie walken und aus dem dampfenden Zuber würde ziehen müssen, eine bleierne Erschöpfung in ihr ausbreitete.

Hedwig steckte ein paar ihrer Haarnadeln zurecht. »Eigentlich hätte ich diese Pause gar nicht machen sollen, denn es gibt so viel zu tun. Nicht, dass noch die Kundschaft ärgerlich wird, weil sie ihre Wäsche zu spät zurückbekommt.« Sie seufzte, als sie sich an der Tür ein letztes Mal nach Dieter umsah. »Ich wünschte wirklich, die Aufsicht für den Jungen wäre besser organisiert. Ich kann schließlich nicht ständig auf deine Arbeitskraft verzichten, Henrike.«

Da war sie wieder, die Wut. Henrike tat alles, um sie hinunterzuschlucken, was ihr nur unter Mühen gelang. Dass ihre Mutter ausgerechnet ihr einen Vorwurf machte, empfand sie als zutiefst ungerecht. Vielmehr sollte sie sich über Clara beschweren, die Mann und Kind im Stich gelassen hatte. Über ihre älteste Tochter aber hatte Hedwig schon seit Monaten kein Wort mehr verloren. Fast war es, als hätte es sie nie gegeben. Dafür aber, dass es nicht so war, war Dieter der lebende Beweis.

»Annemarie wird wohl bald hier sein«, versuchte Henrike ihre Mutter zu besänftigen. »Solange wir uns keine andere Aufsicht leisten können, müssen wir tagsüber eben warten, bis Annemarie von der Schule zurück ist. Immerhin tut sie uns den Gefallen, sich jeden Nachmittag um den Jungen zu kümmern, weil sie um unsere prekäre Situation weiß.«

»Ja, Annemarie ist wirklich ein gutes Kind«, seufzte Hedwig. »Genauso gutmütig und hilfsbereit wie ihre Mutter, die liebe Luise. Ich weiß wirklich nicht, was du ohne die beiden tätest, Henrike. Manchmal denke ich, du dankst ihnen nicht genug für das, was sie für dich tun.«

»*Ich*?« Henrike starrte ihre Mutter empört an. »*Ich* danke ihnen nicht genug?« Nun war der Punkt gekommen, an dem sich ihre aufgestaute Wut mit aller Macht Bahn brach. »Und wer dankt mir?«, schrie sie Hedwig ins Gesicht. »Dieter ist nicht mein Kind, Mutter, aber das scheinst du ja längst vergessen zu haben. Was ist denn mit Clara, hömma? Was, bitte schön, ist mit Clara? Sie ist es doch, die uns hier im Stich lässt! Sie ist es, die sich darauf verlässt, dass wir uns um ihren Sohn kümmern. Und wo ist eigentlich Karl, hömma? Wo, bitte schön, ist der Vater dieses Kindes? Auch er lässt uns im Stich, schiebt uns nur ab und zu mal ein wenig Geld zu. Die beiden sind es doch, die mir mein Leben wegnehmen. Und du machst *mir* Vorwürfe, Mutter? *Mir*?«

»Ach Kind, nun mach doch nicht schon wieder so ein Drama daraus. Es ist nun mal, wie es ist.« Mit einem tiefen Seufzer verließ Hedwig die Wohnung und ließ ihre nun bitterlich weinende Tochter mit ihrem Kummer und einem jetzt ebenfalls herzergreifend weinenden Dieter allein zurück.

Als Henrike an diesem Abend zu später Stunde völlig erschöpft ins Bett fiel, langte sie unter ihr Kopfkissen und zog noch einmal Claras Brief hervor. Mit jedem Satz, den sie las, flossen ihre Tränen zahlreicher. Als das Geschriebene so sehr vor ihren Augen verschwamm und zudem die Tinte zu verwischen drohte, schob sie ihn wieder an seinen Platz zurück.

»Berlin«, schluchzte sie. »Was erdreistet sich Clara, nach Berlin zu gehen, noch dazu mit diesem Franzosen, während ich hier mit ihrem Kind versauere und mich halb zu Tode schufte?!«

Eine Galerie wollten sie eröffnen, schrieb Clara. Angeblich hatte Gérard dafür sogar seinen Offiziersposten aufgegeben, um noch einmal ganz von vorn anzufangen. Zwar wusste Henrike nicht, was genau sie sich unter einer Galerie vorzustellen hatte, aber vermutlich hatte es irgendetwas mit Gérards Malerei zu tun. Zumindest erwähnte Clara, dass es ihr größter Wunsch sei, endlich seine Bilder auszustellen, um sie einem breiten Publikum zu präsentieren und im besten Fall zu verkaufen. Sie gingen davon aus, dass man mit ihnen viel Geld verdienen könne.

Gérards Bilder. Mit Schaudern dachte Henrike an den Moment zurück, als sie ein paar seiner schockierenden Werke zum ersten – und einzigen – Mal gesehen hatte. Es war bei ihrem Besuch gewesen, zu einem Zeitpunkt, als sie nach einem ersten Brief von Clara noch geglaubt hatte, alles würde gut werden. Auf den meisten der Gemälde war Clara zu sehen gewesen, ihr Körper mit einem Hauch von Nichts verhüllt oder gar völlig nackt. War es wirklich vorstellbar, dass so etwas auf Anklang stieß, wenn man sich derart öffentlich präsentierte? Selbst im umtriebigen Berlin würden die Leute doch schließlich wissen, was sich gehörte und was nicht.

An diesem Tag hatte Clara ihr verkündet, dass sie nicht in die Siedlung und damit nicht zu Karl zurückkommen würde. Selbst ihren Sohn, den Henrike auf dem Arm trug, hatte sie verleugnet und Gérard gegenüber behauptet, er sei ihr Neffe.

Und nun wollte Clara ihre gemalte Nacktheit also in aller Öffentlichkeit zur Schau stellen. Hatte sie denn gar kein Schamgefühl? Zum Glück war Berlin wenigstens weit genug weg, sodass die Ausstellung keine schlimmen Folgen für ihre Familie haben würde.

Hatte Henrike geglaubt, dass es nach ihrem Besuch bei Clara nicht schlimmer kommen könnte, so war sie schon sehr bald eines Besseren belehrt worden. Bis heute wusste sie nicht zu sagen, wie ausgerechnet Heinz-Rudolf von Wolff, der Direktor ihrer Zeche, von Clara und dem Franzosen hatte erfahren können. Ausgerechnet von Wolff, der ihr schon als junges Mädchen das Leben zur Hölle gemacht hatte. Sie war sich sicher, dass außer ihr und ihm tatsächlich niemand auch nur ahnte, dass Clara mit einem französischen Offizier durchgebrannt war. Denn hätte jemand davon Kenntnis gehabt, dann hätte es sich längst herumgesprochen. Vor allem aber wäre dieses Gerücht längst bei Hedwig angekommen. Warum also wusste ausgerechnet der Direktor von Claras unverzeihlichem Fehltritt und sonst niemand?

Wie auch immer, Fakt war, dass es zwei Mitwisser gab. Sie und ihn. Nur sie und ihn. Und weil sich von Wolff dessen bewusst war, nutzte er ihre Misere seither zu seinen Gunsten aus. So wie er es schon damals getan hatte, als er sie, fast noch ein Kind, als Dienstmädchen in seine Villa holte. Und in sein Bett.

Allein seiner Tochter, dem Fräulein Elisabeth von Wolff, hatte sie es damals zu verdanken gehabt, dass sie diesem widerwärtigen Lustmolch hatte entfliehen können. Ihre Flucht, an der auch Karl seinen Anteil gehabt hatte, war abenteuerlich gewesen und hatte sie damals nach Berlin geführt, eine ebenso große wie schmutzige, aber auch faszinierende Stadt.

Und nun war es also Clara, die diese Stadt kennenlernen würde, und dies nur deshalb, weil sie all die Menschen, die bis dahin zu ihrem Leben gehörten, verraten hatte.

Sosehr sie Clara für ihren Verrat verabscheute, so beneidete Henrike ihre Schwester doch zutiefst darum, von nun an in der Hauptstadt leben zu können, denn inzwischen verspürte auch sie selbst nur noch den Wunsch, in einer so großen und anonymen Stadt untertauchen zu können und nie wieder in die Duisburger Zechensiedlung, in der alles so eng war und so vorhersehbar, zurückkehren zu müssen. In Berlin, so hörte man, schien ein jeder seine Freiheit genießen zu können, ganz egal, wer man war oder woher man kam. Von wilden Partys war in Claras Brief die Rede, von Theatern, Varietés und Revuen, in denen man sich bis in den frühen Morgen hinein amüsierte, ohne auch nur einen Gedanken an die Sorgen des Alltags zu verschwenden.

Ja, dachte Henrike, genau das war es, was auch sie sich wünschte. Und ganz sicher würde sie sich lieber heute als morgen dorthin aufmachen, wenn sie dadurch nicht doch noch den Skandal heraufbeschwören würde, den sie seit Claras Verschwinden unter so viel Anstrengung zu vermeiden suchte. Vermutlich würde es nach ihrer Flucht nur eine Frage von Stunden sein, dass der Direktor Claras Geheimnis lüftete und damit ihre Mutter und den kleinen Dieter ins Verderben stürzte.

Henrike zuckte zusammen, als nun jemand Steinchen an ihr Fenster warf. »Bitte nicht«, murmelte sie. »Bitte nicht heute.« Sie zog sich ihre Decke über den Kopf, um das leise

Klackern, das sie in den letzten Monaten so sehr zu hassen gelernt hatte, nicht mehr hören zu müssen. Gleichzeitig wusste sie, dass es Heinz-Rudolf von Wolff nicht dulden würde, wenn sie es ignorierte.

Also schlug sie seufzend die Bettdecke zurück, lief auf nackten Füßen zum Fenster und öffnete es. Nasskalte Luft strömte ins Zimmer und ließ sie frösteln. Draußen stand der junge Mann, den sie nun schon kannte und der ihr wie immer kaum hörbar zuraunte: »Der Herr Direktor wünscht Sie in seinem Büro zu sehen.« Kaum, dass sie ihm zugenickt hatte, wurde er auch schon wieder von der Dunkelheit verschluckt.

Henrike zog sich an, strich dem tief schlafenden Dieter über den Kopf und machte sich auf den Weg.

* * *

Heinz-Rudolf von Wolff stand am Fenster seines Büros und schaute Henrike hinterher, wie sie in der Nacht verschwand. Sie hatte ihm einmal mehr ein gewisses Vergnügen bereitet, doch empfand er längst nicht mehr den Genuss, den er früher mit ihr erlebt hatte. Inzwischen war sie zur Frau gereift und damit für ihn bei Weitem nicht mehr so reizvoll, wie sie es noch vor ein paar Jahren gewesen war, als er sie, kaum den Kinderschuhen entwachsen, als Dienstmädchen in seine Villa holte. Und auch die kleine Marianne, Henrikes Nachfolgerin, hatte das interessante Alter hinter sich gelassen. Es war also wirklich an der Zeit, sich nach etwas … nun ja … Erbaulicherem umzusehen.

Von Wolff nickte, als ihm eine Idee kam. Erst neulich war ihm doch diese Kleine über den Weg gelaufen, an der Seite dieses Aufrührers Karl Kembrowski, der mit seinen Genossen in den letzten Jahren keine Gelegenheit ausgelassen hatte, mit der Roten Ruhrarmee nicht nur gegen die Besatzer und die nationalistischen Freikorps, sondern auch gegen die angeblich so schlechten Arbeitsbedingungen im Pütt zu opponieren. Außerdem hatte Kembrowski damals doch tatsächlich die Dreistigkeit besessen, an seiner Villa aufzukreuzen und sich nach Henrikes Wohlbefinden zu erkundigen, wie ihm von seinem Butler Charles zugetragen worden war. Es gab also ausreichend Gründe, warum er diesen Kerl besser heute als morgen auf die Straße setzen sollte. Leider aber konnte man sich in diesen Zeiten nicht mehr aussuchen, wen man für sich arbeiten lassen wollte, hatte der Krieg doch die Unternehmen und Fabriken dieses Landes einer Vielzahl tüchtiger Männer beraubt. Also fuhr auch dieser Kembrowski längst wieder in den Schacht ein, ganz einfach deshalb, weil jeder Mann, selbst wenn er ein notorischer Aufrührer war, gebraucht wurde.

Bedauerlicherweise war die kleine Annemarie – wie alt mochte sie sein? Zwölf? Dreizehn? – ausgerechnet Kembrowskis Schwester, wie er inzwischen in Erfahrung gebracht hatte. Würde Kembrowski mitbekommen, dass der Herr Direktor seiner kleinen Schwester Avancen machte, würde er ganz sicher alles daransetzen, sie um jeden Preis von ihm fernzuhalten. Wenn er ihn nicht sogar gleich umbrachte, auch damit war zu rechnen. Man durfte die Wut der jungen Männer, die im Krieg auf unangenehme Weise verroht waren, nicht unterschätzen.

Wie also würde es möglich sein, das zu bekommen, was er wollte, ohne dass ihm irgendein großer Bruder dazwischenfunkte? Heinz-Rudolf von Wolff rieb sich den Spitzbart. Nun, er würde darüber nachdenken. Er war gewohnt, das zu bekommen, was er wollte, und ganz sicher würde er sich auch diesmal keinen Strich durch die Rechnung machen lassen, schon gar nicht von einem armseligen und noch dazu kommunistischen Bergarbeiter.

Am nächsten Morgen, die Uhr schlug gerade neun, traf sich von Wolff mit dem immer noch in seinem Büro residierenden Interimsdirektor der französischen Besatzer, Jacques

Dupont. Nachdem im *Dawes-Plan* festgelegt worden war, dass sich die Besatzer bis zum Sommer 1925 aus dem Ruhrgebiet zurückziehen sollten, wurde nichts mehr so heiß gegessen, wie es gekocht wurde – schon gar nicht bei dem stets so trägen Dupont –, und beide Seiten bereiteten sich Schritt für Schritt auf eine Rückgabe der besetzten Zechen vor. Was unter anderem bedeutete, dass von Wolff wieder ganz offiziell Zugang zu seinem Büro hatte – was wiederum auch die geheimen nächtlichen Treffen mit Henrike deutlich vereinfachte.

Gott sei Dank hatte Dupont nie herausgefunden, dass von Wolff über all die Jahre der Ruhrbesetzung mit den Nationalisten paktiert und so manchen Sabotageakt gegen die Franzosen aktiv unterstützt hatte. Vielmehr schien der durch und durch naive Offizier nach wie vor zu glauben, in von Wolff einen vertrauenswürdigen Mitstreiter gefunden zu haben. Oder aber er hatte die Anzeichen, die von Wolff unter anderem als einen Bewunderer der verbotenen NSDAP auswiesen, ganz bewusst übersehen. Einfach deshalb, weil es für ihn bequemer war wegzusehen, als einen ganzen militärischen Apparat gegen einen renitenten Bergwerksdirektor in Stellung zu bringen.

»*S'il vous plaît*, nehmen Sie Platz, mein verehrter von Wolff«, sagte Dupont nun in seinem exzellenten Deutsch und deutete, ein Glas mit Whisky in der Hand, auf einen der beiden klobigen Chesterfield-Sessel, die von Wolff einst aus England hatte kommen lassen. Inzwischen schien es Dupont überhaupt nicht mehr zu scheren, ob es früh am Morgen, Mittag oder Abend war, ein mit teurem Whisky gefülltes Glas war sein ständiger Begleiter.

»Nun, mein lieber Dupont, was gibt es heute zu besprechen?«, fragte von Wolff, während er sich schwerfällig in den klobigen Ledersessel sinken ließ. »Ich hoffe doch nicht, dass es sich Ihre Regierung noch einmal anders überlegt hat und Ihre Truppen nun doch noch für ein paar Jahre länger hier im schönen

Duisburg stationiert lässt.« Er beugte sich vor und wedelte mahnend mit dem Zeigefinger vor der Nase des Franzosen herum, der im Sessel gegenüber Platz genommen hatte. »Ich kann Ihnen versichern, dass das unserem werten Herrn Reichskanzler – den ich, nebenbei bemerkt, für einen Waschlappen halte – gar nicht gefallen würde.« Um nicht den Anschein zu erwecken, er könne diese Bemerkung ernst gemeint haben, lachte er dröhnend auf. Zwar hielt er Reichskanzler Wilhelm Marx tatsächlich für einen Waschlappen, wie auch all dessen Vorgänger, aber in heutiger Zeit war es an so mancher Stelle sicherer, sich auf einen Scherz zu berufen, wollte man nicht ins Visier politischer Strömungen geraten, die so humorlos waren, dass sie selbst jede noch so scherzhaft geäußerte Bemerkung für bare Münze nahmen, allen voran die Kommunisten.

Dupont warf theatralisch die Arme in die Luft. »*Mon dieu, non!* Das wäre – *impossible!* Einfach unmöglich.« Er lachte gackernd, während er von Wolff eine Zigarre anbot, die der dankend annahm. »*Vraiment, mon ami*, ich möchte mir gar nicht vorstellen, was meine liebe Frau dazu sagen würde. Es ist nicht gut, wenn die Frauen zu lange allein sind, *n'est-ce pas*? Sie haben einfach nicht gelernt, ohne uns Männer zurechtzukommen.«

Nun, vielleicht wäre sie ganz froh, auch weiterhin von dem Säufer, zu dem sich ihr Ehemann in den letzten Jahren entwickelt hatte, erlöst zu sein, dachte von Wolff, während er dem Franzosen den Gefallen tat, in sein Lachen mit einzustimmen. Laut sagte er: »Also, verehrter Dupont, was wollen Sie mit mir besprechen?«

»Ich möchte Ihnen einen Handel vorschlagen«, erwiderte der Franzose, plötzlich deutlich weniger lallend als zuvor. Er entzündete ein Streichholz und hielt es seinem Gegenüber hin, damit der seine Zigarre an der Flamme entzünden konnte.

Von Wolff gelang es angesichts dieser überraschenden Ankündigung nicht, sein Erstaunen zu verbergen, obwohl er als Geschäftsmann gelernt hatte, einem potenziellen Geschäftspartner gegenüber stets gelassen aufzutreten, selbst wenn dieser die Apokalypse ankündigte. Doch gemeinhin handelte es sich bei diesen Menschen nicht um feindliche Offiziere, die das deutsche Volk im Namen ihrer Befehlshaber in den letzten Jahren bis zum letzten Tropfen Blut ausgepresst hatten. Er räusperte sich. »Und woran haben Sie dabei gedacht?«

»Nun, sobald das alles hier«, Dupont umriss mit den Armen einen unbestimmten Raum, »vorbei ist, gilt es, nach vorn zu schauen. Ohne einen Krieg gibt es keinen Grund mehr, gegeneinander zu arbeiten, *n'est-ce pas*? Vielmehr wird es unsere Aufgabe sein, die Wirtschaft unserer Länder wieder … wie sagen Sie?« Er machte eine Bewegung, als wollte er einen Motor starten.

»Anzukurbeln«, half ihm von Wolff weiter.

»*Oui*, anzukurbeln. Das gilt für die Deutschen und für die Franzosen. Eine schwache Wirtschaft nützt niemandem, egal, in welchem Land.«

Von Wolff blieb vorsichtig, die plötzliche Sicherheit in Duponts Stimme irritierte ihn. »Heißt das, Sie werden kein Offizier mehr sein, sobald das hier vorbei ist?«

»Ich war auch vor dem Krieg kein Offizier, *Monsieur.*« Dupont schaute zur Decke und paffte genüsslich an seiner Zigarre. »Warum also sollte ich es nach dem Krieg sein?«

»Und was haben Sie vor dem Krieg gemacht? Baguette gebacken?« Wieder lachte von Wolff, doch wirkte dies selbst in seinen Ohren noch unechter als zuvor.

»*Non, pas de baguette*«, griff Dupont den Scherz auf, ohne zu lachen. »Waffen.«

»W-Waffen?« Von Wolff schaute ihn perplex an. »Sie haben … Ich meine, ich verstehe nicht. Warum sind Sie Offizier geworden? Das Waffengeschäft scheint mir zu Kriegszeiten lukrativer zu sein.«

»Das ist richtig, aber …« Dupont wedelte den Rest des Satzes mit einer Geste weg, als wäre an dieser Stelle eine Erklärung nicht von Belang, und schaute von Wolff durch den blauen Dunst der Zigarre hindurch aus schmalen Augen an. »Sie machen nach wie vor Geschäfte mit Brodenbeck, nehme ich an?«

»Wie?« Von Wolff räusperte sich und ermahnte sich selbst zur Ruhe. War das eine Falle? Sein Herz begann schneller zu schlagen, was zu unangenehmen Stichen im Brustkorb führte. »Brodenbeck?«, fragte er in einem möglichst unbeteiligten Tonfall. »Wer soll das sein?«

Duponts Mund umspielte ein kaum wahrnehmbares Lächeln. »Sie erinnern sich nicht an den Mann, mit dem Sie im letzten Jahr in Berlin waren und eine Veranstaltung dieses … wie sagt man? … Emporkömmlings Adolf Hitler besucht haben, *mon cher ami*? Anschließend waren Sie gemeinsam in *Trudes Perle*, wenn ich richtig informiert bin.«

Von Wolff stockte der Atem, und an seinem ganzen Körper brach der kalte Schweiß aus. Was, zum Teufel, wurde hier gespielt?! Er brauchte ein paar Sekunden, bis er sich wieder gefasst hatte. Mit einem Blick auf Dupont, der ihn selbstgefällig musterte, sah er ein, dass es sinnlos war, ein solches Treffen abzustreiten, denn aus Duponts plötzlich so selbstsicherem Auftreten schloss er, dass es dafür Beweise gab. »Sie … haben mich beobachten lassen?«, fragte er heiser. Ihm war, als würde er plötzlich keine Luft mehr bekommen, und er zerrte wie ein Erstickender an seinem viel zu steifen Hemdkragen.

»Sie haben mich für einen Idioten gehalten«, sagte Dupont, und seltsamerweise klang es, als sei er damit höchst zufrieden. »Für einen Säufer und einen Idioten.« Er hielt sein Glas dicht vor die Augen und schwenkte die bernsteinfarbene Flüssigkeit gemächlich hin und her. »Nun, mit dem Säufer haben Sie recht, *mon ami*. Ein Idiot aber bin ich nicht.« Er senkte das

Glas und schaute auf, die Augen plötzlich so kalt und berechnend, dass es von Wolff ganz anders wurde. »Stellen Sie den Kontakt zu Brodenbeck her, *mon ami*. Noch heute. Sollte es dabei zu Verzögerungen kommen oder Sie versuchen, mich zu übervorteilen«, er ließ die Außenseite seiner Hand über seine Kehle fahren, »sind Sie geliefert. Alle beide.« Er beugte sich vor. »In diesem Fall würden Sie Ihren Freund Schlageter schneller wiedersehen, als Ihnen lieb sein kann.«

Schlageter! Wolff schnappte nach Luft, und es gelang ihm nicht mehr, sein Entsetzen zu verbergen. Woher wusste dieser verfluchte Sauhund von ihrem Kontakt zum ehemaligen Saboteur Leo Schlageter, den die Franzosen im letzten Jahr auf der Golzheimer Heide hingerichtet hatten?! »Sie … Sie haben mich … all die Monate …?«

»*Oui*.« Dupont steckte ihm mit einem dünnen Lächeln einen braunen Umschlag zu, dann lehnte er sich mit einem genüsslichen Gesichtsausdruck im Sessel zurück, schlug die Beine übereinander und legte einen Arm auf der Rückenlehne ab.

Wolff öffnete den Umschlag mit zitternden Fingern und zog ein paar Fotografien hervor. Sie zeigten ihn im Gespräch mit Adolf Hitler sowie mit einem nur spärlich bekleideten blutjungen Mädchen in der Berliner Kaschemme, in der an jenem Abend völlig unerwartet seine Tochter Elisabeth aufgetaucht war. Das Schlimmste aber: Sie zeigten ihn im Gespräch mit Leo Schlageter, noch dazu beide sichtlich gut gelaunt und mit einem Bier anstoßend. »Aber … aber wie …« Seine Stimme war nur noch ein Krächzen.

»Es ist nur eine Auswahl«, klärte Dupont ihn auf, als von Wolff nun einen schnellen Blick zum lodernden Kohleofen warf und seine Chancen abwog, die Fotografien darin verschwinden zu lassen. »Und es sind nur Abzüge. Was auch immer Sie also mit diesen Fotos anstellen, *mon ami*, es wird Ihnen nichts nützen.«

»Sie … Sie wollen mich erpressen.«

»Richtig.« Dupont lächelte süffisant. »So was kann recht einträglich sein. Aber wem erzähle ich das? Mit derlei Geschäften kennen Sie sich ja vortrefflich aus.« Sein Grinsen wurde breiter. »Ach ja, da wir gerade davon sprechen: Wie geht es der Schwester Ihrer kleinen Gespielin Henrike? Clara, *n'est-ce pas*? Ein wirklich hübsches Mädchen. Wie man hört, wird sie Duisburg dieser Tage gemeinsam mit unserem Offizier in Richtung Berlin verlassen.«

Von Wolff, der glaubte, jeden Moment ersticken zu müssen, wenn er noch länger in diesem Raum blieb, sprang auf und rannte keuchend zur Tür hinaus. Er hoffte inständig, jeden Moment aus diesem Albtraum zu erwachen.

Aber so sehr er sich auch kniff, es geschah nicht.

4

Ostfriesland, März 1925

»Sehen wir auch einen Zauberer?« Clivia hüpfte voller Vorfreude von einem Bein auf das andere, und auch ihr Bruder Gerke sowie ihre Kusinen Anna und Marlene und Aglaias Kinder Valja und Dania wirkten ungewöhnlich aufgekratzt.

»Und den stärksten Mann der Welt?« Der achtjährige Valja ahmte mit seinen dünnen Armen einen Gewichtheber nach.

»Und da gibt es auch ganz bestimmt ein Karussell?«, wollte die sechsjährige Dania mit glänzenden Augen von Greetje wissen. »Das hast du nicht einfach nur so gesagt?«

In kürzester Zeit hatten sich Valja und Dania die deutsche Sprache zu eigen gemacht und beherrschten sie heute genauso gut wie ihre Muttersprache. Auch ihrem Vater Alexej war es nicht allzu schwergefallen, sich das Deutsche fließend anzueignen, da er die Grundlagen bereits in Russland gelernt hatte. Lediglich Aglaia tat sich hier und da noch ein wenig schwer, doch war auch sie inzwischen durchaus in der Lage, sich in ein Gespräch einzubringen, ohne mühsam die passenden Wörter zusammenklauben zu müssen.

»Es gibt dort nicht nur ein, sondern mehrere Karussells«, erwiderte Greetje lachend. »Und ja, es gibt ganz sicher auch einen Zauberer und den stärksten Mann der Welt.«

Genauso hatte sie es dieser Tage auf den Plakaten gelesen, die seit Wochen in der ganzen Stadt auf das große Ereignis hinwiesen. Seit vielen Jahren hatte es in Aurich keinen Jahrmarkt mehr gegeben, sodass sich die Menschen ganz besonders auf ihn freuten. Greetje konnte sich noch gut an den Tag erinnern, als ihre Eltern sie 1917 zum ersten – und leider auch zum einzigen – Mal auf einen Rummel, wie sie es nannten, mitgenommen hatten. Es war ein so fröhlicher Tag gewesen, voller Lachen, fett- und zuckerverschmierten Mündern und nie gekannten Höhenflügen in den Fahrgeschäften. Insbesondere war es die Schiffschaukel gewesen, die es der damals elfjährigen Greetje angetan hatte. Ganz fest hatte sie mit ihren Händen die Ketten umklammert, während ihr um sieben Jahre älterer Bruder Johann, der ihr gegenüberstand, Schwung geholt und das hölzerne Schiff immer höher und höher getrieben hatte. Was war das für ein Spaß gewesen!

Tränen traten in Greetjes Augen, als sie jetzt an jenen Tag dachte, an dem Johann aus dem Krieg heimkehrte. Wie sehr hatte sie sich gefreut, ihn endlich wieder in die Arme schließen zu können! Stets hatte er sie vor dem Krieg zum Lachen gebracht, und natürlich hatte sie erwartet, dass es wieder genauso sein würde, als er sie bei seiner Ankunft an den langen Zöpfen zog, wie er es auch früher immer getan hatte, um sie zu necken.

Johann aber war nicht mehr derselbe gewesen. In sich gekehrt hatte er dagesessen und mit stumpfen Augen zum Fenster hinausgestarrt. Und dann war da dieses Zittern gewesen, das ihn so häufig unangekündigt übermannte und seinen ganzen Körper zum Erbeben brachte. Vater hatte ihn einen Nichtsnutz geschimpft und ihm gesagt, dass er gehen könne, wenn es ihm nicht gelinge, sich zusammenzureißen und wie ein richtiger Mann zu arbeiten und Geld heranzuschaffen. Und genau das hatte Johann eines Morgens auch getan: Er war gegangen, mit einem Strick in der Hand, und hatte sich am nächsten Baum aufgeknüpft.

Rasch versuchte Greetje, diese Erinnerung zu verscheuchen und sich wieder auf das fröhliche Geplapper der Kinder zu konzentrieren. Wenn sie auch für Johann nichts hatte tun können, so waren ihr doch diese Kinder anvertraut worden. Ihre Aufgabe war es nun, ihnen zu zeigen, dass das Leben nicht nur Mühsal, sondern auch Freude war. Und genau das würde sie heute tun. Und vielleicht, so dachte sie, würde sie genau das eines schönen Tages auch ihren eigenen Kindern beibringen können.

Sie waren nicht mehr weit vom Auricher Marktplatz entfernt, das lärmende Durcheinander von Musik, Gebimmel und Marktschreiern klang bereits ebenso zu ihnen herüber, wie ihnen der Geruch von Fettgebackenem und gebrannten Mandeln in die Nasen stieg.

Noch nie waren die Kinder auf einem Jahrmarkt gewesen, und die Schilderungen, die Greetje am Abend zuvor mit ihnen geteilt hatte, waren nicht eben dazu angetan gewesen, dass sie freiwillig zu Bett gingen und rasch einschliefen.

Nun aber war der große Tag gekommen, und Greetje und Aglaia hatten sich mit ihnen auf den Weg gemacht, während Enna, die seit dem Besuch des Belgiers sehr in sich gekehrt wirkte, zu Hause Geschäftliches erledigen wollte.

Schon am Tor zum Jahrmarkt, an dem Aglaia für sie alle den Eintritt entrichtete, gerieten die Kinder angesichts eines grell geschminkten Mannes, der bestimmt drei Meter in die Höhe ragte und ihnen aus seinem breiten, knallroten Mund zulächelte, ins Staunen.

»Ich wusste gar nicht, dass es so große Menschen gibt«, raunte Valja beeindruckt.

»Er ist nicht größer als dein Vater«, erklärte Aglaia lachend. »Er läuft auf … wie heißt das?«

»Stelzen«, sagte Greetje. »Er läuft auf Stelzen.«

»Was sind …?«, setzte Valja zur nächsten Frage an, doch riss er plötzlich staunend Augen und Mund auf und deutete auf ein Kettenkarussell, das die in seinen Körben sitzenden Menschen beinahe waagerecht durch die Luft wirbelte. »Oh, bitte, darf ich das auch mal ausprobieren?«, bettelte er.

»Natürlich, dafür sind wir doch hier«, erwiderte Greetje. »Wir stellen uns in die Schlange, dann sind wir bald dran. Allerdings ist das nichts für die Kleinen und … Aglaia«, wandte sie sich mit flehenden Augen an die Russin, »würdest du vielleicht …?«

»Kein Problem, Greetje. Fahre du ruhig mit dem Karussell, ich bleibe bei den Kleinen.« Aglaia strich sich über den gerundeten Bauch. »Obwohl …« Sie beugte sich zu Anna und Marlene hinab, die von dem ganzen Trubel völlig überwältigt schienen, und deutete auf ein in bunten Farben bemaltes Pferdekarussell, das ein paar Meter entfernt gemächlich seine Runden drehte. »Wollen wir das mal zusammen ausprobieren?«

Es vergingen zwei Stunden, in denen die Kinder mit glänzenden Augen und einer Zuckerstange in der Hand über den Platz stromerten. Vorbei an einem Drehorgelspieler, auf dessen Schulter ein kleines Äffchen saß, das laufend seinen winzigen Hut zog, besuchten sie die Vorstellung des stärksten Mannes der Welt, wie Valja es sich gewünscht hatte. Tatsächlich stemmte der bullige Mann, der Greetje ebenso breit wie hoch erschien, solch enorme Gewichte in die Höhe, dass ihr ganz schwindlig wurde.

Kaum aus dem Zelt wieder heraus, trafen sie auf eine mit vielen bunten Tüchern und goldenen Ketten behängte Wahrsagerin, die Aglaia überzeugen konnte, ihr zu folgen, damit sie erfuhr, wie es um die Zukunft ihres noch ungeborenen

Kindes bestellt war. Minuten später kam die Russin mit einem recht nachdenklichen Gesichtsausdruck wieder heraus, wollte sich jedoch nicht zu dem im Zelt Gesagten äußern.

Anschließend drehten die älteren Kinder mit Greetje laut juchzend noch Runde um Runde im Kettenkarussell, das ihr ausgemachter Favorit war, während sich Aglaia mit den kleineren Kindern die bunt gefiederte Schar exotischer Vögel ansah, die in Volieren vor sich hin flatterten und kreischende Geräusche ausstießen.

Die Schiffschaukel aber, die ihnen lautstark angepriesen wurde und die der von damals so ähnlich war, ignorierte Greetje stoisch, weil allein deren Anblick sie schon über alle Maßen traurig stimmte.

»Warum kann nicht jeden Tag Jahrmarkt sein?«, fragte Clivia selig lächelnd, als sie an einem Stand stehen blieben. Hier schossen ein paar junge, wie Arbeiter gekleidete Männer mit ihren Gewehren gekonnt Füchse aus Pappe von einem sich in schnellem Tempo bewegenden Laufband. Einer der Schützen drehte sich schließlich zu Clivia um und überreichte ihr galant einen Strauß roter Papierrosen, die er soeben als Preis für seine Schießkünste erhalten hatte. »Bitte schön, gnädiges Fräulein«, säuselte er, woraufhin Clivia zu kichern begann und die Rosen mit einem Knicks entgegennahm.

Greetje errötete, als der nicht unattraktive Mann nun seinen Blick auf sie richtete und ihr mit einem Lächeln zuzwinkerte. »Eine hübsche Schar Kinder haben Sie da, gnädige Frau.«

»Oh. Aber das … das sind nicht meine Kinder«, erwiderte Greetje verlegen, während ihr das Blut heiß ins Gesicht schoss. »Ich passe lediglich auf sie auf. Und eine gnädige Frau bin ich ganz sicher nicht.«

»Greetje ist nämlich ein Fräulein«, erklärte Valja mit einem wissenden Nicken.

»Soso, ein Fräulein ist sie also. Und, wenn ich das sagen darf«, er zog seine Mütze und verbeugte sich, »ein sehr hübsches noch dazu.«

Aglaia, die Situation blitzschnell erfassend, zog die Kinder fort und ging mit ihnen zu einem Clown, der mit seinen Faxen die Leute zum Lachen brachte.

Minuten später aber blieb ihr, genau wie allen anderen Umstehenden, das Lachen im Halse stecken, als zwischen all den grellen Geräuschen plötzlich ein vielfaches, Unheil verkündendes Stampfen zu hören war. Im Stechschritt, wie zu einer militärischen Parade formiert, näherte sich ihnen durch plötzlich einsetzenden Schneefall eine Gruppe von zehn Braunhemden. Alles, was sich den Männern in den Weg stellte, schoben sie beiseite, hier und da ging, wenn einer von ihnen aus einer Laune heraus seinen Gummiknüppel zog, etwas zu Bruch.

Wie auf ein geheimes Kommando hin blieb der Trupp plötzlich stehen. Greetje, die eilends zu den Kindern gelaufen war und diese gemeinsam mit Aglaia schützend um sich versammelte, bemerkte bestürzt, dass einer der Braunhemden seinen nicht eben freundlichen Blick auf Clivia gerichtet hatte. Mit einem ebenso breiten wie zynischen Grinsen trat er einen weiteren Schritt auf das Mädchen zu und fasste ihr mit der Hand in die dunklen Locken, dann strich er ihr über die bernsteinfarbene Haut ihres Gesichts. »Na, sieh an, da ist deine Mutter wohl eine Negerhure.« Während seine Kumpane in grölendes Gelächter ausbrachen, fixierte er Greetje aus seinen stahlblauen Augen, die so beißend waren wie die Luft eines klirrend kalten Wintertags. Als sich Clivia ängstlich an Greetjes Rock klammerte, breitete sich ein bedrohliches Grinsen auf dem Gesicht des Mannes aus. »Du bist also die Negerhure, die diese Missgeburt zur Welt gebracht hat.«

Greetje schnappte nach Luft, doch war sie so starr vor Angst, dass sie nicht in der Lage war zu reagieren.

»Lassen Sie das Kind in Ruhe!«, forderte stattdessen Aglaia den Mann auf, ihre ganze Gestik war die einer ihre Meute schützende Wölfin. »Dieses Mädchen hat Ihnen nichts getan.«

»Sagen wir mal so«, erwiderte der Mann, während er sich mit seinem Gummiknüppel auf die Hand schlug, »dieses Gör stört mein ästhetisches Empfinden.« Er drehte sich zu seinen Kumpanen um. »Ist es nicht so, Männer?«

Die Antwort war neunfaches zustimmendes Nicken. »Aber ganz gewaltig«, knurrte einer. Er trat nun ebenfalls vor und fasste Clivia unters Kinn. »So was wie du hat in einem Land wie diesem nichts verloren, hörst du?! Geh zurück in den Busch, wo du hingehörst, aber ein bisschen plötzlich.« Er imitierte die Laute eines Affen, was seine Begleiter erneut mit einem Lachen quittierten.

Aglaia zog Clivia an sich und stellte sich vor sie. »Noch einmal, meine Herren: Lassen Sie das Kind in Ruhe!«

»Und wer bist du?«, zeigte sich das Braunhemd amüsiert. »Offenbar eine von diesen russischen Judenschlampen, die sich wie die Ratten vermehren, he?« Er brachte sein Gesicht dicht an das von Aglaias und zischte: »Auch du gehst besser dorthin zurück, wo du hergekommen bist, sonst …«

»Was sonst?«, meldete sich eine energische Stimme zu Wort. Sie gehörte zu dem jungen Mann, der eben noch Greetje den Hof gemacht hatte. Um ihn herum hatte sich eine Gruppe Männer versammelt, die nicht weniger entschlossen schienen als die Braunhemden, denn sie alle hatten ihre Hände zu Fäusten geballt.

»Sieh an, die roten Vaterlandsverräter«, knurrte das Braunhemd. »Immer zur Stelle, wenn man sie nicht braucht.«

»Du riskierst schon wieder eine dicke Lippe, Kleenert«, zeigte sich Greetjes Verehrer unbeeindruckt. »Dabei habe ich dir doch schon beim letzten Mal gesagt, dass du besser zu Mutti gehst, damit sie dir die Windeln wechselt.« Sein spöttischer

Blick blieb knapp unter der Gürtellinie des Mannes hängen. »Deine Hose ist nämlich schon ganz braun. Das kommt davon, wenn man den ganzen Tag Scheiße produziert.«

Es brauchte daraufhin nur ein kurzes Nicken des so Angegangenen, dass im nächsten Moment der Tumult losbrach. Mitten in die grellen Geräusche des Jahrmarkts hinein, die unabänderlich Spaß und gute Laune verhießen, stürmten die Männer beider Seiten aufeinander zu und zettelten eine Schlägerei an.

Mit aller Macht versuchten Greetje und Aglaia, die nun weinenden Kinder aus der Gefahrenzone zu bringen, damit sie gemeinsam schnellstmöglich den Weg nach Hause antreten konnten.

Zu spät bemerkten die beiden Frauen den Gummiknüppel, der auf Aglaia zuschoss und wieder und wieder klatschend auf ihrem Körper aufschlug.

* * *

Enna ließ die Zeitung sinken. Ihr Blick schweifte zum Fenster hin, vor dem vereinzelt ein paar Schneeflocken im Wind tanzten. Es würden hoffentlich die letzten Flocken dieses Winters sein, dachte sie, obwohl ihr nach der Zeitungslektüre eigentlich etwas ganz anderes zu schaffen machte als die endlos erscheinende kalte und trübe Jahreszeit.

Es klopfte an der Tür, und zu Ennas Überraschung trat ihr Bruder Ubbo ein, der bislang noch nie einen Fuß über die Schwelle dieser Villa gesetzt hatte. Er trug seinen mehr schlecht als recht sitzenden Sonntagsanzug, was Enna annehmen ließ, dass er sich für diesen Besuch extra herausgeputzt hatte. Dennoch wirkte er in dieser Umgebung auf eine anrührende Weise deplatziert.

»Ubbo? Du hier?« Enna sprang von ihrem Platz auf. »Es ist doch hoffentlich nichts passiert?!«

»Doch«, sagte er. Da er dabei jedoch über das ganze Gesicht strahlte, konnten es keine unangenehmen Nachrichten sein, die er zu überbringen hatte.

»Nun sag schon, was ist los?«

Ubbo griff mit seinen schwieligen Händen nach den ihren und drückte sie. »Gratuliere«, sagte er, »du bist erneut Tante geworden.«

»Erneut …« Enna brauchte einen Moment, bis sie den Sinn seiner Worte begriff, dann aber überzog auch ihr Gesicht ein Strahlen. »Heißt das, dass Nienke …«

»Ja.« Ubbo nickte überschwänglich. »Sie hat mir einen weiteren Sohn geschenkt. Es ist ein strammer Bursche, hat seiner Mutter ordentlich zu schaffen gemacht. Aber beide sind wohlauf.«

»Oh, Ubbo, das freut mich von Herzen! Ich hoffe sehr, dass ich ihn … Hat er denn schon einen Namen?«

»Jibbo. Nach Nienkes Großvater.«

»Dann hoffe ich, dass ich meinen Neffen Jibbo schon bald persönlich kennenlernen werde.«

»Nun, du weißt ja, wo du uns findest. Ich …« Ubbo sah ihr verlegen in die Augen. »Ich wollte es dir unbedingt persönlich sagen. Und weil ich heute sowieso in die Stadt musste, um ein paar Sachen zu erledigen, da …« Vermutlich, um seine Emotionen zu überspielen, ließ er im nächsten Moment seinen kritischen Blick durch den nobel eingerichteten Raum, dann über die stuckbesetzte Decke schweifen. »Da wollte ich mir diesen protzigen Kasten einmal von innen ansehen. Wiebeke hat ihn schon geschildert, aber er ist noch viel scheußlicher, als ich angenommen hatte.«

»Ja«, seufzte Enna, »das ist er wohl. Aber du hättest diesen Salon sehen sollen, bevor ich ihn neu eingerichtet habe. Ein Mausoleum könnte nicht finsterer daherkommen.«

»Wo sind die Kinder?«, fragte er und schaute sich um, als bestünde die Möglichkeit, dass sie hinter einem der Möbelstücke hervorgekrochen kämen. »Clivia und Gerke. Ich würde sie gern begrüßen.« Ein Schatten legte sich auf sein Gesicht. »Wir vermissen Clivia sehr, vor allem Vater, den sie stets zum Lachen brachte. Ohne sie gibt er sich nur noch schlecht gelaunt. Obwohl auch er natürlich froh ist, dass sie endlich wieder bei ihrer Mutter sein kann«, fügte er rasch hinzu.

Enna verstand ihren Vater gut, denn Clivia war tatsächlich ein Sonnenschein und füllte auch die Villa so häufig mit Gelächter. Ein Wermutstropfen aber blieb, denn leider wurde sie von Georgs Eltern noch immer ignoriert, wenn sie einander begegneten, während Gerke und Ernfrieds Töchter zumindest von Undine Adena mit Zuneigung geradezu überschüttet wurden. Für Clivia war diese Ungleichbehandlung alles andere als leicht, zumal sie den Grund dafür nicht verstehen konnte. Wie sollte sie auch? Immer wieder versuchte das Mädchen verzweifelt, die Aufmerksamkeit seiner Großeltern auf sich zu lenken, mal durch Liebenswürdigkeit, mal durch Trotz. Vergebens. Enna zerriss es jedes Mal das Herz, wenn sich Clivia enttäuscht in ihre Arme flüchtete und von ihr die Liebe einforderte, die ihre vermeintlichen Großeltern ihr verweigerten.

»Greetje und Aglaia haben die ganze Rasselbande mit auf den Jahrmarkt genommen«, erklärte Enna. »Ich gehe aber davon aus, dass sie bald zurück sind. Sie sind schon ein paar Stunden unterwegs.« Möglichst unauffällig warf sie einen Blick auf die Standuhr, deren Pendel unablässig und in immer gleichem Takt hin- und herschwang und zu jeder halben und vollen Stunde mit sonorem Klang vom Fortschreiten der Zeit kündete. Sie versuchte, eine innere Unruhe zu verscheuchen, die sich ihrer schon am Morgen bemächtigt hatte.

Mit einer fahrigen Geste deutete sie auf einen Sessel. »Bitte, setz dich doch, Ubbo. Ich lasse uns Tee bringen. Und ein wenig zu essen. Bestimmt hast du Hunger.« Sie zog an der Glocke, und gleich darauf erschien eines der Dienstmädchen, das den Auftrag entgegennahm und nach einem Knicks wieder verschwand.

»Du hast dich in deine Rolle der reichen Witwe gut eingefügt«, neckte Ubbo sie. Er schaute sie prüfend an. »Du wirkst nervös. Ist es wegen dem Belgier? Ist er noch mal hier aufgetaucht?«

Enna presste die Lippen aufeinander und schüttelte den Kopf. Sie dachte an den Brief, den Jean-Pierre ihr wenige Tage nach ihrem Wiedersehen geschrieben hatte und der nach wie vor ungeöffnet in der Schublade ihres Nachtschranks lag. Auf gar keinen Fall wollte sie sich zu einem weiteren Austausch oder gar Treffen mit ihm nötigen lassen, denn dazu hatte sie das überraschende Wiedersehen viel zu sehr aufgewühlt. »Ich möchte nicht über ihn reden«, sagte sie gepresst.

Ubbo nickte, auch wenn er ganz offensichtlich in ihrem Gesicht zu lesen versuchte. Schließlich aber tat er ihr den Gefallen, das Thema zu wechseln. Er deutete auf die Zeitung, die neben ihm auf dem runden Beistelltisch lag. »Du hast bestimmt davon gelesen, dass Reichspräsident Ebert gestorben ist?«

»Ja.« Ennas Gesicht umwölkte sich. Für sie war Friedrich Ebert in der so unübersichtlichen und sich ständig ändernden politischen Landschaft stets eine verlässliche Größe gewesen. Mit dem parteilosen Hans Luther hatte im Januar bereits der zehnte Reichskanzler nach Kriegsende seinen Dienst angetreten, elf Koalitionen hatten zu regieren versucht und waren gescheitert. Ebert aber war stets geblieben. Nun gab es auch ihn nicht mehr, und niemand wusste, was daraus entstehen würde.

Enna sah ihren Bruder fragend an. »Es heißt, Ebert sei an einem Blinddarmdurchbruch gestorben. Aber entspricht das denn der Wahrheit?«

»Du zweifelst daran?«

»Wie könnte man nach allem, was da draußen passiert, denn nicht daran zweifeln?«, erwiderte sie, wobei ihre Stimme ein wenig zu schrill geriet. War es nicht viel wahrscheinlicher, überlegte sie nach einem erneuten Blick auf die Titelzeile der heutigen Postille, dass man auch ihn umgebracht hatte wie zuvor schon andere bedeutende Politiker, unter ihnen den von Nationalisten als *Erfüllungsgehilfen* diffamierten Finanzminister Matthias Erzberger und den jüdischen Außenminister Walther Rathenau? Sie stellte die Frage laut.

»Wundern würde es wohl niemanden«, meinte Ubbo nachdenklich. »Womöglich will man mit dem vorgeschobenen Blinddarm die Wahrheit verschleiern, wie man so vieles andere in diesem Land auch zu verschleiern versucht.«

»Aber was genau könnte in diesem Fall der Grund dafür sein?«

»Nun ja, so aufgeheizt, wie die politische und gesellschaftliche Stimmung in den letzten Jahren war, würde ein offiziell eingestandener Mord am Reichspräsidenten die Unruhen und Straßenschlachten wahrscheinlich weiter anheizen«, spekulierte Ubbo. »Es wäre also nicht verwunderlich, wenn man sich dazu entschlossen hätte, dem Volk eine weitere Mär aufzutischen, um diese Unruhen zu vermeiden.«

Enna seufzte. »Ich für meinen Teil zweifele daran, dass in diesem Land überhaupt noch jemand Wahrheit und Lüge zu unterscheiden versteht. Die politischen Parteien, deren Anzahl und Anliegen kaum mehr überschaubar ist, haben sich doch so tief in ihren nicht enden wollenden Ränkespielen verkeilt, dass sie selbst nicht mehr wissen, was schwarz und was weiß ist.«

»Bleibt zu hoffen, dass uns zumindest ein konservativer Reichspräsident erspart bleibt«, knurrte Ubbo. »Ganz egal, ob unverbesserlich kaisertreu oder auf andere Art nationalistisch. Es gab eine Zeit, da konnte auch ich den Nationalsozialisten eine ganze Menge abgewinnen, haben sie doch mit vielem, was sie sagen und bemängeln, absolut recht. Seitdem aber in ganz Deutschland von ihnen unterstützte Schlägertrupps die Straßen unsicher machen und mit ihren Gummiknüppeln wahllos selbst auf nur zufällig daherkommende Passanten eindreschen, verspüre ich nur noch Abscheu gegenüber diesen Ungeheuern.«

Enna nickte. Wenn es dazu käme, dass ein Nationalist Reichspräsident wurde, müsste sie vor allem Angst um Clivia haben. Deren Aussehen hatte schon mehrfach Männer in brauner Uniform dazu verleitet, ihr und dem Kind die unflätigsten Begriffe hinterherzurufen. Was aber, wenn es eines Tages nicht mehr bei verbalen Attacken bleiben würde? Vor allem aus München, wo dieser entlassene Häftling Adolf Hitler aktiv war, kamen erschreckende Meldungen zu derartigen Vorfällen. Dieser Mann schien alles ausmerzen zu wollen, was nicht dem von ihm kreierten Idealtypus der arischen Rasse entsprach, und er wurde noch nicht einmal dafür belangt, dass er es laut aussprach. Vielmehr schien er für seine Hassreden sogar vermehrt auf Zustimmung zu stoßen, und der Putsch, den er im November 1923 angezettelt und für den er ein paar Monate im Gefängnis gesessen hatte, schien vergessen. In der heutigen Zeitung stand sogar, dass nun auch seine Partei, die NSDAP, keinem Verbot mehr unterlag und er plane, ihr neues Leben einzuhauchen. Zudem habe er, so hieß es, im Gefängnis ein Buch verfasst, das bei seinen Anhängern die Runde mache und vor Wut- und Hassreden nur so strotze. Bei einer solchen Entwicklung konnte einem wahrlich angst und bange werden.

Enna schüttelte den Kopf. Nein, versuchte sie, sich selbst zu beruhigen, so gespalten die deutsche Bevölkerung in politischer Hinsicht auch sein mochte, niemals würde sie zulassen, dass ein so schamloser Demagoge wie Hitler tatsächlich die Geschicke der Republik in Händen hielt.

Sie wurde in ihrem Gedankenprozess unterbrochen, als nun das Dienstmädchen Tee und eine Platte mit kleineren Speisen brachte. »Danke«, sagte sie und nickte der jungen Frau zu. »Sie können gehen, ich werde selber einschenken.«

»Worüber denkst du nach?«, erkundigte sich Ubbo. »Du wirkst beunruhigt.« Er griff nach einem mit Käse gefüllten Gebäckstück und schob es sich in Gänze in den Mund.

»Nein, das bin ich nicht«, log Enna, da sie Ubbo nicht mit ihren Sorgen behelligen wollte. »Es ist doch so, dass es mit der deutschen Wirtschaft langsam, aber sicher bergauf geht. Die Menschen kommen wieder in Arbeit und müssen nicht mehr hungern, also wird sich auch das politische Klima in absehbarer Zeit beruhigen.« Sie griff nach der Teekanne und schenkte ein.

In Ubbos Augen zeigten sich Zweifel, dennoch nickte er. »Das hoffen wir alle.«

Enna schreckte zusammen, als nach einem donnernden Klopfen an der Haustür plötzlich lautes Rufen und Weinen aus der Diele zu hören war, gefolgt von einem hektischen Hin und Her klackernder und stampfender Schritte. Beunruhigt schaute sie zu Ubbo hinüber, der genau wie sie aufgesprungen war und aufs Höchste alarmiert auf die Tür starrte. Als der Tumult mit jeder Sekunde größer zu werden schien, trat Ubbo entschlossen auf die Tür zu, die jedoch genau in diesem Augenblick aufgerissen wurde und den Blick auf eine kreidebleiche Greetje freigab. »Bitte, gnädige Frau, kommen Sie schnell!«, keuchte sie außer Atem. »Es ist … es ist Aglaia.«

* * *

»Es … es tut mir leid.« Der eilends herbeigerufene Doktor trat einen Schritt vom Bett zurück und schüttelte bedauernd den Kopf. »Mein tief empfundenes Mitgefühl für Ihren Verlust.«

»*Njet.*« Alexej krallte seine Finger in die Haare, den entsetzten Blick nicht vom bleichen Gesicht seiner Frau wendend, die nach den brutalen Schlägen auf dem Jahrmarkt ihr Bewusstsein nicht mehr wiedererlangt hatte. »*Njet, njet, njet!*« Er stieß einen Schwall russischer Wörter hervor, sein Tonfall pure Verzweiflung. Dann sprang er auf den Arzt zu und umklammerte wie ein Ertrinkender dessen Revers. »Bitte, Herr Doktor, geben Sie sie nicht auf! Bitte, geben Sie meine Frau nicht auf, die Mutter meiner Kinder! Bitte! Ich gebe Ihnen alles, was ich habe, aber bitte, nehmen Sie mir nicht meine Frau! Und unser Kind«, fügte er kaum hörbar hinzu. »Nicht unser Kind.«

Behutsam löste der Arzt die Hände des zutiefst erschütterten Mannes von seinem Jackett. Alexej sackte daraufhin wie in Zeitlupe in sich zusammen und begann, auf dem Teppichboden zusammengekauert wie ein Embryo, herzzerreißend zu wimmern.

»Es tut mir leid«, sagte der Arzt erneut. Mit einem letzten Blick auf die Tote, die wenige Minuten zuvor nicht nur ihr eigenes, sondern auch das Leben ihres ungeborenen Kindes ausgehaucht hatte, wandte er sich zum Gehen. »Niemand hätte noch etwas für sie tun können«, sagte er vor sich hin. »Niemand. Die Verletzungen waren zu gravierend. Sie ist innerlich verblutet.«

Enna stand wie versteinert da, nicht in der Lage zu begreifen, dass das Unbegreifliche tatsächlich passiert war. »Sie schläft doch nur«, murmelte sie, den Blick auf die so friedlich daliegende Aglaia gerichtet. »Sie schläft doch nur. Sie war müde. Das … das ist doch ganz normal nach so einem Tag.«

»Komm her, Enna.« Ubbo umfing sie mit seinen starken Armen, und sie bettete ihren Kopf an seine Brust. »Du … du musst jetzt stark sein, Enna, hörst du? Wir alle sind für dich da. Wir alle. Das weißt du. Aber du musst jetzt stark sein.«

Enna verbot sich, auf die Worte ihres Bruders zu reagieren, weil das bedeutet hätte, die unabänderliche Situation zu akzeptieren. Doch das würde sie nicht. Das konnte sie nicht. Ganz einfach deshalb, weil es nicht akzeptabel war, dass schon wieder so etwas Schreckliches passierte. Dass schon wieder ein ihr nahestehender Mensch hatte sterben müssen. Es musste endlich Schluss sein mit den Grausamkeiten, die sich die Menschen zufügten. Ja, damit musste Schluss sein, endgültig, und deswegen würde sie nicht akzeptieren, dass Aglaia …

»Aglaia?«, flüsterte im nächsten Moment eine Stimme neben ihr. »Aglaia?«

Es war Ludmilla, die das Gästezimmer betreten hatte, gefolgt von ihrem Mann Sergej. Enna hatte einen ihrer Dienstboten zum Hof der Ulferts geschickt, um ihnen Bescheid zu geben.

Es brauchte nur wenige Sekunden, bis die beiden die Situation erfassten, und auch sie schienen daraufhin zunächst unfähig, sich zu bewegen, geschweige denn, ein Wort zu sagen.

Während Ludmilla nun stumme Tränen über die Wangen liefen, gab sich Sergej schließlich einen Ruck und lief auf seinen Bruder zu, der nach wie vor wimmernd auf dem Boden kauerte. Er half Alexej, sich aufzurichten, und führte ihn, der sich unter der Last seiner Emotionen so steif und unbeholfen bewegte wie ein Greis, nach draußen.

Ludmilla taumelte, einem seltsamen Tanz gleich, auf das Bett zu. Sie ließ sich auf die Bettkante sinken, nahm Aglaias Hand in die ihre und begann eine Melodie vor sich hin zu summen. Es war, als wollte sie ihrer Schwägerin ein Nachtlied singen.

»Komm, wir lassen sie allein«, raunte Ubbo.

»Die Kinder«, wisperte Enna, während er sie nach draußen führte. »Jemand muss es Valja und Dania sagen.« Sie schaute den Flur hinab, an dessen Ende das Spielzimmer lag, in das sich Greetje mit den Kindern zurückgezogen hatte. Kein Laut war von dort zu hören, das sonst so fröhliche Gelächter wie weggewischt. »Ich … ich kann es nicht. Bitte, verlangt nicht von mir, dass ich es ihnen sage.«

Greetje, die womöglich die Tür des Gästezimmers hatte zuschlagen hören, steckte ihren Kopf zum Spielzimmer heraus. Enna musste gar nichts sagen, damit das Dienstmädchen begriff. Sie schlug sich die Hand vor den Mund und begann haltlos zu schluchzen. Im nächsten Moment kamen Valja und Dania aus dem Zimmer gestürzt, in ihren Augen die Frage, die sie nicht zu stellen wagten, weil sie bereits ahnten, dass die Antwort ihre Welt einmal mehr zum Einsturz bringen würde.

»Kommt«, sagte Enna, ihre ganze noch verbliebene Kraft aufwendend. »Ich bringe euch zu eurem Vater.«

Enna und Ubbo begleiteten die Kinder in stummem Einvernehmen nach unten und schickten sie in den Salon, in dem sich Alexej und Sergej aufhielten.

»Es hätte doch ein so schöner Tag werden sollen«, schluchzte Greetje, die nun neben sie trat.

»Ja.« Enna nickte. »Das hätte es.« Der Gedanke, dass Valja und Dania diesen Tag vermutlich als den schrecklichsten ihres Lebens in Erinnerung behalten würden, schnürte ihr die Kehle zu. »Wo sind die anderen Kinder?«, fragte sie nun.

»Ich habe sie einem der Hausmädchen anvertraut«, schniefte Greetje. »Ich hoffe, das ist in Ordnung. Ich kann … ich kann jetzt einfach nicht …«

Enna legte ihr die Hand auf den Arm. »Es ist in Ordnung.« Sie atmete tief durch, bevor sie sagte: »Könnten Sie uns bitte erzählen, was genau passiert ist?« Als aus dem Salon nun trotziges Weinen und Schreien zu ihnen herausdrang, schob sie Greetje in die Bibliothek und bat sie mit einer Geste, sich zu setzen. »Möchten Sie einen Tee?«

Das Dienstmädchen schaute erschrocken auf. »Aber, gnädige Frau, ich kann doch nicht …«

»Also ja.« Enna, die sich immer noch wie durch einen Nebel bewegte, betätigte die Glocke und gab gleich darauf die Anordnung, eine Kanne Tee und drei Tassen zu bringen. Das irritierte Gesicht des Mädchens, das Greetje anstarrte, als hätte sie den Verstand verloren, ignorierte sie.

»Also, Greetje«, sagte nun Ubbo und räusperte sich. »Was genau ist passiert?«

Greetje begann zu erzählen, wobei sie ihre Rede immer wieder wegen einsetzender Weinkrämpfe unterbrechen musste. Nachdem sie geendet hatte, zeigte sich auf Ubbos Gesicht der blanke Hass. »Das braune Pack vom Völkischen Block also«, knurrte er mit geballter Faust. »Hab ich's mir doch gedacht.«

»Und es geschah, weil Aglaia sich schützend vor Clivia gestellt hat?«, fragte Enna mit belegter Stimme. *Also ist es meine Schuld*, setzte sich ein Gedanke in ihrem Kopf fest. *Es ist alles meine Schuld.*

»Ja.« Greetje nickte, ihr Gesicht im Taschentuch vergraben, das Enna ihr gereicht hatte. »Aglaia war wie eine Wölfin. Sie hätte nicht entschiedener reagieren können, wenn es ihr eigenes Kind gewesen wäre.«

Oh, mein Gott! Enna vergrub ihr Gesicht in den Händen. Aglaia war gestorben, weil genau das geschehen war, was sie schon seit Langem befürchtete. »Ich hätte Clivia nicht dorthin gehen lassen dürfen«, kam es heiser aus ihr heraus. »Niemals hätte ich Clivia … Ich hätte wenigstens dabei sein müssen. Ich trage die Verantwortung für mein Kind, ich ganz allein. Niemals hätte ich Aglaia …«

»Du kannst das Kind nicht einsperren«, fuhr Ubbo ihr wütend ins Wort. »Clivia hat die gleichen Rechte wie alle anderen Kinder. So weit kommen wir noch, dass man sich in diesem Land nicht mehr sicher fühlen kann. Und das nur, weil … weil … ach!« Er machte eine wegwerfende Handbewegung.

»So weit kommen wir noch?«, erwiderte Enna mit dünner Stimme. »Da sind wir doch längst.«

»Und deswegen ist es an der Zeit, etwas dagegen zu unternehmen«, ließ Ubbo sich nicht beirren. Ohne den Tee, den das Mädchen zwischendurch gebracht hatte, auch nur angerührt zu haben, erhob er sich aus dem Sessel und ging strammen Schrittes auf die Tür zu.

»Was hast du vor?«, fragte Enna alarmiert.

»Es ist an der Zeit, etwas gegen diese Teufelsbrut zu unternehmen.«

»Aber, Ubbo, das kannst du nicht tun!«, rief Enna entsetzt aus. »Sieh dir doch an, was sie mit der armen Aglaia … was sie mit ihr …« Ihre Stimme brach. »Bitte, Ubbo«, flüsterte sie flehend, »lass es sein! Wenn nicht für mich, dann wenigstens für Nienke und deine Kinder. Was soll denn aus ihnen werden, wenn auch du …«

»Ha!«, lachte Ubbo dröhnend auf. »Nee, nee, das wird nicht passieren. Glaub mir, Enna, die werden nicht wissen, wie ihnen geschieht, wenn wir sie uns vorknöpfen! Nee, Mann, damit kommen die Völkischen nicht durch. Diesmal sind sie zu weit gegangen. Sie kommen schon mit viel zu vielem durch, weil die Polizei sie gewähren lässt. Aber nun ist Schluss damit! Nun kümmern wir uns selbst darum, dass Aglaia und Clivia Gerechtigkeit erfahren.«

»Ubbo, bitte, das hat doch keinen Sinn, wenn …!«

»Nee, Enna, wenn es um die Meinen geht, lass ich nicht mit mir reden.« Ubbo schnaubte. »Der Saukerl, der Aglaia und ihrer Familie das angetan hat, wird zur Rechenschaft gezogen, und wenn es das Letzte ist, was ich tue. Unseren Jungs wird es ein Vergnügen sein, diesen braunen Sauhund am nächsten Baum aufzuknüpfen.« Er reckte die linke Faust in die Luft. »Es lebe die proletarische Revolution!«

Gleich darauf fiel die Tür hinter ihm ins Schloss.

5

Berlin, März 1925

Hagen Brodenbeck hatte sich gerade eine Pfeife angesteckt und zu paffen begonnen, als er von seinem Vorzimmer her ein heftiges Wortgefecht zwischen zwei Männern zu hören bekam. Eine der Stimmen gehörte zu seinem Sekretär Friedhelm Asmussen, die andere kam ihm irgendwie bekannt vor, doch vermochte er sie nicht einzuordnen.

Brodenbeck seufzte. Womöglich aber sprach auch nur wieder eines dieser verkommenen Subjekte vor und bettelte um Anstellung. Viel zu viele Taugenichtse waren es inzwischen, die es vom Land in die Stadt trieb, weil sie sich eine Anstellung bei einem der großen Unternehmen wie Siemens, AEG oder Borsig erhofften – oder eben auch in der Brodenbeck'schen Waffenfabrik.

Was aber sollten sie mit immer noch mehr Menschen anfangen, von denen viele nicht einmal einen Schlafplatz hatten? Vor wenigen Tagen erst hatte in den Zeitungen gestanden, dass erbärmlich viele Menschen in einer der Berliner Obdachlosenunterkünfte übernachteten, unter anderem seien *Fröbels Festsäle* in Prenzlauer Berg bereits völlig überfüllt. Die

Arbeiter-Illustrierte-Zeitung hatte ihre diesbezüglichen Artikel gar mit unappetitlichen Fotografien garniert, die irgendwelche dahergelaufenen Kommunisten mit ihrer *Leica* aufgenommen hatten. Mit der Serienproduktion dieser Kamera, auf die sich neuerdings jeder Hans und Franz zu stürzen schien, hatte ihnen die Firma Leitz wahrlich keinen Gefallen getan.

Aber das war noch nicht alles, über das man sich als vernunftbegabter Mensch zurzeit ärgern musste. Inzwischen hatten die angeblich unmenschlichen Zustände in den Obdachloseneinrichtungen nämlich dazu geführt, dass eine Hauszinssteuer eingeführt worden war. Und wer hatte diese zu entrichten? Natürlich diejenigen, die noch arbeiten gelernt hatten und genau dafür nun bestraft wurden, indem man sie dazu verpflichtete, einen Teil ihrer Mieteinnahmen an die staatliche Wohnungsfürsorgegesellschaft abzuführen, mit dem Ziel, von diesem Geld Wohnungen für die arbeitsscheuen Nichtsnutze zu bauen. Es war ein einziger Skandal.

Nun denn. Brodenbeck wollte sich nicht schon wieder darüber aufregen, wie übel die Regierung unter dem unfähigen Reichskanzler Luther Leuten wie ihm mitspielte. Er lehnte sich in seinem ledernen Sessel zurück, nahm seine Tasse in die Hand und genoss das Aroma des dampfenden Bohnenkaffees, der sich auf angenehme Weise mit dem seines Tabaks vermischte.

Asmussen würde schon mit dem Burschen fertigwerden, dachte er, denn darin hatte sein Sekretär inzwischen ausreichend Übung. Und wenn es doch mal brenzlig wurde, weil sich einer der Arbeitssuchenden über Gebühr echauffierte, dann würden Asmussen nach einem schrillen Pfiff der Trillerpfeife, die er stets bei sich trug, die Wachposten zu Hilfe eilen, die auf den Fluren des Bürogebäudes Tag und Nacht Patrouille liefen. Diese Wachen waren zwar ein teures Vergnügen, doch wusste man heutzutage schließlich nie, welches Gelump die Frechheit besaß, hier einzudringen, um sich an den Besitztümern eines rechtschaffenen Menschen zu bereichern.

Brodenbeck langte zu einer kunstvoll geschnitzten Kommode hinüber und drehte an dem Knopf seiner dort platzierten neuesten Errungenschaft: einem Rundfunkempfangsgerät, wie er es auf der Funkausstellung im vergangenen Dezember erstmals gesehen und gleich darauf erstanden hatte. Er wollte sich vergewissern, dass die Nachricht, die die Spatzen bereits am gestrigen Abend von den Dächern gepfiffen und ihm damit ein gewisses Wohlbehagen bereitet hatten, auch tatsächlich der Wirklichkeit entsprach. Noch wollte er nämlich nicht so recht daran glauben, dass ein gesunder und keineswegs betagter Mann einfach so über Nacht den Löffel abgab, zumal, wenn er eine bedeutsame Position bekleidete.

Er musste nicht lange warten, um zu erfahren, dass die Spatzen recht behielten. Reichspräsident Friedrich Ebert war Geschichte, angeblich gestorben an einem Blinddarmdurchbruch. Brodenbeck schnaubte. Das sah einem Sozialdemokraten ähnlich, dass er sich so mir nichts, dir nichts aus dem Staub machte, anstatt einfach nur seine Pflicht zu tun und Verantwortung für sein Land zu übernehmen.

»Na, dann hebe ich doch meine Tasse auf den hoffentlich würdigen Nachfolger dieses Nichtsnutzes. Möge er unser Land wieder zu alter Stärke führen«, sagte Brodenbeck und prostete der gegenüberliegenden Wand mit seinem Kaffee zu. Mit viel Glück würden sie nun einen getreuen Nationalisten als Nachfolger platzieren können, und dann würden in diesem Land endlich andere Saiten aufgezogen. Wirklich schade, sinnierte er, dass dieser formidable Adolf Hitler in Ungnade gefallen war, denn einen Mann wie ihn hätte er auf einem Posten wie diesem nur allzu gern gesehen. Nun ja, wenn alles gut lief, würden sich Hitler und seine nun nicht mehr verbotene NSDAP rasch wieder profilieren, und dann stünde einem Erstarken des

Nationalsozialismus nichts mehr im Wege. Natürlich würde Hitler nach dem dilettantischen Putsch vom November '23 diesmal geschickter vorgehen müssen, um nicht erneut das Misstrauen der Regierenden auf sich zu ziehen; aber mit der Unterstützung seiner Getreuen – wozu sich auch Brodenbeck nur allzu gern zählte – würde die Rebellion schon gelingen. Zunächst selbstverständlich unter Einhaltung der geltenden politischen Regeln, aber wenn sie sich erst einmal Gehör verschafft hatten, dann ...

Brodenbeck erschrak, als nun die Tür zu seinem Büro ungewöhnlich forsch geöffnet wurde. Gerade öffnete er den Mund, um Asmussen aufs Schärfste seinen Protest kundzutun, als ihm beim Anblick seines Besuchers, der ohne seinen Sekretär hereinkam, die Worte im Halse stecken blieben.

»Wiemers!«, keuchte er, ohne sein Entsetzen verbergen zu können.

»Guten Tag, werter Herr Schwiegerpapa«, grüßte Martin Wiemers mit einem breiten Grinsen. »Wie ich sehe, stockt dir vor lauter Wiedersehensfreude der Atem.« Unaufgefordert ließ er sich in einem Sessel nieder, schwang seine Beine hoch und legte seine Füße auf dem Schreibtisch ab. »Du siehst blass aus. Ist dir was auf den Magen geschlagen? Der Kaffee vielleicht? Er soll ja für alte grantige Menschen nicht besonders bekömmlich sein. Du erlaubst?« Er beugte sich vor und griff nach einer handgefertigten Zigarre sowie nach dem Schneider und den Streichhölzern, die Brodenbeck neben der Kiste platziert hatte.

Brodenbeck, noch immer außerstande, etwas zu sagen, starrte auf die Tür in der Hoffnung, dass seine Wachen hereingestürmt kamen, um dem Spuk ein Ende zu setzen.

»Vergiss es«, nuschelte Wiemers, während er an seiner Zigarre zog und der Tabak zu glimmen begann. Er blies den Rauch in Brodenbecks Richtung. »Ich habe deinem Adlatus auf einprägsame Art zu verstehen gegeben, dass ich dir und auch ihm auf der Stelle eine Kugel in den Kopf jage, sollte uns jemand stören.« Um seinen Worten Nachdruck zu verleihen, zog er betont lässig eine Pistole hervor und platzierte sie in Griffweite auf dem Schreibtisch. »Ich kann nicht mal behaupten, dass es mir kein Vergnügen bereiten würde, die Welt von einem so widerlichen Subjekt, wie du eins bist, zu erlösen.«

»W-was willst du von mir?«, presste Brodenbeck heiser hervor, verärgert darüber, dass er in Gegenwart seines verhassten Schwiegersohns zu stammeln begann. Kaum jemandem war es je gelungen, ihn aus der Fassung zu bringen. Wie verdrießlich, dass es ausgerechnet diesem verfluchten Kommunisten gelang! Umso schöner würde es sein, dachte er, wenn sein Werkschutz diesen Bastard beim Verlassen des Gebäudes wie ein Sieb durchlöcherte. Brodenbeck sah die in nicht besonders prägnanten Lettern gedruckte Schlagzeile der morgigen Zeitung schon vor sich: *Einbrecher auf der Flucht erschossen.* So was geschah in diesen schlimmen Zeiten jeden Tag, und niemand würde sich darum scheren.

»Ich nehme doch an, dass dir meine Rückkehr aus dem Reich der Toten nicht verborgen geblieben ist, Genosse«, erwiderte Wiemers.

»Nenn mich nicht Genosse, du widerliches Subjekt!«, stieß Brodenbeck, der seine Sprache wiedergefunden hatte, wütend hervor. »Wenn überhaupt, dann bin ich ein Volksgenosse! Und ganz sicher habe ich dir nicht erlaubt, mich zu duzen.«

»Also?«

»Natürlich ist es mir nicht verborgen geblieben«, erwiderte Brodenbeck, weil er wusste, dass Wiemers sich nicht um Anstand scherte. Also wäre jede weitere Diskussion unsinnig. »Schließlich hast du mit deinem unrühmlichen Auftritt in dieser unseligen Kaschemme vor Monaten für ordentlich Aufsehen gesorgt.« Er beugte sich vor und zischte: »Und ich höchstpersönlich werde dafür sorgen, dass das hier dein letzter Auftritt ist.

Es war ein verdammter Fehler, ausgerechnet hierherzukommen, Wiemers, ein gottverdammter Fehler.«

Wiemers seufzte theatralisch. »Dir wäre es natürlich lieber gewesen, ich wäre auf dem schlammigen Acker, den ihr Kriegstreiber und Drückeberger *Feld der Ehre* zu nennen pflegt, verreckt. Und vermutlich hast du das all die letzten Jahre auch angenommen.« Er grinste frech. »Es muss sich für einen wie dich scheußlich anfühlen, dass nun nicht mehr der Kaiser mit seinen unfähigen Militärs das Sagen in diesem Land hat.«

Brodenbeck straffte seinen Rücken, das Gesicht rot vor Empörung. »Ich dulde nicht, dass in meinen Räumen Kaiser und Armee beleidigt werden!«

»*Dieses Gemisch aus Streberei, Ordensschiebung, Urlaubsverweigerung, Huren, Saufen und Fressen, dieser ekle Brei von Monokelleutnants der trübsten Etappe … – diese Suppe aus Rohheit, Mannschaftsfresserei und Dünkel – das war die alte kaiserliche deutsche Armee*«, zitierte Wiemers genüsslich einen Text Kurt Tucholskys.

Brodenbeck, nun so außer sich, dass er zu keuchen begann, setzte zu einer Erwiderung an, Wiemers aber hob die Hand und schnitt ihm mit einer unmissverständlichen Geste das Wort ab. »Geschenkt. Spar dir deine nationalistische Prosa und hör zu, was ich dir zu sagen habe.«

Brodenbeck schlug klatschend mit der flachen Hand auf den Schreibtisch. »Es interessiert mich einen Dreck, was du zu sagen hast, du linke Ratte! Und jetzt sieh zu, dass du …!«

»Dann interessiert es dich wohl auch nicht, was aus deinem Enkel geworden ist«, fiel ihm Wiemers ins Wort, wobei er in provokanter Manier eine Augenbraue hob. Eine Geste, von der er wusste, dass sein Schwiegervater sie schon von jeher gehasst hatte, zeugte sie doch von einer gewissen Souveränität.

Brodenbeck stockte das Herz. Dann war es also wahr, was man sich erzählte! Natürlich war es wahr, schalt er sich im nächsten Moment selbst. Schließlich war es genau das, was seine Informanten ihm zutrugen, nachdem er sie losgeschickt hatte, weil Gustav von einem Tag auf den anderen nicht mehr zur Arbeit erschienen war. Seine erste Befürchtung war gewesen, dass Edith womöglich von der Intrige ihres Vaters erfahren und ihrem Sohn daraufhin den weiteren Kontakt mit dem Großvater untersagt hatte. Als aber plötzlich die ganze Stadt von den Vorgängen in *Trudes Perle* gesprochen hatte, war auch ihm klar geworden, dass es Wiemers war, der Gustavs Ausbleiben zu verantworten hatte.

Auf allen erdenklichen Wegen hatte Brodenbeck daraufhin versucht herauszubekommen, wo sich die Familie aufhielt, doch hatte auch das großzügige Belohnungsgeld, das er bereit gewesen war zu bezahlen, nicht dazu geführt, dass ihm irgendwer Auskunft hätte geben können oder wollen. Wie es hieß, war selbst Ediths unnützer Kompagnon, dieser Janno Ulferts, von ihrem Verschwinden und dem der Kinder kalt erwischt worden. So zumindest war der Eindruck seines Portiers gewesen, der ihm berichtete, Ulferts habe sich am Fabriktor nach Gustav erkundigt und einen ziemlich niedergeschlagenen Eindruck gemacht, als er ihm mitteilte, dass der Junge am Morgen nicht zur Arbeit erschienen sei. Selbstverständlich hatte der Portier daraufhin seine Kündigung erhalten, denn schließlich hatte er klare Anweisung gehabt, Gustav, egal wem gegenüber, mit keinem Wort zu erwähnen.

»Nun?« Wiemers Braue schnellte erneut in die Höhe. »Interessiert es dich oder nicht? Wie man hört, hast du den Jungen ganz gegen deine Art ins Herz geschlossen.« Wiemers zog die Stirn in Falten. »Auch hast du ihn nach deinem Gutdünken zu formen versucht. Einen verdammten Nationalistenfreund hast du aus ihm gemacht.« Nun war es Wiemers, der unvermittelt seine Hand auf den Schreibtisch niedersausen ließ. »Einen verdammten Nationalisten! Aber«, er ließ sich lässig grinsend wieder zurück in den Sessel sinken, »ich habe dem Jungen deutlich gezeigt, was ich von seinem Auftreten und seiner Art zu reden halte. Ich denke, er hat verstanden.«

Brodenbeck erstarrte. »Was hast du mit dem Jungen gemacht?«, presste er mit unterdrückter Wut hervor.

»Interessiert dich nur der Junge?«, fragte Wiemers. »Was ist mit Edith und der kleinen Marie?« Er lächelte. »Kannst du dir vorstellen, wie überrascht ich war, als ich neben meinem Sohn unerwartet noch eine Tochter vorfand? Ein entzückendes kleines Ding, das muss ich schon sagen, und mindestens so hübsch wie ihre Mutter. Zunächst glaubte ich, Edith hätte sich dieses Kind von einem anderen Kerl andrehen lassen, aber … hm … Was soll ich sagen, wie es scheint, ist mein letzter Fronturlaub nicht ohne Folgen geblieben. Ganz entzückende Folgen, aber das sagte ich ja bereits. Und natürlich weiß keiner so gut wie du, verehrter Schwiegervater, wie ungemein bereichernd es für einen Mann ist, eine Tochter sein Eigen zu nennen, nicht wahr? Nun, wie dem auch sei, seit ich meine kleine Marie gesehen und kennengelernt habe, kann ich mir gut vorstellen, ein weiteres Mal Vater zu werden. Und so fleißig, wie Edith und ich seit meiner Rückkehr daran arbeiten, wird es sicherlich nicht mehr lange dauern, bis es so weit ist. Weißt du, Edith hat mir schon immer viel Freude bereitet, und daran hat sich auch nach der langen Zeit meiner Abwesenheit nichts geändert.«

Brodenbeck war inzwischen so speiübel, dass er glaubte, sich übergeben zu müssen. Martins Worte trafen ihn mitten ins Herz, auch wenn er es ihm gegenüber nie zugegeben hätte. Ja, er hatte Gustav in sein Herz geschlossen, und das vermutlich mehr, als er sich selbst einzugestehen bereit war. Und ja, er hatte ihn zu einem stolzen Nationalisten geformt, auf den jeder vaterlandstreue Geselle stolz sein konnte. Und natürlich hasste er es, dass der Junge seinem Einfluss wieder entzogen und stattdessen dem seines nichtsnutzigen kommunistischen Vaters ausgesetzt war. Schließlich sollte Gustav nicht ausgerechnet jenen Vaterlandsverrätern die Treue schwören, die die Schuld an der Kriegsniederlage trugen und nun gemeinsam mit den Juden dabei waren, dieses so stolze Land nicht nur zugrunde zu richten, sondern ihm noch dazu den Rest seiner Würde zu rauben.

Viel mehr noch als das aber fragte Brodenbeck sich, wie es Edith wohl tatsächlich gehen mochte. Kaum vorstellbar, dass sie nach allem, was Martin ihr damals angetan hatte, ihm immer noch die Treue hielt. Und was faselte Wiemers da von einem weiteren Kind? Tat er Edith womöglich Gewalt an? Oder war sie tatsächlich immer noch dumm genug, sich ihm freiwillig hinzugeben? Wie auch immer, Wiemers war nach wie vor ihr Ehemann und hatte damit jedes Recht, sich zu nehmen, was einem Ehemann zustand. Dennoch …

Unversehens spürte Brodenbeck diese tiefe Trauer in sich aufsteigen, die er in den letzten Jahren so erfolgreich verdrängt hatte. Bis zu ihrem erneuten Verschwinden vor gut drei Monaten war er überzeugt gewesen, dass ihn das Schicksal seiner Tochter nicht interessierte. Plötzlich aber, von einem Tag auf den anderen, hatte er wieder Angst um sie gehabt. Die Sorge, dass Wiemers ihr etwas antun könnte, hatte ihn beinahe um den Verstand gebracht und ihn nachts nicht schlafen lassen. Es war ihm vor sich selbst peinlich, sich einzugestehen, wie sehr er sich wünschte, dass sie, sein kleines Mädchen, wieder zu ihm zurückkehrte. Dass er, so wie früher, ihr sicherer Fels in der Brandung war. Aber natürlich wusste er, dass dies nie geschehen würde, genauso wie er seine Enkeltochter nie würde in die Arme schließen können. Und Schuld daran war einzig und allein dieser verdammte Versager, den Edith ihren Ehemann nannte und der noch dazu die Chuzpe besaß, am helllichten Tag hier im Büro aufzutauchen und …!

Brodenbeck runzelte die Stirn, als ihm aufging, dass er immer noch keine Ahnung hatte, zu welchem Zweck genau

Wiemers eigentlich hier war. Doch ganz sicher nicht, um ihm einfach nur auf die Nerven zu gehen. »Nun sag schon, was du von mir willst«, forderte er ihn auf, wobei er bemüht war, seiner Stimme einen festen Klang zu geben. »Du bist doch nicht gekommen, um den treuen Familienvater zu mimen und mir rührselige Geschichten zu erzählen.«

»Geld«, sagte Wiemers ohne Umschweife. »Ich will Geld. Aber das kommt ja sicherlich nicht überraschend.«

»Geld.« Brodenbeck grinste hämisch. »Der Herr Kommunist, der, eine rote Fahne schwenkend, lautstark gegen das Kapital kämpft, will Geld. Noch dazu welches, das aus der Waffenproduktion stammt und – so seine eigenen Worte – den Tod Abertausender Menschen finanziert hat. Da sieht man doch mal wieder, was für lausige Verräter ihr Kommunisten im Grunde eures Herzens seid.«

»Es ist nicht für mich«, ließ sich Wiemers nicht aus der Ruhe bringen.

»Für wen ist es dann? Für die Witwen und Waisen?«

»Für einen guten Zweck.«

»Ja, natürlich. Und warum, glaubst du, sollte ich es dir geben? Weil ich Angst um Edith und ihre Kinder habe?« Brodenbeck zwang sich zu einem hämischen Grinsen, obwohl ihm der emotionale Schmerz erneut in die Eingeweide fuhr. »Du weißt, dass ich mich in den letzten Jahren nicht um ihr Wohl geschert habe. Warum also jetzt?«

»Erzähl mir nicht, dass Gustav dir …«

Brodenbeck schnitt ihm mit einer Geste das Wort ab. »An Gustav liegt mir nichts«, log er. »All das, was ich hier mit ihm veranstaltet habe, hat mit ihm nichts zu tun. Es ging einzig und allein um Edith. Ich wollte ihr wehtun. Und ich habe ihr wehgetan, da bin ich mir sicher. Was also sollte mich jetzt noch dazu bewegen, einem roten Nichtsnutz wie dir Geld zu geben?

Wo auch immer du deine Familie versteckt hältst, euer aller Zukunft ist mir von Herzen egal.«

Für einen Moment funkelte Verunsicherung in Wiemers Augen auf, doch hatte er sich rasch wieder in der Gewalt. Anscheinend hatte er mit einer so deutlichen Abfuhr nicht gerechnet. So weh es Brodenbeck auch tief in seiner Seele tat, ganz sicher würde er sich nicht aus emotionalen Gründen dazu bewegen lassen, diesem Monster Geld in den Rachen zu schieben. Und überhaupt: Wer wusste denn zu sagen, was danach geschehen würde? Niemand gab ihm die Garantie, dass Gustav tatsächlich zu ihm zurückkehren würde. Genau genommen wäre das schon deshalb ausgeschlossen, weil Edith nun die Wahrheit kannte und ganz sicher nicht zulassen würde, dass ihr Sohn seinen Großvater in absehbarer Zeit wiedersah.

»Mir ist es ganz egal, wofür du das Geld brauchst, Wiemers«, bekräftigte er. »Und wenn du mir sagtest, dass ohne dieses Geld schon morgen die Welt unterginge, von mir würdest du nicht einen lausigen Pfennig bekommen. Deine Reden, ganz egal, worauf sie abzielen, kannst du dir also sparen. Und jetzt entschuldige mich, ich habe, im Gegensatz zu dir, zu tun.«

Für einen kurzen Moment sah es so aus, als wollte Wiemers etwas darauf erwidern, doch verlegte er sich für die nächsten Minuten aufs Schweigen, ohne seinen Schwiegervater aus den Augen zu lassen. Vermutlich spielte er in seinem Kopf die Strategien durch, von denen er annahm, dass sie ihm jetzt noch zum Ziel verhelfen würden.

Plötzlich jedoch sprang er aus seinem Sessel hoch, richtete die Waffe auf sein Gegenüber und sagte: »Komm mit!«

»Was?«, fragte Brodenbeck perplex.

»Steh auf und komm mit! Auch nur ein Mucks oder ein falscher Blickkontakt, während wir über das Gelände gehen, und ich puste dir das Licht aus. Verstanden?«

Brodenbeck schwieg, auf dem Gesicht ein spöttisches Lächeln.

»Dann anders: Es ist bislang niemandem gelungen, herauszufinden, wo sich Edith und ihre Kinder aufhalten. Selbst dir nicht, mit deinem ganzen verfluchten militärischen Spionageapparat. Was glaubst du also, was wohl mit ihnen passiert, wenn ich nicht zu ihnen zurückkehre, he? Nicht ausgeschlossen, dass sie elendig verhungern und verdursten, oder?«

»Du bluffst.«

»Ach ja? Dann lass es drauf ankommen, alter Mann! Ich bin bereit zu sterben. Ob Edith und die Kinder es auch sind, möchte ich allerdings bezweifeln.« Er blies einmal über den Lauf seiner Pistole. »Und ich bin mir sicher, dass auch du deine Zeit im Höllenfeuer gern noch ein bisschen hinausschieben möchtest. Du bist viel zu selbstverliebt, um dem vorzeitigen Sterben etwas abgewinnen zu können. Du verlangst das nur von denen, die ihr Hurensöhne als Kanonenfutter an die Front schickt.«

Brodenbeck nahm widerwillig seinen Telefonhörer zur Hand und sagte gleich darauf: »Asmussen, ich komme jetzt mit meinem Besucher raus und begleite ihn zum Tor hinaus. Ich möchte keinerlei Störung … Nicht eine Störung, haben wir uns verstanden? … Ja, genau, tun Sie und alle anderen einfach so, als wären wir gar nicht da. Haben Sie mich verstanden? Dann ist ja gut.« Er legte den Hörer auf die Gabel zurück.

Wiemers grinste zufrieden. »Ich wusste doch, dass dir was an Edith und den Kindern liegt. Jetzt müssen wir nur noch die Geldfrage klären.«

»Ich habe gesagt …«

»Hunderttausend. Übermorgen Abend. Am Stettiner Bahnhof. Genaueres teile ich dir noch mit. Solltest du es nicht bis um zweiundzwanzig Uhr persönlich dort abliefern …« Wiemers zuckte mit den Achseln. »Tja. Dann wird es nicht nur

Edith und den Kindern schlecht ergehen, sondern auch diesem Unternehmen.«

»Du hast nichts gegen mich in der Hand, Wiemers, gar nichts!«, fauchte Brodenbeck.

»Sicher?« Wiemers sah ihn spöttisch an. »Du weißt selbst, welche Verbrechen hier Tag für Tag verübt werden. Und du glaubst tatsächlich, dass ich darüber nicht informiert bin?« Er fuchtelte mit der Waffe. »So, los geht's! Und sei gewiss, verehrter Schwiegerpapa: Sollte auf unserem Weg nach draußen etwas schiefgehen, sehen wir uns sehr bald in der Hölle. Ich bin nämlich nicht der Einzige meiner Leute, der mit einer Waffe umgehen kann, falls du verstehst, was ich meine.«

Nur wenige Minuten später stieg Martin Wiemers am Fabriktor unbehelligt in ein sich schnell näherndes und vor ihm abrupt abbremsendes Fahrzeug und wurde nur Sekunden darauf vom Gewimmel der Straße verschluckt.

* * *

Janno drehte nachdenklich seinen Federhalter zwischen den Fingern, wobei er ihn dicht vor seine Augen hielt. Es war erst ein halbes Jahr her, dass er ihn von Edith geschenkt bekommen hatte, und doch schien es ihm, als wäre es in einem anderen Leben gewesen. Derart vor sich hin sinnierend, sah er wieder ihre strahlenden blauen Augen vor sich, als sie ihm dieses Geschenk überreichte. »Wir haben es überstanden«, freute sie sich, nachdem sie von einem Kunden, der während der Inflation abgesprungen war, einen größeren Lieferauftrag erhalten hatten. »Die Krise ist vorbei, Janno, endgültig! Ich weiß nicht, wie wir es geschafft haben, aber wir haben es geschafft!« Überglücklich war sie an diesem Tag gewesen, und ihr Glücksgefühl hatte spätestens dann auf ihn abgefärbt, als sie eine Flasche Schaumwein öffnete, um mit ihm auf die nun wieder rosiger aussehende Zukunft ihrer gemeinsamen Geschäftstätigkeit anzustoßen.

»Wenn Sie diese Briefe noch unterzeichnen könnten, Herr Ulferts«, riss ihn sein Assistent aus den Gedanken, einen Stapel Papiere vor ihm ablegend. »Ich würde sie dann gern zum Postamt bringen.« Hermann Kortes, ein hoch aufgeschossener und so dürrer Mann, dass seine Hosen nur durch Hosenträger Halt fanden und ansonsten so schlaff wie ein Segel bei Flaute an seinen Beinen herunterhingen, hatte eigentlich nur ein paar Tage bei *Janulf & Partner* bleiben sollen, doch nun waren aus diesen Tagen schon mehrere Monate geworden. Kortes, der über ein gutes Maß an Grips und einen ausgezeichneten Sinn für Zahlen verfügte und noch dazu ein wahres Genie im Kopfrechnen war, pflegte einen vertrauensvollen Umgang mit den Kunden und schien bei diesen inzwischen als Jannos rechte Hand akzeptiert zu sein. Die Rückmeldungen jedenfalls, die Janno zur Arbeit dieses stets ein wenig steif wirkenden Mannes bekam, waren durchweg positiv, und auch er selbst konnte sich über dessen Arbeitsmoral nicht beklagen.

Dennoch: Kortes war nicht Edith, und ohne Edith schien alles, was sie sich so mühsam aufgebaut hatten, plötzlich ohne Sinn zu sein. Ja, die Geschäfte liefen gut, doch war da keine Lebendigkeit mehr, kein Optimismus, kein Lachen. Ohne Edith war das alles hier einfach nur ein schnödes, seelenloses Unternehmen, wie es sie zu Tausenden in diesem Land gab.

Janno tunkte seine Stahlfeder in die Tinte und signierte routiniert Blatt für Blatt mit seiner schwungvollen Unterschrift, ohne sich den Inhalt der Schreiben anzusehen, denn er war überzeugt, dass Kortes alles mehrfach auf Richtigkeit geprüft hatte.

Kortes schlug artig die Hacken zusammen, als Janno ihm die Papiere reichte, dann wandte er sich wieder seinem eigenen Schreibtisch zu.

»Sind Sie eigentlich glücklich?«, fragte Janno.

Kortes schaute erstaunt auf. »Wie meinen?«

»Ich fragte, ob Sie glücklich sind.«

Kortes räusperte sich, wie er es immer tat, bevor er auf eine Frage zu antworten begann. »Ich fühle mich in Ihrem Unternehmen sehr wohl, Herr Ulferts, danke der Nachfrage.«

Janno seufzte, während er erneut seinen Federhalter betrachtete. »Das war nicht das, was ich wissen wollte, Herr Kortes.«

»Nun … ähm …« Der junge Assistent schien nun restlos überfordert. »Es tut mir sehr leid, Herr Ulferts, aber es erschließt sich mir nicht, worauf Sie mit Ihrer Frage hinauswollen.«

Janno machte eine wegwerfende Handbewegung. »Ach, egal. Vergessen Sie's einfach.«

»Falls ich Ihren Unmut erregt haben sollte, Herr Ulferts, dann …«

»Nein. Nein, Kortes, das haben Sie nicht. Das haben Sie ganz bestimmt nicht.« Dein einziger Fehler ist, dass du nicht Edith bist, fügte Janno in Gedanken hinzu, sprach es aber natürlich nicht laut aus, denn dafür konnte sein Assistent nun wirklich nichts.

Edith. Janno schämte sich zutiefst, wenn er daran dachte, wie viele Sorgen auch er ihr in all den ohnehin schon schwierigen Monaten gemacht hatte. Herumgetrieben hatte er sich und sich ohne Sinn und Verstand dem Vergnügen hingegeben. Und das einzig und allein, um die Ungewissheit zu betäuben, die ihnen allen so sehr zu schaffen machte, dass etliche Menschen lieber den Freitod wählten, als die Angst vor der Zukunft zu ertragen. Viel zu oft hatte er Edith allein hier im Büro sitzen lassen, weil er den Rausch der letzten Nacht hatte ausschlafen müssen. Nicht selten hatte sie ihn, wenn sie sich wieder einmal sorgte, warum er nicht zur Arbeit erschien, mit einer Dame im Bett vorgefunden, von der er ihr nicht einmal den Namen hätte nennen können. Aber selbst die bittere Enttäuschung, die sich in solchen Momenten auf Ediths Gesicht abzeichnete, hatte ihn nicht dazu bewegen können, den Lastern abzuschwören.

Nach Ediths plötzlichem Verschwinden war es ihm dann für eine gewisse Zeit gelungen, sich zusammenzureißen und dafür zu sorgen, dass das, was sie sich aufgebaut hatten, nicht vollends den Bach runterging, immer getrieben von der Hoffnung, Edith möge im nächsten Moment zur Tür hereinkommen und alles wäre wie früher. Seit ein paar Wochen aber, in denen seine Hoffnung, Edith jemals wieder an ihrem Schreibtisch sitzend zu sehen, mehr und mehr schwand und Hermann Kortes dafür sorgte, dass hier alles seinen reibungslosen, wenn auch weitgehend ereignislosen Gang ging, zog es Janno erneut in das Berliner Nachtleben hinaus. Erst gestern hatte er sich bis in die frühen Morgenstunden in *Clärchens Ballhaus* vergnügt, von dem er wusste, dass sich dort vor allem alleinstehende Frauen herumtrieben, unter ihnen viele Soldatenwitwen, die nach ein wenig Abwechslung von ihrem schweren Alltag lechzten.

Und Abwechslung war genau das, was auch er brauchte, wollte er nicht Gefahr laufen, aus lauter Sorge um Edith und ihre Kinder den Verstand zu verlieren.

Doch war das nächtliche Herumstromern für Janno nicht nur Ablenkung, sondern auch eine Möglichkeit, eventuell etwas über Ediths Verbleib zu erfahren, denn nirgends in Berlin kursierten so viele Gerüchte wie in den einschlägigen Lokalen. Zwar hatte bislang jede vermeintliche Spur, der Janno nachgegangen war, in eine Sackgasse geführt, dennoch wollte er die Hoffnung nicht aufgeben.

Haarklein hatte er sich wenige Tage nach Ediths Verschwinden von Gertrud und Margarete erzählen lassen, was an jenem schicksalhaften Abend im November geschehen war. Beide Frauen, die nicht dafür bekannt waren, besonders zartbesaitet zu sein, hatten noch völlig neben sich gestanden und waren kaum in der Lage gewesen, eine Beschreibung von Ediths Ehemann zu geben, von dem Janno keine Ahnung hatte, wie er eigentlich aussah.

Inzwischen wusste Janno, nach wem er suchen musste, denn nun hingen die Fahndungsplakate mit Wiemers' Konterfei schon seit Monaten an jeder Straßenecke Berlins. Demnach hatte sich Wiemers im Jahr zuvor dem *Roten Frontkämpferbund* angeschlossen, dem Wehrverband der Kommunistischen Partei Deutschlands, und gehörte neben Ernst Thälmann zu dessen Führungskräften. Ihm wurden etliche Verbrechen zur Last gelegt, unter ihnen Landesverrat, schwere Körperverletzung und nun natürlich auch Mord. Angeblich, so hieß es, habe sich Wiemers nach Kriegsende für längere Zeit in Russland aufgehalten und die dortigen revolutionären Kräfte unterstützt. Ob an all diesen Vorwürfen etwas dran war oder zumindest einige von ihnen jeder Grundlage entbehrten, wusste Janno nicht einzuschätzen, denn im Gegensatz zu den Mitgliedern der Wehrverbände nationalistischer Gesinnung, wie dem *Stahlhelm*, wurden in diesem Land quasi jedem Bürger kommunistischer Gesinnung Verbrechen zur Last gelegt, ganz egal, ob er sie begangen hatte oder nicht.

Selbstverständlich hatte Janno sofort seinen Freund Fritze und dessen Partnerin Lotte, die ebenfalls höhere Positionen in der KPD bekleideten, in die Pflicht genommen, ihm alles zu sagen, was sie über Martin Wiemers wussten. Leider hatten auch die ihm glaubhaft versichern können, dass sie ihn seit dem Krieg nicht mehr gesehen hatten und ihnen dessen Mitgliedschaft im *Roten Frontkämpferbund* genauso neu sei wie ihm. Nicht ausgeschlossen also, dass sich mit Wiemers alles ganz anders verhielt, als die Ermittlungsbehörden ihnen mittels Fahndungsplakat weiszumachen versuchten.

Jannos Blick fiel auf das Exemplar des Plakats, das in seinem Briefkasten gesteckt hatte und nun seinem Schreibtisch gegenüber an der Wand hing. Er wusste nicht genau zu sagen, warum er es aufgehängt hatte, doch diente es seit Wochen dazu, sich die Visage dieses Verbrechers genau einzuprägen. Martin Wiemers war optisch die ältere Version seines Sohnes Gustav und mit seinem kantigen Gesicht und dem zerzausten dunklen Haar ein verdammt gut aussehender Kerl. Janno konnte durchaus verstehen, was Edith seinerzeit an ihm gefunden haben mochte. Doch das Gefühl, das sich bei Wiemers' Anblick in ihm regte, hielt er für Hass. Den Gedanken, dass es zudem irgendetwas mit Eifersucht zu tun haben könnte, schob er weit von sich und redete sich ein, dass er für Edith stets nicht mehr empfunden hatte, als man für eine gute Freundin eben empfand.

Ein Klopfen an der Tür riss Janno erneut aus seinen Gedanken. »Hat sich ein Kunde angemeldet?«, fragte er an Kortes gewandt.

»Nein, Herr Ulferts, nicht dass ich wüsste.« Um die Augen des Assistenten begann es hektisch zu zucken, denn wenn er eines nicht leiden konnte, dann waren es unerwartete Störungen des von ihm geplanten Arbeitsablaufs.

»Hm. Dann hoffen wir mal, dass es ein Neukunde ist, der uns seine Aufwartung macht«, knurrte Janno, auch wenn er nur wenig Lust hatte, sich mit einem solchen zu befassen. Aufgrund wieder einmal starker Kopfschmerzen sah er sich zu einem konstruktiven Gespräch nicht unbedingt in der Lage. *Verflucht, ich sollte wirklich mit der Sauferei aufhören*, ging es ihm durch den Kopf, bevor er ein forsches *Herein!* zur Tür hin rief.

»Ach du Scheiße«, entfuhr es ihm im nächsten Moment, als er sah, wer, einen Spazierstock schwenkend, zur Tür hereinkam.

Es war Hagen Brodenbeck.

* * *

Verlegenes Schweigen breitete sich im Büro aus, nachdem Janno Ediths Vater bedeutet hatte, auf einem der Stühle, die um einen kleinen, etwas wackeligen Tisch herumstanden, Platz zu nehmen.

Als hätte er Jannos Angebot überhört, blieb Hagen Brodenbeck mitten im Raum stehen und durchmaß diesen mit einem kritischen, wenn nicht gar spöttischen Blick, doch verkniff er sich eine Bemerkung zum ärmlichen Erscheinungsbild.

»Wir mussten unser besseres Mobiliar im Krisenjahr nach und nach verkaufen«, rechtfertigte sich Janno, nicht ohne sich sogleich selbst für diese Worte zu tadeln, denn schließlich musste er sich für das, was man hier vorfand, keineswegs schämen. Vielmehr konnte er sogar mächtig stolz darauf sein, das Unternehmen trotz der katastrophalen Bedingungen über die Wirtschaftskrise gerettet zu haben. Das war weit mehr, als manch anderer Betrieb von sich behaupten konnte. Hätte sich die Regierungskoalition im Herbst 1923 allerdings nicht auf eine Währungsreform und auf so manch andere einschneidende wirtschafts- und fiskalpolitische Maßnahme einigen können, hätten auch Edith und er den Bankrott nicht mehr lange abwenden können. Insofern war Janno jeden Tag aufs Neue dankbar für das, was ihnen geblieben war und worauf sie aufbauen konnten. Ganz sicher würden sie ihrem Büro schon sehr bald wieder ein ansprechenderes Ambiente geben können.

»Verstehe«, war alles, was Brodenbeck darauf erwiderte.

»Bitte!« Janno deutete auf Mantel und Hut seines Besuchers, dann auf die Garderobe an der Tür. »Wenn Sie Ihren Mantel ablegen wollen …« Er empfand den Geruch nasser Wolle, den Brodenbeck mit hereingebracht hatte, als äußerst unangenehm und hätte ihn gern in den Nebenraum verbannt. Doch selbst, als Kortes jetzt dienstbeflissen aufsprang, sich hinter Brodenbeck aufbaute und die Arme ausbreitete, um dessen Mantel und Hut entgegenzunehmen, ging dieser nicht auf das Angebot ein, sondern blieb ungerührt stehen.

»Darf ich fragen, was Sie zu mir führt?«, fragte Janno nach einer längeren Pause, in der sich Brodenbeck erneut aufs Schweigen verlegt hatte. Er war bemüht, sich seine zunehmende Nervosität nicht anmerken zu lassen, auch wenn er beim Anblick dieses Mannes Gefahr witterte. Wo ein Kerl wie Brodenbeck auftauchte, davon war er überzeugt, konnte es nur Ärger geben. »Dass Ihre Tochter Edith nicht hier ist, dürfte Ihnen mit Ihrem gut ausgeprägten Schnüfflerinstinkt ja nicht entgangen sein«, fügte er mit möglichst fester Stimme hinzu.

»Ich verbitte mir jedwede Frechheiten, junger Mann!«, donnerte Brodenbeck.

»Und ich verbitte mir, mich in meinem eigenen Büro wie einen Schuljungen abzukanzeln«, entgegnete Janno nicht weniger eindrucksvoll, woraufhin sich Hermann Kortes von seinem Stuhl erhob und stammelte: »Also, ich … äh … werde dann mal die Korrespondenz zum Postamt tragen.« An Brodenbeck vorbeikommend, schlug er die Hacken zusammen und schmetterte: »Stets zu Ihren Diensten, der Herr!« Dann verschwand er im Stechschritt zur Tür hinaus.

»Ein schneidiger Bursche, wie mir scheint«, bemerkte Brodenbeck. »Es beruhigt mich zu sehen, dass es noch junge Menschen gibt, die über anständige Umgangsformen verfügen und zudem wissen, wo ihr Platz ist. Ich hatte die Hoffnung schon aufgegeben.«

»Worauf hatten Sie die Hoffnung aufgegeben? Auf brauchbares Kanonenfutter?«, feuerte Janno die nächste Spitze ab, denn trotz aller Nervosität ging ihm die Überheblichkeit dieses Menschen gehörig auf die Nerven, und er brauchte nicht noch mehr Anhaltspunkte, um endgültig zu verstehen, warum Edith mit diesem Tyrannen nichts mehr zu tun haben wollte. Zudem trug sein pochender Kopfschmerz nicht eben dazu bei, ihn milde zu stimmen. Er griff nach seinen Zigaretten und zündete sich eine an.

Brodenbeck lächelte gallig. »Sehen Sie, und genau das ist es, was ich meinte. Kein Anstand, kein Respekt. Dieses Land wird nicht nur von vaterlandslosen Gesellen regiert, sondern zunehmend auch von ihnen bewohnt.«

»Sind Sie hergekommen, um mich zu beleidigen?«, fragte Janno. Er blies den Rauch in Brodenbecks Richtung. »Bitte schön, Mission erfüllt.« Er deutete auf die Tür. »Verlassen Sie mein Büro. Jetzt!«

Die Muskeln um Brodenbecks Mundwinkel begannen nervös zu zucken, was seinen üppigen Schnauzbart auf und ab tanzen ließ. »Sie wagen es, mir die Tür zu weisen?!«

»Sie wagen es ja auch, unangemeldet hier aufzukreuzen und mich zu beleidigen«, konterte Janno. »Was hätten denn Sie in einem solchen Fall getan? Ich würde sagen, wir sind quitt.«

»Nein, das sind wir ganz und gar nicht.« Nun ließ sich Brodenbeck doch dazu herab, sich auf einen der schlichten Stühle zu setzen, der unter seinem Gewicht zu knarren begann. »Und schon gar nicht lasse ich mir von Ihnen sagen, wann ein Gespräch beendet ist.«

Janno stöhnte gequält auf.

»Was gibt es denn da zu stöhnen, Ulferts?«

Janno schlug wütend mit der Faust auf den Tisch. »Herr im Himmel, Brodenbeck, nun sagen Sie endlich, warum Sie hier sind! Meine Zeit ist mir zu schade, um sie ausgerechnet mit Ihnen zu verplempern. Also, was ist? Geht es um Edith? Hatten Sie angenommen, sie hier anzutreffen? Dann muss ich Sie leider enttäuschen, denn auch ich habe nach wie vor keinerlei Ahnung, wo sie steckt. Aber das sagte ich ja bereits.« Er spürte, wie er sich in Rage zu reden begann, versuchte aber gar nicht erst, sich zu stoppen, denn in seiner Stimmung kam ihm dieser Widerling, der weder Gewissen noch Moral kannte, gerade gelegen. »Und selbst wenn ich es wüsste«, fuhr er fort, »wären Sie der Letzte, dem ich es erzählen würde, denn Edith wird ihre Gründe haben, warum sie seit Jahren jeden Kontakt mit Ihnen vermeidet.« Er schnaubte abfällig. »Und jetzt noch einen Grund mehr, wie ich von Ihrem Portier erfahren musste. Was erlauben Sie sich eigentlich, ein Kind, und noch dazu Ihren eigenen Enkel, für Ihre fragwürdigen politischen und persönlichen Zwecke zu instrumentalisieren? Glauben Sie mir, Brodenbeck, wenn Edith einen Menschen auf dieser Welt nie mehr wiedersehen möchte, dann sind Sie das.«

Zu Jannos Erstaunen wirkte Brodenbeck auf diese Ansprache hin keineswegs wütend. Verwundert stellte er fest, dass sich in dessen Augen hingegen eine tiefe Verletztheit spiegelte, was der voluminöse Mann damit zu überspielen versuchte, dass er ein Taschentuch hervorzog und sich damit über das regennasse Gesicht wischte.

Jannos Erstaunen hätte nicht größer sein können, als Brodenbeck jetzt mit belegter Stimme sagte: »Sie müssen mir helfen, Edith zu finden, Ulferts. Es soll nicht zu Ihrem Schaden sein.«

»Bitte?« Janno sah ihn perplex an. »Sie glauben wirklich, dass ich noch nicht alles versucht hätte, sie zu finden? Davon mal abgesehen: Von Ihnen lasse ich mich ganz bestimmt nicht kaufen, also behalten Sie Ihr verdammtes Geld für sich! Oder besser noch: Geben Sie es denen, die wegen Ihresgleichen so zerschossen sind, dass sie nicht mehr arbeiten und ihre Familie ernähren können.«

Es war nicht zu übersehen, wie schwer es Brodenbeck fiel, nach dieser Schelte noch die Contenance zu wahren. Seine Beine zuckten, als setzten sie bereits zur Flucht an, auch öffnete der bullige Mann mehrfach den Mund zum Reden, ohne jedoch ein Wort zu artikulieren.

»Was wäre der Titel für die Komödie, die Sie hier gerade abziehen, Brodenbeck?«, ließ Janno nicht locker. »Die verlorene Tochter? Der verkannte Vater? Worum, verdammt noch mal, geht es Ihnen wirklich?« Janno raufte sich aufstöhnend die Haare. »Ich bin die hinterhältigen Spielchen von Ihresgleichen so leid, Brodenbeck! Ich kann Ihnen gar nicht sagen, wie sehr! Hier gibt es für Sie nichts zu holen, also lassen Sie mich einfach in Ruhe.«

»Martin Wiemers war bei mir.«

Jannos Kopf schnellte in die Höhe. »Was?«

»Er war bei mir. In meinem Büro.«

»Wann?«

»Gestern.«

Janno versuchte, am Gesichtsausdruck seines Gegenübers einzuschätzen, ob dies der Wahrheit entsprach. Tatsächlich aber wirkte Brodenbeck plötzlich so ermattet und sein Atem ging so keuchend, dass man wohl davon ausgehen konnte, dass er nicht log. Menschen wie Brodenbeck beherrschten die Lüge in Perfektion. Gefühle zu zeigen, galt hingegen unter Seinesgleichen als Schwäche. Je glatter und selbstsicherer sie auftraten, desto eher konnte man davon ausgehen, dass man gerade ein Opfer ihrer Skrupellosigkeit wurde. Wenn sie aber dasaßen wie durch den Fleischwolf gedreht, dann war es sehr wahrscheinlich, dass ihre so sorgsam ummauerte Welt gerade dabei war, in sich zusammenzufallen.

»Wiemers hat sich also Zugang zu Ihrem Büro verschafft.« Janno lachte laut auf, als er das Absurde in dieser Tatsache erkannte.

»Ich wüsste wirklich nicht, was daran so amüsant sein soll«, empörte sich Brodenbeck.

»Nein? Darf ich fragen, wie es Wiemers gelungen ist, diesem Treffen, noch dazu unbeschadet, zu entkommen?«

»Woher wollen Sie wissen, dass …?«

»Sonst wären Sie wohl kaum hier und würden ausgerechnet mich um Hilfe anflehen.«

»Er hatte eine Waffe.«

»Er hatte eine ...« Janno klopfte sich lachend auf die Schenkel. »Was war denn das für eine Waffe, dass sie gegen den Bestand einer ganzen Waffenfabrik bestehen konnte? Eine *Dicke Bertha*?«

»Darum geht es hier nicht«, knurrte Brodenbeck ungehalten. »Wiemers ist gefährlich, das wissen Sie genauso gut wie ich. Ein Menschenleben zählt für ihn nicht. Das weiß spätestens seit dem Vorfall in dieser Kaschemme ganz Berlin.«

Eine Kaschemme, die auch du ganz gern besuchst, dachte Janno. Er konnte sich nicht verkneifen zu sagen: »Erstaunlich, wie viel Sie beide doch gemeinsam haben.«

»Sparen Sie sich Ihre schlechten Witze, Ulferts.«

»Es war keineswegs als Witz gemeint, wenn es Sie beruhigt.« Janno lehnte sich zurück und schlug die Beine übereinander, um sich lässiger zu geben, als ihm eigentlich zumute war. Trotz allen Mutes, den er aufbrachte, um diesem Mann Paroli zu bieten, schien ihm Brodenbecks schiere Präsenz so übermächtig, dass er mehr und mehr das Gefühl hatte, nicht mehr atmen zu können. »Wiemers hat die Waffe – eine Pistole, vermute ich – auf Sie gerichtet, stimmt's?« Er setzte ein abfälliges Grinsen auf. »Was mich interessieren würde, Herr Direktor: Wie fühlt sich so was an, he? Bedrohlich? Nun, dann stellen Sie sich jetzt doch mal vor, wie es ist, wenn die Waffen einer ganzen Armee auf Sie gerichtet sind. Haben Sie auch nur die geringste Ahnung, was das mit einem Menschen macht?«

»Jaja, Ulferts«, knurrte Brodenbeck. »Spielen Sie nur Ihre vermeintliche moralische Überlegenheit aus! Ihr jungen Leute wisst es ja immer so viel besser. Aber wie ich gerade schon sagte: Mir geht es nicht um mein Unternehmen, sondern einzig und allein um meine Tochter.«

Janno beschloss, sich auf ein weiteres Gespräch einzulassen, denn jetzt wurde es interessant. Wenn Martin Wiemers tatsächlich den Schneid gehabt hatte, in der für ihn ohnehin schon brenzligen Lage ausgerechnet bei seinem verhassten Schwiegervater aufzutauchen, der seit Jahren nichts lieber täte, als ihn standrechtlich erschießen zu lassen, dann musste er dafür einen guten Grund haben. »Was genau wollte Wiemers von Ihnen?«, fragte er.

Brodenbeck starrte auf den gusseisernen Ofen, in dem glühende Kohle vor sich hin knisterte. »Geld«, knurrte er dann.

»Geld?« Janno runzelte die Stirn. Er wusste nicht, welche Antwort genau er erwartet hatte, aber diese schien ihm enttäuschend banal. »Eine Erpressung also? Hält er Edith und die Kinder gefangen und will sie im Gegenzug freilassen, sobald Sie seine Forderung erfüllen?«

»Das hat er nicht gesagt. Er drohte lediglich damit, dass es Edith und den Kindern schlecht ergehen würde, wenn ich nicht zahle. Außerdem drohte er damit, mein Unternehmen in Schwierigkeiten zu bringen.«

»Ihr Unternehmen? Hat er denn Anhaltspunkte für Unregelmäßigkeiten, die ihm nutzen könnten?« Janno winkte ab. »Natürlich hat er Anhaltspunkte. Vermutlich muss man nicht einmal besonders tief graben, um den Schmutz aufzudecken, den Sie über die Jahre angehäuft haben.« Er dachte an die Waffentransporte, die er seinerzeit gemeinsam mit Karl hatte auffliegen lassen, aber es wäre Selbstmord gewesen, auch nur andeutungsweise zu erwähnen, dass er darin involviert gewesen war. »Endlich sehe ich klar«, nickte er. »Bei alldem hier geht es Ihnen gar nicht um Edith oder die Kinder.«

Brodenbeck fuhr auf. »Es geht ausschließlich um Edith und die Kinder, Ulferts!«

»Natürlich geht es *nicht* um sie«, hielt Janno dagegen. »Warum sollte es auch? Edith hat Sie doch all die Jahre nicht interessiert.« Mit wütendem Blick richtete er seinen Zeigefinger einem Stilett gleich auf Brodenbeck. »Edith wäre im Nachkriegswinter beinahe am Fieber verreckt, ihre Kinder wären fast zu Waisen geworden. Haben Sie auch nur annähernd eine Ahnung, was das in der heutigen Zeit für die Kinder bedeutet hätte?«

Brodenbeck reckte stolz das Kinn. »Wäre sie zu mir gekommen, hätte ich ihr geholfen. Aber sie zog es ja vor, in ihrem Drecksloch zu bleiben und …« Er musterte Janno spöttisch. »Und außerdem waren ja auch Sie zur Stelle, um den edlen Ritter zu spielen.«

Janno sah ihn fassungslos an, als ihn eine Erkenntnis übermannte. »Oh, verdammt, Sie wussten damals, wie schlecht es ihr geht!« Er hustete, weil er sich vor lauter Entsetzen am Rauch seiner Zigarette verschluckt hatte. Erneut schnellte sein Zeigefinger vor. »Sie wussten von Ediths aussichtsloser Lage und haben nichts unternommen! Sie haben ihren Tod und das Elend ihrer Kinder billigend in Kauf genommen!«

In Brodenbecks Mimik, die plötzlich angespannt wirkte, war unschwer zu erkennen, dass er ins Schwarze getroffen hatte. Janno schnappte nach Luft. »Sie sind noch zehnmal widerlicher, als ich Sie mir vorgestellt hatte, Brodenbeck!«

»Ich verbitte mir solche Reden!«

Janno hieb mit der Faust auf den Tisch. »Sie sind Abschaum, Brodenbeck! Unwerter als eine Küchenschabe, und ich hätte nicht wenig Lust, Sie unter meinem Schuh zu zertreten.« Als sein Besucher vor lauter Empörung nach Worten zu suchen schien, fuhr er aufgebracht fort: »Aber andere Menschen waren für Sie ja schon immer nur Mittel zum Zweck, ganz egal, ob sie zur Familie gehören oder Fremde sind. Das sieht man ja nicht zuletzt daran, was Sie mit Gustav gemacht haben. Widerwärtiger geht's doch kaum noch, als dass man ein Kind, seinen eigenen Enkel, der Mutter entfremden will und ihn noch dazu zu einem kriegswütigen Nationalisten heranzieht, der bei nächster Gelegenheit den Kanonen zum Fraß vorgeworfen wird. Aber eines sag ich Ihnen: Gustav war es, der seine Mutter gerettet hat, indem er den Schneid aufbrachte, zu mir zu kommen und um Hilfe zu bitten, obwohl man ihn schon dutzendfach davongejagt hatte wie einen räudigen Hund. Sie aber, Brodenbeck, besaßen nicht einmal den Schneid, Ihrer eigenen Tochter in verzweifelter Lage Hilfe anzubieten, und fühlen sich dabei auch noch im Recht.« Janno verzog angewidert das Gesicht. »Ich sage es nur allzu gern noch mal: Sie sind Abschaum, Brodenbeck. Widerwärtiger, stinkender Abschaum!«

Brodenbecks ganzer Körper zitterte nun vor unterdrückter Wut, denn ganz sicher war er es nicht gewohnt, derart abgekanzelt zu werden. Zu Jannos Verwunderung aber machte er noch immer keine Anstalten zu gehen. »Sind Sie jetzt fertig?«, presste er lediglich zwischen den Zähnen hervor.

»Nein.« Janno setzte sich wieder aufrecht hin. »Nun geben Sie's schon zu, Brodenbeck: Es geht Ihnen bei allem, was Sie mir weiszumachen versuchen, einzig und allein um Ihre Waffenschmiede. Sie haben Angst, dass Wiemers mehr über Ihre schmutzigen Geschäfte weiß, als Ihnen lieb sein könnte. Deshalb sind Sie hier und aus keinem anderen Grund.«

»Wiemers wird keine Ruhe geben«, sagte Brodenbeck nach einer längeren Pause, in der beide Männer nur stumpf vor sich hin starrten. »Ganz egal, wie viel Geld ich ihm gebe, er wird immer noch mehr verlangen. Und ganz sicher werde nicht ich es sein, der seine verdammte bolschewistische Revolution finanziert!«

»Davon ist auszugehen«, stimmte Janno zu. »Aber glauben Sie mir: Selbst wenn Wiemers damit Ihr ganzes Unternehmen in den Ruin treiben würde, es wäre mir völlig egal. Im Gegenteil, meine tiefste Anerkennung wäre ihm gewiss.«

»Nun tun Sie doch nicht so, Ulferts!«, wetterte Brodenbeck. »Was wollen Sie mir vormachen, he? Sie hassen diesen Kerl doch genauso wie ich!«

»Und das schließen Sie woraus?«, fragte Janno gedehnt.

Brodenbecks Arm schnellte zur Seite. »Sonst würden Sie wohl kaum ständig so hasserfüllt auf sein Konterfei starren, das Sie sich an die Wand gepflastert haben.«

»Er hat mir meine Geschäftspartnerin genommen«, sagte Janno. »Das ist ja wohl Grund genug, wütend auf ihn zu sein.«

»Sie sind nicht nur *wütend* auf ihn, Ulferts, und es geht Ihnen auch nicht um Ihre *Geschäftspartnerin*.« Er betonte die beiden Wörter in ironischer Weise. »Geschäftspartnerinnen sind ersetzbar, und wie unschwer zu erkennen ist«, er deutete auf Kortes' Schreibtisch, »haben Sie nicht gezögert, genau das zu tun. Nein, Ulferts, genauso wenig, wie ich Ihnen erzählen soll, dass es mir ausschließlich um Edith und meine Enkel geht, können Sie mir weismachen, dass es Ihnen lediglich ums Geschäft geht.«

»Und worum sollte es mir dann gehen?«

Brodenbeck zeigte mit dem Finger auf ihn. »Sie sind eifersüchtig auf ihn, Ulferts! Sie lieben meine Tochter! Das erkenne sogar ich, obwohl ich ja angeblich so kaltschnäuzig bin, dass ich über Leichen gehe.«

»Sie gehen über Leichen. Jeden einzelnen Tag«, murmelte Janno, doch war es nicht das, was ihn gerade bewegte. *Sie lieben meine Tochter!* Diese Worte hatten etwas in ihm ausgelöst, das er noch nicht zu greifen vermochte, ihn jedoch zutiefst verwirrte.

»Und Edith? Liebt sie Sie auch, oder ist sie immer noch in diesen verfluchten Kommunisten vernarrt?« Eine plötzliche Erkenntnis zeichnete sich auf Brodenbecks Gesicht ab, und er schauderte. »Aber was«, keuchte er, »wenn die beiden gemeinsame Sache machen?«

»Nun machen Sie sich doch nicht lächerlich!«, brauste Janno auf. »Edith verachtet ihren Ehemann zutiefst, nach allem, was er ihr und ihren Kindern angetan hat.«

»Ich hatte Edith vor ihm gewarnt, aber sie wusste es ja besser.«

Janno ignorierte diesen Einwand. »Zudem hat Edith ihren Gatten seit etlichen Jahren nicht gesehen. Warum also sollte sie plötzlich mit ihm gemeinsame Sache machen?«

»Vielleicht ist er ja gar nicht erst jetzt wieder aufgetaucht, sondern ist schon viel länger …«

»Machen Sie sich nicht lächerlich, Brodenbeck!«, wiederholte Janno. »Das wäre mir ganz sicher nicht verborgen geblieben.«

Sein Gegenüber sah Janno eindringlich an. »Umso wichtiger ist es, dass wir sie aufspüren, meinen Sie nicht? Ich …« Er presste die Lippen aufeinander. »Ich mache mir wirklich Sorgen. Dieser Kerl ist zu allem fähig.«

»Dann haben Sie beide ja noch mehr gemeinsam, als ich bislang dachte«, ätzte Janno.

»Beleidigen Sie mich, wie Sie wollen, Ulferts. Es geht um Edith und die Kinder und um nichts sonst. Wiemers hat Andeutungen gemacht, die … nun …«

»Andeutungen?« Jannos Augen wurden schmal. »Was für Andeutungen?«

»Ich glaube, er tut ihnen Gewalt an.«

Jannos Blut geriet in Wallung, doch versuchte er, sich die plötzlich in ihm aufsteigende Panik nicht anmerken zu lassen. Was, wenn Brodenbeck recht hatte? »Ich sagte bereits, dass ich alles versucht habe, um sie zu finden«, erwiderte er tonlos.

»Aber wir haben es noch nicht gemeinsam versucht«, ließ Brodenbeck nicht locker.

»Ich bin raus. Mit Ihnen mache ich ganz sicher nichts gemeinsam, ganz egal, worum es sich auch handelt. Auch das sagte ich bereits.«

»Wiemers will, dass ich ihm morgen Abend das Geld bringe. Übergabe ist am Stettiner Bahnhof.«

Janno grinste spöttisch. »Doch nicht etwa im *Hundegustav,* dem Treffpunkt der Berliner Unterwelt, oder? Das wäre ein Heimspiel für Sie beide. Wie passend.«

»Ich will, dass Sie mitkommen.«

Janno riss die Augen auf. »Wie bitte?«

»Ich brauche Sie da.«

»Ganz sicher nicht.« Janno schüttelte den Kopf. »Und ganz sicher will ich nicht in Ihrer Begleitung gesehen werden. Schließlich habe ich einen Ruf zu verlieren.«

»Wollen Sie Edith helfen oder nicht?«

»Natürlich will ich das, aber …«

Brodenbeck stand auf und ging zur Tür. »Dann seien Sie morgen um Punkt zweiundzwanzig Uhr am Stettiner Bahnhof.«

»Ganz sicher nicht.«

Brodenbeck grinste verschlagen, bevor er seinen letzten Trumpf ausspielte. »Natürlich könnte ich meinem Freund Heinz-Rudolf von Wolff auch einen Tipp geben, wo der seine Tochter finden kann.«

Jannos Herzschlag setzte für einen Moment aus. »Seine Tochter?«, fragte er, um eine ruhige Stimme bemüht. »Wer soll das sein?«

Brodenbeck lachte rau auf. »Nun tun Sie doch nicht so, als würden Sie Elisabeth von Wolff nicht kennen. Ich weiß, dass Sie einen engen Umgang mit ihr pflegen. Also lassen Sie die Spielchen.«

Janno sah ein, dass es sinnlos wäre, dies abzustreiten. Männer wie Brodenbeck hatten ihre Spitzel überall, also war davon auszugehen, dass er nicht bluffte. »Und darf ich fragen, was Elisabeth mit all dem zu tun hat?«

»Noch nichts. Aber sie könnte etwas damit zu tun bekommen, wenn Sie sich weiterhin sträuben, mir bei der Suche nach Edith behilflich zu sein.« Er spitzte die Lippen, dann sagte er: »Ich sah Elisabeth auf dem Weg hierher an der Suppenküche stehen und wässrigen Eintopf in zerbeulte Blechnäpfe füllen.« Er hob Zeige- und Mittelfinger und richtete sie auf seine Augen. »Ich merke mir Gesichter, wenn ich sie einmal gesehen habe. Und bestimmt hat Elisabeth Ihnen nicht verschwiegen, dass ihr Vater und ich sie in derselben Kaschemme, in der Wiemers … Nun, Sie wissen, wovon ich spreche.«

»Durchaus. Es ist ein offenes Geheimnis, dass von Wolff und Sie sich gern an kaum der Kindheit entwachsenen Mädchen vergreifen.«

Brodenbeck schnappte empört nach Luft. »Nicht ich bin es, der …!«

Janno unterbrach ihn mit einer schneidenden Geste. »Selbst wenn Sie es nicht wären, würde dies Sie bei allem, was Sie sonst an Verbrechen und moralischen Verfehlungen vorzuweisen haben, noch lange nicht zu einem besseren Menschen machen.«

»Überlegen Sie es sich«, konterte Brodenbeck ungerührt. »Es reicht ein Anruf bei dem ehrenwerten Direktor von Wolff, und die unbeschwerte Zeit Ihrer Freundin Elisabeth in Berlin gehört für immer der Vergangenheit an. Und versuchen Sie gar nicht erst, sie zu warnen, denn es würde nichts nützen. Meine Leute werden Elisabeth nicht mehr aus den Augen lassen, bis ich von Ihnen das bekomme, was ich will.« Er tippte mit zwei Fingern an die Krempe seines Huts. »Ich empfehle mich.«

* * *

Erneut trieb es Janno an diesem Abend in das Berliner Nachtleben hinaus. Doch war sein Ziel diesmal nicht eine der zumeist schäbigen Lokalitäten im Osten der Stadt, in denen er sich gemeinhin vergnügte, da dort die Angebote – egal ob Alkohol, Kokain oder Frauen – für wenig Geld zu haben waren. Vielmehr hatte er auf Brodenbecks Besuch hin bei Gertrud und Margarete Alarm geschlagen und sich mit ihnen in einem Lokal am Kurfürstendamm verabredet. Die beiden Frauen wollten dort zuvor in eines der zahlreichen Lichtspielhäuser gehen, um sich *Der letzte Mann*, den neuen Film von Friedrich Wilhelm Murnau, anzusehen. Auf dem Weg zum Ku'damm durften inzwischen auch Fritze und Lotte sein, die, hoffentlich unversehrt, im Anschluss an eine Kundgebung der KPD gegen das Wiedererstarken der NSDAP zu ihnen stoßen wollten. Es war an der Zeit, fand Janno, den beiden einzuschärfen, dass sie sich gefälligst in den Kreisen ihrer Partei noch einmal vermehrt nach dem Verbleib ihres Genossen Martin Wiemers umhören sollten. Es konnte schließlich nicht angehen, dass dieser am helllichten Tag durch Berlin marschierte, und das noch dazu völlig unbehelligt, und niemand ihn gesehen haben oder mit ihm in Kontakt gewesen sein wollte. Was war denn bloß aus den so viel beschworenen Werten der Kommunisten geworden, wenn sie einen der ihren einfach gewähren ließen, ganz gleich, was er auch anstellte? Und was, bitte schön, unterschied sie dann noch von dem rechten Gelump, das sämtliche Werte der Gesellschaft von jeher mit Füßen trat?

Janno hatte lange überlegt, ob er auch Elisabeth zu diesem Treffen bitten sollte, und war zu dem Ergebnis gekommen, dass er ihr die von Brodenbeck formulierte Drohung unmöglich verheimlichen konnte, denn schließlich wusste niemand zu sagen, wie ernst es dem Waffenfabrikanten tatsächlich war. Andererseits war der Grund, aus dem sich Elisabeth in den letzten Jahren vor ihrem Vater Heinz-Rudolf von Wolff versteckt gehalten hatte, nicht mehr gegeben, da der seine Tochter kaum mehr zu einer Ehe mit einem Mann zwingen konnte, der zwischenzeitlich eine andere Frau geheiratet hatte. Dennoch konnte man bei Kerlen wie Brodenbeck und von Wolff nie vorsichtig genug sein. Wer seine Tochter schon einmal zum eigenen Vorteil an einen eigennützigen und ungeliebten Mann hatte verschachern wollen, der würde dies womöglich auch ein weiteres Mal versuchen, sobald er die Gelegenheit dazu bekam. Also hatte Janno es nur richtig gefunden, Elisabeth einzuladen, und sie hatte zugesagt, nicht wissend, was sie erwartete.

Janno schlängelte sich durch das dichte Gedränge, das an jedem Abend des Jahres nicht nur auf dem Ku'damm, sondern in allen Vergnügungsvierteln Berlins herrschte. Diese Stadt war nach den Entbehrungen der letzten Jahre zu einer einzigen Feiermeile mutiert, in der die Menschen exzessiv ihrer Gier nach Lust und Leben nachgingen. Gerade passierte er den Wittenbergplatz und wurde prompt vor dem KaDeWe von mehreren Herumlungernden angesprochen, die ihm Kokain verkaufen oder ihn zu einer der zahlreichen Prostituierten führen wollten. Eine nicht besonders wohlhabend aussehende Dame, die gleich darauf seinen Weg kreuzte, zog in aller Öffentlichkeit ein Döschen aus der Tasche, ging mit einem kleinen Löffel hinein und zog sich Kokain in die Nase, das, wie hier üblich, aller Wahrscheinlichkeit nach mit Kartoffelmehl gestreckt war.

Beschienen und geblendet von funkelnder Lichtreklame, die sich auf dem regennassen Asphalt vielfach spiegelte, beobachtete Janno mit gerunzelter Stirn eine Gruppe kichernder junger Frauen, die sich von einer Schar nicht viel älterer, Englisch sprechender Männer überreden und in ein berüchtigtes Tanzlokal führen ließ. Nicht jede Frau aber, die hier im Schutz der Dunkelheit ihren Körper feilbot, war eine Prostituierte. Längst waren es nicht mehr nur die Männer, die auf sexuelles Vergnügen aus waren; auch die Frauen genossen ihre neu gewonnenen Freiheiten in vollen Zügen, nicht zuletzt aufgrund der Publikationen eines gewissen Dr. Magnus Hirschfeld, dessen am Berliner Tiergarten gelegenes *Institut für Sexualwissenschaft* nebst seiner Beratungsstelle allenthalben für Furore sorgte. Es schien, als wäre ganz Berlin einem erotischen Rausch verfallen, der die Menschen wenigstens für ein paar Stunden die Zumutungen des beschwerlichen Alltags, vor allem aber ihre vom Krieg verursachten Ängste sowie die nahezu unerträglichen politischen und gesellschaftlichen Missstände vergessen ließ.

Janno dachte an sein ehemaliges Zuhause, das nicht nur geografisch, sondern inzwischen auch kulturell und gesellschaftlich so ferne Ostfriesland. Sein Vater wie auch sämtliche seiner Nachbarn würden sich, kämen sie dieser Tage nach Berlin, in einem veritablen Albtraum, ja wenn nicht gar in der Hölle wähnen. Der Kontrast zwischen der urbanen und frivolen Betriebsamkeit der großen Städte und der provinziellen und traditionellen Behäbigkeit der ländlichen Regionen hätte sicherlich kaum größer sein können. Nicht ausgeschlossen, überlegte er, dass die junge Republik eines Tages an diesen kaum miteinander vereinbaren Gegensätzen zerbrechen würde, zumal sich gerade die politischen Parteien an den extremen Rändern mehr und mehr nicht nur zu positionieren, sondern auch zu profilieren versuchten – und das zumeist mittels einer hohen Gewaltbereitschaft auf beiden Seiten. Von einem gesunden Volkskörper jedenfalls, wie ihn die Nationalisten so gern beschworen, konnte wahrlich keine Rede sein.

Auch wenn es Janno nicht leichtfiel zu verzichten, so ließ er sich doch dieses Mal auf keines der Angebote ein, das ihm auf meist sehr aufdringliche Art feilgeboten wurde, ganz egal, ob es sich um das weiße Pulver oder um Frauen handelte. Am heutigen Abend war es wichtig, einen klaren Kopf zu bewahren, auch wenn ihm nach dem Gespräch mit Brodenbeck der Sinn eher nach Bewusstseinstrübung stand.

Sie lieben meine Tochter. Sie lieben meine Tochter. Sie lieben meine Tochter, verfolgten ihn quasi mit jedem Schritt durch die belebten Straßen die Worte des Waffenfabrikanten. »Ist es so?«, fragte Janno sich zum wohl tausendsten Mal. Stets hatte er Ediths Anwesenheit, ihren Eifer, ihre Herzlichkeit als selbstverständlich genommen und sich eingebildet, dass sie nur Kollegen oder allenfalls wie Bruder und Schwester seien. Und gern würde er dies auch weiterhin glauben. Tief in seinem Inneren aber hatte diese Bemerkung Brodenbecks eine Mauer zerbersten lassen, von der er nicht einmal gewusst hatte, dass sie existierte. Wie nur hatte er all die Jahre so blind sein können, nicht zu erkennen, was ihm Edith wirklich bedeutete? Es war, als hätte sich ein Schleier gelüftet und sich ihm eine ganz neue Welt erschlossen, und plötzlich ließ ihn auch das Gesicht Margots, das sich nun vor seinem inneren Auge aufbaute, eher freundschaftliche Gefühle hegen, als dass er noch Begehren verspürte.

»Ich muss Edith und die Kinder aus den Klauen dieses bolschewistischen Bastards befreien«, murmelte er, während er sich weiter seinen Weg durch fröhlich feiernde Gruppen, gemächlich dahinschlendernde Pärchen und hupende Automobile bahnte. »Und wenn es das Letzte ist, was ich tue.«

Endlich war Janno an dem Lokal angekommen, in dem er sich verabredet hatte. Gertrud hatte zunächst eines zum Tanzen und Feiern vorgeschlagen, doch war das ganz sicher nicht das, was sie für eine ernsthafte Unterhaltung benötigten. Also trafen sie sich zunächst in diesem für Berliner Verhältnisse recht gediegenen Lokal in einer Seitenstraße des Ku'damms, in dem in erster Linie Personen gesetzteren Alters verkehrten, die allenfalls mal zu dem ein oder anderen ruhigeren Chanson über die Tanzfläche schwoften.

Entsprechend befremdet schauten ihm die Gäste an den mit weißen Tischdecken drapierten und edlem Porzellan eingedeckten Tischen entgegen, so mancher Herr extra für ihn sein

Monokel zwischen die Augen klemmend. Vermutlich gefiel ihnen seine Aufmachung nicht, obwohl er eines seiner besten Jacketts über einer sauberen Hose trug. Lediglich seine Schuhe waren nach dem langen Weg hierher ein wenig schlammverschmiert. Im Gegensatz zu den ansonsten hier anwesenden, zumeist in Frack gekleideten Herren musste er jedoch wirken wie dem Lumpenproletariat zugehörig, und genau das drückten auch ihre missbilligenden Minen aus. Als Janno die Mütze von seinem Kopf zog und mit einer Verbeugung freundlich in die Runde lächelte, hätte es ihn nicht gewundert, wenn so mancher seine Geldbörse gezückt und ihm ein paar Münzen in die Mütze gelegt hätte. Stattdessen aber senkten die Gäste pikiert ihre Blicke. Es reichte bei ihnen also nicht einmal zu ein wenig Großzügigkeit. Ganz sicher hätte sich nun so mancher von ihnen gewünscht, dass wenigstens die Kapelle spielen würde; die jedoch machte gerade eine Pause, ihre Instrumente standen verwaist an die Wand gelehnt da, sodass eine unangenehme Stille entstand.

Elisabeth hatte bereits an einem der Tische Platz genommen, also steuerte er, nicht auf das nun allenthalben einsetzende Gemurmel achtend, auf sie zu.

»Janno.« Elisabeth stand, ein Strahlen auf dem sorgsam geschminkten Gesicht, auf und nahm ihn in die Arme. »Wir haben uns ja lange nicht gesehen. Welch schöne Idee, sich mal wieder zu treffen.« Sie raunte ihm ins Ohr: »Aber musste es ausgerechnet in diesem Schlafwaggon sein? Nicht weit von hier tritt heute Abend Claire Waldoff auf.« Sie löste sich von Janno und begann nicht eben leise vor sich hin zu trällern. »*Ausgerechnet Bananen, Bananen verlangt sie von mir.*« Dabei wippte sie zum Takt der ebenso eingebildeten wie eingängigen Melodie, wodurch sie so manch gestrengen Blick auf sich zog. Sie ließ sich jedoch nicht beirren und fuhr in ihrem Gesang fort: »*Sie tun nicht erfreuen, die schönsten Levkojen …*«

»Wenn ich die Herrschaften freundlichst bitten dürfte, sich zu mäßigen«, wurden sie im nächsten Moment von einem Kellner im Frack höflich, aber bestimmt zurechtgewiesen. Er schob Elisabeths Stuhl zurecht, was wohl eine unmissverständliche Aufforderung war, sich wieder zu setzen. »Bitte schön, die Herrschaften«, flötete er, als sie Platz genommen hatten, »was darf ich Ihnen bringen?«

»Für mich ein Bier, bitte«, antwortete Janno, wofür er den nächsten missbilligenden Blick des Kellners kassierte. Anscheinend war Bier nicht das Getränk, das in einer Lokalität wie dieser gerade en vogue war.

»Für mich noch einen Weißwein«, flötete Elisabeth, den gestelzten Tonfall des Kellners imitierend. Vor ihr stand ein bereits geleertes Glas, woraus Janno schloss, dass sie deutlich vor der verabredeten Zeit hier gewesen sein musste. Im Gegensatz zu ihm aber war sie mit ihrem knielangen Hängerkleid aus elfenbeinfarbener Seide durchaus angemessen gekleidet. Um den Hals trug sie eine zweireihige Perlenkette sowie dazu passende Ohrringe, auf ihrem Kopf thronte ein Glockenhut in einem matten Blauton, der in einer lässig um die Hüften drapierten Schärpe und den eleganten Schuhen aufgegriffen wurde. Als Buchhalterin in Gertruds Diensten wurde sie anscheinend fürstlich bezahlt. Aber das konnten sich diejenigen, die im erotischen Gewerbe den Ton angaben, auch durchaus leisten.

Als Deutschland 1923 auf den Höhepunkt der Wirtschaftskrise zusteuerte und kein Ende des um sich greifenden Elends absehbar war, das vor allem die Mittelschicht in den Abgrund riss, hatten auch Janno und Edith kurzzeitig überlegt, ob sie sich lieber diesem Gewerbe zuwenden sollten, anstatt auf ein Wiedererstarken ihres Lieferdienstes zu hoffen. Gerade in Berlin hatte das Geschäft mit der nackten Haut auch in der schwierigen Zeit nie aufgehört zu florieren, da sich hier immer häufiger ausländische Gäste eingefunden hatten, die

die angebotenen erotischen Dienstleistungen sowie auch alles andere von ihnen Begehrte mit ihren starken Währungen zu einem Spottpreis bekamen.

Weder Janno noch Edith aber hatten sich mit diesem Gedanken anfreunden können, bedeutete ein solches Gewerbe doch auch, tagtäglich die leeren Augen und den gebrochenen Willen der jungen Mädchen und Frauen aushalten zu müssen. Für viele von ihnen war die Prostitution damals die einzige Möglichkeit gewesen, nicht zu verhungern oder gar einer ganzen Familie das Überleben zu sichern, ihre Entlohnung manchmal nicht mehr als ein paar Kartoffeln oder ein kleines Stück Butter. Ein Umstand, den so mancher Herr reiflich ausnutzte. Dabei hatten diejenigen Frauen, denen man die Möglichkeit gab, ihre Dienste in einem Etablissement wie *Trudes Perle* anzubieten, noch Glück gehabt. Andere Frauen nämlich, die sich bei Wind und Wetter an die Straße stellen mussten, um die Aufmerksamkeit ihrer potenziellen Freier auf sich zu ziehen, nahmen nicht selten ein fürchterliches Ende; sei es, dass sie sich schreckliche Krankheiten einfingen – wie man hörte, nahm die Zahl der Geschlechtskrankheiten in Berlin inzwischen nie gekannte Ausmaße an –, sei es, dass sie um ihren ohnehin kärglichen Lohn geprellt oder gar Opfer eines Verbrechens wurden.

Wie auch immer sie ihre Argumentation gedreht und gewendet hatten, letztlich war es weder Janno noch Edith wohl bei dem Gedanken gewesen, nun ihrerseits zu denjenigen zu gehören, die sich die Ausweglosigkeit so vieler Frauen zunutze machten. Im Falle ihrer Freundin Gertrud, so fanden sie, sah die Sache anders aus, denn schließlich hatte sie *Trudes Perle* bereits etliche Jahre zuvor eröffnet und über lange Zeit Frauen beschäftigt, die sich freiwillig dazu entschieden hatten, ihren Körper einzusetzen, um ein Einkommen zu erzielen.

»Darf es denn auch etwas zu speisen sein?«, fragte der Kellner nun.

»Später vielleicht. Wir erwarten noch vier weitere Personen.«

Das schien nicht eben das zu sein, was den Kellner erfreute, denn er verzog das Gesicht, als hätte er plötzlich Zahnschmerzen. Dennoch ließ er sich zu keiner entsprechenden Bemerkung hinreißen, sondern machte lediglich eine Verbeugung. »Wie die Herrschaften wünschen.«

»Wie geht es dir, Elisabeth?«, fragte Janno.

Trotz ihrer gerade noch zur Schau gestellten Fröhlichkeit legte sich ein Schatten über ihr Gesicht. »Du weißt, dass ich seit geraumer Zeit für die Suppenküche arbeite, da ich schon länger das Gefühl hatte, nicht nutzlos in der Gegend herumstehen zu können, während so viel Menschen um das nackte Überleben kämpfen.«

»Ja, natürlich weiß ich das.« Janno lächelte. »So lange ist es ja nun auch wieder nicht her, dass wir uns gesehen haben.«

Edith nickte abwesend. »Du erinnerst dich an Helene?«, fragte sie.

»Helene? Ja, natürlich.« Erneut umspielte ein Lächeln seine Mundwinkel, als er an die freche Göre dachte, die ihn an dem Tag, als er im Winter '19 in Berlin ankam, als Erste angesprochen hatte. Dafür, dass sie ihn damals zu Fritze geführt und ihm damit eine erste Bleibe vermittelt und zugleich einen Freund fürs Leben hatte finden lassen, würde er ihr auf ewig dankbar sein. »Was ist mit ihr?«, erkundigte er sich.

Elisabeth begann mit nervösen Fingern, die sorgsam gefaltete Stoffserviette auseinanderzunehmen, nur um sie gleich darauf wieder zusammenzufalten, zu einer Rolle zu formen und sie erneut aufzuschütteln. »Sie kam heute zur Suppenküche. Ich ...« Elisabeth grub ihre Zähne in die Unterlippe. »Ich hätte sie nicht erkannt, hätte sie mich nicht angesprochen.«

Janno schaute alarmiert auf. »Was heißt das, du hättest sie fast nicht erkannt?«

»Nun, sie hat es abgestritten, aber ...«

»Aber?«

»Ich denke, dass sie schwer krank ist. Sie sieht aus, wie die Frauen … Nun, du weißt schon.« Eine sanfte Röte zeichnete sich auf ihren Wangen ab. »Ich glaube, dass sie eine dieser Krankheiten hat, von denen man nun allenthalben spricht. Sie … sie sah fürchterlich aus und war kaum noch in der Lage, ein Bein vor das andere zu setzen.«

»Du glaubst, dass sie eine Geschlechtskrankheit hat?«, vergewisserte sich Janno mit gedämpfter Stimme. »Aber was … ich meine, ich habe sie seit sehr langer Zeit nicht gesehen, aber ich kann mir kaum vorstellen, dass sie sich den Männern …« Er schüttelte den Kopf, nicht bereit, Elisabeths Befürchtung zu akzeptieren. »Sie hat doch immer Zigaretten verkauft. Und war da nicht dieser reiche Amerikaner, der ihr den Hof gemacht hat?« Er runzelte die Stirn. »Sie hat damals davon gesprochen, dass er sie mit nach Amerika nehmen würde. Und du bist dir sicher, dass sie es war?« Janno war sich über all die Zeit, da er Helene nicht mehr gesehen hatte, sicher gewesen, dass sie nicht mehr in Berlin weilte, weil ihr Traum, eines Tages diese Stadt verlassen zu können, in Erfüllung gegangen war.

»Sie ist dem Kokain verfallen, Janno«, wisperte Elisabeth. »Dadurch hat sie ihre Arbeit bei Gertrud verloren, wie du weißt. Nun, sie hat keine andere Wahl mehr gesehen, als sich … als sich zu verkaufen.«

»Aber der Amerikaner …«

Elisabeth schnaubte. »Er hat sie reingelegt.«

Janno war erschüttert. Die ebenso kesse wie resolute Helene, die heute noch keine zwanzig Lenze zählen konnte, hatte sich von ihrem Schicksal niederstrecken lassen? Aber warum, so fragte er sich mit zunehmender Verzweiflung, hatte sie denn nicht ihn um Hilfe gebeten? »Ich werde sie finden und mich um sie kümmern«, sagte er, noch bevor er diesen Gedanken ganz gefasst hatte. »Ich werde dafür sorgen, dass sie wieder ganz gesund wird.«

Elisabeths Blick, mit dem sie ihn nun anschaute, war voller Zweifel, doch nickte sie bloß.

Für ein paar Minuten herrschte nun Schweigen zwischen ihnen.

Janno und Elisabeth hatten gerade ihre Getränke bekommen, als Gertrud und Margarete das Lokal betraten. Sich nun auf die beiden Frauen konzentrierend, beobachtete Janno amüsiert, dass sich der eine oder andere Gast beeilte, in eine andere Richtung zu schauen, als er Gertrud erkannte. So freizügig sich Berlin auch gab, so konnten offen zur Schau gestellte außereheliche Eskapaden doch rasch dazu führen, dass bei so manchem Ehepaar der Haussegen schief hing – und das wollte in den Kreisen, die sich in diesem Lokal einfanden, ganz sicher niemand riskieren. Was bei Familie Biedermann unter dem Deckmantel christlicher Moral versteckt bleiben konnte, blieb versteckt, denn zu viel Offenheit würden weder die Ehefrau noch der Freundes- und Bekanntenkreis verzeihen.

Gertrud und Margarete gesellten sich zu ihnen, und es dauerte nicht lange, bis der Kellner dienstbeflissen herangeeilt kam. So herausgeputzt, wie sich diese beiden Damen gaben, erkannte er in ihnen die Art zahlungskräftiger Gäste, die ihm stets willkommen waren.

»Zwei Martini«, bestellte Gertrud, ohne den Befrackten großartig zu beachten, während sie ihre hauchzarten, bis zum Ellenbogen reichenden Handschuhe abstreifte. »Nun, Janno, du hast so ernst geklungen am Telefon, als du sagtest, du müsstest uns dringend sprechen. Worum geht es denn?« Sie schaute sich um, woraufhin erneut etliche Köpfe zur Seite schnellten. »Und warum, um alles in der Welt, müssen wir uns in dieser Gruft treffen? Nicht weit von hier …«

»Jaja, Claire Waldoff, ich weiß«, winkte Janno ab. Zu seiner Erleichterung setzte nun die Musik wieder ein, sodass das, was er zu sagen hatte, von niemandem an den Nachbartischen belauscht werden konnte. »Ich wollte irgendwohin, wo die Musik weder zu leise noch zu laut ist«, erklärte er.

Gertrud hob die zu einem schmalen Streifen zurechtgezupften Augenbrauen. »Du hast uns ein Geheimnis anzuvertrauen? In diesem Falle hätten wir uns auch bei mir im Büro oder in meiner Villa treffen können.«

»Ja, aber du sagtest, ihr geht am Ku'damm ins Lichtspielhaus, und deshalb …« Janno machte eine fahrige Geste. »Egal. Ich war schon froh, angesichts der Umstände überhaupt klar denken zu können. Wir sind jetzt hier, und ich bin froh, dass ihr alle die Zeit gefunden habt.«

»Du klingst so ernst«, stellte Margarete fest. Sie steckte eine Zigarette in ihre Spitze und ließ sich von Gertrud Feuer geben. »Ist was geschehen?«

»Es geht um Edith«, sagte er.

Diese vier Wörter verschafften ihm prompt die Aufmerksamkeit von Gertrud und Margarete, die bislang eher ein wenig gelangweilt ihre Blicke durch den Raum hatten schweifen lassen.

»Um Edith?«, erkundigte sich Elisabeth mit gedämpfter Stimme. »Heißt das, es gibt Neuigkeiten?«

»Das kann man wohl sagen«, bestätigte Janno. »Allerdings welche, die niemandem gefallen können.«

»Nun sag schon, was los ist!«, beschwor Elisabeth ihn, als Janno nun vor allem sie mit ernster Miene ansah. »Was ist mit Edith? Ihr ist doch nichts geschehen?!«

»Brodenbeck war bei mir.«

»Was?!«, kam es dreistimmig zurück. Margarete machte vor lauter Schreck eine unbedachte Bewegung, die dazu führte, dass sie die mit Martini gefüllten Gläser vom Tablett des Kellners wischte. Mit dem Ergebnis, dass sie nun unfreiwillig die Aufmerksamkeit des ganzen Lokals auf sich zogen. »Entschuldigung«, murmelte Margarete betreten. Doch wurde die Situation nicht dadurch angenehmer, dass in diesem Moment Fritze und Lotte zur Tür hereinkamen und auf sie zusteuerten.

»Ach herrje, was ist denn bloß mit dir passiert, Fritze?!«, keuchte Elisabeth erschrocken auf. »Wer hat dich denn nur derart zugerichtet?«

»Sie kommen von einer Kundgebung«, klärte Janno sie auf, als Fritze schief grinste und mit dem Finger über eine Platzwunde strich, die seine Stirn zierte. Eines seiner Augen war zugeschwollen, zudem wies sein Gesicht mehrere Blutergüsse auf, und auch seine blutverschmierten Hände hatten schon bessere Zeiten gesehen. Dennoch schien er bester Laune zu sein.

»Wir haben's den Schergen von Stahlhelm und SA ordentlich gezeigt«, nuschelte er zwischen seinen aufgeplatzten Lippen hervor. »Oder, Lotte?«

»Haben wir«, bestätigte Lotte, die ebenfalls etliche Blessuren davongetragen hatte und reichlich verdreckt und zerzaust aussah.

»Wenn ich die Herrschaften bitten dürfte, dieses Lokal unverzüglich zu verlassen«, ließ sich nach einem Räuspern ein zutiefst verstörter Kellner vernehmen. »Ihr … Ihr Aufzug ist ganz sicher nicht das, was hier üblich ist, und schon gar nicht das, was unsere ehrenwerten Gäste zu sehen wünschen.«

»Nun«, erwiderte Gertrud mit einem Blick in die Runde, »ich könnte hier und jetzt einen Vortrag darüber halten, wie es tatsächlich um die Ehrbarkeit so manchen Gastes bestellt ist …« Sie lächelte amüsiert, als sich nun ein paar der anwesenden, auf Hochglanz polierten Männer hinter der Speisekarte oder ihrer gestärkten Serviette zu verschanzen versuchten. »Aber ich bin heute guter Stimmung und möchte mir meinen Abend nicht verderben.« Sie nickte ihren Freunden zu. »Ich denke, wir sind in Gesellschaft von Claire Waldoff besser aufgehoben, meint ihr nicht?«

Die anderen nickten stumm, während der Kellner sie mit Leichenbittermiene hinausgeleitete, als wäre er beauftragt, sie dem Schafott zu überstellen.

* * *

Das Varieté, in dem Claire Waldoff an diesem Abend auftrat, quoll über vor Menschen, als Janno und seine Freunde eintrafen. Sie warfen einen Blick hinein, um sich einen Schub guter Laune abzuholen, denn die Gassenhauer und Schlager, die die Chansonnière im Berliner Jargon zum Besten gab, luden häufig zum Lachen ein. Gerade sang sie mit *Nach meine Beene is ja janz Berlin verrückt* eines ihrer bekanntesten Stücke. Mit ihr auf der Bühne stand eine weitere Frau, deutlich jünger als sie, die keiner von ihnen kannte und deren Name auf den Ankündigungsplakaten mit Marlene Dietrich angegeben war. Das ganze Publikum schien sich köstlich zu amüsieren, man sang, johlte und tanzte, als gäbe es kein Morgen.

»Das ist wohl kaum der richtige Ort, um ein ernsthaftes Gespräch zu führen«, stellte Elisabeth zu Jannos Erleichterung fest, der schon befürchtet hatte, dass der eigentliche Anlass für ihr Treffen bereits in Vergessenheit geraten war. »Kommt, lasst uns woanders hingehen.«

»Aber hier ist es …«, setzte Fritze zum Protest an, doch wurde er von Gertrud unsanft Richtung Ausgang gezogen.

»Was kann denn so wichtig sein, dass wir nicht wenigstens für eine halbe Stunde …?«, beschwerte sich nun auch die ihnen folgende Lotte.

»Janno hatte Besuch von Brodenbeck«, erklärte Margarete, als sie wieder auf dem Bürgersteig standen, woraufhin sowohl Fritze als auch Lotte die Kinnlade hinabfiel.

»Du machst Witze«, fand Lotte schließlich als Erste ihre Sprache wieder.

»Schön wär's«, erwiderte Janno mit Grabesstimme. »Tatsache ist aber, dass er es auf Elisabeth abgesehen hat.«

»Immer noch?«, wunderte sich Lotte. »Aber ich dachte, dass sein missratener Sohn … wie hieß der noch gleich?«

»Eberhard«, antwortete Elisabeth verächtlich.

»Genau. Ich dachte, der hat sich längst eine andere zum Heiraten gesucht.«

»Hat er auch«, bestätigte Elisabeth, jetzt nicht ohne Erleichterung in der Stimme.

»Und warum schießt Brodenbeck sich dann schon wieder auf dich ein?«, empörte sich Fritze. »Hat er etwa irgendwo noch einen Bastard versteckt, der einen Narren an dir gefressen hat?«

»Nee, Gott sei Dank nicht.«

»Bestimmt hat der irgendwo einen Bastard«, behauptete Fritze. »Solche Kerle haben immer irgendwo einen Bastard.«

»Und was will er dann von dir, Elisabeth?«, fragte Lotte. »Ich meine, wenn der schon meint, 'ne Welle schlagen zu müssen, dann sollte er sich mal lieber um seine verschwundene Tochter kümmern.« Sie seufzte und sah plötzlich zutiefst deprimiert aus. »Also ich weiß ja nicht, wie es euch geht, aber ich mache mir mit jedem Tag mehr Sorgen um Edith und die Kinder. Letzte Nacht habe ich geträumt, dass Martin sie irgendwo lebendig im Wald verscharrt hat und …«

»Es geht ihm um Edith«, unterbrach Janno sie schnell, denn derlei grausige Bilder wollte er gar nicht erst in seinem Kopf entstehen lassen. »Zumindest behauptet er das.«

»Hä?« Lotte schien nun vollends verwirrt. »Ich dachte, es geht ihm um Elisabeth.«

»Auch. Nur anders.«

»Hä?«

Als es nun zu regnen begann, winkte Janno seinen Freunden, ihm zu folgen. »Ich erkläre es euch sofort, aber ich habe keine Lust, mir dabei den Tod zu holen.« Nachdem er um mehrere Straßenecken gebogen war und zwischendurch an einem Kiosk sechs Flaschen Bier erstanden und jedem eine in die Hand gedrückt hatte, blieb er schließlich unter dem Vordach eines Gebäudes stehen und schwang sich auf einen Mauervorsprung, auf dem sie alle Platz hatten. Der Regen hämmerte wie Trommelfeuer auf die blecherne Abdeckung, doch konnte er ihnen hier nichts mehr anhaben.

»Irgendwie hatte ich mir unseren Abend anders vorgestellt«, brummte Fritze. »Aber egal. Prost zusammen!« Er öffnete zischend seine Flasche und nahm einen kräftigen Schluck. »So, und nun erzähl endlich, warum Brodenbeck ausgerechnet zu dir kommt, wenn er angeblich was von Elisabeth will.«

Janno setzte zu einer Antwort an, doch fiel sein Blick nun auf das Haus gegenüber, das augenscheinlich eine Galerie beherbergte. Die Fassade des Erdgeschosses bestand fast ausschließlich aus Glas, sodass jede Menge des elektrischen Lichts, das einen ungewöhnlich großflächigen Raum beleuchtete, auf die Straße fiel. »Nun guck dir einer diese Bilder an«, murmelte er fasziniert.

Die anderen folgten seinem Blick, und prompt zeichnete sich auf Fritzes zerschundenem Gesicht ein anzügliches Grinsen ab, und er trat, den Regen ignorierend, ein paar Schritte vor auf die wenig belebte Straße. »Na, das nenne ich mal eine echte Augenweide.«

»Pah, die ist auch nicht schöner als ich«, beschwerte sich Lotte sogleich. Als sie jedoch daraufhin die teils verdutzten, teils amüsierten Gesichter ihrer Freunde bemerkte, musste sie selbst lachen, denn an diesem Abend sah sie, schmutzig und zerzaust, wie sie nach der Kundgebung gegen die Rechten daherkam, ganz sicher alles andere als hübsch aus.

Elisabeth zog die Stirn in Falten. »Und wenn mich nicht alles täuscht, dann gibt es zu der nackten Frau auf den Bildern sogar ein Original.« Sie deutete mit ihrer Bierflasche, die sie ungeöffnet in der Hand hielt, auf eine rotblonde Schönheit in glitzernder Garderobe, die sich, vor einem der Ölgemälde posierend, just in diesem Moment von den Armen eines gut aussehenden dunkelhaarigen Mannes umschlingen ließ und diesen leidenschaftlich zu küssen begann.

»Was für ein Glückspilz«, sagte Janno heiser, dem beim Anblick sowohl der nackten Schönheit wie auch deren angekleideter Entsprechung, die sich äußerst aufreizend zu geben verstand, ganz anders wurde.

»Findest du?«, entgegnete Elisabeth, wobei sie ein wenig pikiert klang. »Hättest du wirklich Spaß daran, wenn nicht nur du, sondern die ganze Welt wüsste, wie deine Freundin nackt aussieht?«

Janno war sich ziemlich sicher, dass dem nicht so wäre, doch er schwieg.

»Mich würde ja interessieren, ob er selbst es ist, der diese Bilder malt«, meinte Margarete nachdenklich. »Wenn, dann ist er wohl der Franzose, dessen Name auf dem Plakat am Eingang steht: Gérard Mercier.«

»Wenn dir eine solche Frau gehört, dann lässt du sie wohl kaum von einem anderen Burschen malen«, knurrte Fritze. »Nicht mal, wenn du ein beschissener Franzose bist.«

»Wenn eines sicher ist«, meinte Janno mit einem verträumten Lächeln, »dann, dass ich in den nächsten Tagen diese Ausstellung besuchen werde. Und das nach Möglichkeit, bevor die Sittenpolizei vorstellig wird.«

»Sittenpolizei! In Berlin!« Gertrud verdrehte die Augen. »Als würde die sich für ein paar Gemälde interessieren. Außerdem haben in dieser Stadt längst andere die Macht übernommen, falls es dir entgangen sein sollte.«

Janno nickte. »Ja, die Ringvereine. Sind kaum zu übersehen, die Burschen in ihren schnieken Anzügen.«

Nun war es an Gertrud zu nicken. »Vor allem nicht, wenn man ein Etablissement wie das meine betreibt.«

»Verdammt, ja.« Janno ging auf, dass er sich in den letzten Wochen und Monaten viel zu wenig um Gertrud gekümmert hatte. »Gelingt es, dir die Burschen vom Hals zu halten?«

Gertrud lachte bitter auf. »Sagen wir mal so, ich habe mich mit ihnen arrangiert. Was anderes bleibt einem ja nicht übrig, wenn man auf den Schutz der Staatsgewalt nicht mehr hoffen kann, weil die mit dem Lumpenpack unter einer Decke steckt.« Sie hob die Hand, als Janno etwas erwidern wollte. »Aber um all das geht es jetzt nicht. Los, Janno, sag endlich, was Brodenbeck von dir wollte. Weiß er, wo Edith steckt?«

Janno zwang sich, seinen Blick von der Frau hinter dem Schaufenster abzuwenden, dann begann er zu berichten.

6

Duisburg, März 1925

Eigentlich hatte Elisabeth direkt zur Villa ihrer Eltern gehen wollen; unweit der Straßenkreuzung aber, an der sie aus dem Taxi gestiegen war, hatte sie der Mut verlassen. Also war sie im Schutz der Dunkelheit und eingehüllt in einen Schleier aus Nebel umgekehrt und hatte ziellos einen Weg eingeschlagen, der sie möglichst weit von der elterlichen Villa wegführte. Wie ausgestorben lag das Wohnviertel der Vermögenden vor ihr, nicht einmal eine streunende Katze kreuzte ihren Weg. Was nicht verwunderlich war, gab es doch bei dem nasskalten Wetter keinerlei Grund, sich zu dieser Stunde draußen aufzuhalten, wenn man nicht unbedingt musste.

Elisabeth erschrak ganz fürchterlich, als wie aus dem Nichts plötzlich eine Gestalt hinter einer Hecke hervortrat. Fast hätte sie einen Schrei ausgestoßen, doch gelang es ihr gerade noch, den Impuls zu unterdrücken.

»Bitte, die Dame, wenn Sie vielleicht einen Pfennig für mich hätten?«, sagte nun eine kratzige Stimme, und es schoben sich ihr ein paar knochige Finger entgegen. »Oder eine Kleinigkeit zu essen? Bitte.« Die ausgezehrte, schwächlich wirkende Gestalt gehörte, wie Elisabeth nun erkannte, zu einem zerlumpten Bettler, der aussah wie die Armen, die es derzeit auch in Berlin zu Tausenden gab. Vermutlich hielt sich dieser hier in der Siedlung auf, um im trübgelben Schein der elektrisch beleuchteten Straßenlaternen im Müll der Wohlhabenden nach etwas zu essen zu suchen.

Elisabeth zog ihre Geldbörse hervor und drückte ihm ein paar Reichsmark in die knöcherne Hand. Erstmals zeigte sich in den stumpfen Augen des Mannes ein ebenso überraschter wie freudiger Glanz. »Vielen Dank, die Dame«, krächzte er, die Münzen ungläubig anstarrend, »möge Gott Sie segnen und Ihnen ein langes Leben schenken.«

»Warten Sie«, sagte Elisabeth, als er Anstalten machte, sich humpelnd von ihr zu entfernen. Sie hatte die Reste ihres Reiseproviants hervorgeholt und reichte ihm nun auch diese. »Ein Wurstbrot und ein halbes mit Käse sowie ein Apfel.«

»Aber …«

»Kein Aber«, winkte Elisabeth ab. »Das geht in Ordnung, glauben Sie mir.«

Die Lippen des Mannes bebten, in seine Augen traten Tränen. »Danke«, wimmerte er ergriffen. »Haben Sie tausend Dank.«

»Ich wünsche Ihnen Glück.« Elisabeth lächelte, dann lief sie, ihren Koffer in der Hand haltend, über das vom Nebel benetzte Straßenpflaster weiter, wobei sie bemüht war, das Klackern ihrer Schuhe so geräuschlos wie möglich zu halten. Sie hatte keinerlei Ahnung, wohin sie so spät am Abend gehen sollte. In ein Hotel vielleicht?

Kaum, dass sie diesen Gedanken gefasst hatte, schüttelte sie den Kopf. Nein, in diesem Fall würde es vermutlich keine Stunde dauern, bis irgendwer ihren Vater über ihre Rückkehr informierte und der vor ihrer Tür stand. So unvorbereitet aber wollte sie ihm nicht gegenübertreten, ganz egal, was ihre Mission war, die sie hierhergetrieben hatte.

Zu Margarete also? Auch diesen Gedanken verwarf sie sogleich wieder. Zwar hatte ihre Freundin sie in der Bahn bis nach Duisburg begleitet, um sie moralisch zu unterstützen, doch würde sie während ihres Aufenthalts bei ihren Eltern nächtigen, und auch die wären nicht begeistert davon, die seit Jahren flüchtige Tochter des Herrn Direktor Heinz-Rudolf von Wolff zu beherbergen, wollten sie nicht dessen Zorn auf sich ziehen. Außerdem, so sagte sie sich, würden Margaretes Spitzfindigkeit und Einfallsreichtum, von denen sie zweifelsfrei eine ganze Menge besaß, im Bedarfsfall ganz sicher nicht hilfreich sein, um ihren Vater milde zu stimmen. Von jeher hatte der den Umgang seiner Tochter mit dieser selbstbewussten Frau, die sich noch dazu zu Frauen statt zu Männern hingezogen fühlte, zutiefst missbilligt. Es war also kaum vorstellbar, dass er sich ausgerechnet von Margarete eines Besseren belehren lassen würde, wenn er einmal mehr versuchte, seine Tochter zu irgendetwas zu drängen, zu dem sie nicht bereit war. Eher stand wohl zu erwarten, dass er bei Margaretes Auftauchen erst recht auf stur schalten würde.

Elisabeth blieb am Rande der Villensiedlung stehen, um ihren Schal aus weicher Wolle enger um die Schultern zu drapieren. Draußen wurde es empfindlich kalt, und es war wirklich höchste Zeit, sich eine Unterkunft für die Nacht zu sichern. Nach einem Blick auf eine der Villen, hinter deren Fenstern das Licht eines wärmenden Kaminfeuers aufloderte, wollte sie für einen Moment in tiefe Verzweiflung verfallen, doch gelang es ihr gerade noch rechtzeitig, sich nicht von dieser Empfindung überwältigen zu lassen.

Vielleicht, kam Elisabeth ein Gedanke, wäre es gut, sich ein paar Verbündete zu suchen, bevor sie sich am morgigen Tag in die Höhle des Löwen wagte. Aber wer konnte dies sein? Sie war nun schon so lange fort aus Duisburg, dass sie hier nicht mehr viele Menschen ihre Freunde nennen konnte. Das hatte sie nicht bedacht, als sie sich, nachdem Janno berichtet hatte, was ihm mit Brodenbeck widerfahren war, bereit erklärte, nach Duisburg zurückzukehren und mit ihrem Vater reinen Tisch zu machen. Es ging nicht an, so hatte sie gegen etliche Einwände argumentiert, dass immer wieder andere unter dem Zwist zu leiden hatten, den sie seit Jahren mit ihrem Vater ausfocht. Auf gar keinen Fall wollte sie Hagen Brodenbeck als Druckmittel dienen, wenn es darum ging, andere – in diesem Fall Janno – von der womöglich lebensgefährlichen Mitwirkung bei der Suche nach Edith zu überzeugen. Denn dass eine wie auch immer geartete Kooperation mit dem skrupellosen Waffenhändler zu nichts Gutem führen konnte, lag nach allem, was sie über ihn wussten oder schon mit ihm erlebt hatten, auf der Hand.

Zwar wussten sie nicht, was Brodenbeck tatsächlich im Schilde führte, doch waren sie sich einig gewesen, dass er seine Tochter Edith nur vorschob, um an sein eigentliches Ziel zu gelangen, welches auch immer dies sein mochte. Denn obwohl Brodenbeck stets darüber informiert gewesen war, wie schlecht es ihnen erging, hatte er Edith und ihre Kinder doch viel zu lange in ihrem Elend verrotten lassen, als dass man ihm hätte abnehmen können, sich nun tatsächlich um deren Wohl zu sorgen. Eher war anzunehmen, dass er an Martin Wiemers ein politisches Exempel statuieren wollte, aber das war ganz allein seine Sache.

Nicht einmal Fritze und Lotte, die der gleichen Partei angehörten wie Wiemers, hatten für diesen noch ein gutes Wort übrig, auch wenn sie keineswegs bedauerten, dass er den SA-Mann in *Trudes Perle* ins Jenseits befördert hatte. Die Fronten zwischen den Nationalisten und den Kommunisten waren inzwischen so verhärtet, dass jedes Opfer auf der jeweils anderen Seite sogar gefeiert wurde. Mit der Entführung

Ediths und der Kinder aber war Wiemers, auch Fritzes und Lottes Ansicht nach, zu weit gegangen, denn für solch eine Tat gab es keinerlei Rechtfertigung; nicht einmal dann, falls es Wiemers mit der Entführung um die Durchsetzung politischer Forderungen gehen sollte.

Von Ferne hörte Elisabeth das dumpfe Grollen, das tief aus den Bergwerksstollen zu ihr herüberdrang. Es war das Geräusch ihrer Heimat, das ihr von Kindesbeinen an vertraut gewesen war, ohne dass sie ihm je allzu viel Beachtung geschenkt hatte. Und jetzt, da sie darüber nachdachte, ging ihr auf, dass sie es in den letzten Jahren nie wirklich vermisst hatte. Was daran liegen mochte, dass sie alles, was sie mit dem Leben am und mit der Arbeit im Pütt verband, lediglich von gelegentlichen Besuchen kannte, die sie ihrem Vater in früheren Tagen im Büro abgestattet hatte. Rein gar nichts aber hatte sie damals freiwillig in eine der Zechensiedlungen gezogen, war ihr doch alles, was sie dort vorfand, stets zu ärmlich, zu schmutzig und zu grau erschienen.

Elisabeth fühlte eine Woge Scham in sich aufsteigen. Was war sie doch für ein verwöhntes Ding gewesen, dass sie sich um das Leben anderer Menschen nur dann Gedanken gemacht hatte, wenn es das ihre unmittelbar betraf oder gar einzuschränken drohte. Die einzige Heldentat, die sie jemals vollbracht hatte, war es, die kleine Henrike mit nach Berlin zu nehmen, um sie aus den Fängen ihres, Elisabeths, Vaters zu befreien – doch selbst in diesem Fall war es ihr in erster Linie um ihr eigenes Wohl gegangen. Und sogar in Berlin, wo ihr das Elend in einem nie gekannten Ausmaß geradezu ins Gesicht gesprungen war, hatte es Jahre gedauert, bis sie sich dazu hatte aufraffen können, etwas an diejenigen weiterzugeben, die es am dringendsten brauchten. Niemals hatte sie auch nur erahnt, wie erfüllend es sein konnte, anderen zu helfen – bis sie sich schließlich vor einigen Wochen dazu entschloss, sich in einer der zahlreichen Suppenküchen zu engagieren und verzweifelte Menschen wenigstens einmal am Tag mit dem zu versorgen, was für sie selbst so selbstverständlich war: einer warmen Mahlzeit.

Bislang hatte Elisabeth den Gedanken an den weiteren Menschen, der außer Janno und Henrike bei ihrer damaligen Flucht nach Berlin eine Rolle gespielt hatte, wohlweislich vermieden. Angesichts der Geräusche des Bergwerks aber gelang es ihr nicht, sich ihm weiter zu verschließen.

Karl.

Das nächste Grollen des Berges brachte ihr ohne Vorwarnung die Erinnerung an den gut aussehenden Bergarbeiter zurück, der ihr vor etlichen Jahren so manch romantischen Traum beschert hatte, nachdem er in der Tür ihrer Villa gestanden und den Mut aufgebracht hatte, sich nach dem Befinden von Henrike zu erkundigen und Drohungen gegen ihren Vater auszustoßen. Ihn dann so unerwartet in einem Café und wenig später in dem Lkw sitzend wiederzusehen, der ihr und Henrike zur Flucht nach Berlin verhelfen sollte, hatte sie mehr aufgewühlt, als sie bereit gewesen war, sich einzugestehen.

Wohin aber hätte es führen sollen, wenn sich Karl und sie, der stolze Bergarbeiter und die verwöhnte Prinzessin, aufeinander eingelassen hätten? Davon mal abgesehen, dass sie nicht einmal wusste, ob Karl jemals auch nur annähernd auf die Art an sie gedacht hatte wie sie an ihn. Spätestens bei ihrer Ankunft in Berlin nämlich war ihr klar geworden, dass Karl hoffnungslos in Jannos Schwester Enna verliebt war. Elisabeth war sich plötzlich so lächerlich vorgekommen, jemals in Betracht gezogen zu haben, dass Karl, der zu Zeiten des Kapp-Putsches einer der Anführer der aufrührerischen Roten Ruhrarmee gewesen war, sich ausgerechnet von der Tochter jenes Bergwerksdirektors hätte angezogen fühlen können, der sich einen Dreck um das Wohl seiner Arbeiter scherte und sich noch dazu an halbwüchsigen Mädchen verging.

Dennoch, und das musste sie sich jetzt eingestehen, hatte sie nie wirklich aufgehört, an ihn zu denken, auch wenn sein Gesicht vor ihrem inneren Auge im Laufe der Zeit mehr und mehr verblasst war. Wie mochte es ihm heute gehen?

Noch ehe sie wusste, was genau sie tat, griff sie erneut nach ihrem Koffer und lief in Richtung der Zechensiedlung weiter, deren Lichter ihr in nicht allzu weiter Ferne den Weg zu weisen schienen.

* * *

»Fräulein … Elisabeth?«

Elisabeth hatte die Siedlung mit den verrußten Wohnhäusern aus rotem Klinker kaum betreten, als sie eine ungläubig klingende Stimme von der Seite ansprach. Misstrauisch drehte sie ihren Kopf, dann aber trat ein Lächeln auf ihr Gesicht. »Henrike, das trifft sich ja gut, dass ich dich hier treffe.« Sie musterte die junge Frau in dem schlichten Kleid einer Arbeiterfrau, die einen kleinen Jungen von vielleicht zwei Jahren an der Hand führte, und nickte zufrieden. »Gut siehst du aus.« Sie deutete auf das Kind. »Die Mutterschaft scheint dir gutzutun.«

»Also … äh … es ist nicht mein Kind«, stammelte Henrike verlegen, während sie dem Jungen die Mütze über dem rotblonden Schopf zurechtzupfte. »Dietrich … wir nennen ihn Dieter … er ist der Sohn meiner Schwester Clara.«

»Ach so. Dein Neffe also.« Elisabeth schenkte dem sie skeptisch musternden Jungen ein Lächeln, das er jedoch nicht erwiderte.

»Ja.« Henrikes Gesicht leuchtete plötzlich auf, als ihr anscheinend ein Gedanke kam. »Und von Karl.«

Karl hat ein Kind? Elisabeth war so perplex, dass ihr für einen Moment offenbar die Gesichtszüge entglitten, denn Henrike fragte sie nun mit schief gelegtem Kopf: »Sie erinnern sich doch an Karl? Er war damals dabei, als … nun ja.« Die Erinnerung an ihre gemeinsame Fahrt nach Berlin schien ihr nicht eben Freude zu bereiten.

»Ja, natürlich, ich erinnere mich an ihn«, bestätigte Elisabeth und war froh, diesen Satz über die Lippen zu bringen, ohne zu stammeln. »Genau genommen … äh … bin ich auf dem Weg zu ihm.«

»Ach so?« Jetzt konnte Henrike ihre Verwunderung nicht verbergen. »Ich habe ihn vorhin getroffen, aber er hat mir gar nichts davon gesagt, dass Sie ihn besuchen kommen.«

»Na ja, es sollte …« Elisabeth suchte nach Worten. »Es sollte eine Art Überraschung sein.«

Henrike runzelte die Stirn. »Eine Überraschung?« Sie sah Elisabeth prüfend an. »Ist alles in Ordnung bei Ihnen, Fräulein Elisabeth? Ich meine, warum …?« Ihr Blick fiel auf den Koffer. »Ich … ich verstehe nicht.«

Elisabeth verzog ihr Gesicht zu einem missglückten Lächeln. »Ehrlich gesagt, ich auch nicht. Es war nur so eine … Idee.« Sie lachte verlegen auf. »Keine sehr gute, wie ich befürchte.«

Henrike, die mit der Situation völlig überfordert schien – was Elisabeth keineswegs verwunderte, denn ihr erging es genauso –, winkte ihr nun, ihr zu folgen. »Kommen Sie, ich bringe Sie zu ihm. Ich habe zwar keine Ahnung, was das alles zu bedeuten hat, aber es geht mich ja auch nichts an.« Nach wenigen Metern blieb sie jedoch genauso abrupt stehen, wie sie zuvor losgelaufen war, und in ihren Augen schlich sich ein Anflug von Panik. »Es … bitte … Ihr Besuch bei Karl hat doch nichts mit Ihrem Herrn Vater zu tun, Fräulein Elisabeth?«

»Mit meinem Vater?«

Diese simple Frage musste so verdutzt rübergekommen sein, dass Henrike nun hörbar aufatmete. »Ja … ich … äh … dachte nur …«

Elisabeth musterte sie kritisch. »Was sollte diese seltsame Frage, Henrike? Er … nun ja … Mein Vater … er lässt dich doch in Ruhe, oder?«

Henrike, die plötzlich sehr nervös wirkte, lachte ein wenig zu schrill auf. »Ja. Ja, natürlich. Diese Zeiten in der Villa … Sie wissen schon … sie sind doch schon so lange her und längst vergessen.«

Elisabeth gab sich mit dieser Antwort keineswegs zufrieden. »Davon bin ich zumindest ausgegangen, ja. Aber wenn es nicht so wäre, Henrike …« Sie sah die junge Frau beschwörend an. »Du würdest es mir doch sagen, nicht wahr? Du weißt hoffentlich, dass du mir vertrauen kannst.«

»Ja. Natürlich weiß ich das.« Henrike sagte es fast patzig. Plötzlich machte sie einen gehetzten Eindruck. Schnellen Schrittes ging sie weiter, den nun zu wimmern beginnenden Jungen an der Hand hinter sich herziehend. Die mit rutschigem Kopfstein gepflasterte Straße war nur spärlich von Gaslampen beleuchtet, sodass Elisabeth sich gezwungen sah, auf jeden ihrer Schritte zu achten, wodurch sie Schwierigkeiten hatte, mit Henrikes Tempo mitzuhalten.

»Hier ist es«, verkündete Henrike schließlich, ohne dass sie auf dem Weg hierher noch ein Wort verloren hätte. Sie blieb vor einem der Häuser stehen, von denen eines dem anderen bis auf den letzten Ziegelstein glich, und deutete auf eine grün gestrichene Tür. »Hier wohnt Karl. Ich … äh … muss dann mal weiter.«

»Bleibt denn das Kind nicht hier?«, wunderte sich Elisabeth.

»Nein«, lautete die knappe Antwort.

»Nun gut.« Elisabeth fragte sich, warum Henrike sich plötzlich so abweisend gab. »Dann vielen Dank, Henrike. Es war schön, dich wiederzusehen. Ich wünsche dir alles Gute.«

»Das wünsche ich Ihnen auch, Fräulein Elisabeth.« Mit diesen Worten nickte Henrike ihr zu, dann ging sie ihrer Wege.

Elisabeth trat auf die Tür zu und hob bereits die Hand zum Klopfen, als ihr plötzlich der Mut sank. Was, um alles in der Welt, machte sie hier? War sie denn von Sinnen?

In ihrem Kopf begann es zu rattern, doch sosehr sie auch nachdachte, fiel ihr keine brauchbare Alternative ein, wo sie die Nacht sonst hätte verbringen können. Außerdem war ihr kalt, und noch dazu setzte ein kräftiger Regen ein, der sie innerhalb weniger Minuten völlig durchnässen würde.

Sie sah sich um. Auf der Straße war außer Henrike und dem Kind kein Mensch zu sehen. Doch auch die beiden blieben nun stehen, ohne sich noch einmal nach ihr umzudrehen. Henrike drehte an einem Türknauf und war nur wenige Augenblicke später im Innern eines Hauses verschwunden.

»Nun denn, was soll's«, sprach Elisabeth laut zu sich selbst, dann klopfte sie zuerst zaghaft und schließlich noch einmal kräftiger an die Tür.

Es dauerte nur wenige Sekunden, bis die Tür aufschwang und jemand mit gereizter Stimme brüllte: »Henrike, ich habe wirklich keine Lust, mir schon wieder …!«

»Hallo, Karl«, sagte Elisabeth mit klopfendem Herzen, als der nun wie auf Knopfdruck im Brüllen innehielt und sie so verdutzt ansah, als wäre ihm plötzlich der Messias erschienen.

* * *

»Es … es ist sicherlich nicht das, was Sie gewohnt sind, Fräulein Elisabeth, aber …« Karl räumte schmutziges Geschirr vom Tisch und stellte es in den Spülstein, dann wischte er mit dem Ärmel seines Pullovers die Krümel auf den Boden und bedeutete ihr stumm, auf einem der Stühle Platz zu nehmen.

»Auch wenn ich ein verwöhntes Gör bin, Karl, so steht es mir ganz sicher nicht zu … na ja, egal.« Elisabeth, die ihm noch viel schöner schien, als er sie in Erinnerung hatte, schenkte ihm ein aufmunterndes Lächeln, doch machte sie keine Anstalten, sich zu setzen. »Es tut mir leid, dass ich Sie zu so später Stunde überfalle, aber …« Sie zuckte mit den Schultern. »Ich wusste nicht, wohin ich sonst hätte gehen sollen.«

»Was ist passiert?«, fragte Karl ebenso neugierig wie misstrauisch. »Sind Sie schon wieder vor Ihrem Vater auf der Flucht, wie damals, als Janno und ich Sie von der Straße gelesen haben? Dann hätten Sie sich als Zuflucht keinen schlechteren Ort aussuchen können als ausgerechnet diesen.« Er wähnte sich in einem Traum, von dem er noch nicht zu sagen vermochte, ob es ein guter oder ein schlechter war. Was, um alles in der Welt, trieb die Tochter des Direktors ausgerechnet zu ihm, dem einfachen Bergarbeiter, und das noch dazu mitten in der Nacht? Er witterte eine Falle, auch wenn er nicht wusste, aus welchem Grund man ihm eine stellen sollte. Schon seit bestimmt einem Jahr, seit ihr Kampf gegen die Besatzer von der Regierung in Berlin für beendet erklärt worden war, hatte er sich nichts mehr zu Schulden kommen lassen, was irgendwer – schon gar nicht der Direktor – ihm hätte übel nehmen können. Natürlich, da war diese dumme Sache mit Clara, aber was sollte Elisabeth damit zu tun haben?

»Nein, ich …« Elisabeth räusperte sich verlegen. »Ich bin nicht auf der Flucht. Ich komme gerade aus Berlin. Genau genommen war ich kein einziges Mal mehr zu Hause, seit ich damals nach Berlin geflüchtet bin.«

»Und was …?« Karl schloss für einen Moment die Augen, um seine wirren Gedanken zu ordnen. »Ich meine: Und dann kommen Sie ausgerechnet zu mir? Warum?«

Statt einer Antwort schlang Elisabeth ihre Arme um den Körper. »Würde es Ihnen etwas ausmachen, wenn ich zuerst meinen Mantel ablege und mich am Feuer etwas wärme, bevor ich Ihnen alles erkläre? Mir ist wirklich kalt, wissen Sie.«

»Ach so, ja … äh … natürlich. Bitte entschuldigen Sie.« Karl, immer noch völlig neben sich stehend, rückte einen der Stühle direkt vor den Kohleofen, dann nahm er ihr den Mantel ab und hängte ihn an einen Haken an der Tür. »Ich hoffe, dass er nicht schmutzig wird, hier ist es häufig ein wenig verrußt und …«

»Ach, das ist doch ganz egal«, fiel Elisabeth ihm ins Wort. Sie hielt ihre Hände vor den Ofen, um sie zu wärmen. Im Schein der Glut leuchteten ihr Gesicht und ihre blonden Locken wie die eines Engels, fand Karl, und es gefiel ihm gar nicht, dass ihn ihr Anblick nervös machte. Schon immer hatte er sich stärker zu ihr hingezogen gefühlt, als ihm lieb sein konnte; sie aber jetzt hier in der eigenen Wohnung zu sehen … Erneut kniff er sich in den Arm, in der Erwartung, doch noch aus diesem irrealen Traum zu erwachen, doch vergeblich. Elisabeth blieb da, wo sie war. Wo eigentlich Enna hätte sitzen sollen. Oder? Er wusste in diesem Moment selbst nicht mehr, was die richtige Antwort war.

Nach wie vor wartete er auf eine Erklärung von Elisabeth, was das alles zu bedeuten habe, doch machte sie keine Anstalten, es ihm zu erklären, sondern schien nun vielmehr in den Anblick der orangefarbenen Glut versunken.

»Haben Sie Hunger?«, fragte Karl. »Sie haben einen weiten Weg hinter sich und …«

Elisabeth drehte sich zu ihm um, in ihren blauen Augen spiegelte sich das Feuer des Ofens, sodass sie Funken zu sprühen schienen. »Ich möchte Ihnen wirklich nicht zur Last fallen, Karl.«

»Sie fallen mir nicht …« Karl winkte ab. »Ich bin gleich zurück.«

Nur wenige Minuten später kam er wieder zur Tür herein, in der Hand einen Topf tragend, den er nun auf den gusseisernen Herd stellte. Rasch feuerte er die Kohle an, und bald darauf erfüllte ein herrlicher Duft nach Fleisch und Kräutern den Raum. »Ein Eintopf von meiner Mutter«, erklärte er. »Sie ist zwar sauer auf mich, aber verhungern lässt sie mich trotzdem nicht.«

»Sie ist sauer auf Sie?« Elisabeth wirkte alarmiert. »Haben Sie ihr denn erzählt, dass ich hier bin?«

»Nein. Solange ich nicht weiß, warum Sie überhaupt hier sind, werde ich einen Teufel tun, es in die Welt hinauszuposaunen.« Das alles hier ist schon haarig genug, fügte er in Gedanken hinzu, als dass ich damit hausieren gehe. Nicht auszumalen, wie Direktor von Wolff reagieren würde, wenn er davon erführe!

»Auf dem Weg hierher traf ich Henrike mit …« Elisabeth zögerte, bevor sie weiterredete. »Mit Ihrem Sohn. Dieter, nicht wahr?«

Ausgerechnet! Karl wusste zwar nicht, was genau ihn daran störte, aber ihm gefiel der Gedanke nicht, dass Elisabeth von seiner Vaterschaft wusste. Er brummte etwas Unverständliches, während er zwei tönerne Suppenschüsseln mit jeweils einem Löffel darin auf den Tisch stellte.

»Darf ich fragen, was es damit auf sich hat, dass der Junge nicht hier bei Ihnen übernachtet? Ist es, weil seine Mutter nicht zu Hause ist?«

»Es gibt keine Mutter«, knurrte Karl. Das Gespräch nahm eine Richtung an, die ihm ganz und gar nicht gefiel. Kaum vorzustellen, dass Elisabeth ihn nicht dafür verurteilen würde, dass er Clara mit seinem abweisenden Verhalten quasi aus dem Haus getrieben und das Kind ihrer Schwester überlassen hatte. Das zumindest war die Version, die sich alle hier in der Siedlung erzählten, ohne dabei die Tatsache in Betracht zu ziehen, dass es Clara gewesen war, die ihn überlistet und zum Vatersein gezwungen hatte. Aber ganz egal, um welche Wahrheit es ging, Elisabeth würde weder die seine noch die der anderen gutheißen.

»Keine Mutter?« Elisabeth sah ihn verwundert an. »Sie ist doch nicht … Ist sie …?«

»Gestorben, meinen Sie? Nein. Clara ist weg. Einfach auf und davon. Keine Ahnung, wohin.« Karl sah keinen Grund, ihr gegenüber nicht mit offenen Karten zu spielen, denn es würde sich wohl kaum verhindern lassen, dass sie davon erfuhr, nachdem sie nun schon mal von dem Kind wusste.

Er hob vorsichtig den Blick. Doch falls er erwartet hatte, dass sie ihn verurteilend ansehen würde, so sah er sich getäuscht. Genau genommen wirkte sie sogar recht zufrieden mit seiner Antwort. Eigentlich hatte er damit gerechnet, dass sie ihn jetzt mit Fragen löchern würde, aber sie schwieg. Entweder interessierten sie die Umstände von Claras Flucht nicht, was er sich kaum vorstellen konnte, oder aber sie war einfach nur klug genug zu wissen, dass er keine Lust auf lange Erklärungen verspürte.

Karl nahm den Topf vom Herd und platzierte ihn in der Mitte des Tisches. »Ich nehme an, Sie sind es nicht gewohnt, den Eintopf direkt aus Töpfen zu schöpfen, aber …«

»Nun seien Sie doch nicht albern, Karl!«, wies Elisabeth ihn zurecht, noch bevor er den Satz beendet hatte. »Ich bin Ihnen zutiefst dankbar, dass Sie mich nicht vor Ihrer Tür haben stehen lassen, und hätte somit, selbst wenn ich wollte – und ich kann Ihnen versichern, dass ich nichts weniger will – keinerlei Recht, an irgendetwas herumzumäkeln. Und außerdem …«

»Und außerdem?« Karl bemerkte, dass eine sanfte Röte ihre Wangen überzog, und er musste sich ermahnen, seine Hand bei sich zu behalten, um ihr nicht mit den Fingern über die Haut zu streichen.

»Nichts außerdem.« Elisabeth nahm mit einer resoluten Bewegung ihren Löffel in die Hand. »Können wir essen? Ich sterbe vor Hunger.«

»Natürlich.« Karl füllte ihre Schüssel und tat auch sich selbst etwas auf. Für eine Weile aßen sie schweigend, dann gab er sich einen Ruck und fragte: »Sie wollen also heute Nacht hierbleiben?«

»J-ja.« Elisabeth wirkte plötzlich verlegen. »Wenn es … keine Umstände macht.«

Karl grinste. »Ganz ehrlich? Ich wüsste nichts, was mir jemals mehr Umstände gemacht hätte.«

Elisabeth sah ihn für einen Moment verdutzt an, dann jedoch lachte sie so befreit auf, dass auch Karl mit einstimmte. »Oh, natürlich«, gluckste sie, »bitte entschuldigen Sie. Das alles hier«, sie machte eine raumgreifende Bewegung, »irgendwem zu erklären … Nun, ich weiß ja noch nicht einmal, wie ich es mir selbst erkläre.« Sie wurde plötzlich ernst und schaute ihm tief in die Augen, bis er, das Herz bis zum Hals schlagend, verlegen seinen Blick abwandte. »Ich wusste nur, dass ich in der schwierigen Situation, in der ich mich befinde, keinem Menschen so sehr vertraue wie Ihnen, Karl.«

»Dann schießen Sie mal los.« Karl hatte möglichst ungerührt wirken wollen, bemerkte aber selbst, dass seine Stimme ungewöhnlich heiser klang.

»Was?«, hauchte Elisabeth.

»Ihre Geschichte«, knurrte Karl, von seinen Gefühlen, die er nicht einmal hätte benennen können, ganz überwältigt. »Ich möchte sie hören. Wie sonst soll ich Ihnen sagen, ob Sie mir zu Recht vertrauen?«

»Wie könnte ich Ihnen denn nicht vertrauen, nach allem, was Sie damals für mich und Henrike getan haben? Und in der Zeit der Besatzung noch für so viele andere, wie Janno und Fritze nicht müde werden zu erzählen.«

»Janno und Fritze … Wie geht es den beiden?«, erkundigte sich Karl.

»Eigentlich gut, aber …« Elisabeth ließ ihren Löffel sinken und sagte entschlossen: »Nun gut. Ich denke, es ist wirklich an der Zeit, dass ich Ihnen alles erzähle. Und dann«, sie schaute ihn mit einem seltsam zugetanen Blick an, »erzählen Sie mir, wie es Ihnen ergangen ist.«

Karls Konfusion wuchs, gelang es ihm doch nicht, die Situation, in die er ebenso unerwartet wie unfreiwillig geraten war, einzuschätzen. Elisabeth und er, die sie aus Welten kamen, wie sie unterschiedlicher kaum sein konnten, saßen hier zusammen, als wären sie schon seit Ewigkeiten befreundet, und er fühlte eine Vertrautheit, die ihn zutiefst verunsicherte. Nicht einmal in Ennas Gegenwart hatte er je so intensiv empfunden. »Äh … gut«, war alles, was ihm als Erwiderung einfiel, und er fühlte angesichts seiner Verunsicherung Zorn in sich aufsteigen. Was, um alles in der Welt, war nur los mit ihm, dass er sich dieser Frau gegenüber so verlegen gab wie ein Primaner? »Ich … äh … mache uns mal einen Kaffee.« Weil er plötzlich das Gefühl hatte, sich selbst in Sicherheit bringen zu müssen, sprang er ein wenig zu forsch auf, nur um gleich darauf herumzuwirbeln und wie ein in die Enge getriebenes Tier zu fauchen: »Verflucht, Elisabeth, warum bist du hergekommen? Was, zum Teufel, willst du von mir?«

* * *

Henrike zog sich, auf der Kante einer in goldener und roter Farbe gemusterten Chaiselongue sitzend, gerade einen ihrer wollenen Strümpfe über das schlanke Bein, als sich zwei grobe Hände von hinten in ihre Schultern krallten und heißer, nach Zigarrenrauch und Alkohol stinkender Atem ihr Ohr streifte.

»Du gibst dir wirklich Mühe, Henrike«, säuselte Heinz-Rudolf von Wolff und hielt im nächsten Moment seine feuchte Zungenspitze kitzelnd an ihr Ohrläppchen. »Und natürlich habe ich mich an dich gewöhnt. Aber findest du nicht, dass Gewohnheit auch etwas furchtbar Ödes haben kann?« Seine wurstigen Finger wanderten ihre Oberarme hinab, sein Atem wurde keuchend, dann umfasste er ihre Brüste und begann, sie zu kneten.

»Bitte, Herr Direktor«, erwiderte Henrike ermattet, »ich bin wirklich müde, und Dieter ist allein zu Haus. Wenn Sie gestatten, würde ich jetzt gern gehen.« Abgestumpft durch all die Jahre, in denen von Wolff sie nun schon zu einem Objekt seiner Lust degradiert hatte und sie sich – dank Clara nun schon zum zweiten Mal in ihrem Leben – ins Unvermeidliche schickte, verspürte sie schon seit Langem keine Angst mehr, wenn er sich über sie hermachte. Genau genommen verspürte sie in seiner Gegenwart rein gar nichts mehr, nicht einmal mehr Ekel, sondern ertrug das, was er von ihr verlangte, mit einem Gefühl völliger Leere. Die nächtlichen Besuche bei ihm hatte sie genauso zu einem kalkulierbaren Teil ihres Tagesablaufs gemacht wie das Kochen oder den Einkauf. Ja, die Stunden mit dem Herrn von Wolff gehörten zu den Dingen in ihrem Leben, die wohl oder übel erledigt werden mussten, ob man nun wollte oder nicht.

Henrike konnte sich nicht daran erinnern, dass man sie jemals gefragt hatte, was ihr Wunsch war. Ebenso war es früher ihrer Schwester Clara ergangen, doch hatte die es schon von jeher besser verstanden, sich zu nehmen, was ihr ihrer Meinung nach zustand, inklusive Karl. Mit dem Ergebnis, dass nun noch mehr an Henrike hängen blieb als jemals zuvor, wie zum Beispiel der kleine Dieter – oder eben der Herr Direktor.

»Ich möchte dir einen Vorschlag unterbreiten.« Von Wolff ließ von ihr ab und legte sich, so nackt, wie Gott ihn erschaffen hatte, der Länge nach auf die Chaiselongue. Er griff nach einer Dose Schnupftabak, streute eine Prise davon auf seinen Handrücken, sog diese mit der Nase ein und nieste gleich darauf prustend in seine Hand.

»Und der wäre?«, fragte Henrike, sich nun den zweiten Strumpf überstreifend.

»Ich werde von nun an auf deine … nun, sagen wir, Dienste verzichten.«

Henrike hielt abrupt in ihrer Bewegung inne, wagte kaum zu atmen, während ein winzig kleiner Funke Hoffnung in ihr aufflammte. Sollten ihre Gebete wirklich erhört worden sein? »Sie wollen mich nicht mehr …?«

»Unter einer Bedingung.«

»Ja?«, hauchte sie kaum hörbar, darauf bedacht, ihn nicht zu verärgern.

Von Wolff räkelte sich genüsslich. »Ich brauche ein neues Dienstmädchen. Marianne ist ein gefügiges kleines Ding.« Er grinste anzüglich. »Nun, ein wenig zu gefügig, wenn du mich fragst, aber das soll jetzt nicht das Thema sein, nicht wahr? Tatsache ist aber, dass sie mir mit zunehmendem Alter immer weniger Freude bereitet.«

Henrike erstarrte instinktiv, als er plötzlich mit den Fingern ihren nackten Rücken entlangfuhr.

»Genau wie du«, fuhr er fort. »Mit deinen … wie alt bist du noch gleich?«

»Einundzwanzig.«

»Volljährig also, soso.« Er schob sich eine Spalte des Apfels in den Mund, den er sich von ihr in eine Schale hatte schneiden lassen, und begann schmatzend zu kauen. »Ich sagte ja bereits, dass mich nicht nur euer Alter, sondern auch die Gewohnheit zu langweilen beginnt. Also wünsche ich mir eine neue Gefährtin, wie du sicherlich verstehen kannst.«

»J-ja. Sicherlich.« Henrike wagte kaum noch zu atmen. Sollte ihr persönlicher Albtraum endlich ein Ende finden?

»Ich dachte an etwas Junges, Frisches.«

»Ja. Ich verstehe.« Henrike graute davor, ihm, so interpretierte sie seine Worte, bei der Suche nach einem neuen Mädchen behilflich sein zu müssen, wohl wissend, was er diesem armen Ding antun würde. Andererseits: Warum sollte sie sich zeitlebens für andere aufopfern, da es doch auch niemanden zu scheren schien, wie es ihr erging? Zwar wusste sie nicht, ob überhaupt irgendwer in ihrem Umfeld ahnte, dass sie sich mehrmals pro Woche hier einfand, genauso, wie sie sich in früheren Jahren in der Villa im Schlafzimmer des Herrn Direktors hatte einfinden müssen, wenn er nach ihr verlangte. Tatsache war jedoch, dass es ohnehin niemand gewagt hätte, dagegen Protest einzulegen. Die Welt bestand nun mal aus Feiglingen und Egoisten, denen das Schicksal anderer völlig egal war, solange man selbst nicht behelligt wurde.

Außer Elisabeth natürlich, der sie wirklich viel verdankte und die für ihre jetzige Situation keinerlei Verantwortung trug.

Henrike fragte sich, was den einzigen Menschen, dem sie sich jemals bedingungslos anvertraut hatte, wieder mit Karl zusammengeführt haben mochte. Ausgerechnet mit Karl, der sie mit dem Kind so schmählich im Stich ließ, seit Clara ihn verlassen hatte.

Sie streifte ihr Kleid über und musterte den Direktor aus dem Augenwinkel. Kaum anzunehmen, dass er davon wusste, dass sich seine Tochter, die in Duisburg seit Jahren als verschollen galt, des Nachts im Hause eines seiner Kohlekumpel herumtrieb – und das noch dazu keine zweihundert Meter von hier entfernt! Ganz sicher nämlich würde er dann nicht so selbstgefällig grunzend und schmatzend hier herumliegen und so tun, als könne ihm die Welt da draußen nichts anhaben.

»Hast du mir zugehört, Henrike?!«, dröhnte es in militärischem Stakkato durch den Raum.

»W-was?« Henrike drehte ihr Gesicht rasch von ihm weg, da ihr beim Gedanken an das Geheimnis, das sie mit Karl und Elisabeth verband, das Blut heiß ins Gesicht schoss.

»Ich sagte, dass du mir diesen Karl vom Leib halten sollst.«

»Karl?« Henrike schwindelte. Hatte sie etwa laut gedacht? Oder hatte er doch Wind davon bekommen, dass Elisabeth bei ihm …?

»Ja, Henrike. Karl Kembrowski, den Ehemann dieses missratenen Franzosenflittchens, das du deine Schwester nennst.«

»Was … was ist mit Karl?«

»Herrgott noch mal, Henrike«, donnerte von Wolff, »wo bist denn du mit deinen Gedanken?! Sieh mich gefälligst an, wenn ich mit dir rede! Ich kann es nicht leiden, wenn man mir nicht zuhört.«

»Bitte entschuldigen Sie, Herr Direktor. Es ist wohl … die Müdigkeit.«

Er brummte ungehalten. »Nun gut, dann eben noch mal: Ich gedenke, die kleine Annemarie in meine Dienste zu nehmen, und will dir geraten haben, dass du mir ihren Bruder vom Leib hältst.«

Annemarie?! Kaum gelang es Henrike, einen plötzlich auftretenden Würgereiz zu unterdrücken. *Oh, mein Gott! Er will Annemarie in sein Bett holen?! Ausgerechnet Annemarie?!*

»Hast du mich verstanden, Henrike?« Seinem Tonfall nach schien sich der Herr Direktor nun köstlich zu amüsieren.

»J-ja. Aber Karl wird …«

»Der liebe Karl wird genau das machen, was ich von ihm erwarte. Und du wirst ihm sagen, was das ist, meine liebe Henrike.«

»Aber …« Erneut würgte es Henrike, sodass sie nicht in der Lage war, diesen Satz zu beenden. Viel zu viele Bilder tanzten wie ein Schwarm Mücken in ihrem Kopf herum, und kein einziges von ihnen war dazu angetan, sie ruhiger zu stimmen.

»Es gibt kein Aber«, schnitt ihr der Direktor das Wort ab. »Karls Ehefrau hurt sich durch Berlin und lässt ihren – zugegebenermaßen recht ansehnlichen – Körper von einem französischen Aktzeichner auf Leinwand bannen. Glaubst du nicht, dass es einen veritablen Skandal gäbe, wenn das herauskäme? Und das nicht nur für die Familie Kembrowski, sondern auch für deine werte Mutter, die liebe Hedwig. Ihre Tochter so zu sehen, würde ihr das Herz brechen. Aber das brauche ich dir ja nicht zu sagen.« Hinterlist schlich sich in seinen Blick. »Auch kann keiner wollen, dass der kleine Dieter für den Rest seines Lebens als der Balg einer Franzosenhure verschrien wird, nicht wahr?«

»Aber Herr Direktor, bitte, es gibt so viele junge Mädchen.« Henrike hätte sich niemals vorstellen können, dass sie den jetzt folgenden Satz jemals aussprechen würde, aber mit dem scheußlichen Bild vor Augen, dass Annemarie … »Bitte, Herr Direktor, ich verspreche Ihnen, dass ich genau das Mädchen finden werde, das Ihnen Vergnügen bereitet.«

»Nun, wie gesagt, das habe ich bereits.« Von Wolff setzte sich auf. »Sieh mich an, Henrike!«

Henrike, deren Blick wieder abgeschweift war, drehte sich um. Der ganze Raum schien sich plötzlich um sie zu drehen, doch würde sie diesem Mann ganz sicher nicht auch noch die Genugtuung geben, vor ihm das Bewusstsein zu verlieren – was alles andere als leicht war, da Heinz-Rudolf von Wolff jetzt selbstgefällig zu grinsen begann. »Ich will Annemarie und keine andere. Haben wir uns verstanden?« Er hob mahnend den Zeigefinger. »Und komm gar nicht erst auf die Idee, mich zu hintergehen, hörst du? Auch nur ein falsches Wort an irgendwen, und es wird mir das allergrößte Vergnügen bereiten, dich und deine gesamte Mischpoke, inklusive der Kembrowskis, ins Elend zu stürzen. Angefangen damit, dass ich den kleinen Dieter in ein Kinderheim für mittellose Waisen in Süddeutschland verfrachten lasse. Ein scheußlicher Ort, wie ich hörte.« In seinen Augen blitzte pure Boshaftigkeit auf. »Und ganz gewiss nicht der Ort, an dem man ein geliebtes unschuldiges Kind zu sehen wünscht, nicht wahr, Henrike?«

»Aber das können Sie nicht tun«, stammelte Henrike, vor Entsetzen wie gelähmt. »Ich flehe Sie an, Herr Direktor, das können Sie nicht tun! Ich mache alles, was Sie wünschen, aber das können Sie nicht von mir verlangen!«

»Du weißt, dass ich das kann, Henrike. Und du weißt auch, dass ich nicht zögern werde, es zu tun.« Er grinste verschlagen. »Und du weißt, was ich mir wünsche, denn das habe ich dir gerade gesagt.«

Henrike konnte nicht verhindern, dass ihrer Kehle ein entsetzter Schrei entwich. Gerade noch hatte sie geglaubt, dass nun alles gut werden würde. Doch erkannte sie nun, wie naiv sie gewesen war. Wie nur hatte sie das annehmen können, da sich doch in ihrem Leben noch nie etwas zum Guten gewendet hatte?! »Bitte, Herr Direktor«, flehte sie, »ich stehe Ihnen auch weiterhin zur Verfügung und mache, was Sie verlangen, aber lassen Sie Annemarie …«

»Annemarie und keine sonst.« Von Wolff, der anscheinend Spaß an ihrer Verzweiflung fand, deutete breit grinsend auf die Tür. »Ich gehe davon aus, du hast verstanden. Bitte, du darfst jetzt gehen. Ich erwarte, dass Annemarie bis morgen Abend in meiner Villa vorstellig wird.«

»Bis morgen Abend?«, keuchte Henrike. »Aber das ist unmöglich!«

»Gar nichts ist unmöglich, Henrike.«

»Doch«, beharrte sie. »Doch, in diesem Fall ist es tatsächlich unmöglich.« Henrike griff nach dem ersten Gedanken, der ihr in den Kopf schoss, und ohne weiter über ihn nachzusinnen, sprudelte sie hervor: »Annemarie ist heute aufs Land gefahren, zu ihrer Tante.« Das war genau das, was sie sich früher immer gewünscht hatte, doch war daraus mangels Verwandtschaft auf dem Land nie etwas geworden.

»Das ist doch Blödsinn«, knurrte von Wolff. »Zu ihrer Tante aufs Land!« Er lachte, sie nicht aus den Augen lassend, bitter auf. »Hör auf, mich zu narren, Henrike!«

»Aber nein, Herr Direktor«, beharrte Henrike, in deren Kopf sich eine plausible Erklärung zu formen begann. »Annemarie ist aufs Land verschickt worden. Die Luft hier, die macht ihr zu schaffen.« Sie klopfte sich auf die Brust. »Schon als Kleinkind hatte sie es auf der Lunge.«

Von Wolff sah sie lange prüfend an, aber ihr gelang es, seinem Blick standzuhalten. Offenbar überzeugend, denn nun fragte er: »Und wann wird sie zurückerwartet?«

»In vier Wochen. Das zumindest sagte mir ihre Mutter.«

»Sie bleibt der Schule fern?«

»Ist doch bald Ostern«, murmelte Henrike. »Der Arzt hat ihr drei zusätzliche Wochen verordnet.«

»Nun gut. Dann wünsche ich sie gleich nach ihrer Rückkehr in meiner Villa zu sehen. Bis dahin stehst natürlich du mir weiter zur Verfügung.« Er hob warnend den Finger. »Aber versuche gar nicht erst, das Mädchen länger als nötig von mir fernzuhalten! Bedenke die Konsequenzen, die das für deine Familie hätte!« Der Direktor langte in das hinter der Chaiselongue stehende Regal, zog einen bedruckten Zettel hervor und reichte ihn ihr mit einer unverhohlenen Genugtuung im Blick.

Henrike stockte vor Entsetzen der Atem, als sie sah, was auf dem Zettel abgebildet war: eine Frau, schelmisch den Betrachter anblinzelnd; ihr nackter Körper, den lediglich eine transparente rote Schärpe zierte, in Öl gebannt. Jeder, der ihre Schwester Clara kannte, würde sie sofort erkennen. Unter der Abbildung stand in geschwungenen Lettern geschrieben: *Wir laden herzlichst ein zur Ausstellungseröffnung in der Galerie Gérard Mercier, Berlin.*

* * *

Es war keine gute Idee gewesen, ausgerechnet hierherzukommen, das sah Elisabeth nun ein, doch konnte sie ihre Entscheidung nicht mehr rückgängig machen. Was, um alles in der Welt, hatte sie geritten, den Weg in die Zechensiedlung einzuschlagen, anstatt in ein Hotel oder ein Gasthaus zu gehen? Es hätte ja keines in Duisburg sein müssen. Bochum, Essen, Düsseldorf … Es wäre keine Entfernung gewesen, sich von einem Taxi dorthin bringen zu lassen. Überall gab es gute Gasthäuser, und ganz sicher scherte sich dort kaum jemand um die Familiengeschicke der von Wolffs.

Warum bist du hergekommen? Was willst du von mir?

»Ich weiß es nicht, Karl«, sagte sie nun mit leiser Stimme. »Ich weiß es wirklich nicht.« Sie hielt ihren Blick gesenkt vor lauter Angst, in Karls Augen die Ablehnung zu sehen, die sie befürchtete. Zwar glaubte sie, aus seinen Fragen eher Verzweiflung denn Wut herausgehört zu haben; dennoch schien er aufgebracht, was, wie sie sich eingestehen musste, durchaus seine Berechtigung hatte. Sie war die Tochter des Zechendirektors Heinz-Rudolf von Wolff, und ihr war bewusst, dass sie Karl mit ihrem Besuch in Teufels Küche brachte, sollte ihr Vater je davon erfahren. Mit einem Einlenken ihres Vaters wäre gewiss nicht zu rechnen, zu viel war zwischen ihnen zerbrochen, als dass sie ausgerechnet bei ihm auf Milde hoffen durfte, wenn sie zu vermitteln versuchte. »Es war unverantwortlich von mir, ausgerechnet zu dir zu kommen«, fuhr sie fort, nicht einmal bemerkend, dass auch sie zum vertraulichen Du gewechselt war. »Schließlich weiß ich selbst am besten, was mein Vater für ein Scheusal ist und dass ich die Letzte bin, die dich vor seinem Zorn beschützen könnte. Es tut mir leid, Karl. Wirklich, es tut mir von Herzen leid.«

Noch während sie diese Worte aussprach, strafte ihr Inneres ihre Worte Lügen. Ja, es tat ihr leid, aber gleichzeitig fühlte sie sich im Recht. Ja, sie durfte nichts für ihn empfinden, aber gleichzeitig fühlte sie sich mit jeder Faser ihres Körpers zu ihm hingezogen. Ja, es war nicht richtig, ihn um Hilfe zu bitten, aber gleichzeitig war sie sich sicher, dass es niemand anderen gab, der ihr helfen könnte.

Karl hatte sich wieder gesetzt, hielt seinen Kopf in den von der schweren Arbeit gezeichneten Händen vergraben. Elisabeth, die vorsichtig den Blick hob, musste sich zurückhalten, ihm nicht über das dunkle Haar oder gar übers Gesicht zu streichen. Und plötzlich erkannte sie, warum sie all den Männern, die ihr in den letzten Jahren in Berlin den Hof gemacht hatten – und das waren nicht wenige gewesen –, einen Korb gegeben hatte. Keiner von ihnen hatte es mit diesem Mann aufnehmen können, der hier neben ihr saß, so stark und doch so verletzlich, so anspruchslos und doch so fordernd, so wütend und doch so sanft.

Diese Einsicht brachte ihr Blut dermaßen in Wallung, dass sie unwillkürlich nach Luft schnappte.

Sofort richtete Karl sich auf, schaute sich alarmiert nach allen Seiten um. Sein gehetzter Blick zerriss Elisabeth das Herz. Er war ein Getriebener, erkannte sie mit tiefer Traurigkeit. All die Jahre des Kampfes hatten ihn nicht nur gestählt, sondern auch zutiefst misstrauisch werden lassen. Zuerst der Große Krieg, dann die Aufstände der Roten Ruhrarmee, danach das Auflehnen gegen die Besatzer. Für Männer seines Alters und seines Standes war das Leben in diesem gebeutelten Land ein einziger Kampf, geprägt von Mangel und Verlust. War es womöglich auch diesem Kampf geschuldet, dass seine Ehe zerbrochen war? Was, so fragte sie sich, wäre wohl aus ihm und den anderen Männern geworden, wenn sie all dieses Leid und all das Elend der letzten Jahre nicht hätten erdulden müssen?

Wie anders erging es da doch ihrem Vater oder den Brodenbecks, die sich auf Kosten anderer ein Leben gönnten, das an Dekadenz und Ignoranz kaum zu überbieten war!

Während es skrupellose Männer wie ihr Vater waren, die ihr Land immer und immer wieder an den Rand des Abgrunds brachten, so waren es aufrechte Männer wie Karl, die ebenso oft die Menschen, die sie liebten, vor dem Sturz über die Klippen zu bewahren versuchten.

»Es tut mir leid, Elisabeth.« Karl sah sie an, und es zerriss ihr schier das Herz, ihn so müde und ausgelaugt zu sehen. »Ich wollte nicht …«

»Es ist gut«, stoppte Elisabeth ihn. »Du hast jedes Recht, so zu reagieren. Mir tut es leid, dass ich dich in eine solche Situation gebracht habe. Als hättest du nicht auch ohne mich schon genug durchzustehen.« Einem Impuls folgend, legte sie ihre Hand auf die seine, doch zog er diese, auf dem Gesicht einen Ausdruck reinster Qual, so rasch zurück, als hätte er sich an ihr verbrannt.

Auch Elisabeths Hand stand nach dieser unbedachten Berührung in Flammen, und es kostete sie viel Kraft, sich dies nicht anmerken zu lassen. »Darf … darf ich trotzdem bleiben?«, fragte sie kleinlaut. »Nur für diese eine Nacht? Ich verspreche dir, dass ich mich morgen noch in der Dunkelheit ungesehen aus dem Haus stehlen und dich danach nie wieder behelligen werde.«

Karl richtete seinen Blick nun direkt auf sie, ließ ihn sekundenlang ihr Gesicht erkunden. In seinen Augen stand eine so tiefe Sehnsucht, dass es Elisabeth schier den Atem raubte.

»Ich möchte dich bitten zu …«, setzte er heiser zum Reden an, doch hämmerte es genau in diesem Moment so laut gegen die Tür, dass der Lärm den Rest seiner Worte verschluckte. Erneut sprang er hastig von seinem Stuhl auf, baute sich, die Hände zu Fäusten geballt, vor der Tür auf und rief: »Es ist mitten in der Nacht, verdammt!«

»Karl, ich bin es, Henrike«, schallte eine verzweifelt klingende Stimme zurück. »Bitte, lass mich rein!«

»Ich denk ja gar nicht dran!« Karl machte Elisabeth ein Zeichen, leise zu sein.

»Sie weiß, dass ich bei dir bin«, zischte Elisabeth. »Es gibt also keinen Grund, ihr den …«

Karl ignorierte diesen Einwand. »Wenn es schon wieder um das Kind geht, Henrike«, rief er zornig, »dann lass dir gesagt sein, dass …!«

»Bitte, Karl, es geht um Annemarie.«

Elisabeth war erstaunt, wie rasch Karl nun an der Tür war und diese entriegelte, wobei sich auf seinem Gesicht größte Sorge ausbreitete. Obwohl sie wusste, dass es albern war, konnte sie doch nichts gegen den Stich ausrichten, der jetzt ihr Herz durchbohrte. Wer war diese Annemarie, dass Karl für sie alles zuvor Gesagte in den Wind schlug?

»Was ist mit Annemarie?«, ranzte Karl die hereinstürmende Henrike an. »Geht es ihr schlecht? Braucht sie irgendwas?«

Zu Elisabeths Verwunderung aber kam Henrike nun auf sie zugestürzt, ließ sich vor ihr auf die Knie sinken, ergriff ihre Hände und flehte mit tränenerstickter Stimme: »Bitte, Fräulein Elisabeth! Bitte, Sie müssen Ihren Herrn Vater davon abhalten! Bitte, er darf es nicht tun! Er darf es nicht tun!« Den letzten Satz schrie sie so laut und niedergeschmettert aus sich heraus, als ginge es um Leben und Tod.

»Ich … ich verstehe nicht.« Elisabeth sah Karl, der mit tief zerfurchter Stirn dastand, hilfesuchend an.

»Was ist los, Henrike?«, presste er mit vor Wut bebender Stimme hervor. »Du sagtest, es geht um Annemarie. Was also hat Elisabeth damit zu tun? Wenn du mir nicht sofort erklärst, warum du mitten in der Nacht …«

»Aber begreifst du denn nicht?«, kreischte Henrike völlig außer sich. »Er will Annemarie! Karl, hörst du?! Er will Annemarie!«

Während Karl noch zu grübeln schien, was er mit dieser Aussage anfangen sollte, ging Elisabeth ein Licht auf, und sie schnappte entsetzt nach Luft. »Wer … wer ist Annemarie?«, krächzte sie. »Und vor allem: Wie alt ist sie?«

»Annemarie ist meine kleine Schwester«, klärte Karl sie ungehalten auf. »Und ich weiß wirklich nicht …«

»Wie alt ist sie?«, ließ Elisabeth nicht locker.

»Sie ist dreizehn. Aber was hat …« Karls Ungeduld schien von einem Moment auf den anderen in sich zusammenzufallen, als sich nun eine Erkenntnis in seine Augen schlich. Eine durch und durch bittere Erkenntnis. »Oh, mein Gott!« Seine Beine schienen ihn nicht mehr tragen zu wollen, also tastete er wie ein Blinder nach einem Stuhl und ließ sich auf ihm nieder. »Oh, mein Gott!« Nur wenige Sekunden später aber verwandelte sich die plötzliche Blässe in seinem Gesicht in ein tiefes Rot. Erneut schien eine so unbändige Wut in ihm hochzusteigen, dass er wieder aufsprang, die Arme drohend in die Luft warf und schrie: »Ich bringe ihn um! Ich bringe diesen verfluchten Hurensohn um, und wenn es das Letzte ist, was ich tue!« Mit einem Satz war er bei der Tür und riss sie auf.

»Karl!« Nun hielt auch Elisabeth nichts mehr auf ihrem Stuhl. Sie stürzte hinter ihm her, noch bevor er in die Nacht hinaussprang, und riss ihn, ihre Hand in seinen Pullover krallend, mit aller Kraft, zu der sie fähig war, zurück. »Los, komm sofort wieder rein!«, fauchte sie ihn an, als er ihr taumelnd entgegenfiel und sie unter seinem Gewicht Mühe hatte, sich auf den Beinen zu halten. »Wenn du jetzt gehst, dann ist das dein Untergang!«

»Es ist mir egal, was es ist, aber dieses Schwein …!«

Elisabeth, die das Blut in ihren Ohren rauschen hörte, wusste sich, als er erneut in die Nacht hinauspreschen wollte, nicht anders zu helfen, als ihm ihre Faust ins Gesicht zu schlagen. Es war kein besonders fester Schlag, doch reichte er aus,

Karl wieder zur Besinnung zu bringen. Er hielt in der Bewegung inne, betastete mit einem Ausdruck des Erstaunens auf dem Gesicht seine Wange und schien nicht zu wissen, wie er auf diese Attacke zu reagieren hatte.

»Setz dich hin! Sofort!«, half ihm Elisabeth auf die Sprünge. Sich seine anhaltende Verunsicherung zunutze machend, presste sie ihre Hände auf seine Schultern und nötigte ihn auf diese Weise, Platz zu nehmen. »Ja«, stieß sie hervor, noch bevor er wieder zu Verstand kam, »wir müssen meinen Vater daran hindern, Annemarie zu sich ins Haus zu holen. Aber du, Karl, hilfst uns dabei absolut nicht, wenn du im Gefängnis vor dich hin schmorst. Und genau dort wirst du landen, wenn du auch nur in die Nähe meines Vaters kommst. Und was wird dann aus Annemarie, he? Kannst du mir das vielleicht sagen? Nun, ich kann es dir sagen: Du würdest sie und alle, die dir etwas bedeuten, ins Unglück stürzen.«

»Er will sie in sein Bett holen«, presste Karl hervor. Seine Augen waren blutunterlaufen, als er Elisabeth nun wie von Sinnen anstierte. »Dieser verdammte Lustmolch will sich an ihr vergreifen! An meiner kleinen Schwester will er sich vergreifen!« Er bleckte die Zähne wie ein tollwütiger Hund. »Es ist mir egal, ob er dein Vater ist, Elisabeth. Er ist nicht mehr als ein Klumpen Dreck, den es zu zermalmen gilt.«

»Da stimme ich dir zu hundert Prozent zu«, erwiderte Elisabeth, und sie war selbst erstaunt, wie ernst es ihr mit diesen Worten war. Auch sie hatte die Eskapaden ihres Vaters so satt und verspürte gleichzeitig eine so tiefe Scham, dass sie sich in diesem Moment wünschte, für immer von ihm erlöst zu sein. »Aber versteh doch«, beschwor sie Karl, seinem durchdringenden Blick standhaltend. »Versteh doch, dass es auf dem Weg, der dir vorschwebt, nicht funktionieren wird!«

»Doch«, knurrte Karl. »Es funktioniert sogar sehr gut. Wenn das Schwein tot ist, kann er sich nicht an Annemarie vergreifen und auch an keinem anderen Mädchen. Es ist also genau die Lösung, die wir brauchen.« Er machte Anstalten, sich zu erheben, doch hielt Elisabeth ihn erneut zurück.

»Wir werden eine Lösung finden, das verspreche ich dir. Und das noch in dieser Nacht. Aber nur, wenn du endlich zur Vernunft kommst.« Als Karl nichts darauf erwiderte, sondern lediglich etwas Unverständliches vor sich hin brummte, wandte sich Elisabeth an Henrike. »Und du erzählst jetzt, woher du das alles weißt. Doch wohl nur, weil du nach wie vor Kontakt zu meinem Vater hast. Ich nehme also an, du hast mir vorhin nicht die ganze Wahrheit gesagt?«

Henrike, die nun nicht mehr ganz so aufgeregt wirkte, nickte. »Es … stimmt. Er … also Ihr Herr Vater … er lässt mich holen.« Sie senkte den Kopf. »Sie … Sie wissen schon, warum.«

Elisabeth schloss für einen Moment die Augen, weil ihr schwindelte. »Warum, Henrike?«, hauchte sie dann. »Wer oder was gibt ihm die Macht dazu?«

Henrike warf einen verunsicherten Blick auf Karl. »Clara«, wisperte sie. »Es ist Clara, die ihm die Macht dazu gibt.«

»Aber …« Karl, plötzlich wieder anwesend, schüttelte den Kopf, als müsse er einen Schwarm lästiger Insekten vertreiben. »Clara ist schon seit so langer Zeit nicht mehr hier. Wie kann sie denn da …?«

Henrike zog einen völlig zerknautschten Zettel aus der Tasche ihres Mantels. Sie legte ihn vor Karl auf den Tisch und strich ihn glatt. »Darum kann sie es, Karl. Darum.«

Elisabeth betrachtete das auf dem Zettel abgebildete Bild, das sie im Original bereits in Berlin gesehen hatte. »Ist sie das?«, fragte sie mit belegter Stimme. »Ist das deine … deine Frau, Karl?«

Der jedoch schien nach dem Betrachten des Bildes so fassungslos, dass seinem Mund lediglich ein paar unartikulierte Laute entwichen.

»Ja, es ist Clara«, beantwortete stattdessen Henrike ihre Frage. »Meine Schwester. Sie ist mit einem französischen Offizier nach Berlin durchgebrannt.« Sie tippte auf das Geschriebene. »Gérard Mercier. Er malt sie nackt.«

»Das ist …« Elisabeth fehlten die Worte, und es brauchte eine Weile, bis sie wieder welche fand. Zu schrecklich waren die Bilder, die sich jetzt, einem sich rasch drehenden Karussell gleich, in ihrem Kopf zu formen begannen. »Nun gut«, sagte sie schließlich mit mehr Nachdruck, als sie fühlte. »Wir brauchen einen Plan.«

7

Ostfriesland, März 1925

»Mami, bitte, darf ich mitkommen?« Clivia streckte flehend ihre kleine Hand nach Enna aus, als diese sich anschickte, die Villa zu verlassen. »Bitte, Mami, ich möchte doch so gern. Ich war schon so lange nicht mehr mit dir in der Stadt.« In den dunklen Augen des Mädchens schwammen nun Tränen.

Ja, damit hatte sie recht. Kein einziges Mal hatte Enna ihre Tochter seit dem schrecklichen Vorfall auf dem Jahrmarkt mit in die Stadt genommen. Allenfalls fuhren sie ab und zu gemeinsam aufs Land, machten einen Spaziergang am Deich oder ein Picknick auf einer der bunten Wiesen bei dem Hof ihrer Familie, auf denen die wild wachsenden Blumen mit zum Himmel gereckten Köpfen die ersten warmen Sonnenstrahlen des Frühlings einfingen. Enna genoss diese Stunden aus vollem Herzen, war es auf dem Land und am Meer nach dem nicht enden wollenden Winter jetzt doch so idyllisch, dass es sogar ihr gelang, die oft so grausame Realität wenigstens für ein paar Stunden auszublenden.

Niemals aber würde sie es riskieren, ihr Kind erneut den Gefahren der städtischen Straßen auszusetzen.

Ennas Blick fiel durch die offen stehende Haustür in den mit strahlend gelben Osterglocken und bunten Tulpen übersäten Garten hinaus. Sie erblickte Alexej auf einer der Bänke sitzend, an seiner Seite seine beiden Kinder, denen er während einer Arbeitspause eine Geschichte vorlas. Enna ahnte, dass es auch diesmal die Geschichte der kleinen Ente Emilie war, die ihre Mutter verloren hatte und sich nun tapfer allein durch die Unbill des Lebens schlug. Auch Enna hatte sie schon ungezählte Male vorgelesen, spendete sie Valja und Dania doch Trost und Kraft in dieser schweren Zeit. Die beiden litten sehr unter dem Verlust ihrer Mutter, die sie vor zwei Wochen unter nicht versiegen wollenden Tränen der Erde hatten übergeben müssen. Nachts wachten sie, im Traum die brutalen Szenen des Jahrmarkts wieder vor Augen, weinend oder gar schreiend auf, um tagsüber nicht selten in Schwermut zu versinken. Nur wenige Dinge oder Unternehmungen vermochten es – wie die Geschichte von der Ente –, sie von ihrem Schmerz abzulenken. Viel zu viel hatten die beiden in ihrem erst so kurzen Leben schon durchmachen müssen, als dass sie noch die Kraft aufbrachten, sich in der Trauer um ihre Mutter kämpferisch zu zeigen.

Umso schöner war es, dass Nienke bei einem ihrer Einkäufe dieses Buch hatte auftreiben können.

Doch nicht nur Alexej und die Kinder, auch Enna vermisste Aglaia, die ihr innerhalb kürzester Zeit zur Freundin und Vertrauten geworden war, schmerzlich. So oft hatten sie in den letzten Monaten zusammengesessen, hatten über ihre Freuden genauso gesprochen wie über ihre Sorgen, hatten gelacht und getrauert und noch so vieles mehr. Es war, als hätten sie ihr ganzes Leben nur aufeinander gewartet, um sich gegenseitig darin zu bestärken, nach all dem erlittenen Leid endlich wieder glücklich zu sein.

Gottes Wege waren unergründlich, das war Enna nur allzu bewusst. Doch was nur hatte er sich dabei gedacht, Aglaia ihres Lebens und sie ihrer Gesellschaft zu berauben? Was nur hatte er sich dabei gedacht, einem unschuldigen Kind, das noch nicht einmal seinen ersten Atemzug getan hatte, sein Leben zu nehmen?

Tag und Nacht trieb Enna die Frage nach dem Warum um, doch hatte sie bislang keine Antwort auf sie bekommen. Gott schwieg. Womöglich, so dachte sie manchmal, hatte er sich nach all der Schuld, die das deutsche Volk in den Kriegstagen auf sich geladen hatte, ja längst von ihnen abgewandt.

»Bitte, Mami, nur dieses eine Mal«, riss Clivia sie aus ihren Gedanken. »Ich verspreche dir auch, dass ich ganz brav bin.« Das Mädchen hob ihre rechte Hand wie zum Schwur.

Enna ging vor ihrer Tochter in die Hocke und nahm ihre Hände in die ihren. »Ach, Clivia, wir haben doch schon so oft darüber gesprochen. Natürlich weiß ich, dass du brav wärest, wenn du mitkämst. Aber darum geht es doch gar nicht.« Sie deutete zur Tür hinaus auf einen unbestimmten Punkt in der Ferne. »In der Stadt wird es immer lauter und dreckiger. Glaub mir, es würde dir gar keinen Spaß machen, dort zu sein.«

»Ist es, weil mich die bösen Männer dann auch tothauen, so wie sie es mit Aglaia gemacht haben?«

Enna zuckte erschrocken zusammen, und fast wäre sie, noch immer in der Hocke verharrend, in einem Anfall plötzlicher Schwäche hintübergekippt. Sie erhob sich schwerfällig, nahm Clivia auf den Arm und räusperte sich, bevor sie mit bemüht fester Stimme fragte: »Aber wer sagt denn nur so was, mein Schatz?«

»Ich habe gehört, wie Onkel Ubbo das zu Alexej gesagt hat.«

Enna runzelte die Stirn. »Wann war denn das?«

»Als Onkel Ubbo aus der Stadt zurückkam und aufs Gesicht gefallen war.« Sie warf den Kopf in den Nacken und lachte. »Ist es nicht komisch, dass ein so großer Mann wie Onkel Ubbo einfach so aufs Gesicht fällt?«

»Ja, das ist es wohl«, bestätigte Enna abwesend. »Und was genau hat er zu Alexej gesagt?«

»Dass mich keiner mehr in die Stadt mitnehmen soll, weil sie mich dann auch tothauen.« Clivia deutete auf den Treppenabsatz im ersten Geschoss. »Ich stand da oben und habe es gehört.« Sie sah ihre Mutter aus großen, angstvollen Augen an. »Aber das stimmt doch nicht, oder, Mami? Die Männer hauen doch keine Kinder tot. Niemand haut Kinder tot.« Sie sagte es mit einer solchen Inbrunst, dass Enna unvermittelt Tränen in die Augen schossen. Was war nur aus dieser Welt geworden, dass selbst Kinder um ihr Leben fürchten mussten, nur weil erwachsene Menschen sich nicht in der Lage sahen, Meinungsverschiedenheiten friedlich auszutragen?

»Ach, Clivia, ich … Nein.« Enna schüttelte entschieden den Kopf. »Nein, natürlich machen die das nicht. Bestimmt hat Onkel Ubbo es gar nicht so gemeint, wie du es verstanden hast. Manchmal ist es so, dass man Menschen falsch versteht.« Sie wusste nicht, was sie sonst darauf hätte erwidern sollen. Weder wollte sie Clivia Angst machen noch ihr indirekt zu verstehen geben, dass Ubbo gelogen hatte.

Andererseits hatte man in der letzten Zeit oft davon gehört, dass die Völkischen selbst vor Kindern nicht haltmachten, wenn es darum ging, Menschen, die ihnen nicht passten, mittels übelster Parolen und unter Anwendung von Gewalt von der Straße zu vertreiben. Und zu denen gehörte Clivia mit ihrem Aussehen allemal, was man ihr nicht zuletzt auf dem Jahrmarkt deutlich zu verstehen gegeben hatte. Also galt es, sie vor diesen Ungeheuern zu beschützen, koste es, was es wolle.

Verdammt, fluchte Enna innerlich, *hätte mein Bruder nicht wenigstens so lange den Mund halten können, wie er hier in der Diele stand?!* Schlimm genug, dass Clivia Ubbos zerschundenes Gesicht überhaupt hatte sehen müssen. Natürlich war er nicht gefallen, sondern hatte sich mal wieder mit den Braunhemden geprügelt, wie es in der letzten Zeit ständig vorkam. Beinahe täglich trafen nun auch in den ostfriesischen Städten Rechte und Linke aufeinander, und die einst eher harmlosen Kundgebungen waren längst zu Straßenkämpfen mutiert, bei denen es auf beiden Seiten regelmäßig Tote und Verletzte zu beklagen gab. Erst gestern hatten sie einen jungen Kommunisten mit nicht mehr einem heilen Knochen im Leib zu dessen Eltern tragen müssen, nachdem sich eine Meute Völkischer über ihn hergemacht hatte.

Enna wusste nicht mehr zu sagen, wie oft sie ihren Bruder ermahnt hatte, sich um seiner Frau und seiner Kinder willen aus den Auseinandersetzungen herauszuhalten. Angesichts der letzten Kommunalwahlen aber, bei denen es dem Völkischen Block gelungen war, mehrere Sitze im Stadtparlament zu ergattern, sah er sich dazu aufgefordert, für die Zukunft Schlimmeres zu verhindern. »Es ist genau wegen meiner und deiner Kinder, dass ich das mache«, hatte er gebrummt. »Nie und nimmer dürfen sie in einer Welt aufwachsen, in der die braune Brut das Sagen hat und manche Menschen angeblich mehr wert sind als die anderen. Nie und nimmer, Enna, hörst du?«

Und so zog er, unter der Fahne der Sozialdemokraten, nach getaner Arbeit beinahe an jedem Abend aus, um, wie er es nannte, für klare Verhältnisse zu sorgen. Er stellte sich dabei bewusst gegen die meisten seiner Zunft, denn eine Vielzahl der ostfriesischen Landwirte sowie ein überdurchschnittlich großer Anteil anderer Berufsgruppen waren längst den rechten Parolen aufgesessen, gemäß derer das internationale Judentum und die Kommunisten die gefährlichsten aller Reichsfeinde seien.

Nicht selten wurde Ubbo von Sergej zu den Aufmärschen begleitet, der sich geschworen hatte, den Tod seiner Schwägerin zu rächen, auch wenn er mit diesem Ansinnen bei seinem Bruder Alexej, der Konflikte lieber auf diplomatischem Wege löste, auf wenig Verständnis stieß. »Es ist schon genug Blut vergossen worden«, pflegte Alexej zu sagen, »wir sollten endlich zur Vernunft kommen.« Die Sorge um seinen Bruder war ihm dabei anzusehen, doch leider vermochte er gegen dessen unbedingten Kampfeswillen nichts auszurichten.

»Ich habe ein paar Behördengänge zu erledigen«, sagte Enna nun. Sie ließ ihre Tochter vom Arm und strich ihr über die dunklen Locken, die dem Mädchen inzwischen fast bis zur Taille reichten. »Das wäre für dich furchtbar langweilig.«

Clivia zog einen Schmollmund, doch wurde ihr Gesichtsausdruck schon gleich darauf wieder fröhlich. »Und wenn du wiederkommst, dann spielen wir was zusammen, oder?«

Enna versetzte ihr einen spielerischen Nasenstüber. »Das machen wir, versprochen.«

Clivia deutete nach draußen. »Mit Valja und Dania zu spielen, macht gar keinen Spaß mehr. Dabei war es doch früher immer so lustig mit ihnen.«

»Gib ihnen Zeit«, sagte Enna sanft. »Du wirst sehen, dass sie bald wieder fröhlicher sind.«

Das zumindest hoffte sie für die beiden und auch für Clivia, die sich so gern in der Stadt aufgehalten und alles bestaunt hatte, nun jedoch auf eine andere Form der Aufmunterung angewiesen war. Unter der erzwungenen Isolation würde auch sie womöglich noch dem Trübsinn verfallen, wenn die selbst ernannten Revolutionäre beider politischen Spektren nicht bald zur Besinnung kamen und Valja und Dania weiterhin in ihrer Trauer versanken.

* * *

Eigentlich hatte Jean-Pierre sich fest vorgenommen, nie wieder nach Ostfriesland zu fahren, nachdem Enna ihm im November unmissverständlich zu verstehen gegeben hatte, dass sie ihn nicht mehr zu sehen wünsche. Seinen Kommandanten hatte er nach seinem missglückten Treffen mit Enna unter Angabe persönlicher Gründe gebeten, nach Belgien zurückkehren zu dürfen, um in Duisburg nicht immer wieder an die guten Zeiten erinnert zu werden, die Enna und er hier miteinander verlebt hatten. Zwar hatte sein Kommandant ihm diesen Wunsch nicht erfüllt, doch immerhin war man darin übereingekommen, dass er seinen Dienst zukünftig in Kleve statt in Duisburg verrichten dürfte. Also hatte er die letzten Monate dort verbracht und versucht, Enna zu vergessen. So wie er nun schon seit mehr als sechs Jahren versuchte, sie zu vergessen. Leider war es ihm auch diesmal nicht gelungen. Vielmehr schienen seine Gefühle für sie mit jedem Tag, an dem er nicht bei ihr sein konnte, noch stärker zu werden. Und mit ihnen sein Leid.

»Gib nicht auf!«, hatte ein Freund ihn beschworen, wenn er mal wieder, dumpf vor sich hin brütend, einfach nur dagesessen hatte. »Wenn dir dein Gefühl sagt, dass ihr zusammengehört, dann kämpfe um sie. Das Leben ist zu kurz, um die Tage, die einem geschenkt werden, entfernt von dem Menschen zu verbringen, den man am meisten liebt. Das hat uns spätestens dieser verdammte Krieg gezeigt, aus dem so viele Männer, die auch einfach nur glücklich sein wollten, nicht mehr zu ihren Liebsten heimkehren konnten.« Mit einem Augenzwinkern hatte er hinzugefügt: »Das gilt selbst, wenn es sich bei dem Menschen, den man liebt, unverständlicherweise um eine *boche* handelt. Aber man kann sich's eben nicht immer aussuchen.«

Jean-Pierre starrte aus dem mit Tropfen behangenen Fenster des Cafés hinaus in den stürmischen und regnerischen Märztag.

Es tummelten sich nicht viele Menschen auf dem Auricher Marktplatz, lediglich ein paar hasteten, die Kragen ihrer Mäntel hochgestellt und sich den Hut auf den Kopf pressend, von einem Geschäft zum nächsten. Unter einem Torbogen stand, umgeben von einer Schar pickender Tauben, ein Drehorgelspieler und drehte unerschütterlich an seiner Kurbel, obwohl ihm kaum jemand Beachtung schenkte und seine Einnahmen am Ende des Tages vermutlich nicht einmal für den Kauf einer Mahlzeit reichen würden.

»Darf es noch ein Kaffee sein, der Herr?«, sprach ihn mit einem verführerischen Augenaufschlag die Bedienung an, eine pausbäckige junge Frau, die ihn bereits unverblümt angeschmachtet hatte, als er vor rund einer Stunde das Café betrat. Er hatte ihre Avancen eher gleichgültig zur Kenntnis genommen, wusste er doch um die Wirkung, die er auf Frauen hatte. Sicherlich wäre es ihm ein Leichtes gewesen, diese nicht unattraktive Brünette für sich zu gewinnen und sie zu einer gemeinsamen Nacht zu überreden. Nicht ausgeschlossen auch, dass er genau das in seiner Heimat oder in Kleve getan hätte. Hier in Aurich aber, wo er Enna nahe war, erlosch sein Interesse an einem schnellen Abenteuer so schnell, wie es in ihm aufflammte. Dabei war diese Kellnerin nicht einmal vor seinem französischen Akzent zurückgeschreckt, wie er es in Deutschland sonst nicht selten erlebte. Aus unerfindlichem Grund schien der die Frau sogar noch anzustacheln. Gut möglich, dachte er, dass ihre Familie in dem großen Krieg keinen Verlust zu beklagen gehabt hatte, an dem sie nun den Alliierten die Schuld zuschrieb. Oder aber sie war so verzweifelt auf der Suche nach einem Mann, dass es ihr völlig gleichgültig war, woher er kam. Schließlich herrschte in allen europäischen Ländern, deren Soldaten in den Krieg hatten ziehen müssen, ein akuter Mangel an Männern im heiratsfähigen Alter, und so manche Frau musste sich viel Mühe geben, damit sie noch einen Ernährer abbekam.

»Ja. Ja, bitte, noch einen Kaffee«, sagte er nun, wobei er es vermied zu lächeln, um ihr keine Hoffnung zu machen.

Jean-Pierre hätte sich gewünscht, dass der Drang, unbedingt noch einen Mann zu ergattern, auch auf Enna zuträfe, doch war die ja leider schon vergeben – und dies an einen recht stattlichen Mann, wie er sich wider Willen eingestehen musste, nachdem er ihm in der Villa begegnet war. *Es wird Zeit, dass ich nach den Kindern sehe*, hallten Ennas Worte noch immer in seinem Kopf nach, und sie schmerzten heute nicht minder, als es im November der Fall gewesen war. Wie viele Kinder mochte sie haben? Und in welchem Alter? Bislang hatte er sich kaum getraut, irgendwen nach Ennas Lebensumständen zu befragen, fürchtete er doch, dass er sich von der Wahrheit nicht erholen würde. Hinzu kam, dass die meisten Deutschen sowieso nicht bereit waren, ihm, dem Feind, auf seine Fragen zu antworten, denn dafür hatte sich ihr Misstrauen spätestens seit dem Krieg viel zu tief in ihre Seele eingebrannt.

»Darf es auch ein Stück Apfelkuchen sein, der Herr?«, legte sich die Kellnerin weiter ins Zeug, während sie sich wie unbeabsichtigt vorbeugte, um einen winzigen Schnipsel Papier vom Boden aufzulesen, und ihm dabei einen Einblick in ihr gut ausgefülltes Dekolleté gewährte.

»Ja, gut. Warum nicht?« Genau genommen hatte er zu gar nichts eine Meinung, nicht einmal zu diesem prachtvollen Dekolleté, war doch die einzig interessante Frage, die er sich stellte, die, wie er mit Enna weiter verfahren sollte. Solange er noch in Kleve stationiert sein würde, blieb ihm wenigstens die Hoffnung, auf irgendeinem Wege doch noch zu ihr zurückzufinden. Inzwischen aber war absehbar, dass sich die Truppen der Besatzungsmächte auch aus den letzten bislang noch nicht geräumten Gebieten im Rheinland zurückziehen würden. Spätestens im Sommer würde es so weit sein. War er aber erst einmal wieder zurück in Belgien und ging einer geregelten

Arbeit nach, würde es ungleich schwerer werden, Enna zu besuchen. Also musste er jetzt tätig werden, wenn er ihr nicht für den Rest seiner Tage nachtrauern wollte. Doch wie, um alles in der Welt, sollte er sie nach allem, was er ihr angetan hatte, und nach der unmissverständlichen Abfuhr, die sie ihm erteilt hatte, überhaupt noch für sich gewinnen?

Um das herauszufinden, wäre zweifelsohne ein weiterer Besuch bei ihr vonnöten. Noch jedoch hatte er aus lauter Angst vor einer weiteren Zurückweisung nicht den Mut gefunden, sie erneut in ihrer Villa aufzusuchen. Dabei hätte er ihr so viel zu erklären. Zum Beispiel, dass er sich in seinem kleinen belgischen Dorf um seine Mutter hatte kümmern müssen, die von der Spanischen Grippe schwere gesundheitliche Schäden zurückbehalten hatte und sich ohne ihren Mann, der im Krieg geblieben war, und ohne ihre verheirateten Töchter, die weit entfernt an der Küste lebten, nicht zu helfen wusste. Er hatte seiner Mutter sogar vorgeschlagen, dass er Enna mitbringen könne, da die sich in der Pflege kranker Menschen auskenne. Als die Mutter jedoch gewahr wurde, dass es sich bei Enna um eine Deutsche handelte, hatte sie trotz ihrer Schwäche mit wüsten Beschimpfungen nicht gespart und ihn einen Verräter geschimpft, der sich beim Feind anbiedere. »*Jamais*, Jean-Pierre!«, hatte sie ihn außer sich vor Wut angebrüllt. »Niemals! Niemals werde ich in meinem Haus eine *boche* willkommen heißen! Und ich weiß wirklich nicht, wie du dich mit so einer abgeben kannst nach allem, was sie deinem Vater, ja, was die *boches* unserem ganzen Volk angetan haben! Lieber würde ich sterben, als mich dieser Teufelsbrut auszuliefern, das kann ich dir sagen!«

Sämtliche Beschwichtigungsversuche und die Erklärung, dass er Enna durch ihre Fürsorge im Lazarett letztlich sein Leben zu verdanken habe, hatten nicht gefruchtet, und so war ihm nichts anderes übrig geblieben, als allein den Weg nach Hause anzutreten.

Sein größter Fehler aber war es gewesen, Enna nichts von der Ablehnung seiner Mutter zu erzählen, sondern ihr lediglich zu sagen, dass er familiäre Verpflichtungen habe. Es war ihm unangenehm gewesen, sich einer Aufgabe zu widmen, für die gemeinhin Frauen zuständig waren. Womöglich, so seine Befürchtung, hätte sie ihn dann für einen Schwächling gehalten. Erst viel später, als Enna seine Briefe unbeantwortet ließ, war ihm aufgegangen, dass sie fälschlicherweise hatte annehmen müssen, er habe eine Frau und womöglich sogar Kinder zu versorgen. Danach gefragt hatte sie ihn jedoch nicht. Stattdessen war da nur dieser unendlich traurige und enttäuschte Blick auf ihrem Gesicht gewesen, als sie ihn nach einer letzten Nacht voller Liebe ohne ein Wort verließ.

Dies war der Moment gewesen, in dem sein Herz in tausend Stücke zersprang.

Um sich von Enna abzulenken, hatte Jean-Pierre in den fünf Jahren, in denen er sich um seine Mutter kümmerte, mit diversen Frauen angebändelt, immer auf der Suche nach dem, was er mit Enna verloren hatte. Keine dieser Frauen aber hatte seiner großen Liebe auch nur annähernd das Wasser reichen können, und so war es stets nur ein kurzes Vergnügen gewesen. Nach dem Tod seiner Mutter war dann in ihm die Idee gereift, in seiner Funktion als Offizier der belgischen Armee nach Deutschland zurückzukehren, in der Hoffnung, er würde dadurch die Möglichkeit bekommen, Enna wiederzufinden. Karls Auskunft aber, dass Enna zwischenzeitlich geheiratet habe, hatte ihn aller Hoffnung beraubt, und es hatte nahezu ein Jahr gedauert, bis er für sich beschlossen hatte, dass das Leid ein Ende haben müsse.

Mit der abweisenden Reaktion Ennas jedoch hatte er wider alle Vernunft nicht gerechnet, und er fragte sich, wie er jemals so naiv hatte sein können zu erwarten, dass sie ihn mit offenen Armen empfangen würde, wenn er erneut in ihr Leben trat. Schließlich war sie verheiratet, hatte eine glänzende Partie gemacht. Warum also sollte sie ausgerechnet für ihn, der sie nach allem, was sie miteinander ausgestanden und geteilt hatten, so schmählich und feige abwies, noch einen Platz in ihrem Herzen freihalten?

Jean-Pierre stöhnte auf, als ihm hier im Café aufging, dass er es wohl für immer verbockt hatte. Es war eine Erkenntnis, die ihm für einen Moment den Boden unter den Füßen wegzog.

»Geht es Ihnen gut?«, fragte die Kellnerin besorgt. Sie stellte Kaffee und Kuchen vor ihm ab.

»*Oui.* Ja, danke, es …« Jean-Pierres Herz setzte für einen Schlag aus, als er seinen Blick durchs Fenster nach draußen richtete, und für einen Moment glaubte er, einer Halluzination aufgesessen zu sein. Oder war es ein Zeichen Gottes? »Enna?!«, krächzte er.

»Geht es Ihnen wirklich gut? Sie sind ja plötzlich ganz blass.«

Jean-Pierre, kaum noch in der Lage, einen klaren Gedanken zu fassen, sprang von seinem Stuhl auf und hastete in Richtung Tür.

»Aber, der Herr, Sie können doch nicht gehen, ohne zu bezahlen!«, hörte er die ebenso empörte wie enttäuschte Stimme der Kellnerin hinter sich.

»*Pardon.*« Er kramte ein paar Münzen aus seiner Hosentasche und warf sie achtlos auf einen der nicht besetzten Tische, wobei einige von ihnen klimpernd auf dem gefliesten Boden zum Liegen kamen.

»Aber das ist doch viel zu viel!«

Ohne seinen Mantel auch nur halbwegs zugeknöpft zu haben, rannte Jean-Pierre in Regen und Sturm hinaus. Ganz sicher blieb ihm keine Zeit für irgendwelches Wechselgeld, wenn sich ihm das Schicksal wohlgesinnt zeigte und keine hundert Meter entfernt seine große Liebe, den Körper gegen den Wind gestemmt, auf die Werkstatt eines Schmieds zulief. »Enna?!«, rief er gegen das Brausen des Sturms und das Klatschen des Regens an. »Enna, bitte, bleib stehen!«

Innerhalb kürzester Zeit war er, immer noch mit offenem Mantel rennend, bis auf die Haut durchnässt; selbst aus seinen blank polierten Schuhen schwappte mit jedem Schritt das Wasser. Es war, als hätte der Himmel seine Schleusen für eine weitere Sintflut geöffnet, um die Menschheit hinwegzuspülen.

Als ihn nur noch wenige Meter von der Frau trennten, rief er erneut: »Enna, bitte warte!« Mit drei weiteren Schritten war er bei ihr und fasste sie an der Schulter, woraufhin sie herumwirbelte und ihn überrascht ansah.

»Sie sind nicht Enna«, keuchte Jean-Pierre völlig außer Atem, wobei er seine Enttäuschung nicht verbergen konnte. »Bitte … verzeihen Sie. Es war nicht meine Absicht, mich aufzudrängen.«

* * *

Wiebeke wusste nicht zu sagen, welcher Teufel sie letztlich geritten hatte, den Belgier mit zu sich auf den Hof zu nehmen; aber als sie ihn jetzt zur Tür hereinbat, war es ihr auch egal, denn nun gab es ohnehin kein Zurück mehr. Vielleicht, so dachte sie, war es der erbärmliche Zustand gewesen, in dem er sich befand, durchnässt und so sehr frierend, dass er mit den Zähnen klapperte. Sofort war ihr klar geworden, dass er sich eine schwere Erkältung oder Schlimmeres zuziehen würde, wenn er nicht rasch ins Trockene kam. Was nicht minder für sie selbst galt, nachdem sie, völlig perplex angesichts des unerwarteten Wiedersehens, seinetwegen viel zu lange im peitschenden Regen ausgeharrt hatte.

Tatsache war jedoch, dass sie ihren Besuch beim Schmied auf später verschoben und Sergej, der unweit des Marktplatzes mit dem Automobil auf sie wartete, angewiesen hatte, sie schnellstmöglich nach Hause zu fahren. Jean-Pierre hatte keinen Widerspruch eingelegt, zu sehr schien er in seiner Enttäuschung gefangen, dass es nicht Enna, sondern deren Schwester war, für die er durch Regen und Sturm gespurtet war und sich zum Narren gemacht hatte. Fast schien ihm seither egal zu sein, was mit ihm geschah.

Sie schmunzelte, als sie an ihr Aufeinandertreffen zurückdachte. »Jean-Pierre«, hatte sie überrascht gerufen, nachdem sie sich zu ihm umgewandt hatte, und dann kecker, als ihr zumute war, hinzugefügt: »Haben Sie es sich zur Gewohnheit gemacht, immer und überall in einem solch erbärmlichen Zustand aufzutauchen?«

Ihm aber war sichtlich nicht nach Spaß zumute gewesen. Stattdessen hatte er erneut eine Entschuldigung gemurmelt. »Ich … habe Sie wohl verwechselt mit Ihrer Schwester. Tut mir leid.«

»Bleibt ja in der Familie«, hatte Wiebeke gewitzelt, denn die Situation war ihr plötzlich so absurd vorgekommen, dass sie gar nicht anders konnte, als sich zu amüsieren. Bereits im nächsten Moment hatte sie, ohne lange darüber nachzudenken, den kühnen Plan gefasst, Jean-Pierre auf den heimischen Hof zu bringen. Vielleicht, weil er ihr leidtat, nachdem Enna ihr unlängst berichtet hatte, dass es für sie beide keine Zukunft geben konnte. Denn hatte er nicht einigen Mut aufbringen müssen, um nach so langer Zeit und allem, was gewesen war, in der Adena'schen Villa vorzusprechen? Und war er nicht schon gestraft genug dadurch, dass seine Angebetete ihn wie einen räudigen Hund zurück auf die Straße gejagt hatte? Und das noch dazu, ohne ihm von seiner Tochter erzählt zu haben.

Vielleicht aber war Wiebeke auch einfach nur neugierig gewesen, diesen Mann kennenzulernen, um herauszufinden, was genau Enna an ihm gefunden haben mochte, dass sie sogar das Risiko auf sich nahm, von ihren Landsleuten als Verräterin und Feindeshure verleumdet zu werden. Zudem – und das musste sie zugeben – hatte sie sich auf Nienkes Reaktion gefreut, wenn sie ihr Jean-Pierre so mir nichts, dir nichts präsentierte, nachdem ihre Schwägerin erst vor wenigen Wochen bedauert hatte, Clivias Vater wohl niemals zu Gesicht zu bekommen.

Ausschlaggebend für ihre Entscheidung aber war letztlich wohl gewesen, dass sie ihren Vater sowie ihren Bruder Ubbo auf einer Tierauktion wusste, von der sie erst am späten Abend zurückkehren würden. Ganz sicher nämlich hätte Wiebeke niemals riskiert, dass Jean-Pierre ihrem Vater begegnete, der jedem einzelnen Soldaten der Alliierten die Schuld am Tod seiner beiden Söhne gab und der womöglich nicht gezögert hätte, nach seinem Jagdgewehr zu greifen, um dem belgischen Offizier, der die Unverfrorenheit besessen hatte, seine Tochter zu schwängern und sitzen zu lassen, ein für alle Mal den Garaus zu machen.

Lediglich Sergej und die beiden Knechte waren noch auf dem Hof, um die anfallenden Arbeiten zu verrichten, aber Letztere würden den Stall bis zum Abendessen nicht verlassen, und Sergej wusste sowieso stets an der richtigen Stelle den Mund zu halten.

»Nienke«, sagte Wiebeke, als sie nun, gefolgt von Jean-Pierre, zur Küche hineinging, »ich habe einen Gast mitgebracht.«

Ihre Schwägerin, die gerade ihren Jüngsten zum Schlafen in die Wiege legte, während die Zwillinge auf einer Decke saßen und zufrieden mit Bauklötzen spielten, schaute auf. Verdutzt blieb ihr Blick an Jean-Pierre hängen, der eine Verbeugung andeutete. »*Enchanté, Madame.*«

Es brauchte nicht mehr als diese zwei Worte, und Nienke hatte verstanden. Auf ihr Gesicht schlich sich ein

Ausdruck höchsten Erstaunens, doch gewann ihr gewohnter Pragmatismus die Oberhand, als sie ausrief: »Aber ihr holt euch ja den Tod! Nun mal rasch raus aus dem nassen Zeug!« Sie winkte Jean-Pierre, ihr zu folgen. »Kommen Sie, ich gebe Ihnen Kleidung von meinem Mann. Sie wird vermutlich ein wenig zu groß sein, aber immerhin ist sie trocken.« Auf dem Weg aus der Küche warf sie Wiebeke einen Blick zu, in dem mindestens ein Dutzend Fragezeichen standen. Die aber beeilte sich nun ebenfalls, sich ihrer nassen Kleidung zu entledigen.

Nur wenig später saßen sie zu dritt am Küchentisch, jeder einen Becher Tee und eine dick mit Schinken belegte Scheibe Brot vor sich, und es war nicht auszumachen, wem von ihnen die Situation am unangenehmsten war. Ludmilla kam herein und nahm sich auf einen Wink von Nienke hin der Zwillinge an.

Wiebeke nutzte die willkommene Pause – in der alle drei so taten, als gäbe es nichts Wichtigeres auf der Welt, als an einem Schinkenbrot zu kauen –, um Jean-Pierre genauer in Augenschein zu nehmen. Mit seinen dunklen Locken, den tiefschwarzen Augen, die denen von Clivia sehr ähnlich waren, und den markanten Gesichtszügen war er ein ungemein attraktiver Mann. Zudem hatte er einen gut gebauten Körper mit kräftigen, von Schwielen überzogenen Händen, denen schwere Arbeit nicht fremd zu sein schien. In der einfachen Kleidung eines Arbeiters machte er sich genauso gut wie in dem schnieken Anzug, in dem sie ihn in Ennas Villa gesehen hatte. Sie fragte sich, ob es nicht mehr üblich war, dass Offiziere sich stets in Uniform zeigten. Womöglich aber hatte Jean-Pierre auch einfach nur verstanden, dass es nicht klug wäre, sich in Ostfriesland als ein Soldat der Alliierten zu erkennen zu geben.

»Es ist sehr freundlich, dass Sie empfangen mich hier«, sagte Jean-Pierre in die angespannte Stille hinein. Ein missglücktes Lächeln erschien auf seinem Gesicht. »Und ganz sicher ist es mehr, als ausgerechnet ich konnte erwarten.« Als Wiebeke und Nienke schwiegen, fügte er hinzu: »Glauben Sie mir bitte, ich nie wollte Enna wehtun. *Malheureusement* … Leider sie hat mir nicht gegeben Gelegenheit für Erklärung.«

»Und das wundert Sie?«, fragte Nienke frei heraus.

Um Jean-Pierres Mundwinkel zuckte es, und er schüttelte langsam den Kopf. »*Non.* Nein, es wundert mich nicht. Ich finde es nur … *oui*, bedauerlich.« Tiefe Traurigkeit erfüllte seinen Blick. »Aber ich wusste natürlich, dass sie ist verheiratet. Karl es mir hat gesagt.« Er schaute sie beide an. »Sie kennen Karl?«

»Nur von ihm gehört«, murmelte Wiebeke.

»Nun ja. Es kann mich nicht verwundern, dass sie mich abwies. Dennoch ist es«, er legte die rechte Hand auf sein Herz, »*si douloureux*. So schmerzhaft.«

Wiebeke und Nienke verständigten sich mit einem schnellen Blick, der besagte, dass sie weder dieses noch das Geheimnis um Clivia lüften würden. Es stand ihnen nicht zu, auch wenn es ihnen noch so sehr unter den Nägeln brannte, es ihm zu erzählen.

»Darf ich fragen, warum Sie dennoch erneut nach Ostfriesland zurückgekommen sind?«, erkundigte sich Nienke. »Ich nehme doch an, dass es nicht aus … äh … beruflichen Gründen ist.«

Jean-Pierre nippte gedankenverloren an seinem Tee, bevor er antwortete: »Ich mich habe angestrengt in all den Jahren, Enna zu vergessen, *mais* … es mir nicht gelungen. Ich weiß, dass es nicht richtig ist. Aber was ich kann dagegen tun? Gefühle sind, wie sie sind, *n'est-ce pas*? Ich mir hatte vorgenommen, noch einmal zu sprechen mit ihr. Aber ich habe nicht gefunden den Mut.«

Wiebeke wurde es bei diesen Worten ganz schwer ums Herz. Sie dachte an den Sohn eines benachbarten Bauern, zu dem sie sich seit einiger Zeit sehr hingezogen fühlte. Es wäre ihr unerträglich erschienen, wenn man ihr gesagt hätte, dass es ihr zukünftig verboten sei, sich mit ihm zu treffen. Und Nienke war anzusehen, dass sie in Bezug auf Ubbo gerade Ähnliches dachte. Was nur war das mit der Liebe, dass sie einen nicht nur in höchstes Glück, sondern auch in tiefstes Leid zu katapultieren vermochte?

Und noch etwas verstand Wiebeke plötzlich: dass es der Liebe völlig egal war, woher ein Mensch kam oder wohin er ging, ob er Deutscher war, Franzose oder Belgier. Wo auch immer sie ihren Samen säte, spielte es keine Rolle, ob man sich gerade im Krieg miteinander befand oder sonstige Animositäten hegte, denn sie war mächtiger als jeder Hass und jedes Leid – wenn auch viel zu selten in der Lage, diese zu besiegen.

In diesem berührenden Moment wünschte Wiebeke nicht nur ihrer Schwester Enna, sondern auch diesem Belgier nichts mehr, als dass sie ihr Glück finden und gemeinsam mit Clivia und Gerke endlich eine richtige Familie sein würden.

»Darf ich fragen, was genau der Grund war, dass Sie Enna mit Ende des Krieges verlassen haben?«, wagte sich Wiebeke auf gefährliches Terrain vor. Als Jean-Pierre sie daraufhin mit hochgezogenen Brauen skeptisch musterte, hob sie entschuldigend die Hand. »Pure Neugier. Bitte entschuldigen Sie. Natürlich geht es uns nichts an.« Wie gern hätte sie ihm erläutert, dass es ihr einzig darum ging, Enna gegenüber für ihn Partei ergreifen zu können, sollte sich seine Erklärung als brauchbar herausstellen! Andererseits: Sollte sich Ennas Befürchtung bewahrheiten, dass er zu Hause Frau und Kinder hatte und für sie lediglich die Rolle seiner Mätresse vorsah, würde Wiebeke ihn unumwunden des Hofes verweisen und ihm klarmachen, dass es keine gute Idee wäre, sich hier jemals wieder blicken zu lassen.

Selbstverständlich konnte sie dies unmöglich in dieser Art ausdrücken, wollte sie nicht riskieren, dass ihr auf sein zu erwartendes Nachfragen hin doch noch die ganze Wahrheit herausrutschte.

»Ich musste mich kümmern um meine Mutter«, erklärte Jean-Pierre zu ihrer Überraschung. »Das Fieber sie hatte geschwächt, und außer mir es gab niemanden, der diese Aufgabe kann übernehmen.«

Erneut warfen sich Wiebeke und Nienke, eine so überrascht wie die andere, einen schnellen Blick zu.

»Und jetzt geht es Ihrer Mutter besser?«, erkundigte sich Wiebeke, die sich mit Schaudern an das lange Siechtum ihrer eigenen Mutter erinnert fühlte, die dem Fieber im Nachkriegsjahr letztlich erlegen war.

»Sie ist gestorben.«

»Oh, das tut mir leid«, sagte Wiebeke aufrichtig, und auch Nienke bekundete ihr Mitgefühl.

»Ich nehme an, Ihre Frau hat Sie bei der Pflege unterstützt?«, fragte Nienke, woraufhin Wiebeke Mühe hatte, einen erstaunten Ausruf zu unterdrücken. Manchmal gab sich ihre Schwägerin erschütternd unverfroren.

Auf Jean-Pierres Stirn bildete sich eine steile Falte. »Enna hat gesagt, dass ich bin verheiratet?«

»Nein … äh … nicht direkt«, stammelte Wiebeke. »Genau genommen hat sie sich gar nicht dazu geäußert.«

»Verstehe.« Jean-Pierre seufzte. »Nun, ich nicht bin verheiratet wie sie.« Er lächelte traurig. »*Vous savez* … Enna war immer die einzige Frau, die ich wollte heiraten.« Er warf einen traurigen Blick zum regennassen Fenster, vor dem die Dämmerung heraufzog, dann räusperte er sich. »*Alors*, ich mich mache wohl besser wieder auf den Weg.« Er deutete auf die Kleidung, die er trug. »Wenn Sie erlauben, ich sie würde gern anbehalten. Ich lasse sie morgen reinigen und schicke Kurier, der sie bringt zurück.«

»Sicher. Das klingt nach einem guten Plan«, nickte Wiebeke. »Ich hole jetzt mal Ihre nassen Sachen und sage Sergej Bescheid, dass er Sie in die Stadt zurückfährt.« *Und außerdem*, fügte sie in Gedanken hinzu, *werde ich ihm noch einmal einschärfen, niemandem gegenüber etwas von diesem Besuch zu erwähnen.* Denn es war ganz gewiss nicht an der Zeit, auch den Rest der Familie in Aufruhr zu versetzen.

Noch nicht.

8

Berlin, März 1925

Der Zug fuhr, ohne Unterlass einen schwarzen Rauch aussto-ßend, kreischend und zischend in den Bahnhof Friedrichstraße ein. Es war wahrlich keine angenehme Fahrt gewesen in der Holzklasse, aber Komfortableres hätten sich weder Karl noch Annemarie leisten können. Schlagend und stoßend waren die Waggons über die Weichen gefahren, die Fenster entweder zerbrochen oder klappernd, auf alle Fälle aber so zugig, dass selbst ihre Wollmäntel sie nicht vor dem eiskalten Fahrtwind hatten schützen können. Mit dem Ergebnis, dass Karl jetzt jeder Knochen wehtat und er zudem ein unangenehmes Kratzen im Hals verspürte.

Nach endlos erscheinenden Stunden aber waren sie endlich angekommen, und Karl schnappte sich den Koffer mit den wenigen Habseligkeiten, die Annemarie mit sich führte, vom Gepäcknetz.

Es war ein tränenreicher Abschied gewesen in Duisburg, war es doch für seine kleine Schwester das erste Mal, dass sie getrennt war von allem, was ihr vertraut war. Hin und her hatten sie überlegt, was nun zu tun sei, nachdem Henrike unter

Tränen von dem Plan des Direktors berichtet hatte, sich an ihrer statt nun Annemarie in sein Bett zu holen. Noch immer ballte Karl bei dem Gedanken an diese Nacht die Fäuste in den Taschen. Hätten Elisabeth und Henrike ihn nicht voller Inbrunst beschworen, nicht noch in derselben Nacht zur Villa des Direktors zu fahren – dieser Drecksack würde schon längst nicht mehr auf Erden weilen.

Noch nie in seinem ganzen Leben – nicht einmal zu Zeiten des Krieges und den anschließenden revolutionären Ausschreitungen – hatte Karl eine solche Wut und einen solchen Hass verspürt wie in diesen denkwürdigen Stunden, als seine Emotionen dank Elisabeths plötzlichem Erscheinen ohnehin schon einem schier unerträglichen Auf und Ab ausgesetzt waren. Als Henrike ihnen dann auch noch mittels eines zerknitterten und tränendurchtränkten Ankündigungsblattes offenbarte, wohin sich das Leben seiner Ehefrau Clara entwickelt hatte, waren seinem Zorn so mancher Teller und selbst so manches Möbelstück zum Opfer gefallen.

Mochte Clara ihm auch gestohlen bleiben wie niemand sonst auf der Welt, so konnte er es wohl kaum unbeantwortet lassen, wenn sie sich vor aller Welt zur Franzosenhure machte, denn schließlich war sie immer noch seine Frau. Nicht auszudenken, welch Spott und Häme er würde über sich ergehen lassen müssen, wenn sich das in ihrer Siedlung herumsprach! Von der Schande, die sie über Henrike und ihre Mutter bringen würde, einmal ganz abgesehen.

Kaum dem Zug entstiegen, klammerte sich Annemarie mit ängstlichem, ja beinahe panischem Blick an den Arm ihres Bruders. »Wo kommen denn nur all die Leute her?«, wisperte sie. »Und warum haben sie es so eilig?«

»Es ist die Hauptstadt.« Etwas Besseres fiel Karl, der selbst ganz fasziniert von dem geschäftigen Treiben unter der imposanten, bogenförmigen Bahnhofshalle war, nicht ein. Es war bereits fünf Jahre her, dass er das letzte – und auch das einzige – Mal in Berlin gewesen war, und alles erschien ihm heute noch viel bunter und schriller, als er es in Erinnerung hatte.

»Nun stellen Sie sich das mal vor«, filterte Karl aus dem Stimmengewirr eine männliche Stimme heraus. »Eine Frau, die an Autorennen teilnimmt! Hat man so was schon gehört! Wie empörend! Ich sage Ihnen, dass das alles noch ein schlimmes Ende nimmt, wenn hier nicht endlich mal einer aufräumt!«

Karl grinste. Clärenore Stinnes, eine ebenso selbstbewusste wie unerschrockene Frau, die sich neuerdings in der Welt der atemberaubend schnell dahinrasenden Automobile einen Namen machte, war selbstverständlich auch im Ruhrgebiet in aller Munde, denn schließlich war sie ein direkter Spross des Mülheimer Großindustriellen Hugo Stinnes, der auch selbst immer mal wieder für so manche Überraschung gut war.

Annemarie hielt sich die Ohren zu, als fauchend wie ein Blasebalg ein weiterer Zug in den Bahnhof einfuhr und mit ohrenbetäubend quietschenden Bremsen zum Stehen kam. »Wie schick die Frauen sind!«, schrie sie gegen den Lärm an, sichtlich beeindruckt von der aufgeputzten Weiblichkeit, die es hier zuhauf zu sehen gab. »Ich wusste nicht, dass sich hier alle so außergewöhnlich kleiden wie Elisabeth.«

Elisabeth. Karls Herz begann höherzuschlagen, was er mit einem ärgerlichen Raunzer quittierte. Es irritierte ihn, dass sie, seit sie ihn in seinem bescheidenen Zuhause aufgesucht hatte, sogar mehr Raum in seinen Gedanken einnahm als Enna. Wie mochte es ihr ergehen, wenn sie heute die Villa ihres Vaters aufsuchte? Wie sehr hatte er ihr davon abgeraten, diesem Monster gegenüberzutreten, und sie angefleht, mit ihnen zurück nach Berlin zu fahren! Nicht nur, weil er sich ausnehmend gern in ihrer Gesellschaft aufhielt, sondern vor allem, weil er Angst um sie hatte. Noch nie hatte er ihrem Vater, der nicht einmal davor zurückschreckte, seine eigene Tochter durch eine arrangierte

Heirat ins Unglück zu stürzen, auch nur einen Meter über den Weg getraut. Auch wenn sie selbst sich optimistisch gegeben hatte, so hegte er doch große Zweifel, dass es Elisabeth zum einen gelingen würde, ihren Vater zu besänftigen, und sie ihn zum anderen tatsächlich davon abbringen würde, sich Annemarie zur Gespielin zu machen.

»Sieh mal, Karl, wie unendlich traurig dieser Mann aussieht.« Annemarie, deren Neugier langsam Überhand über ihre Furcht zu gewinnen schien, deutete auf eine ausgemergelte, graugesichtige Gestalt mit nur einem Bein, die, den leeren Blick ins Nirgendwo gerichtet, unter einem der Stahlträger saß und den schwatzenden Vorbeieilenden eine abgewetzte Mütze entgegenstreckte. Die Passanten aber bedachten ihn zumeist mit schweigender Missbilligung – wenn sie ihn denn überhaupt beachteten.

Karl, ganz betäubt von dem Trubel und dennoch hellwach, hielt seine Schwester fest an der Hand, während sie sich ihren Weg vorbei an findigen Händlern, schwindsüchtigen Elendsgestalten und grell geschminkten Dirnen bahnten, die in und vor der Bahnhofshalle ihre Waren feilboten: Hosenträger ebenso wie Zigarren, Seidenstrümpfe und geschliffene Parfümfläschchen – oder auch sich selbst.

Vor dem Bahnhof warteten Droschken und Pferdekutschen auf Kundschaft, was Annemarie sogleich einen entzückten Aufschrei entlockte. »Oh, bitte, Karl, können wir uns mit solch einem Gefährt zu deinem Freund bringen lassen?! Bitte!«

»Tut mir leid, Annemarie, aber das können wir uns nun wirklich nicht leisten«, erwiderte Karl bedauernd. Auf ihre Enttäuschung hin sagte er rasch: »Aber ich denke, dass eine Fahrt mit der Elektrischen durchaus drin ist. Drin sein muss«, korrigierte er sich, während er sich mit einem Griff in die Hosentasche vergewisserte, dass die Münzen, die er am Morgen hineingesteckte hatte, noch da waren. Noch immer stiegen

Scham und Empörung in ihm hoch, wenn er an den Moment zurückdachte, als Elisabeth ihm ein paar Geldscheine für die Reise hatte zustecken wollen. So weit kam es noch, dass er, Karl Kembrowski, sich von einer Frau aushalten ließ!

»Was ist das?«, fragte Annemarie Minuten später, als sie, in der ruckelnden Elektrischen stehend, in langsamem Tempo den Potsdamer Platz passierten. Sie deutete auf eine fünfseitige Konstruktion auf Stahlsäulen, auf dessen überdachter Kanzel ein Verkehrspolizist stand und anscheinend, je nach Verkehrsfluss, Lichtsignale steuerte.

»Es sieht so aus, als wäre es ein elektrisches Lichtsignal«, antwortete Karl nach einer längeren Pause. »Sieh mal, Annemarie, wenn für die Richtung, aus der man sich dem Turm nähert, das Licht rot aufleuchtet, bleiben die Automobile stehen, leuchtet es grün, fahren sie weiter.« Er fand diese Konstruktion faszinierend, und an diesem viel frequentierten Knotenpunkt, an dem sich unzählige Automobile, Straßenbahnen, Motorräder, Fahrräder und Fußgänger tummelten, sicherlich von Wert. Doch konnte er sich nicht vorstellen, dass eine solche Anlage jemals auch an anderen Orten von Relevanz sein würde.

Als sie schließlich aus der Elektrischen ausstiegen, wich das Blau des Himmels bereits einem fahlen Grau. Karl kramte erneut nach dem Zettel, auf den Elisabeth Jannos Adresse gekritzelt hatte. Leider hatten sie Ennas Bruder nicht über ihr Kommen informieren können, gab es doch in ihrer Zechensiedlung noch keinen Telefonanschluss, und für einen Brief hätte die Zeit nicht gereicht. Elisabeth war sich aber sicher gewesen, dass Janno und seine Freunde sie mit offenen Armen aufnehmen würden, wenn sie erfuhren, welche Umstände sie in die Hauptstadt getrieben hatten. Karl hatte zustimmend genickt, hatte er sich doch schon vor fünf Jahren bei diesen Menschen willkommen gefühlt.

Er schaute sich in alle Richtungen um, dann deutete er eine Straße hinab. »Dort entlang«, sagte er. »Nicht mehr weit, und wir haben unser Ziel erreicht.«

* * *

Jacob Semmering saß da wie ein gebrochener Mann. Noch weigerte sich Jannos Verstand, das ganze Ausmaß der wirtschaftlichen, vor allem aber der persönlichen Tragödie zu fassen, von der ihn sein Geschäftsfreund soeben in Kenntnis gesetzt hatte, und doch war es wohl unwiederbringlich wahr: In Zukunft würde es weder in Berlin noch sonst nirgendwo in Deutschland noch einen Lieferdienst Semmering geben.

»Du wirst sehen«, sagte der Geschäftsmann mit leiser Stimme, »dass das, was wir durchmachen müssen, erst der Anfang ist. Die Stimmung in Deutschland verschlechtert sich mit jedem Tag, die Nationalisten sprießen wie Pilze aus dem Boden. Für uns Juden ist da kein Platz mehr. Stunden-, ja tagelang habe ich mit meiner Frau und mit meinen Kindern beratschlagt. Es ist uns nicht leichtgefallen, diese Entscheidung zu treffen, aber sie steht fest: Innerhalb des nächsten Vierteljahres, sobald hier alles geklärt ist, werden wir nach Amerika aufbrechen. Ich bin keine fünfzig Jahre alt, also noch jung genug, mir etwas Neues aufzubauen.«

»Aber …«

Semmering hob die Hand. »Es gibt kein Aber mehr, Janno, denn die haben wir bereits alle verworfen. Warum, frage ich mich, sollten wir in diesem Land bleiben, in dem wir selbst den Ordnungshütern nicht mehr vertrauen können? Auch wir Juden haben unserem Vaterland im Krieg gedient und viele Opfer gebracht, doch scheint das längst vergessen.«

»Wenn es darum geht, Horst Bracken in seine Schranken zu weisen, dann …«

»… dann werden Dutzende, wenn nicht gar Hunderte Brackens seinen Platz einnehmen.« Semmering sah Janno traurig an und schüttelte den Kopf. »Versteh doch, Janno: Das Problem sind nicht die Brackens. Das Problem sind diejenigen, die die Brackens gewähren lassen, ganz egal, ob sie ihnen nun applaudieren oder nicht.«

Janno, der nicht wusste, was er darauf erwidern sollte, schenkte noch einmal von dem guten Whisky nach, mit dem er seinen Freund zu beruhigen versucht hatte. Noch keine Stunde war es her, dass dieser völlig überraschend an der Tür seiner Wohnung geklopft hatte, und doch hatte diese Zeit ausgereicht, Jannos ganze Welt auf den Kopf zu stellen. Mal wieder. Er fragte sich wirklich, wann es endlich einmal vorbei sein würde mit den ständigen Hiobsbotschaften. Endlich begannen sie alle nach der großen wirtschaftlichen Depression wieder Fuß zu fassen, da sollte sich schon die nächste Katastrophe ankündigen, und das ausgerechnet in Form von Braunhemden? Ob Semmering das alles nicht ein wenig zu schwarzsah?

Gut, sein ehemaliger Chef hatte in den letzten Wochen diverse unschöne Übergriffe verkraften müssen, von Schmierereien an der Hauswand über Pöbeleien auf der Straße bis hin zu einem Brandanschlag auf einen seiner Lieferwagen. Aber entsprang diese Welle der Gewalt wirklich einem allgemein erstarkenden Antisemitismus? Das war, wie er fand, keineswegs belegbar, hatte die NSDAP Adolf Hitlers bei den Reichstagswahlen im Dezember doch gerade einmal drei Prozent der Stimmen gewinnen können und war damit deutlich unter dem von ihren Parteischergen Erhofften geblieben.

»Das Wahlergebnis der DNVP hat uns alle aufgeschreckt«, sagte Semmering, als hätte er Jannos Gedanken gelesen, um sie jetzt zu widerlegen. »Mit mehr als zwanzig Prozent sind die Deutschnationalen nach den Sozialdemokraten nun die zweitstärkste Kraft im Parlament. Und ganz sicher ist die DNVP nicht weniger antisemitisch als die Hitler-Partei, auch wenn es viele nicht sehen wollen.«

»Wahlen und mit ihnen die Parteien und Koalitionen kommen und gehen«, wandte Janno seufzend ein. Er reichte Semmering das mit der bernsteinfarbenen Flüssigkeit gefüllte Glas, das dieser mit einem dankbaren Nicken entgegennahm. »Zweimal hat man uns im vergangenen Jahr zur Urne gerufen, und wer weiß schon zu sagen, wie lange die Koalition diesmal halten wird. Du wirst sehen, Jacob, das Aufflackern der notorisch Unzufriedenen, die stets und überall nach einem Schuldigen für ihre Misere suchen und auf alles eindreschen, was nicht ihren Normen entspricht, ist lediglich ein politisches Strohfeuer. Je mehr sich die Wirtschaft erholt, desto schneller sind auch die Untergangspropheten nur noch eine Randnotiz der Geschichte.«

»Meine Schwester war unlängst mit ihrem Mann auf Borkum«, erzählte Semmering nach einer längeren Pause, während der er den Blick nicht von seinem Glas genommen hatte. »Bei euch da oben also, in Ostfriesland; was ja eigentlich, so hört man, so herrlich hinter dem Mond liegt.«

Janno war zwar erstaunt über den plötzlichen Themenwechsel, doch auch erleichtert, dass sich Semmering nun erfreulicheren Dingen zuzuwenden schien. Er lachte. »Ja, das stimmt schon. Die Inseln sind noch mehr hinter dem Mond als das Festland. Hatten sie denn einen schönen Urlaub?«, erkundigte er sich.

»Nein.«

»Nein?«

»Genau genommen mussten sie sich bereits nach nur drei Tagen vor dem Mob aufs Festland flüchten.«

Janno sah ihn verständnislos an. »Vor welchem Mob denn?« Seit er in Berlin war, verschwendete er kaum noch einen Gedanken an seine alte Heimat, an die er nur wenige gute

Erinnerungen hatte. Über die Entwicklungen dort erfuhr er lediglich durch die Briefe seiner Schwester Enna, und die hielt sich eher mit familiären als mit politischen Themen auf.

»Dem antisemitischen«, sagte Semmering.

Janno unterdrückte einen erneuten Seufzer. Also doch kein Themenwechsel!

»Sie haben dort einen Pastor«, sprach Semmering weiter. »Ludwig Münchmeyer. Es heißt, er hetzt seit Jahren die ganze Inselbevölkerung gegen uns Juden auf.« Seiner Kehle entwich ein bitteres Lachen. »Angeblich gibt es sogar Hotels, die mit der auf Postkarten gedruckten Zusicherung, Borkum sei judenfrei, auf Gästefang gehen.«

Janno schüttelte den Kopf. »Da musst du einem Gerücht aufgesessen sein, Jacob. So was würden die Insulaner nicht zulassen. Glaub mir, die sind harmlos.«

»Mag sein, aber ihre Gäste sind es nicht«, beharrte Semmering. »Meinem Schwager wurden sogar Prügel angedroht, sollte er den Strand noch einmal betreten.«

»Das ist nichts, was ich glauben möchte«, wehrte Janno ab.

»Wenn es anders wäre, hätte meine Schwester nicht die Flucht ergriffen«, konterte Semmering aufgebracht. »Alles, was sie wollte, waren ein paar ruhige Urlaubstage. Warum also sollte sie eine derartige Geschichte erfinden?«

Janno nickte zustimmend, jedoch nur, um kein Öl ins Feuer zu gießen. Natürlich, keiner konnte leugnen, dass den Semmerings in der letzten Zeit all diese schlimmen Dinge zugefügt worden waren. Aber das doch wohl in erster Linie deshalb, weil sich ein geistig minderbemittelter Horst Bracken nicht ausreichend gewürdigt fühlte. Darin gleich eine Verschwörung gegen das Judentum zu sehen, zeugte Jannos Ansicht nach von einer ausgeprägten Paranoia. Es gab wahrlich viel zu kritisieren an dieser Republik. Aber es konnte doch keine Lösung sein, deswegen gleich auszuwandern, wie es die Semmerings vorhatten! Wenn sich die Deutschen jetzt, da sich ihnen eine neue Chance bot, alle gemeinsam anstrengen und dieses Land wieder aufbauen würden, hätte der braune Spuk schon bald ein Ende, davon war Janno zutiefst überzeugt.

Als Semmering erneut zum Reden ansetzte, es nun aber an der Tür klopfte, atmete Janno erleichtert auf. Die ganze Zeit schon hatte er darauf gehofft, dass Fritze und Lotte im Anschluss an eine neuerliche Kundgebung bald vorbeikommen würden, wie sie es am Morgen, als sie sich zufällig auf dem Gehsteig trafen, angekündigt hatten. Damit hätte Semmerings endlose Litanei über die vermeintlich so gefährdeten Juden hoffentlich endlich ein Ende.

»Kommt rein«, sagte Janno, kaum dass er die Klinke der Tür hinuntergedrückt hatte und sich direkt wieder umdrehte, um ins Zimmer zurückzugehen. »Ihr habt Glück«, rief er über die Schulter, »ich habe gerade eine neue Flasche Whisky aufgemacht.«

»Das trifft sich ausgezeichnet«, kam es zurück. »Meine steifen Knochen werden sich freuen. Ich fürchte nur, für Annemarie ist das nix.«

Janno blieb abrupt stehen. Die Stimme kam ihm bekannt vor, doch war es ganz sicher nicht die von Fritze. Er drehte sich um.

»Na, das nenn ich mal eine freundliche Begrüßung«, sagte Karl mit einem breiten Grinsen auf dem Gesicht, während er ein schüchtern dreinblickendes Mädchen ins Zimmer schob. »Dann schenk mal ein, hömma!«

* * *

»Das sieht ja lustig aus.« Annemarie betrachtete fasziniert, wie sich ein kleiner Würfel undefinierbarer Farbe, den Janno einer roten Dose mit gelbem Aufdruck entnommen hatte, in kürzester Zeit im kochenden Wasser auflöste und dafür sorgte, dass gleich darauf ein herrlich würziger Duft durch den Raum waberte.

»Maggiwürfel«, erklärte Janno. Seit Edith, die ihn so häufig bekochte hatte, nicht mehr da war, hatte er die kleinen Bouillon-Würfel für sich entdeckt. Mit ihnen war eine nahrhafte Brühe rasch zubereitet, und genau das war es, was auch die Neuankömmlinge jetzt gut gebrauchen konnten, um sich nach der beschwerlichen Reise aufzuwärmen. »Kennst du die denn noch nicht?«

Annemarie zuckte mit den Schultern. »Ich habe davon gehört, und es gibt sie auch im Krämerladen zu kaufen. Aber Mutter sagt, dass ihr so was Neumodisches nicht ins Haus kommt, weil man nie weiß, was das mit den Menschen macht.«

»Was soll eine gute Brühe schon bewirken?«, entgegnete Janno achselzuckend. »Sie wärmt, und das ist doch schon eine ganze Menge.« Er tat eine Kelle in den Topf mit der Brühe und stellte sie auf den Tisch. »Nehmt euch! Und dann erzählt ihr mir, was euch nach Berlin treibt.« Er zog grübelnd die Stirn in Falten und fügte hinzu: »Hätte ich gewusst, dass ihr herkommt, dann hätte ich darauf bestanden, dass ihr Elisabeth mit zurückbringt.«

»Ja, das wäre auch mir lieb gewesen«, bestätigte Karl. Er hatte sich Brühe aufgetan und riss von einem Kanten Brot ein ordentliches Stück ab. »Aber sie hat nun mal ihren eigenen Kopf. Wenn auch einen wirklich hübschen.«

Janno sah ihn erstaunt an. »Du hast Elisabeth in Duisburg gesehen?«

Annemarie kicherte hinter vorgehaltener Hand. »Sie hat sogar bei ihm übernachtet.«

»W-was?« Janno hielt es zunächst für den Scherz einer Heranwachsenden, doch entging ihm nicht, dass Karl errötete, und das lag gewiss nicht an der heißen Brühe. »Ihr habt …

du hast … Was hat das zu bedeuten?«, stammelte Janno. »Sie hat doch gesagt, dass sie zu ihrem Vater geht.« Er hob wie zur Abwehr die Hand. »Was ich, wie ich wohl nicht extra betonen muss, für keine gute Idee hielt. Leider aber war ihr nicht auszureden, sich in die Höhle des Löwen zu wagen. Und nun habt ihr beide tatsächlich …«

»Wir haben nichts!«, fiel Karl ihm mit blitzenden Augen ins Wort. »Wir haben gar nichts, hömma!«

Janno grinste. »Ich verstehe. Was ja nicht heißt, dass ihr nicht gern hättet, wenn ich deinen verzweifelten Tonfall richtig interpretiere. Ich meine …«

»Warum?«, unterbrach ihn Karl erneut.

»Warum was?«

»Warum ist Elisabeth wirklich nach Duisburg gekommen? Doch wohl kaum, um mich zu sehen.«

»Sie hat es dir nicht erzählt?«, wunderte sich Janno.

»Nur, dass sie zu ihrem Vater will. Aber was sie von ihm will … nee, keine Ahnung. Die Sache mit Annemarie«, er deutete auf seine Schwester, »kam dazwischen. Da war für Gerede keine Zeit mehr.« Sein Blick verdüsterte sich. »Nun, aus irgendeinem Grund ist sie jedenfalls bei mir gelandet statt bei ihrem Alten.« Er tunkte sein Brot ein wenig zu heftig in die Brühe auf seinem Teller, woraufhin diese überschwappte. »Scheiße, Mann!«, rief er erregt aus. »Ich habe wirklich keine Ahnung, was Elisabeth sich dabei gedacht hat, ausgerechnet zu mir zu kommen! Hab schon bessere Überraschungen erlebt, ehrlich!«

Janno musterte ihn prüfend. »Wenn ihr Vater von … nun ja, von was auch immer ihr gemacht habt, erfährt, bist du geliefert, das ist dir ja wohl klar.« Er nahm einen Lappen zur Hand und wischte die übergeschwappte Brühe vom Tisch.

»Dazu wird der Drecksack nicht mehr kommen, wenn ich mit ihm fertig bin«, knurrte Karl, wobei sein Blick erneut auf seine Schwester fiel, die nach dem wärmenden Essen ganz offensichtlich Mühe hatte, ihre Augen offen zu halten.

»Und was heißt das nun schon wieder?«, wollte Janno von ihm wissen.

»Erzähl ich dir gleich. Aber erst muss Annemarie ins Bett.« Beim Betrachten des Mädchens, dessen Augen nun zugefallen und dessen Kopf zur Seite gesunken war, trat eine tiefe Traurigkeit in Karls Blick. »Ich hatte gehofft, dass sie vielleicht hier bei dir schlafen kann. Um mich musst du dich nicht kümmern, Janno, ich finde schon was, wo ich pennen kann. Aber wenn du wenigstens einen Platz für sie hättest? Sie ist nicht anspruchsvoll, weißt du.«

»Kein Problem. Ihr könnt Ediths Wohnung haben«, sagte Janno. »Ich denke nicht, dass sie etwas dagegen hätte.«

»Edith? Ist sie denn nicht da?« Karl schaute sich im Raum um, als müsste sie sich dort irgendwo versteckt halten.

»Nein. Sie ist weg.«

»Sie hat dich verlassen?!«

»Hä?«

Karl ließ seinen Löffel sinken. »Nun sag nicht, dass du es immer noch nicht geschafft hast, sie zu deiner Frau zu machen.«

»Was?« Nun war es an Janno zu erröten. Ihm fiel absolut nichts ein, was er auf diese unverblümte Frage hätte erwidern können. Schließlich stellte er sich mit jedem Tag, der ohne Edith verging, exakt diese Frage. Andererseits: Selbst, wenn er sich nicht jahrelang etwas vorgemacht hätte, wäre eine Heirat gar nicht infrage gekommen, denn schließlich war sie bereits verheiratet. »Ihr Mann ist zurück«, knurrte er.

Karl riss erstaunt die Augen auf. »Ediths Mann ist zurück? Nach so langer Zeit?«

»Ja. Und bevor du fragst: Er war all die Jahre in Russland, Revolution machen.«

»Sie ist also gar nicht verwitwet, wie wir alle angenommen haben?«

»Nein. Das sagte ich doch gerade.«

»Scheiße, Mann.« Karl sah ihn bedauernd an. »Und jetzt ist sie wieder bei ihm?«

»Sozusagen.«

»Und die Kinder?«

»Was glaubst du wohl? Dass sie sie zurückgelassen hat?«

Karl schüttelte den Kopf. »Das verstehe ich nicht. Ich hätte schwören können, dass sie mit ihm nichts mehr zu schaffen haben will, nach allem, was gewesen ist.« Er sah Janno in die Augen. »Und ich hätte schwören können, dass sie dich liebt.«

»Darum geht es nicht«, entgegnete Janno schroff. Es war keine Diskussion, die er zu diesem Zeitpunkt führen wollte. Viel zu oft schon in der letzten Zeit drohte der Schmerz des Verlustes ihn zu überwältigen. »Sie ist keineswegs freiwillig mit ihm gegangen.« Nach einem kurzen Zögern fügte er hinzu: »Davon gehen wir zumindest aus.«

»Von wem sprecht ihr denn?«, fragte Annemarie. Sie gähnte herzhaft und rieb sich müde die Augen. »Wer ist nicht freiwillig gegangen?«

»Wir sprechen von Edith, Jannos Freundin«, erklärte Karl. »Sie ist verreist. Was heißt, dass wir in ihrer Wohnung schlafen können. Und genau das wirst du jetzt auch tun.« Er stand von seinem Stuhl auf und streckte ihr die Hand hin. »Komm, Annemarie, nimm deinen Koffer! Ich bringe dich nach oben. Es ist hier im Haus.«

Als Karl in Jannos Wohnung zurückkam, waren zwischenzeitlich auch Fritze und Lotte eingetroffen. Das unerwartete Wiedersehen wurde mit einem großen Hallo und einem Glas vom besten Whisky begossen, den Fritze während einer Kundgebung aus einem, wie er es nannte, verbrecherischen Kapitalistenhaushalt hatte mitgehen lassen. Mit jeder

Kundgebung, an der Fritze und Lotte teilnahmen – und das war quasi fast täglich –, trugen sie neue Blessuren davon, körperliche wie seelische; doch wenn man sie darauf ansprach, sagten sie nur, die Sache sei es wert, da Rosa Luxemburg und Karl Liebknecht ansonsten doch völlig umsonst gestorben wären. Noch immer hatten sie die Idee einer Räterepublik nach russischem Vorbild nicht aufgegeben und würden vermutlich auch ihr Leben für diese geben, wenn es darauf ankam. Nur selten hatte Janno solch überzeugte und gleichzeitig so unerschrockene Menschen getroffen wie diese beiden.

»Na, mein lieber Karl, wie steht es um die bolschewistische Revolution im Ruhrgebiet?«, fragte Fritze, als alle mit einem guten Tropfen versorgt waren. Er hob die linke Faust. »*Aller Mehrwert, in welcher besondern Gestalt von Profit, Zins, Rente und so weiter er sich später kristallisiere, ist seiner Substanz nach Materiatur unbezahlter Arbeitszeit.*«

Janno zog eine Grimasse. »Hä?«

»Karl Marx. Das Kapital«, erklärte Lotte.

»Aha.«

Fritze grinste. »Für alle Ignoranten unter uns also noch mal auf Deutsch: Was meinst du, Karl, ist die Zeit endlich reif für die Sozialisierung der Schlüsselindustrien?«

»Ich schätze, die Zeit war nie reifer dafür«, erwiderte Karl. »Leider aber scheinen es zu viele Leute immer noch nicht begriffen zu haben. Vor allem nicht die, die es in erster Linie angeht: die Arbeiter.« Er hob sein Glas. »Auf die gewissenlosen Ausbeuter der Arbeiterschaft! Mögen sie, wenn ihre Zeit gekommen ist, in der Hölle schmoren!« Er kippte sich einen großen Schluck Whisky hinter die Binde. »Allen voran unser werter Herr Direktor Heinz-Rudolf von Wolff, den ich lieber heute als morgen im ewigen Feuer um Gnade winseln sehen würde. Nicht ausgeschlossen aber, dass es viel früher so weit sein wird, als ihm lieb sein dürfte.«

Janno horchte auf. »Du hast vorhin schon Andeutungen gemacht, was Elisabeths Vater angeht. Was hat er denn jetzt schon wieder verbrochen, Karl? Und da wir gerade dabei sind: Warum hast du deine kleine Schwester mit nach Berlin genommen? Hättest du sie nicht besser nach Ostfriesland zu Enna gebracht? Oder glaubst du wirklich, das hier ist das richtige Pflaster für ein erst dreizehnjähriges Mädchen?« Er zwinkerte ihm zu. »Ostfriesland wäre eine gute Gelegenheit für dich gewesen, meine Schwester wiederzusehen.«

Karl bedachte ihn mit einem langen Blick. »Jeder Platz auf dieser Welt ist besser für Annemarie als der im Bett des verehrten Herrn Direktor.«

»Was?«, kam es dreistimmig zurück. Janno verschluckte sich vor lauter Schreck an seinem Whisky.

»Heißt das, dass Elisabeths alter Herr …?«, fragte Lotte entsetzt. »Bist du sicher?«

»Natürlich bin ich sicher, sonst wäre ich wohl kaum hier. Auch Elisabeth hat mir dazu geraten, Annemarie hierherzubringen. Und natürlich Henrike. Und glaubt mir, die weiß genau, wovon sie spricht.« Karl schüttete den noch im Glas verbliebenen Whisky in einem Schluck hinunter.

»Du hast Elisabeth getroffen?«, wunderte sich Lotte.

»Ja.«

»Und wer ist jetzt wieder Henrike?«, erkundigte sich hingegen Janno.

»Du erinnerst dich nicht an sie? Sie war damals mit mir … na ja, ist ja auch egal. Henrike ist die Schwester meiner …« Karl verzog gequält das Gesicht. »Die Schwester meiner Frau.«

»Deiner … Frau?«, wunderte sich Janno. »Du bist verheiratet? Aber mit wem denn?«

»Mit Henrikes Schwester«, grinste Fritze.

»Auch meine Frau ist einer der Gründe, warum ich nach Berlin kam. Es gibt da nämlich was zu klären.« Karl schob eine

Hand in die Innentasche seines Jacketts, zog einen mehrfach gefalteten Zettel hervor und knallte ihn auf den Tisch. »Darf ich vorstellen: Clara Kembrowski, meine werte Gattin.«

»Aber das ist … das ist ja …!« Fritzes Augen und auch die der anderen wurden so groß wie Untertassen. »Aber das ist doch die …!«

»Genau. Die Franzosenhure«, kam ihm Karl zuvor.

»Meinen Respekt, Karl, das hätte ich dir gar nicht zugetraut.« Fritze schien tatsächlich beeindruckt. »Aber warum ist sie dann hier in Berlin und nicht bei dir?«

»Lange Geschichte«, knurrte Karl. »Verdammt lange Geschichte.«

»Mein Gott, ich verstehe nur noch Bahnhof«, zeigte sich Lotte verwirrt. Sie griff sich an die Schläfen, als hätte sie plötzlich Kopfschmerzen. »Könnte mir das bitte mal jemand der Reihe nach erklären?«

Bis alle in der Runde wussten, was genau es mit Edith, Elisabeth, Annemarie und Clara auf sich hatte, zogen mehrere Stunden und die ganze Flasche Whisky ins Land. Nach all den Informationen aber waren alle zu erschöpft, um noch großartig Pläne zu schmieden, wie man dieser misslichen Gemengelage würde Herr werden können.

»Ich schlage vor, dass wir uns morgen Abend noch einmal zusammensetzen und beratschlagen, wie es nun weitergeht«, bemerkte Lotte. »Ich würde auch Gertrud bitten, dabei zu sein. Mir scheint, es muss ein sehr guter Plan her.« Ihre Mundwinkel umspielte ein verschlagenes Grinsen. »Und mir scheint, dass es, sobald wir eine Lösung gefunden haben, schon wieder den beiden Halunken Brodenbeck und von Wolff an den Kragen gehen wird. Was mir ausgesprochen gut gefällt.«

»Brodenbeck hat mir bis heute nicht verziehen, dass ich ihn bei der Suche nach Edith habe hängen lassen«, sagte Janno. »Aber dank Elisabeths mutigem Einschreiten war es ja Gott sei

Dank auch nicht mehr nötig, dass ich meine Seele an diesen Teufel verkaufe. Ich hoffe nur, dass es nicht zu ihrem Schaden ist.«

Karl schnaubte. »Wenn er Elisabeth auch nur ein Haar krümmt, ist er tot.«

»Das sowieso«, bestätigte Lotte. »Wäre nur gut, wenn es gar nicht erst so weit käme. Aber wenigstens ist Margarete in Elisabeths Nähe und hat ein Auge auf sie.«

»Ich bin mir sicher, dass uns Elisabeths Anwesenheit in der heimischen Villa noch von Nutzen sein wird«, wagte Fritze eine Prognose. »Ich weiß zwar noch nicht genau, zu welchem, aber dennoch ergibt es plötzlich einen Sinn, dass sie sich nicht zum Faustpfand vom schmierigen Brodenbeck hat degradieren lassen.«

»Nun gut.« Karl nickte entschlossen. »Wenn wir uns darüber schon mal einig sind, werde ich mich morgen erst einmal um Clara kümmern.«

Fritze schüttelte den Kopf. »Da brennt die einfach so mit einem französischen Offizier durch. Mann, Mann, Mann, Karl, da hat sie dir aber ordentlich Hörner aufgesetzt.«

»Wenn ich keinen Hörfehler habe«, entgegnete Lotte, »dann war es doch so, dass es zunächst unser lieber Karl war, der seine Angetraute mitsamt ihrem gemeinsamen Kind verschmäht und in die Flucht getrieben hat. Worüber also beschwert ihr euch eigentlich, he? Wenn ihr mich fragt, dann hätte ich es an ihrer Stelle auch nicht anders gemacht.«

»Also hör mal, Lotte, das ist ja wohl ...!«

»Karls gutes Recht?«, ergänzte Lotte Fritzes angefangenen Satz. »Nun, dann weiß ich wirklich nicht, warum sich nicht auch Clara das Recht herausnehmen sollte, glücklich zu sein. Ich für meinen Teil würde mich gern mal mit ihr unterhalten. Sie scheint eine mutige Frau zu sein.«

»Sie hat ihr Kind verraten«, empörte sich nun auch Janno.

»Ja. Nachdem Karl es zuerst verraten hat.«

»Aber das ist doch …!«

»Ganz etwas anderes? Wirklich?« Lotte stand auf, wobei der übermäßig genossene Alkohol sie ein wenig schwanken ließ. »Lass uns gehen, Fritze. Mir scheint, wir haben ein paar anstrengende Tage vor uns.«

»Versteh einer die Weiber mit ihrem sinnlosen Gequatsche«, knurrte Karl unwillig, als die beiden gegangen waren. »Eine wie die andere scheint nicht mehr zu wissen, was ihre Rolle ist. Ich frage mich wirklich, was da schiefgegangen ist. Wann genau hat das eigentlich angefangen, dass die Frauen sich gegen uns Männer auflehnen?«

Janno zuckte mit den Schultern. »In dem Moment, als wir Männer sie im Stich gelassen haben, fürchte ich.«

* * *

Russland. Hagen Brodenbeck ließ den Brief sinken, den er, nicht ahnend, dass dieser sein Leben erschüttern würde, soeben geöffnet und gelesen hatte. Das Schreiben war ohne Absender bei ihm eingetroffen, aber das bemerkte er erst jetzt, als er den Umschlag genauer inspizierte und tatsächlich Ediths saubere Handschrift erkannte. Dieser verfluchte Schweinehund hatte Edith und die Kinder in das von großspurigen Bolschewisten verseuchte Land schaffen lassen?! Das war ja fast noch schlimmer als alle Szenarien, die er sich in seinem Kopf ausgemalt hatte. Stets war er davon ausgegangen, dass die militärisch geschulten Detektive, die er auf Martin Wiemers angesetzt hatte, die drei schon irgendwann aufspüren würden, wenn nicht in Deutschland, dann doch wenigstens im benachbarten Ausland. Aber in Russland?!

Natürlich war diese Möglichkeit nicht so weit hergeholt, wenn es stimmte, dass Wiemers die Jahre nach dem Krieg auch dort verbracht und entsprechende Kontakte geknüpft hatte. Allerdings hatte Brodenbeck am Wahrheitsgehalt dieser Geschichte stets Zweifel gehabt und sie für von den nichtsnutzigen Kommunisten kolportiert gehalten. Für ihn war es einfach unvorstellbar, dass es Leute gab, die sich freiwillig einem Land verschrieben, in dem man die in Jahrhunderten gewachsenen Werte und Traditionen von einem Tag auf den anderen mit Füßen trat, nur um dem ungebildeten Pöbel zu ihrem angeblichen Recht zu verhelfen. Nein, in Russland hatte man wirklich nichts verstanden, rein gar nichts! Und ausgerechnet dort sollte sich nun sein eigenes Fleisch und Blut aufhalten?! Allein beim Gedanken daran, dass sein Enkel Gustav, den er zu einem stolzen Nationalisten hatte heranziehen wollen, genau in diesem Augenblick womöglich in haarsträubender kommunistischer Propaganda unterwiesen wurde, traten Brodenbeck Schweißperlen auf die Stirn.

Er las den Brief noch einmal. Es gehe ihr und den Kindern gut, behauptete Edith. *Wir kommen nach Berlin zurück, sobald du noch einmal Geld am bereits bekannten Treffpunkt am Stettiner Bahnhof hinterlegt hast*, schrieb sie weiter. Das, so behauptete sie vor Sarkasmus nur so strotzend, habe doch beim letzten Mal so vorzüglich geklappt, dass man beschlossen habe, es auf einen weiteren Versuch ankommen zu lassen.

War es wirklich Edith, die so etwas schrieb? Kaum vorstellbar. Martin Wiemers musste ihr diesen Brief diktiert haben, daran bestand kein Zweifel. Oder?

Diesmal handelte es sich bei der geforderten Summe, die Edith nannte, um einen Betrag von einer Million Reichsmark. Diese würde, so Edith weiter, ohne Abzug der Arbeiter- und Bauernschaft Russlands zugutekommen.

Brodenbeck schnaubte. Erneut sollte so viel Geld in die Hände dieses ideologisch verblendeten Fanatikers fallen, nachdem der schon beim letzten Mal eine stolze Summe beim

Hundegustav kassiert, seinem Schwiegervater dafür aber im Gegenzug lediglich eine lange Nase gezogen hatte?! War dieser Bastard denn nun völlig von Sinnen?

Noch immer hatte Brodenbeck die Niederlage nicht richtig verdaut. Genau genommen war diese ihm sogar so schwer auf den ohnehin schon gereizten Magen geschlagen, dass der nun nach jeder Nahrungsaufnahme Krawall machte. Hinzu kam, dass sein Sohn Eberhard mit seiner Prognose, Wiemers würde Edith und die Kinder selbst nach Zahlung der geforderten Summe nicht freilassen, recht behalten hatte. Würde er von der neuerlichen Forderung erfahren, könnte Brodenbeck wohl kaum mehr mit seiner Unterstützung rechnen.

Brodenbeck lehnte sich, die Hand auf seinen rebellierenden Magen gepresst, schnaufend in seinem Sessel zurück. Er fühlte sich so ausgelaugt, als hätte man ihn gezwungen, einen Marathonlauf zu absolvieren. Und irgendwie war es das ja auch.

Nicht einen Augenblick glaubte er daran, dass Wiemers das Geld nicht in seine eigene Tasche stecken würde. Schließlich war gemeinhin bekannt, dass diese Kommunisten, die angeblich das Wohl der niederen Klassen im Sinn hatten, mindestens ebenso korrupt waren wie die Halsabschneider jüdischer Herkunft, wenn nicht sogar noch schlimmer. Ob Juden oder Kommunisten – es war doch alles die gleiche egoistische Bagage.

Und was, fragte sich Brodenbeck nun, wenn ihn Wiemers erneut linken würde? Was, wenn Eberhard recht behielt und es diesem Blutsauger lediglich darum ging, ihn nach und nach wirtschaftlich zu vernichten? Was, wenn diese rote Zecke nie vorgehabt hatte, Edith und den Kindern die Freiheit wiederzugeben?

Brodenbeck ließ seine Faust donnernd auf den Schreibtisch niederfahren. »Gejagt gehören sie, diese feigen Bastarde!«, schrie er außer sich vor Wut. »Gejagt und ausgerottet!« Genauso wie dieser Janno Ulferts und die ihm in Hinterlist in nichts nachstehende Elisabeth von Wolff, fügte er in Gedanken hinzu.

Bis heute wusste er nicht, wie es dieser hintertriebenen Person gelungen war, seinen Spähern zu entkommen. Mit einem breiten Grinsen auf dem Gesicht hatte Ulferts ihm am Tag ihrer angeblichen Abreise zu verstehen gegeben, dass Elisabeth auf dem Weg zu einem ihm leider unbekannten Ziel sei. Mit ihr, die in Berlin seither tatsächlich nicht mehr gesehen worden war, war ihm jedoch sein einziges noch verbliebenes Druckmittel, das er gegen Janno Ulferts gehabt hatte, aus der Hand gerissen worden.

Erneut traf Brodenbecks Faust den Schreibtisch mit voller Wucht, als ihm aufging, dass nach neuester Zeitungsmeldung selbst Ulferts Freund Jacob Semmering nun nicht mehr als Druckmittel taugte. Unglücklicherweise hatten den die Attacken, die Horst Bracken mit seinen Männern zur vollsten Zufriedenheit ausgeführt hatte, ein wenig zu schnell zum Aufgeben des Lieferdienstes gezwungen.

»Oh, verdammt!« Je mehr Brodenbeck über sein Unglück nachdachte, desto mehr packte ihn die blanke Wut. Wie sehr er es hasste, wenn ihm die Felle davonschwammen! Zugegeben, der gute Bracken machte seine Sache wirklich gründlich; aber bei Semmering hätte er sich mit seiner Zermürbungstaktik ruhig ein wenig mehr Zeit lassen können.

Brodenbeck wirbelte herum, als nun die Tür aufgerissen wurde und sein verstört wirkender Sekretär Friedhelm Asmussen eintrat. »Sie haben gerufen, Herr Direktor?«

»Nein, verdammt, das habe ich nicht!«, fauchte Brodenbeck seinen Sekretär an. »Aber da Sie schon mal hier sind, Sie elender Nichtsnutz: Geben Sie Bankdirektor Lehmann Bescheid, dass ich ihn umgehend zu sprechen wünsche. Umgehend!«

»Sehr wohl, Herr Direktor. Aber da wäre noch was.«

»Ich habe aber keine Zeit für noch was, verdammt!«

»Ich denke, die Zeit werden Sie sich nehmen, Herr Direktor, wenn ich Ihnen sage, dass es um Ihre verehrte Tochter geht.« Mit dem für ihn so typischen verschlagenen Grinsen auf dem Gesicht trat der gerade noch gedanklich gepriesene Horst Bracken zur Tür herein. Wie immer trug er die braune Uniform der Völkischen, in der er, wie Brodenbeck fand, erfreulich schnittig aussah.

»Es tut mir leid, Herr Direktor, aber ich habe diesem Mann nicht erlaubt …«

Als ihm Brodenbeck nun mit einer unmissverständlichen Geste bedeutete, sich gefälligst aus seinem Gesichtsfeld zu entfernen, verstummte Asmussen und zog sich nach einer hastig angedeuteten Verbeugung wieder zurück.

»Was gibt's, Bracken?«, knurrte Brodenbeck. »Ich habe zu tun. Wenn Sie mir also nichts Konkretes über Ediths Verbleib zu berichten haben, können Sie sich direkt wieder verziehen.«

Bracken warf sich in die Brust. »Ich weiß jetzt, wo Wiemers Edith und die Kinder versteckt hält.«

»Ich auch.«

»Was?« Auf Brackens Gesicht spiegelte sich Enttäuschung.

»Und nun?«, ätzte Brodenbeck. »Beabsichtigen Sie etwa, nach Russland zu fahren und sie zurückzuholen?«

Bracken schaute ihn verständnislos an. »Wieso Russland?«

Brodenbeck hob lahm den Brief. »Steht hier drin.«

Bracken schnaubte verächtlich. »Keine Ahnung, wer so was behauptet, aber es ist Müll. Wenn ich eines weiß, Herr Direktor, dann, dass Edith ganz sicher nicht in Russland ist.«

Brodenbeck horchte auf. »Und wo ist sie dann?«

Erneut zeigte sich das verschlagene Grinsen auf Brackens Gesicht. »Das verrate ich Ihnen, wenn ich sie und die Kinder hergebracht habe.« Er senkte die Stimme. »Aber das, Herr Direktor, tue ich nur unter einer Bedingung.«

»Sie haben hier keine Bedingungen zu stellen, Bracken! Sie kriegen ausreichend Geld dafür, dass Sie für mich die Drecksarbeit machen!« Brodenbeck fluchte, als ihm ein schmerzhafter Stich durch die Eingeweide fuhr. Dieser verdammte Magen!

»Diesmal geht es aber nicht um Drecksarbeit, Herr Direktor, sondern um Ihre Tochter. Und falls es Sie beruhigt: Es geht mir nicht um Geld.« Er wandte sich schulterzuckend der Tür zu. »Aber wenn Sie sie nicht zurückhaben wollen und lieber darauf vertrauen, dass Sie sie in Russland finden …«

Brodenbeck musterte ihn misstrauisch. »Worum geht es Ihnen dann, Bracken?«

»Ich liefere Ihnen nicht nur Edith und die Kinder, sondern auch Wiemers frei Haus. Ich denke, Sie werden Spaß daran haben, dafür zu sorgen, dass er endgültig aus dem Verkehr gezogen wird.«

»Klingt brauchbar. Und was genau ist nun die Bedingung, wenn es Ihnen nicht um Geld geht?«

»Ich bekomme Edith zur Frau.«

»Was?« Brodenbeck starrte ihn entgeistert an. »Das kann nicht Ihr Ernst sein, Bracken! Haben Sie jetzt völlig den Verstand verloren? Ich wüsste wirklich nicht, was mich dazu veranlassen sollte, ausgerechnet Ihnen … und außerdem ist sie bereits verheiratet, wie Ihnen nicht entgangen sein dürfte.«

»Das hat sich erledigt, sobald sie Witwe ist, oder?« Bracken zwinkerte kaum merklich mit seinem rechten Auge. »Das Festsetzen von Martin Wiemers gehört zum Gesamtpaket. Sie müssten mich nur lieb darum bitten.«

Alles in Brodenbeck wehrte sich gegen diese unverschämte Forderung. Er, der ehrenwerte Direktor der Brodenbeck'schen Waffenfabrik, sollte zulassen, dass dieser Grobian seine Tochter ehelichte? Auf gar keinen Fall würde so jemand Teil seiner Familie werden! Niemals!

Andererseits: Im Gegensatz zu diesem elenden Kommunisten war Bracken ihm treu ergeben, und das würde er gewiss auch als Schwiegersohn sein, denn für ihn gab es viel zu gewinnen. Wenn also er Ediths Ehemann würde, dann hätte er, Brodenbeck, nicht nur die Gewissheit, dass Edith ihm nicht wieder davonlief, sondern auch, dass sie auf Geheiß ihres Ehemanns endlich die Rolle einnehmen würde, die einer Frau angemessen war, nämlich die als treusorgende Ehefrau und Mutter. Auch würde er dafür sorgen, dass aus Gustav ein strammer Bursche wurde, auf den dieses Land stolz sein konnte. Und wenn dann noch Martin Wiemers für immer von der Bildfläche verschwinden würde … Hm. Vielleicht war das Geschäft, das Bracken ihm vorschlug, ja doch kein so schlechtes, betrachtete man es nur von der richtigen Seite.

Ja, so konnte es gehen. Brodenbeck nickte zufrieden. Womöglich hatte ihm Martin Wiemers mit der Entführung ja letztlich sogar einen Gefallen getan.

»Also gut, Bracken«, sagte er gedehnt. »Bringen Sie mir meine Tochter und die Kinder zurück und liefern Sie mir Wiemers aus, dann bekommen Sie Edith zur Frau.«

* * *

Was für ein Trubel, was für ein Lärm! So laut und wuselig, wie sich ihm die Hauptstadt heute präsentierte, hatte Karl sie nicht in Erinnerung. Die Anzahl der Automobile und Motorräder, die teils in abenteuerlicher Geschwindigkeit über die Straßen knatterten, schien sich in den letzten Jahren vervielfacht zu haben, auch hatte er den Eindruck, als seien die in ganzen Trauben nach hier und dort hetzenden Menschen spürbar mehr geworden. Und wie bunt hier alles war, nachdem sich die Nacht über die Stadt gesenkt hatte! Flackernde Lichter, glitzernder Asphalt, aufdringliche Leuchtreklamen, die bei Nutzung eines bestimmten Produkts ein Leben in Glückseligkeit verhießen. An Hauswänden und Litfaßsäulen kündigten großflächige Plakate den neuen Film *Goldrausch* eines gewissen Charlie Chaplin an.

Der Name des ein wenig verloren, aber dennoch würdevoll anmutenden Mannes mit dem schmalen Schnauzbart, der zu kleinen Melone und der Nelke im Knopfloch musste hier in der Hauptstadt wohl bekannt sein, wenn er derart beworben wurde; Karl jedoch hatte noch nie von ihm gehört.

Er überlegte gerade, ob er seine Zeit in Berlin nutzen und Annemarie in eines der Lichtspielhäuser führen sollte, um sich diesen Film anzuschauen, als plötzlich eine Meute entschlossen wirkender Frauen um die Ecke bog. Sie reckten Schilder mit der Aufschrift *Hinweg mit dem Paragraph 218!* in die Luft und skandierten rhythmisch: »Nieder mit dem Abtreibungs-Paragraphen!« Es war wirklich interessant, auf welche weiteren Rechte die Frauenwelt pochte, seit man ihnen das Wahlrecht zugesprochen hatte. Karl wusste nicht zu sagen, ob ihm das gefiel oder nicht, aber es war eine Entwicklung, so dachte er, an der so selbstbewusste Frauen wie Elisabeth oder auch Enna sicherlich Gefallen fanden.

Verwirrt von dem Gedanken an die beiden Frauen, die es wie keine anderen verstanden, seine Gefühlswelt in Aufruhr zu versetzen, versuchte er, sich trotz aller Ablenkung, die ihm in den Straßen Berlins geboten wurde, wieder auf sein eigentliches Vorhaben zu konzentrieren. Also setzte er seinen Weg fort, bis er schließlich vor dem Gebäude stand, über dessen Tür in geschwungenen Lettern *Galerie Gérard Mercier* stand.

Es gab keinerlei Zweifel, dass er hier richtig war, denn zentral platziert im Schaufenster stand auf einer Staffelei ein großformatiges Aktporträt seiner Ehefrau. Der Blick, den Clara dem Betrachter zuwarf, erschien vermutlich nicht nur ihm lüstern und lasziv. Anzunehmen war wohl, dass genau das die Absicht des Malers gewesen war.

Karl fühlte erneut diese unbändige Wut in sich aufsteigen, die er, wenn er an Clara dachte, nun schon so gut kannte. Was weniger an der Art der Darstellung lag, mit der sich seine

Angetraute porträtieren ließ, denn seinetwegen konnte sie sich ihren guten Ruf ruinieren, wie sie wollte. Schändlicherweise aber schien sie die Befindlichkeiten anderer dabei völlig außer Acht zu lassen und nicht zu überblicken – oder nicht überblicken zu wollen –, welche Auswirkungen ein solch egozentrisches Verhalten auf ihre Familie haben konnte. Er fragte sich, ob Clara auch nur einmal darüber nachgedacht hatte, welches Opfer sie ihrer Schwester Henrike abverlangte, wenn sie sie über ihren abscheulichen Lebenswandel nicht nur in Kenntnis setzte, sondern sie darüber hinaus auch noch zum Stillschweigen verpflichtete. Mal ganz davon abgesehen, dass Clara auch Karls Familie zum Gespött der Siedlung gemacht hatte.

Der Innenraum der Galerie war hell erleuchtet, sodass Karl davon ausging, dass jemand anwesend war, auch wenn er durch die Scheibe niemanden erblicken konnte. Er zog seine Mütze vom Kopf und trat ein, wobei über der Tür das eher unaufdringliche Bimmeln einer Glocke ertönte. Ihm wurde ein wenig mulmig zumute, als er sich nun umsah. Noch nie hatte er sich in einem solch hohen und lichten Raum befunden, in dem es einzig darum ging, ein paar Gemälde ins rechte Licht zu setzen. Überhaupt hatte er noch nie in seinem Leben einem wie auch immer gearteten Ausstellungsraum oder Museum einen Besuch abgestattet. Womöglich hätte es ihm unter anderen Umständen sogar Vergnügen bereitet, in aller Ruhe von Bild zu Bild zu flanieren und diese zu betrachten, doch beschäftigten ihn angesichts dessen, was er hier zu sehen bekam, ganz andere Gedanken.

»*Bonjour, Monsieur, comment allez-vous*? Wie geht es Ihnen?« Mit zum Willkommen nach vorn ausgestreckten Händen und einem freundlichen Lächeln auf dem Gesicht kam ein Mann in makellosem Anzug und glänzenden Schuhen auf ihn zu. Doch erlahmte dessen Lächeln sichtlich, als er erkannte, dass es sich bei seinem in eine schlichte Arbeiterjoppe gekleideten Besucher wohl kaum um einen zahlungskräftigen Kunden handelte. »Bitte schön, was kann ich für Sie tun? Möchten Sie etwas abgeben vielleicht?«

»Nein, das möchte ich nicht. Das, was ich hatte, ist bereits hier.«

»Ich verstehe nicht.«

Karl deutete auf eines der Bilder. »Sind Sie der Maler?«

Auf diese Frage hin zeichnete sich Stolz auf dem Gesicht seines Gegenübers ab. »*Oui, Monsieur*, das bin ich.« Er machte eine galante Verbeugung. »Gérard Mercier. Gefallen Ihnen die Bilder?«

Karl reagierte nicht sofort auf diese Frage, sondern musterte den Künstler abschätzend. Zweifelsohne entsprach dieser Mann dem Bild des Franzosen, wie ihn sich die Deutschen gemeinhin vorstellten. Dunkles Haar, dunkle Augen, schlanke, hochgeschossene Figur, selbstverliebte Ausstrahlung. Vom Typ her erinnerte Gérard ihn an Jean-Pierre, was ihm nicht eben Sympathiepunkte einbrachte.

»Sie würden mir sicherlich noch mehr gefallen, wenn es nicht meine Frau wäre, die auf ihnen abgebildet ist«, sagte er.

Nun verschwand auch der Rest des Lächelns aus dem Gesicht des Franzosen, doch wirkte Gérard eher irritiert als erschrocken. Er legte seinen Kopf schräg und sagte: »Ich verstehe immer noch nicht. Clara ist …«

»Meine Ehefrau«, ergänzte Karl.

»Aber …«

Karl sah ihn aus schmalen Augen an. »Sie hat Ihnen nicht gesagt, dass sie verheiratet ist?« Als Gérard nun kaum merklich den Kopf schüttelte, sagte er: »Nicht einmal das hat sie Ihnen gesagt?«

»Sie müssen sich irren, *Monsieur*.« Seinem Gesichtsausdruck nach zu urteilen, wusste Gérard nicht einzuschätzen, ob es sich um einen schlechten Scherz handelte oder ob Karl einfach nur ein armer Irrer war, der sich angesichts der erotischen Bilder irgendwelchen Fantasien hingab.

Karl nickte. »Ich wünschte, es wäre so. Ja, ich wünschte wirklich, ich würde mich irren. Ist Clara da? Dann holen Sie sie bitte her.«

Gérard reckte empört das Kinn. »Das werde ich ganz sicher nicht tun, *Monsieur*. Solange ich nicht weiß …«

Aus der Richtung, aus der Gérard gekommen war, waren nun klappernde Geräusche zu hören. »Ist sie das?«, fuhr Karl ihm ungeduldig ins Wort. »Ist das Clara?«

»*Monsieur*, ich fordere Sie auf zu gehen! *Sortez! Tout de suite!*« Gérards Tonfall entsprach nun dem eines Offiziers, der es gewohnt war, Befehle zu erteilen.

Karl wollte an Gérard vorbeitreten, doch stellte der sich ihm prompt in den Weg.

Noch bevor Karl einen weiteren Gedanken fassen konnte, fuhr, wie aus einem Reflex heraus, seine Faust aus und traf den Franzosen mitten im Gesicht. Gérard, völlig überrascht von dieser Attacke, taumelte, hob nun jedoch seinerseits die Fäuste und setzte zum Gegenschlag an, doch Karl war schneller. Er sprang einen Schritt nach vorn, drängte den Franzosen dadurch mit dem Rücken an eine Wand und schlug wieder und wieder auf ihn ein. Er war wie im Rausch, als sich all die aufgestaute Wut der letzten Monate und Jahre unkontrollierbar über seine Fäuste entlud; und nicht nur einmal war das schaurige Knacken eines Knochens zu hören, wenn einer der Schläge sein Ziel fand.

»Um Himmels willen, Karl!«, schrie plötzlich eine gellende Stimme. »Was machst du denn da?!« Schon im nächsten Moment verspürte er einen heftigen Schmerz auf der Höhe seines Knies, der es einknicken und ihn in die Hocke gehen ließ. Das Nächste, was er aus dem Augenwinkel sah, war der spitze Hacken eines knallroten Schuhs, der, diesmal auf Höhe seines Oberarms, erneut auf ihn zugeschossen kam. Als Karl dem Angriff auswich, ging der Tritt allerdings ins Leere. Derart wieder zur Besinnung gebracht, sprang er auf die Füße. »Sieh an«, keuchte er, »da bist du ja, du egoistisches Miststück!«

Clara aber beachtete ihn gar nicht, sondern ging, einen panischen Schrei ausstoßend, in die Hocke und wandte sich ihrem Geliebten zu, der vor Schmerzen gekrümmt auf dem Boden saß und mit zitternden Fingern sein blutüberströmtes Gesicht befingerte. »Ich … ich hole Doktor Rosenthal, mein Schatz«, sagte sie mit leiser Stimme. Sie deutete auf eine mitten im Raum stehende Chaiselongue. »Schaffst du es bis dorthin? Du könntest dich hinlegen, bis ich wieder zurück bin, und dann versorge ich deine Wunden.«

Als Gérard nun Anstalten machte, sich vom Boden zu erheben, dabei jedoch immer wieder aufstöhnte und bedrohlich ins Wanken geriet, fauchte sie Karl an: »Los, Mann, hilf mir! Das ist nach allem, was du angerichtet hast, ja wohl das Mindeste, was du tun kannst!«

Karl, der langsam, aber sicher wieder zur Besinnung kam, nickte. Sie schleppten Gérard mehr zur Chaiselongue, als dass er selber lief, und immer wieder schien der Franzose einer Ohnmacht nahe. Schließlich aber ließ er sich aufstöhnend auf die Polster sinken. »Du diesen Mann kennen, *Chérie*?«, fragte er mit vom Schmerz verzerrter Stimme. »Ist es wahr, dass er … dass ihr seid verheiratet?«

»Ja, Gérard, es ist wahr«, bestätigte Clara nach kurzem Zögern, wobei sie Karl wütend anfunkelte. »Ich verspreche, ich erkläre dir alles. Aber erst mal gehe ich zu Doktor Rosenthal und bitte ihn zu kommen. Seine Praxis ist nicht weit von hier.« Sie zeigte mit spitzem Finger auf Karl: »Und du passt gefälligst auf ihn auf, Karl! Eins schwöre ich dir: Sollte Gérard nicht völlig wiederhergestellt werden, dann mache ich dir die Hölle heiß! Und glaub mir: Du willst nicht wissen, was genau das für dich bedeutet! Wir haben Freunde hier, Karl, mächtige Freunde, mit denen du dich ganz sicher nicht anlegen willst. Also sorgst du am besten dafür, dass es Gérard gut ergeht, bis ich zurück bin.« Mit diesen Worten rauschte sie zur Tür hinaus auf die Straße.

Während Gérard in einem nicht wachen und nicht schlafenden Zustand vor sich hin dämmerte und ab und zu Schmerzenslaute von sich gab, fühlte sich Karl zunehmend unwohl in seiner Haut. Er hatte sich, nachdem Clara gegangen war, neben der Chaiselongue zu Boden sinken lassen und vergrub nun seinen Kopf in den Händen. Was war nur in ihn gefahren, sich derart gehen zu lassen?! Er war hergekommen, um Clara zur Rede zu stellen und ihr aufzuzeigen, was sie mit ihrer unbedachten Flucht angerichtet hatte. Stattdessen aber war er auf diesen Franzosen losgegangen; es hätte nicht viel gefehlt, und er hätte ihn zu Tode geprügelt. Grundsätzlich wäre es um einen weiteren toten Franzmann zwar nicht schade gewesen, doch war sich Karl durchaus bewusst, dass seine ganze Aggression weniger gegen diesen Mann persönlich gerichtet gewesen war, als dass sie all den Schmerz zum Ausdruck brachte, den er in den letzten Monaten und Jahren hatte erleiden und unterdrücken müssen. Der Krieg, der gefallene Bruder, der Tod des Vaters, die Kämpfe für die Rechte der Bergarbeiter, die Wirtschaftskrise, der Hunger, Clara, Dietrich, Enna, Elisabeth und nun auch noch Annemarie. Wie viel, verflucht noch mal, konnte ein Mann ertragen?

»Sie … Sie sind *jaloux* … äh … eifersüchtig«, presste Gérard gequält mit kehliger Stimme hervor. »Es ist … Ich nicht wusste, dass …«

»Ich bin nicht eifersüchtig«, erwiderte Karl müde. »Ganz sicher nicht. Clara und ich … nun, es war nie eine gute Idee.«

»*Mais … je ne comprends pas.* Warum Sie sind hier?«

»Es ist kompliziert.«

»*Mais* … Aber …«

Karl stieß einen Fluch hervor. Konnte der Kerl nicht endlich seine Klappe halten? »Das soll Clara Ihnen erklären«, erwiderte er schroff. »Ich bin nur hier, um mit ihr zu sprechen. Es gibt ein paar Dinge zu regeln.« *Sie ist mit dieser Ungeheuerlichkeit schon viel zu lange davongekommen*, fügte er in Gedanken hinzu. Und es gab absolut keinen Grund, warum immer nur andere darunter leiden sollten, allen voran Henrike – und jetzt natürlich auch Annemarie. Letztere zumindest dann, wenn es ihm und Elisabeth nicht gelang, sie dauerhaft von dem Direktor fernzuhalten. Aber es würde ihnen gelingen, wie sich Karl bei allem, was ihm heilig war, geschworen hatte.

Karl wusste nicht zu sagen, wie viel Zeit vergangen war, als Clara wieder zur Tür hereinkam und einen Schwall kühler Frühlingsluft, die geschwängert war von den Geräuschen und Gerüchen der belebten Straße, mit hereinbrachte.

Er schaute auf. *Sie ist wunderschön*, war das Erste, was ihm durch den Kopf schoss. Trotz ihres durch die Hetze ein wenig aufgelösten Zustands sah sie jung und frisch und in ihrem modern geschnittenen grünen Kleid, das zu ihrem rotblonden, zu einem Bob geschnittenen Haar in einem interessanten Kontrast stand, sehr elegant aus. Noch nie hatte er in ihr mehr gesehen als die Clara von nebenan. Nun aber realisierte er, dass sie tatsächlich mehr war als das. Und vor allem erkannte er, dass sie genau hierhergehörte, nach Berlin, in diese Welt aus Glitzer, Glanz und Freiheit, in der sie all das ausleben konnte, was in ihr steckte. Und das schien mehr zu sein, als ihm bislang bewusst gewesen war.

Was jedoch keinerlei Entschuldigung für ihr durch und durch infames Verhalten sein konnte, angefangen damit, dass sie ihn verführt und zu Ehe und Vatersein gezwungen hatte.

»Der Arzt kommt gleich. Er hat noch einen Notfall zu versorgen«, verkündete Clara, ohne Karl auch nur eines Blickes zu würdigen. Stattdessen stürzte sie, nachdem sie sich vergewissert hatte, dass Gérard den Umständen entsprechend wohlauf war, an ihnen vorbei in einen der Galerie angeschlossenen Raum und kam gleich darauf mit einer Schüssel voll Wasser, einem Leinentuch und einer Flasche Laudanum zurück. »Los, Karl«, sagte sie, »heb Gérards Kopf an! Aber vorsichtig. Wir sollen ihm Laudanum einflößen, sagt der Doktor. Das nimmt ihm die schlimmsten Schmerzen.«

Karl tat, wie ihm geheißen.

»Was hast du dir nur dabei gedacht?« Clara, die nun dazu überging, Gérards Wunden zu reinigen, warf ihm einen vernichtenden Blick zu.

»Das sagt ja genau die Richtige«, knurrte Karl, während er weiterhin den Kopf des Franzosen hielt. »Wir müssen reden, Clara.«

»Und deswegen kommst du extra nach Berlin?«

»Nein. Na ja, indirekt.«

»Ich verstehe nicht …« Clara wirkte plötzlich erschrocken. »Ist was mit Mutter?« Ihre Stimme geriet zu einem Hauchen. »Oder mit … mit Dietrich? Oh, mein Gott, es ist Dietrich, oder? Du bist wegen unserem Kind hier.«

»Kind?« Gérard bäumte sich auf. »*Tu as un enfant?*«

»Nein. Also, ja.«

Karl schüttelte ungeduldig den Kopf. »Dietrich geht es gut, Clara. Erstaunlich aber, dass du dich überhaupt noch an deinen Sohn erinnerst.«

»Du hast einen Sohn?!« Gérard machte eine abrupte Bewegung, schrie dann vor Schmerzen auf.

»Pssst, *Chéri,* alles ist gut.« Clara strich ihm mit so viel Zärtlichkeit über den dunklen Schopf, dass Karl sie erstaunt ansah. Sie schien diesen Kerl wahrlich und wahrhaftig zu lieben! »Ich sagte doch, ich erkläre es dir später, Gérard. Es ist jetzt nicht wichtig, hörst du?«

Das Bimmeln der Türglocke ertönte, und ein Mann in schwarzem Mantel und mit lederner Tasche in der Hand kam herein.

»Doktor Rosenthal, gut, dass Sie da sind!« Clara wirkte erleichtert. Sie stand auf und überließ dem Arzt ihren Platz.

* * *

»Oh, mein Gott.« Clara erblasste und schlug sich erschrocken die Hand vor den Mund. »Das habe ich nicht gewollt. Ich schwöre, dass ich das nicht gewollt habe.«

»Nun, was du gewollt hast, scheint mir offensichtlich zu sein«, erwiderte Karl mitleidlos. Er ließ seinen Blick durch den Raum schweifen, den Clara großspurig als ihren Salon bezeichnet hatte, als sie ihn in ihre Privaträume führte, die über der Galerie gelegen waren. Zugegeben, es war ein durchaus ansehnlicher Raum mit teuer wirkendem Mobiliar. Die Geschäfte des ehemaligen Offiziers schienen also gut zu laufen. Was nicht verwunderte, dachte Karl, wenn man keine Hemmungen hatte, den nackten Körper einer Frau so unverhohlen auf Leinwand gebannt zu verkaufen. Von einem Salon jedoch war dieser Raum, den wohl jeder andere als Wohnzimmer bezeichnen würde, weit entfernt. Dennoch gefiel Karl, was er sah, und erstmals stellte er sich vor, wie es wohl sein mochte, anstatt in der stets so ärmlich, dunkel und rußig daherkommenden Zechensiedlung solch eine Wohnung in Berlin bewohnen zu dürfen. Prompt fragte er sich, wie Elisabeth wohl untergebracht sein mochte und ob es dieser Art des Wohnens vergleichbar sei. Kaum gedacht, verbat er sich jedwede dahingehende Mutmaßung wieder, richtete diese in seinem Kopf doch so viel Verwirrung an, dass sie unmöglich zielführend sein konnte.

»Ich … ich werde mit Gérard reden. Ich werde das alles in Ordnung bringen«, erklärte Clara mit rudernden

Armbewegungen, die irgendwie nicht zum Inhalt ihrer Worte passen wollten. »Auf gar keinen Fall dürfen Henrike und Annemarie dafür büßen müssen, dass ich …«

»Nun, das mussten sie bereits«, fiel ihr Karl unnachgiebig ins Wort. »Leider habe ich erst jetzt davon erfahren, welches Opfer Henrike für deine Freiheit – ach, was sag ich, für deine Frechheiten hat bringen müssen. In Ordnung bringen kannst du da gar nichts mehr.« Er streckte ihr warnend den Zeigefinger entgegen. »Aber dennoch ist damit jetzt Schluss, Clara! Ganz egal, welche Entscheidung du in dieser Angelegenheit von nun an auch triffst: Für alles, was sie nach sich zieht, bist ganz allein du verantwortlich! Und glaub mir, dass ich daran an keiner Stelle Zweifel lassen würde, wenn du glaubst, dich erneut aus deiner Verantwortung stehlen zu können.«

»Aber meine Mutter, sie wird von der Wahrheit entsetzt sein!«, keuchte Clara. »Es gibt keine Worte, mit denen ich ihr erklären könnte, was passiert ist, ohne dass ich ihr damit ganz fürchterlich wehtue, ja, ihr Schande mache. Ich mag mir gar nicht ausmalen, dass …« Sie verzichtete darauf, den Satz zu Ende zu bringen, und schaute Karl hilfesuchend an, der aber wich ihrem Blick aus.

»Es wird Zeit, dass du selbst die Konsequenzen für dein Handeln trägst, Clara«, gab er sich unnachgiebig. »Und glaube mir, wenn ich sage, dass diesmal die Wahrheit auf jeden Fall auf den Tisch kommt, wenn nicht durch dich, dann durch mich. Und das so rechtzeitig, dass Direktor von Wolff gar nicht erst die Möglichkeit bekommt, seine Version der Geschichte zu erzählen. Allzu viel Zeit bleibt dir also nicht, um das zu tun, was du schon längst hättest tun müssen.«

Dass Elisabeth alles daransetzen würde, ihren Vater in seine Schranken zu weisen, ließ Karl unerwähnt, denn das hätte Clara womöglich zum Anlass genommen, sich in Sicherheit zu wiegen, ob zu Recht oder zu Unrecht. Tatsache aber war, dass es ihn schier verrückt machte, nicht zu wissen, was in der Villa von Wolff in diesen Tagen geschah, und er hoffte zutiefst, dass nun nicht zuletzt auch noch Elisabeth eine der Leidtragenden von Claras egoistischem Verhalten sein würde. Sollte es jedoch so kommen, dann würde er – und das schwor er bei Gott – dafür sorgen, dass Clara es für den Rest ihrer Tage bitter bereute.

»Hole deinen Sohn hierher!«

»Was?« Clara schaute sich ertappt zu Gérard um, der wider Erwarten in der Tür erschienen war, obwohl er vom Arzt für die nächsten drei Tage strenge Bettruhe verordnet bekommen hatte.

»*Tu m'as bien compris*, du mich hast gut verstanden, Clara. Ein Kind gehört zu seiner Mutter.« Gérards Tonfall duldete keinen Widerspruch.

»Aber … was wird dann aus uns?«

Gérard schwieg.

»Was … was hast du von dem gehört, was Karl und ich besprochen haben?« Auch Clara hatte nun zu weinen begonnen.

»Genug. So es kann nicht weitergehen.« Aus seinen fast zugeschwollenen Augen rannen Tränen über das Gesicht des Franzosen. »Was du hast dir dabei gedacht, Clara? Du lässt allein dein Kind, *ton petit enfant*, nur um mit mir … Aber warum du hast nichts gesagt? Vertraust du so wenig mir und meiner Liebe ?« Ohne eine Erwiderung abzuwarten, drehte er sich um und schlurfte gebeugt wie ein Greis hinaus.

»Bitte geh jetzt, Karl, ich möchte allein sein!«, schluchzte Clara.

Karl nickte schweigend. Genau das hatte er sowieso vorgehabt. Er war von Gérards Worten sehr beeindruckt, doch würde er sich das ganz sicher nicht anmerken lassen. »Bis dann, Clara«, sagte er zum Abschied. »Ich erwarte, sehr kurzfristig von dir zu hören.«

9

Duisburg, März 1925

Der schwarze Maybach des Direktors Heinz-Rudolf von Wolff näherte sich, aus Richtung der Villa kommend, in langsamem Tempo dem Tor zur Straße. Der Kies gab unter den Reifen des Wagens knirschend nach.

Elisabeth zog sich noch weiter hinter einen der mannshohen Büsche zurück, die auf Seiten der Straße die Mauer des Grundstücks säumten, und betete zu Gott, dass in den nächsten Minuten alles wie geplant verlaufen würde. Sollten sie nämlich bei dem, was sie vorhatten, auffliegen, dann würde es für alle Beteiligten, vor allem aber für sie selbst und Annemarie finster aussehen.

»Ganz ruhig, Fräulein Elisabeth!«, raunte Joris ihr zu. »Es wird alles gut, Sie werden sehen.« Karls Bruder nickte ihr aufmunternd zu, und sie war wirklich froh, ihn an ihrer Seite zu haben. Noch vor Karls Abreise nach Berlin hatten sie Joris in ihre Pläne eingeweiht, und der hatte keine Sekunde gezögert, sich ihnen anzuschließen. Genau wie sein Bruder war auch Joris außer sich vor Wut gewesen, als er von der Absicht des Direktors erfuhr, fortan Annemarie zu seiner Gespielin zu machen. »Eher bringe ich ihn um, als dass dieses Schwein meine Schwester auch nur einmal mit seinen dreckigen Fingern betatscht!«, hatte er geschrien und noch im selben Moment das Messer gezogen, das er stets mit sich führte. »Und ich schwöre bei Gott, dass ich ihm zuvor noch alles abschneide, was ihn zum Mann macht!«

»Genau das wollte ich hören, Bruder«, hatte Karl erwidert und ihm zustimmend auf die Schulter geklopft. »Unser Plan aber ist ein anderer. Also hör mir zu und sag mir, was du davon hältst.«

Der Maybach des Direktors erreichte das Tor, und der Chauffeur, gekleidet in eine schwarze Livree mit glänzenden Messingknöpfen, stieg aus, um es zu öffnen.

»Jetzt ist es gleich so weit«, flüsterte Joris. »Sind Sie bereit?«

Elisabeth nickte, unfähig, auch nur ein Wort herauszubringen. Würde es ihr gelingen herauszufinden, ob ihr Vater erneut krumme Geschäfte machte, die ihm zum Verhängnis werden konnten? Und was würde passieren, schränkte sie sogleich ein, wenn sie nichts herausfand? Hätten sie dann überhaupt noch etwas in der Hand, was ihn daran hindern würde, sich auch zukünftig nur seinem eigenen Wohl verpflichtet zu fühlen und die Würde anderer Menschen mit Füßen zu treten?

Der Chauffeur war wieder eingestiegen und lenkte den Maybach zum Tor hinaus. Mit Schaudern erkannte Elisabeth durch die Scheibe hindurch schemenhaft das Gesicht ihres Vaters, der über eine Zeitung gebeugt auf der ihnen abgewandten Seite im Fond des Automobils saß.

»Jetzt!«, zischte Joris, als das Heck des Wagens auf ihrer Höhe war, und beide schlüpften sie in der Hoffnung, von niemandem bemerkt zu werden, durch das Tor hindurch auf das Grundstück. Sie taten einen Satz zur Seite, pressten sich mit dem Rücken gegen die mehr als mannshohe Mauer und lauschten mit angehaltenem Atem.

Elisabeth stieß erleichtert die Luft aus, als sich die Flügel des Tores wenig später wieder nahezu geräuschlos schlossen, ohne dass sich jemand um sie scherte. »Puh, das wäre geschafft!«

Joris grinste. »Schon verrückt, wenn man bedenkt, dass Sie sich wie eine Diebin in eine Villa schleichen müssen, die eigentlich Ihr Zuhause ist, finden Sie nicht?«

Doch, das fand sie auch, aber es war ihr allemal lieber, als immer noch die verwöhnte und ignorante Person zu sein, die sie als Tochter des Herrn Direktor noch vor wenigen Jahren gewesen war. »Ja, es ist verrückt«, bestätigte sie. »Umso mehr danke ich Ihnen, dass Sie mir Ihr Vertrauen schenken und mich hierher begleitet haben. Ihr Risiko ist doch ein ungleich höheres als meins. Denn selbst, wenn mein Vater von meinem Verrat erfährt, wird er wohl kaum so weit gehen, mich der Justiz auszuliefern.«

»Nun, auf seine Milde könnte ich wohl tatsächlich nicht hoffen«, pflichtete Joris ihr grinsend bei. »Dennoch: Karl und ich haben in den vergangenen Jahren schon viele Schlachten geschlagen. Ganz bestimmt werden wir nach allem, was wir durchgestanden haben, nicht ausgerechnet aus dieser als Verlierer hervorgehen.«

Es erstaunte Elisabeth immer wieder, wie unerschrocken und vor allem selbstlos die Brüder an die Lösung von Problemen herangingen, wenn sie überzeugt waren, auf der richtigen Seite zu stehen. Hätte sie selbst sich nicht wenigstens dazu aufraffen können, in einer Suppenküche auszuhelfen, würde sie sich jetzt bestimmt noch sehr viel mehr für ihre bisherige Untätigkeit schämen, als sie es sowieso schon tat.

»Nicht schlecht, wie man hier wohnt, das muss ich schon sagen«, bemerkte Joris, während er seinen Blick auf die stattliche, rundum von einer Veranda eingerahmte Villa gerichtet hielt. »Und Sie sind sicher, dass Sie etwas finden werden?«

»Kaum vorstellbar, dass mein Vater keinen Dreck am Stecken hat«, erwiderte Elisabeth überzeugter, als ihr zumute war. »Ich muss lediglich herausfinden, welche Art von Dreck es ist.«

»Hm. Dann hoffen wir mal, dass Ihnen genug Zeit dafür bleibt.«

»Ja, das hoffe ich auch.« Elisabeth hatte zunächst vorgehabt, einfach am Tor zu läuten und die Villa zu betreten, so wie sie es früher getan hatte, um sich dann – wie schon vor ihrer Flucht nach Berlin – auf die Suche nach Unterlagen zu machen, die ihren Vater belasteten und im besten Falle erpressbar machten. Dann jedoch hatte ihr Bauchgefühl ihr gesagt, dass sie, sollte ihr Vater sie anschließend nicht mehr aus den Augen lassen – was durchaus zu befürchten stand –, dazu vermutlich keinerlei Möglichkeit mehr bekommen würde. Also hatte ein anderer Plan hergemusst, und sie hoffte zutiefst, dass ihr Vater, so wie es seinem üblichen Tagesablauf entsprach, erst gegen Abend wieder zurückkehren würde. Sollte sie bis dahin nichts gefunden haben, was ihnen von Nutzen war, hätte sie tatsächlich ein Problem.

Nun galt es nur noch, ungesehen in die Villa hinein- und später auch wieder hinauszukommen.

»Also gut«, sagte sie, einmal tief durchatmend, »lassen Sie uns den nächsten Schritt in Angriff nehmen.«

»Ich bin bereit.« Bevor Joris sie jedoch verließ, schaute er sie lange prüfend an und sagte dann: »Ich weiß zwar nicht, was Sie und Karl miteinander zu schaffen haben, aber mir scheint, es liegt ihm viel an Ihnen. Tun Sie ihm nicht weh, in Ordnung? Er hat schon genug durchgemacht.«

»N-natürlich nicht«, stammelte Elisabeth überrumpelt. »Karl … er ist mir auch wichtig.«

Joris nickte seufzend, dann zuckte er mit den Schultern. »Gut. Ich habe zwar keine Ahnung, wie das mit euch beiden funktionieren soll, aber die Zeiten ändern sich und ich lasse mich gern überraschen.« Er zwinkerte ihr zu. »Mir scheint, ihr mögt es beide gern kompliziert. Viel Glück, Elisabeth! Und hoffentlich auf ein baldiges Wiedersehen. Ich werde, wie besprochen, alles zu Ihrer Flucht vorbereiten, soweit es mir möglich ist.« Noch ehe Elisabeth etwas erwidern konnte, schlenderte er, die Hände in den Hosentaschen vergraben, pfeifend in Richtung des Eingangsportals davon und betätigte nur wenig später die Glocke.

Wie erwartet, war es Butler Charles, der die Tür öffnete, und schon im nächsten Moment entnahm Elisabeth den aufgeregten Gesten, zu denen Joris in gespielter Verzweiflung angesetzt hatte, dass er sich an den ausgemachten Plan hielt. Und tatsächlich dauerte es nicht lange, bis es ihm gelang, Charles aus der Villa zu locken, wobei der in aller Hektik vergaß, die Tür zu schließen. Nur wenig später verschwanden sie gemeinsam um die Ecke in Richtung Park. Was auch immer Joris dem Butler erzählt hatte, es schien für ihren Zweck das Richtige gewesen zu sein.

Elisabeth, die sich, von Bäumen und Büschen verdeckt, der Villa Schritt für Schritt angenähert hatte, schlüpfte zur Haustür hinein und betete, dass alle Bediensteten, vor allem jedoch ihre Mutter, Besseres zu tun hatten, als sich in der Diele herumzutreiben.

Es war ein seltsames Gefühl, nach so langer Zeit wieder nach Hause zu kommen, das optische Erscheinungsbild und die sie empfangenen Gerüche waren immer noch die ihrer Kindheit. Doch blieb ihr angesichts dessen, was sie vorhatte, keine Zeit, in Erinnerungen zu schwelgen. Also wandte sie sich schnellstmöglich dem Arbeitszimmer ihres Vaters zu, das von der mit Marmor ausgelegten Diele mit wenigen Schritten erreichbar war.

Kaum, dass sie es betreten hatte, schloss sie sachte die Tür und ließ sich für einen kurzen Augenblick zutiefst erleichtert gegen das Holz sinken. Das wäre geschafft! Da ihr Vater die gestrenge Anordnung erlassen hatte, diesen Raum in seiner Abwesenheit ohne ausdrückliche Erlaubnis allenfalls zum Anfachen des Kaminfeuers zu betreten, durfte sie damit rechnen, dass ihr nun Zeit genug blieb, sich ausgiebig umzusehen, ohne dabei gestört zu werden. Vorsichtshalber aber drehte sie den schmiedeeisernen Schlüssel von innen im Schloss und zog ihn heraus, sodass es, sollte jemand aus irgendeinem Grund doch Einlass begehren, so aussah, als hätte ihr Vater den Raum abgeschlossen.

Dann machte sie sich ans Werk.

* * *

Direktor Heinz-Rudolf von Wolff hasste es, in dem von ihm geplanten Tagesablauf gestört zu werden. Und vor allem hasste er es, wenn dies durch Jacques Dupont geschah. Denn ganz egal, was er in den letzten Monaten auch angestellt hatte, um den französischen Offizier, der sich seit dem Beginn der Besatzung maßgeblich in die Geschicke seiner Zeche einmischte, zufriedenzustellen, es war nie genug – und vor allem machten ihn die Tricks, mit denen Dupont hantierte, so langsam nervös. Zwar war auch er selbst kein Kind von Traurigkeit und ganz bestimmt nicht zimperlich, wenn es um die Abwicklung von Geschäften ging, die sich am Rande der Legalität bewegten; Dupont aber war ein so ausgefuchster Halunke, dass selbst ihm, dem mit allen Wassern gewaschenen Zechendirektor, manchmal angst und bange wurde. Denn wer letztlich für all die krummen Dinger und heimlichen Absprachen geradestehen würde, sollten sie eines Tages auffliegen, war ebenso klar wie die Tatsache, dass Dupont sich aus der Affäre ziehen würde. Das nämlich hatte sich Letzterer auf infame Art und Weise schriftlich geben lassen.

Also blieb von Wolff nichts anderes übrig, als das Spiel mitzuspielen und dabei für sich das Beste aus allem herauszuholen, solange es ihm noch möglich war.

Nun also stand Dupont schon wieder vor der Tür, wie ihm sein Sekretär gleich nach Ankunft mitteilte. Was mochte er diesmal wollen?

Um sich schon im Vorfeld zu beruhigen, zündete sich von Wolff eine Zigarre an, paffte genüsslich und harrte, den blauen Dunst mit den Augen verfolgend, der Dinge, die da kommen mochten. Er hatte gerade ein paar Züge genommen, als es an der Tür klopfte und Dupont eintrat. Trotz seines nach wie vor erheblichen Alkoholkonsums, von dem von Wolff gehofft hatte, dass er ihn über kurz oder lang ausschalten oder zumindest zu Fehlern verleiten würde, schien der Offizier in allem, was er, getrieben von Ehrgeiz und Gier, ersann, völlig klar zu sein. Entsprechend hatten sie gemeinsam mit Hagen Brodenbeck in den letzten Monaten auf nationalem wie internationalem Parkett ein schmutziges Ding nach dem anderen gedreht. Zugegeben, das alles erwies sich als deutlich lukrativer, als von Wolff es sich jemals hätte vorstellen können, doch schien ihm das Tempo, in dem das alles vonstattenging, ihr Handeln viel zu anfällig für Fehler zu machen. Dass sie überhaupt noch auf ihren Posten saßen, grenzte daher an ein Wunder; und das Schicksal, so hatte er es von Kindesbeinen an verinnerlicht, sollte man nicht zu oft herausfordern.

»Guten Morgen, *mon cher ami*«, begrüßte ihn Dupont, legte schwungvoll einen Aktendeckel vor ihn auf den Schreibtisch, um dann ohne Umschweife zur Sache zu kommen. »Die Produktion von Waffen entspricht nicht mehr dem Zeitgeist und ist daher nicht mehr opportun«, verkündete er zu von

Wolffs Überraschung, hatte er doch bis zu ihrem zuletzt angeleierten Geschäft noch das Gegenteil behauptet.

»Und was, wenn ich fragen darf, ist jetzt opportun?«, erkundigte sich von Wolff, nicht ohne Sarkasmus in der Stimme.

Dupont, der sich in einem der schweren Ledersessel niedergelassen hatte und sich einen ordentlichen Schluck aus seinem Flachmann genehmigte, machte eine Kopfbewegung zum Aktendeckel hin.

Von Wolff hob fragend die Brauen und schlug ihn auf. Je länger er die dort einsortierten Zettel durchblätterte, desto steiler wurde die Falte auf seiner Stirn. »Automobile?«, fragte er schließlich konsterniert.

Dupont nickte, auf dem Gesicht jenen typisch selbstgefälligen Ausdruck, den von Wolff in den letzten Monaten wie kaum etwas anderes zu hassen gelernt hatte. »Die Wirtschaft brummt, der Pöbel hat Arbeit und ist zufrieden, ein weiterer Krieg ist nach allem, was unsere Außenminister Gustav Stresemann und Aristide Briand verhandelt haben, vorerst nicht zu erwarten. Viele Hersteller stellen daher ihre Produktion von Waffen auf Automobile um.«

»Ja, eben. Der Markt ist längst gesättigt«, pflichtete von Wolff ihm bei. »Benz, Daimler, BMW …«

»Auch Bugatti plant Großes«, ergänzte Dupont, ohne den Stolz auf den Autobauer seiner Heimat zu verhehlen.

»Ja, meinetwegen auch die«, knurrte von Wolff. »Sie alle fertigen jetzt Automobile. Ich beobachte den Markt seit Langem. Es ist nicht zu übersehen, dass nur die Großen überleben. All die Kleinen, die sich an diesem Markt versucht haben, hat die Wirtschaftskrise hinweggefegt. Warum also sollten ausgerechnet wir …?!« Er schüttelte den Kopf. Diesmal nahm Duponts Größenwahn eindeutig ungesunde Formen an. »Ich halte das für keine gute Idee, zu den Etablierten in Konkurrenz zu treten.«

»Und genau deswegen werden es Rennwagen sein.«

»Wie bitte?« Von Wolff glaubte, sich verhört zu haben.

»Rennwagen, *mon ami*, sind die Zukunft.« Dupont machte eine ausladende Bewegung mit den Armen und geriet ins Schwärmen. »Die ganze Welt befindet sich in einem einzigen ... wie sagt ihr ... Geschwindigkeitsrausch. Ich war da, beim Großen Preis von Frankreich, *Le Grand Prix de l'Automobile Club de France* im letzten August in Lyon.« Er machte eine Handbewegung, begleitet von einem sirrenden Geräusch, als würde ein Blitz durch den Raum schießen. »Es ist *incroyable*, unglaublich, wie schnell diese Wagen unterwegs sind! Bis zu zweihundert Stundenkilometer, man stelle sich das mal vor! *Deux cents*!« Er beugte sich vor. »Und wir, *mon ami*, werden ein Teil davon sein.«

Von Wolff geriet ins Schwitzen. Dieser Mann war komplett wahnsinnig! Auf gar keinen Fall würde er ... niemals!

»Sie haben die Planungen rund um die Nürburg sicherlich verfolgt, *mon ami*. Genau dort, auf deutschem Boden, wird zukünftig die Geschichte des Rennsports geschrieben werden, das prophezeie ich Ihnen! Hören Sie auf meine Worte!«

»Weiß Brodenbeck schon davon?«, fragte von Wolff heiser.

»*Mais bien sûr*! Natürlich! Er ist dafür. Wie könnte er auch nicht?!« Dupont, der von seiner Idee völlig beseelt schien, stand auf und zog seinen Hut. »*Au revoir, mon ami*, ich mache mich wieder auf den Weg. Es gibt viel zu tun, *n'est-ce pas*? Setzen Sie sich umgehend mit Brodenbeck in Verbindung, er erwartet Ihren Anruf.«

»Er wird mich ruinieren«, murmelte von Wolff und wischte sich mit einem Taschentuch den Schweiß von der Stirn. »Das muss verhindert werden.« Er überlegte, was nun zu tun sei, doch kam er nicht umhin, sich einzugestehen, dass er nach dieser völlig absurden Eröffnung zu keinem klaren Gedanken fähig war. Das Beste würde wohl sein, noch einmal nach Hause zu fahren. Dort würde er Marianne in sein Zimmer kommen lassen, damit sie ihn auf andere Gedanken brachte. Danach würde er weitersehen.

Also rief er nach seinem Sekretär und forderte ihn schlecht gelaunt auf, seinen Wagen vorfahren zu lassen.

* * *

Je länger Elisabeth die Unterlagen ihres Vaters durchforstete, desto mehr schwirrte ihr der Kopf. Fast schien es, als habe er sein Büro nach Hause verlegt, so viel mehr Akten und Papiere als früher hatten sich auf und in seinem Schreibtisch sowie in den Regalen angesammelt. Oder bewahrte er so manches Schriftstück vorsichtshalber hier auf, um sie vor der französischen Interimsverwaltung der Zeche geheim zu halten?

Stirnrunzelnd hob sie eines der Schriftstücke an und betrachtete es genauer. Was, um alles in der Welt, waren das für dubiose Geschäfte, denen er neuerdings nachging?!

Soweit sie es überblicken konnte, drehte sich sein Tun schon seit der Wirtschaftskrise nicht mehr vornehmlich um den Abbau und den Verkauf von Kohle. Vielmehr schien er seine geschäftlichen – und vermutlich auch seine persönlichen – Kontakte zu Hagen Brodenbeck noch einmal intensiviert zu haben. Nur was genau die beiden miteinander zu schaffen hatten, erschloss sich ihr nicht auf Anhieb. Es gab Zahlenreihen über Zahlenreihen, Tabellen über Tabellen. Ganz offensichtlich war viel Geld geflossen, mal in die eine, mal in die andere Richtung und noch einiges mehr auf nicht nachvollziehbare Konten, vor allem in Frankreich.

Sosehr sich Elisabeth auch anstrengte, eine Ordnung in alledem zu finden, es wollte ihr nicht gelingen, gab es zu den Zahlenreihen und Tabellen doch auffallend wenig erklärenden Schriftverkehr. Aus den Zahlen allein aber konnte sie nicht allzu viel ablesen, obwohl sie bereits seit Jahren die Buchhaltung für *Trudes Perle* und Gertruds darüber hinausgehende Geschäfte verantwortete und inzwischen mit so manchen Möglichkeiten der kreativen Buchführung durchaus vertraut war. Zumindest war es ihnen in den letzten Jahren unbemerkt gelungen, möglichst viel Geld an den Behörden vorbeizuschleusen.

»Das alles hier zu durchschauen, schaffe ich nicht in ein paar Stunden«, murmelte sie. Natürlich hatte sie keineswegs angenommen, dass sich ihr Vater nach seinem Gefängnisaufenthalt vor ein paar Jahren zu einem Saubermann entwickelt habe, denn das entsprach nun wirklich nicht seinem Naturell. Auch wusste sie nicht zu sagen, was genau sie zu finden gehofft hatte; doch überstieg das, was sie hier vorfand, ihre kühnsten Erwartungen, und sie war sich nicht mehr so sicher, ob sie überhaupt wissen wollte, was hier gespielt wurde.

Elisabeth schreckte hoch, als plötzlich Schritte von der Diele her zu hören waren. Es waren klackernde Schritte, wie sie von hochhackigen Frauenschuhen verursacht wurden. Womöglich war es ihre Mutter, die vorbeilief? Die Lautstärke der Schritte deutete jedoch zu ihrer Erleichterung darauf hin, dass niemand ein Geheimnis aus seiner Anwesenheit machen oder sich gar anschleichen wollte, um sie auf frischer Tat zu ertappen. Auch konnte sie sich nicht erinnern, dass ihre Mutter diesen Raum überhaupt jemals betreten hatte. Die Geschäfte ihres Mannes waren der werten Käthe von Wolff schon immer egal gewesen, solange diese ihr ein komfortables Leben ermöglichten.

Elisabeth schalt sich eine Närrin, als die Schritte tatsächlich schon wenig später in der Ferne verhallten. Schließlich konnte sie inzwischen sicher sein, dass niemand auch nur die geringste Ahnung von ihrer Rückkehr hatte, denn das hätte längst zu einem ordentlichen Wirbel im Haus geführt. Also hatte sie auch nichts zu befürchten und konnte in Ruhe weiterarbeiten, zumal aufgrund der verschlossenen Tür sowieso nicht zu erwarten stand, dass irgendwer von einer Sekunde auf die andere plötzlich im Raum stehen würde.

Also widmete sie sich nach ein paar tiefen Atemzügen wieder den rätselhaften Unterlagen, die mit jedem Blatt Papier, das sie eingehend studierte, den Nebel anstatt zu lichten sogar noch zu verdichten schienen.

Es brauchte einen Moment, bis Elisabeth nach völligem Versenken in die Akten realisierte, dass sich dem Eingangsportal in gemächlichem Tempo ein Fahrzeug näherte. Dann jedoch wurde ihr bewusst, dass das Knirschen des Kieses nur eines bedeuten konnte: Ihr Vater war zurück!

Hastig sprang sie von ihrem Stuhl auf und ging zur Verandatür. Sie betete zu Gott, dass sie sich geirrt haben und es sich bei dem Ankömmling lediglich um einen Besucher ihrer Mutter handeln mochte. Mit aller Vorsicht schob sie die mit Stickereien verzierte Gardine ein kleines Stück beiseite – und fühlte ihr Herz für einen Schlag aussetzen.

»Vater!«, keuchte sie entsetzt. Wenn er am helllichten Tag hier auftauchte, dann konnte dies, da machte sie sich nichts vor, nur eines bedeuten: dass er irgendetwas vergessen hatte, was im Büro dringend benötigt wurde. Und was sollte das anderes sein als irgendwelche Unterlagen, die er hier im Arbeitszimmer verwahrte?

Elisabeth zwang sich zur Ruhe und überlegte, was nun zu tun sei. »Hier, nimm du die Leica mit! Man kann nie wissen, wofür sie dir in deinem Vorhaben nützlich sein kann«, kamen ihr Margaretes Worte in den Sinn, die sich den handlichen, aber keineswegs kostengünstigen Apparat unlängst in einem Anfall von Übermut geleistet hatte, um, wie sie sagte, mittels Fotografien auf das Elend in den Straßen Berlins aufmerksam zu machen. Nicht nur einmal hatte sie in den letzten Wochen bei Elisabeth an der Suppenküche vorbeigeschaut und eindrucksvolle Bilder von den Menschen geschossen, die ansonsten übersehen wurden.

Während die Haustür geöffnet wurde und sich nun die schweren Schritte ihres Vaters unzweifelhaft dem Arbeitszimmer näherten, zog Elisabeth die Kleinbildkamera aus der Tasche und knipste so lange, wie es der Film hergab, was ihr an Unterlagen in die Finger geriet. Vielleicht, dachte sie, würden die Bilder ja bei bestimmten Stellen auf Interesse stoßen. Oder würde es das Format der entwickelten Fotografien womöglich gar nicht hergeben, dass man auf ihnen überhaupt etwas entziffern konnte? Sie musste zugeben, dass sie sich damit nicht auskannte.

Noch während sie dabei war, den Film zu verschießen, wurde ungeduldig am Türknauf gerüttelt. »Wer hat denn die Tür verschlossen?!«, hallte die sonore Stimme ihres Vaters durch die Diele.

»Aber Herr Direktor«, folgte die unterwürfige Replik von Butler Charles, »das ist doch ganz unmöglich! Sie wird wohl klemmen.« Wieder wurde mehrfach am Knauf gerüttelt, doch ohne Erfolg. »Ich bin wirklich untröstlich, Herr Direktor!«, klagte Charles. »Womöglich hat das neue Mädchen den Kamin angefeuert und aus Versehen …«

»Reden Sie nicht lange herum, sondern besorgen Sie mir den passenden Schlüssel!«, brüllte ihr Vater den Butler an. »Aber ein bisschen plötzlich, wenn ich bitten darf!«

Elisabeth schob in aller Eile die Unterlagen wieder zu Stapeln zusammen. Sie hoffte, dass die vorherige Ordnung damit einigermaßen wiederhergestellt war und ihr Eindringen zumindest nicht gleich auf den ersten Blick auffallen würde.

»Na endlich, Charles, das wurde aber auch Zeit!«, hörte sie ihren Vater sagen. »Los, schließen Sie auf! Und dann lassen Sie Marianne kommen, ich habe was mit ihr zu besprechen!«

Elisabeth schnappte empört nach Luft. Da schämte sich ihr Vater nicht, sogar am helllichten Tag …! Als nun der Schlüssel mit einem metallenen Schaben ins Schloss gesteckt wurde, beschloss sie, sich rasch wieder aufs Wesentliche zu besinnen.

Keine Sekunde zu früh griff sie nach ihrer Tasche, öffnete die Verandatür und zog sie möglichst lautlos wieder hinter sich zu, in der Hoffnung, dass man erst zu einem deutlich späteren Zeitpunkt bemerken würde, dass sie nicht verschlossen war.

Sich hinter Büschen und Bäumen verborgen haltend, hastete Elisabeth zu der Mauer am hinteren Ende des Parks und atmete erleichtert auf, als sie bemerkte, dass Joris sein Wort gehalten und an dem hohen Zaun ausreichend Latten gelöst hatte, damit sie hindurchschlüpfen konnte.

Nun war es an der Zeit, Margarete aufzusuchen, denn die wusste hoffentlich, wie mit den aufgenommenen Fotografien weiter zu verfahren war.

10

Ostfriesland, März 1925

Die Ausschreitungen wurden immer brutaler, die verzweifelten Schreie der Verwundeten in den Straßen lauter; wobei sich die jetzt fast wöchentlich wiederholenden Krawalle schon längst nicht mehr auf die Auricher Innenstadt beschränkten, sondern auch die Randgebiete, ja sogar Dörfer erfasst hatten. Heute tobten sie sogar in unmittelbarer Nähe ihrer Villa, sodass die Parolen, das Krakeelen und auch vereinzelte Schüsse teils bis in den Salon hinein zu hören waren und Enna daher Anweisung gegeben hatte, die Kinder auf gar keinen Fall in den Garten zu lassen. Heutzutage, so schien es, reichte der nichtigste Anlass, die geringste Streitigkeit unter Nachbarn aus, um einen Flächenbrand zu entfachen, und immer fanden sich wie aus dem Nichts Unterstützer ein, die Öl ins Feuer der Verwüstung gossen. Enna vermochte inzwischen kaum noch zu zählen, wie oft ihr Bruder Ubbo in den letzten Tagen und Wochen bei ihr in der Villa aufgetaucht oder hierhergebracht worden war, manchmal kaum mehr Herr seiner Sinne, immer blutüberströmt. So auch heute.

Doch stand er damit keineswegs allein da, denn längst hatte sich herumgesprochen, dass Enna in der Lage war, Verwundete zu versorgen. Seither ähnelte ihre Villa, wenn auch in deutlich überschaubarer Form, an diesen aufgeheizten Tagen dem Lazarett, von dem sie angenommen hatte, es längst hinter sich gelassen zu haben. Je höher jedoch die Zahl der Verwundeten, desto größer die Zahl derer, die bei ihr um Versorgung nachsuchten. Sie hatte diese Entwicklung nicht verhindern können, und so hatte sie die Herausforderung angenommen. Auch wenn sie es sich noch nicht eingestehen wollte, so merkte sie doch, dass es guttat, wieder eine Aufgabe zu haben, deren Sinn sich ihr mehr erschloss als das Überwachen der Adena'schen Unternehmungen. Die Frage aber, warum es die Menschheit ganz offensichtlich nicht schaffte, Meinungsverschiedenheiten auf friedliche Weise auszuräumen, stellte sie sich angesichts eines Volkes, das durch den fürchterlichen Krieg nichts gelernt zu haben schien, an solchen Tagen immer wieder aufs Neue.

»Verstehst du denn nicht, Enna, wir müssen es tun«, erwiderte Ubbo jetzt, nachdem sie ihn zum wiederholten Male aufgefordert hatte, vernünftig zu sein und sich aus den Straßenkämpfen herauszuhalten; wenn nicht um seinetwillen, dann doch wenigsten aus Verantwortung seiner Familie gegenüber. »Unmöglich kann ich es zulassen, dass unsere Kinder in einer Welt aufwachsen, in der die Völkischen das Sagen haben. Wohin, das frage ich dich, würde denn das führen? Zu immer noch mehr Kriegen, zu immer noch mehr Gewalt, zu immer noch mehr Tod. Meine Brüder haben sie auf dem Schlachtfeld verheizt. Mit meinen Söhnen, das schwöre ich bei Gott, werden sie es nicht tun. Und auch meine Tochter soll nicht das sehen, was du gesehen hast, Enna. All das Blut, all die sterbenden Menschen, viel zu jung, um zu wissen, was mit ihnen geschieht. Viel zu jung, um eine eigene Wahl zu treffen.« Er schüttelte den Kopf. »Nein, das kann nicht die Lösung sein.«

»Aber du lässt dich doch auch verheizen für Zwecke, die du noch nicht einmal genau zu benennen weißt, Ubbo«, schimpfte sie, während sie seine Wunden im Gesicht reinigte und feststellen musste, dass die Spuren des letzten Kampfes noch kaum verheilt, die Schwellungen kaum zurückgegangen waren. »Zwar kämpfst du nicht auf Seiten der Völkischen, dafür aber auf Seiten der Kommunisten. Doch sind deren politische Ziele tatsächlich erstrebenswerter als die der Rechten? Und vor allem: Sind sie denn so ehrenwert, dass zumeist junge Menschen für sie ihr Leben lassen? Wohl kaum, oder?«

Nach und nach hatten Alexej und vor allem Aglaia sich nach ihrer Ankunft Enna anvertraut und ihr in erschreckend anschaulichen Bildern die Gräuel nahegebracht, die die Bolschewisten seit der Revolution an der Bevölkerung Russlands verübten. Nicht selten quälten Enna in den Nächten die Bilder von schreienden Kindern, die man mutwillig in ihrem Elternhaus verbrennen ließ. So oft hatte sie sich schon gewünscht, nie von dem so grausamen Schicksal Sergejs und Ludmillas und deren Kinder erfahren zu haben. Schon allein die Vorstellung, irgendwer hätte dies mit Clivia und Gerke gemacht, zerriss ihr so sehr das Herz, dass sie glaubte, nicht mehr atmen zu können. Wie, um alles in der Welt, musste sich für Eltern dann erst die Realität anfühlen?

»Ich kämpfe nicht auf Seiten der Kommunisten, Enna, und das weißt du genau«, knurrte Ubbo. »Oder glaubst du wirklich, dass ich mich ausgerechnet mit denen gemein machen würde, die in Russland die eigene Bevölkerung abschlachten?«

»Und wofür kämpfst du dann?«

»Für unsere Werte, Enna. Dafür, dass es gerecht zugeht. Vor allem aber für unsere Kinder«, erklärte Ubbo ungeduldig. »Hast du mir denn gar nicht zugehört?«

»Natürlich habe ich dir zugehört, Ubbo«, erwiderte Enna nicht weniger ungeduldig. »Aber mal ehrlich: Weiß denn überhaupt noch einer von euch wirklich, wofür er sich verprügeln lässt?« *Und wofür die so sanfte Aglaia und ihr ungeborenes Kind hatten sterben müssen?*, fügte sie in Gedanken hinzu.

»Was willst du damit sagen?« Ubbo schaute sie finster an, soweit es ihm mit seinen fast zugeschwollenen Augen möglich war. »Ich habe doch gerade gesagt, dass …«

»Ja, und ich habe es gehört«, unterbrach Enna ihn unwirsch. »Aber wohin soll das alles führen, Ubbo?« Sie ließ das mit Blut vollgesogene Verbandsmaterial in eine Schüssel mit Wasser fallen, durch das sich im nächsten Moment, züngelnden Schlangen gleich, rote Schlieren zogen. Ein Anblick, der ihr auf ungute Weise vertraut war. Wie oft hatte sie diesen Handgriff schon getan, dieses Bild schon gesehen? Hunderte Male? Nein, wohl eher tausende. »Und wofür macht ihr es tatsächlich?«, wisperte sie kaum hörbar. »Ist es denn wirklich nötig, politische Konflikte mit Gewalt zu lösen? Und das jetzt, da wir endlich in einer Demokratie leben, in der jeder gehört werden kann, ganz egal, welche Meinung er auch vertritt?«

»Das ist naiv, Enna«, sagte Ubbo, und er wirkte plötzlich sehr müde. »Es wird nicht jeder gehört. Nach wie vor werden nur jene gehört, die sich Gehör verschaffen.« Er lachte bitter auf. »Und das sind nun mal in erster Linie die Völkischen. Sie kennen kein anderes Mittel als Gewalt, Enna. Sie verbreiten Angst und Schrecken, und das einzig mit dem Ziel, dass eben nicht jeder seine Meinung sagen kann. Und genau das dürfen wir nicht zulassen.«

Enna seufzte. Ja, vielleicht hatte ihr Bruder recht. Tatsächlich schienen sich auch in Ostfriesland die nationalistischen Horden mehr und mehr zusammenzurotten, um sich Gehör zu verschaffen. Die Menschen hier waren zunehmend unzufrieden mit dem, was weit weg in Berlin beschlossen wurde und mit ihrer Lebenswirklichkeit nur wenig zu tun hatte. Die Bauern hatten Angst vor der Konkurrenz aus dem Ausland und vor den ständig schwankenden Preisen für ihre Produkte, die diese mit sich brachte. Auch die Häfen hatten sich noch lange nicht erholt, weder von der Wirtschaftskrise noch von der Besetzung des Ruhrgebiets, die nahezu zum Zusammenbruch der üblichen Handelswege geführt hatte. Überall im Land, vor allem aber auch hier im ländlichen Ostfriesland, hatte sich die Zukunftsangst so tief in die Menschen gefressen, dass sie sich an den Strohhalm klammerten, der die schnellste und einfachste Lösung ihrer Probleme versprach. Und das waren für die meisten Bauern und Arbeiter nun mal die Nationalisten, die behaupteten, man müsse zur Wiederherstellung von Stabilität und Sicherheit lediglich die Landesverräter, sprich den Kommunismus und das jüdische Kapital, ausrotten, und schon seien alle Deutschen von ihrem Leid und Elend erlöst.

Als wenn es so einfach wäre.

Immerhin aber hatte sich Ubbo nicht von den rechten Parolen vergiften lassen, worüber Enna aufrichtig froh war. Doch stellte ihr Bruder sich damit gegen die meisten seiner Kollegen und Freunde. Auch das war eine Entwicklung, die vor allem Nienke nachts nicht schlafen ließ. Denn wie, so hatte ihre sonst so starke Schwägerin sie in einem schwachen Moment gefragt, sollten sie auf dem Bauernhof, der auf nachbarschaftliche Unterstützung angewiesen war, weiterhin zurechtkommen, wenn sich beinahe alle gegen sie stellten?

»Möchtest du bei uns zu Abend essen?«, wechselte Enna das Thema, denn es ergab keinen Sinn, dieselbe Diskussion immer und immer wieder zu führen. Solange sich für die von der Politik Enttäuschten nichts gravierend zum Besseren wendete oder sie endlich zur Besinnung kamen, würde nach den vermeintlich Schuldigen für die Misere gesucht, würden Schlachten geschlagen und Menschen verletzt werden, ob sie selbst es nun für gut befand oder nicht.

»Ja, das wäre sicherlich ...« Ubbo brachte seinen Satz nicht zu Ende, sondern horchte alarmiert auf. »Was zum Teufel ist denn da draußen los?!« Tatsächlich erklangen aus nächster Entfernung plötzlich hasserfüllte Anfeuerungsrufe, die nichts Gutes verhießen. Schlug sich der Mob jetzt etwa direkt vor ihrer Haustür?

»Mein Gott, sie werden doch nicht die Villa angreifen?!« Enna hastete, gleich gefolgt von Ubbo, zum Fenster und sah hinaus. Fast erwartete sie, einen Trupp brutaler Schläger zu sehen, die bereits zum Angriff geblasen hatten und nun mit allem, was auch nur ansatzweise einer Waffe glich, ihr Zuhause stürmten, um es zu plündern und dessen Bewohner mit Hass und Gewalt zu überziehen.

Tatsächlich aber hatten fünf Braunhemden einen Mann in ihrer Mangel, der von zwei jungen Burschen im Klammergriff gehalten und von den anderen wieder und wieder mit Schlägen und Tritten traktiert wurde.

»Los, Mann, macht ihn nieder, die Franzosensau!«, schrie einer der Männer. Ein anderer schlug mit den Fäusten in die Luft und keifte: »Los, Mann, ich will mehr Blut sehen! Lass mich mal ran!«

»Jean-Pierre«, formte Enna mit den Lippen, doch entrang sich ihrer plötzlich wie zugeschnürten Kehle lediglich ein unartikulierter Laut. »Oh, mein Gott, es ist Jean-Pierre!«, brachte sie dann doch noch kaum hörbar heraus. Wie festgewurzelt stand sie da, unfähig, auch nur eine Bewegung zu machen.

»Sie scheinen einen Franzosen in der Mangel zu haben«, hörte sie Ubbo wie durch einen Nebel sagen, während ihr die Sinne zu schwinden drohten. »Na, der traut sich ja was, hier herumzulaufen. Wie auch immer, da haben sie sich ja ausnahmsweise mal den Richtigen ... Enna? Enna, was ist mit dir?«

»Hilf ihm!«, krächzte Enna. »Um Gottes willen, Ubbo, hilf ihm! Schnell!«

* * *

Der Arzt nickte Enna bemüht aufmunternd zu, doch stand ihm die schiere Hoffnungslosigkeit ins Gesicht geschrieben. »Ich habe getan, was ich konnte«, sagte er, während er den Verschluss seiner ledernen Tasche zuschnappen ließ. »Alles Weitere liegt bei Gott, dem Allmächtigen. Ihr Freund hat schwere Verletzungen davongetragen, außerdem lebensgefährlich hohes Fieber.« Er seufzte. »Es kommt auf die Nacht an, Frau Adena. Sollte er die überstehen, was ehrlich gesagt einem Wunder gleichkäme, dann können wir weitersehen.« Nach einem weiteren Blick auf seinen Patienten zuckte er mit den Schultern. »Wie gesagt, es liegt in Gottes Hand. Bitte rufen Sie mich, wenn Sie mich brauchen. Ich schaue ansonsten morgen früh noch einmal vorbei.« Er gab Enna noch ein paar Anweisungen, wie der Patient zu behandeln sei, dann verschwand er zur Tür hinaus. Nur wenige Sekunden später betrat Ubbo den Raum.

»Wie sieht es aus, Enna?«, fragte er.

»Wir … wir können nur abwarten«, rang sie sich, immer noch unter Schock stehend, eine Antwort ab, obwohl es ihr nach wie vor schwerfiel, überhaupt etwas in Worte zu fassen.

»Ich verstehe nicht, Enna, warum hast du so viel Wert darauf gelegt, dass ich diesem Mann zu Hilfe eile? Dein ganzes Verhalten, es war so … so … Kennst du ihn etwa?«

»Später, Ubbo. Ich erkläre es dir später.« Enna zog an der Glocke, woraufhin sofort Greetje im Zimmer erschien. »Bitte, Greetje, ich brauche frisches Wasser für die Wadenwickel. Außerdem eine kräftigende Brühe, die ich ihm einflößen kann. Und … und wenn Ihnen sonst noch etwas einfällt, was ihm guttun könnte …«

»Dieser Mann … Er ist Clivias Vater, nicht wahr?«, sagte Greetje.

»Ja. Ja, das ist er.« Enna schaute scheu zu ihrem Bruder hinüber. Ubbo jedoch ließ nicht erkennen, was er bei dieser Eröffnung empfand. Oder hatte er es sogar schon geahnt?

Greetje nickte, in ihren Augen standen Tränen. »Ich werde alles mir Mögliche tun, um ihm zu helfen, gnädige Frau. Ich hoffe, das wissen Sie.«

»Ja, Greetje, das weiß ich. Natürlich weiß ich auch, dass es nicht leicht für Sie ist, sich ausgerechnet um einen feindlichen Soldaten …«

»Wir sind nicht mehr im Krieg, gnädige Frau«, wischte Greetje diese Bemerkung mit einer Geste hinweg. »Es ist an der Zeit, dass wir uns wie Menschen benehmen, wenn wir wie solche behandelt werden wollen, meinen Sie nicht auch? Und das sind wir doch alle, ganz egal, woher wir auch kommen. Einfach nur Menschen.«

»Ja. Ja, Greetje, das sind wir.«

»Und wenn ich das noch sagen darf, gnädige Frau: Wenn Sie diesen Mann inmitten eines Krieges für wert befunden haben, geliebt zu werden, dann kann er kein schlechter Mensch sein.«

Enna fühlte sich von diesen Worten so berührt, dass sie kein Wort der Erwiderung hervorbrachte. Stattdessen nahm sie Greetjes Hände in die ihren und drückte sie. Ängstlich schaute sie, als das Dienstmädchen gegangen war, erneut zu ihrem Bruder hinüber, der an die Wand gelehnt dastand und sie mit unergründlichem Gesichtsausdruck musterte.

»Ubbo, ich … es tut mir leid, dass ich dich …, dass du …, aber ich konnte doch nicht zulassen, dass … also, dass er …«

»Nun«, sagte Ubbo nicht weniger verlegen, »das war nun tatsächlich … hm … genau genommen habe ich es mir schon gedacht.« Er kratzte sich an der Schläfe, dann lachte er rau auf. »Wer hätte das gedacht, dass ausgerechnet ich mal einem Franzosen das Leben rette?«

»Belgier.«

»Alles eins«, behauptete Ubbo. Sein Lachen wich einem nachdenklichen Blick auf den im Bett liegenden, fast völlig mit Verbänden umwickelten Mann, der in unregelmäßigen Abständen ein gequältes Stöhnen von sich gab. »Und er ist tatsächlich Clivias Vater?« Ubbo grinste schief. »Sieht seiner Tochter gar nicht ähnlich, wenn du mich fragst.«

Jetzt konnte sich selbst Enna ein kurzes Auflachen nicht verkneifen, auch wenn ihr der Anblick des zerschundenen Körpers schier das Herz zerriss. »Ich danke dir von Herzen, dass du das für mich getan hast, Ubbo.«

»Der Dank gebührt nicht mir, Enna«, erwiderte Ubbo. »Hätte Alexej nicht eine Salve Warnschüsse abgegeben, die die Kerle in die Flucht geschlagen hat, ich glaube kaum, dass ich irgendetwas gegen die Meute hätte ausrichten können.«

»Aber du hast es versucht, Ubbo, und das ist alles, was zählt.«

Für eine Weile schwiegen sie, als Greetje nun das Wasser und etliche Kräutertinkturen sowie die geforderte Brühe brachte. Hoch konzentriert kümmerten sich die Frauen darum, Jean-Pierres malträtierten Körper, der glühte, als wäre er der Hölle entsprungen, mit dem zu versorgen, von dem sie glaubten, dass es seine Genesung unterstützen würde.

»Ich gehe dann mal«, erklärte Ubbo, als Greetje erneut rausging, um frisches Wasser zu holen. »Es wird Zeit, dass ich mich um die Meinen kümmere.«

Enna schenkte ihm ein Lächeln. »Danke für alles, Ubbo.«

»Da nicht für.« Ubbo lächelte. »Du liebst ihn immer noch, habe ich recht?«

Enna presste die Lippen aufeinander, unsicher, was sie darauf antworten sollte. So lange schon versuchte sie, ihre Gefühle für Jean-Pierre in Schach zu halten, damit sie nicht Gefahr lief, erneut verletzt zu werden. Wenn sie sich jetzt aber eingestand, dass Ubbo mit seiner Vermutung recht hatte, dann wusste sie nicht, woher sie die Kraft nehmen sollte, Jean-Pierre erneut abzuweisen. »Warum tust du mir das an?«, flüsterte sie dem Verletzten kaum hörbar ins Ohr, als sie nun so tat, als müsste sie dessen Kissen zurechtzupfen. »Warum bist du erneut hergekommen?«

»Sollte es so sein, Enna, dann lass ihn dir nicht nehmen«, sagte Ubbo.

»Aber Vater, er wird …«

Ubbo zwinkerte ihr zu. »Du weißt, dass er Clivia nichts abschlagen kann. Nicht einmal ihren Vater, möchte ich wetten.«

»Danke.«

Greetje kam zurück, was Ubbo zum Anlass nahm, sich nun endgültig zu verabschieden.

Gedankenverloren strich Enna Jean-Pierre eine Locke aus der Stirn, bevor sie ihm einen kalten Lappen auf die heiße Haut legte. Bei dieser zärtlichen Geste fühlte sie einen so tiefen Schmerz in sich, dass sie nicht mehr anders konnte, als in Tränen auszubrechen. »Ich will ihn nicht verlieren, Greetje«, schluchzte sie verzweifelt auf. »Ich will ihn nicht noch einmal verlieren.«

Das Dienstmädchen drückte ihr mitfühlend den Arm, dann machte sie sich daran, neue Umschläge vorzubereiten.

11

Duisburg, März 1925

»Ich … Ich kann es kaum glauben. Ist es … wirklich vorbei?«

Elisabeth rückte auf dem abgeschabten Sofa, das in Karls bescheidener Behausung stand, näher an Henrike heran, legte den Arm um sie und zog sie an sich. »Ja«, flüsterte sie, »es ist vorbei.«

Noch konnte Elisabeth selbst kaum glauben, dass die jahrelange Angst, von ihrem Vater gefunden und zu einer ihm lukrativ erscheinenden Ehe gezwungen zu werden, endlich ein Ende haben sollte. Vor gut zwei Stunden aber hatte sie, während sie mit Margarete in einem Café saß und sich vor lauter Angst, dass jemand sie erkennen könnte, kaum auf das Gespräch konzentrieren konnte, die Nachricht erreicht, dass die Durchsuchung der Geschäfts- und Privaträume ihres Vaters nach drei Tagen endlich abgeschlossen sei. Noch viel wichtiger aber war die diese Nachricht begleitende Information, man habe den Herrn Direktor Heinz-Rudolf von Wolff genauso wie in Berlin den Direktor der Brodenbeck'schen Waffenfabrik wegen Fluchtgefahr in vorsorglichen polizeilichen Gewahrsam genommen.

»Ja, es ist vorbei«, sagte sie erneut und, um sich selbst vom Wahrheitsgehalt zu überzeugen, mit deutlich kräftigerer Stimme.

Sie hielt Henrike fest umschlungen, als diese nun hemmungslos zu weinen begann und ihr gesamter Körper über lange Minuten vor Schluchzern nur so bebte. Es war, als würden all die Angst, die Demütigung und der Kummer, die sie über einen so langen Zeitraum hatte ertragen und tief in sich einschließen müssen, endlich aus ihr herausströmen und die junge Frau in ein neues und hoffentlich leichteres Leben entlassen.

»Ich möchte frei sei«, schluchzte Henrike, und sie hob ihren von Tränen geschwemmten Blick. »Frei, Fräulein Elisabeth, verstehen Sie? Ich möchte einen Mann finden, der mich liebt, eine Familie gründen, sie umsorgen …« Sie schaute zu dem kleinen Dieter hinüber, der zufrieden schlafend in einem mit Decken ausgelegten Korb lag. »Ich liebe den Jungen«, flüsterte sie, und Elisabeth schien es, als hätte sie die Worte in erster Linie an sich selbst gerichtet. »Ich liebe den Jungen von ganzem Herzen. Aber ich möchte nicht seine Mutter sein. Ich möchte die Mutter meiner eigenen Kinder sein.« Erschrocken über ihre eigenen Worte schlug sie die Hand vor den Mund. »Ich versündige mich, nicht wahr, Fräulein Elisabeth? Ich versündige mich vor Gott, wenn ich so was sage!«

»Nein, ganz sicher nicht«, nahm ihr Elisabeth die Angst. »Es hätte nie deine Aufgabe sein dürfen, dich um ihn zu kümmern, Henrike. Dieter ist der Sohn deiner Schwester, und nur sie ist es, die ihm gegenüber in der Pflicht steht.« Und sein Vater, fügte sie in Gedanken hinzu. Nur war es nach allem, was sie inzwischen über Karls und Claras Beziehung erfahren hatte, wenig wahrscheinlich, dass er sich jemals zu diesem Kind hingezogen fühlen würde. Beim nächsten Gedanken, der ihr kam, fing Elisabeths Herz plötzlich schneller an zu schlagen. Ob Karl überhaupt jemals Kinder wollte? Ob er überhaupt eine

Beziehung wollte? Wie, so fragte sie sich, hatte es eigentlich geschehen können, dass er sowohl seine Frau als auch sein Kind mit solch einer Inbrunst ablehnte?

Sie senkte niedergeschlagen den Kopf, als sie sich nun selbst die Antwort gab: Es war wegen Enna. Und ja, ganz bestimmt würde er Kinder haben wollen – aber nur mit Enna. Und all die Ablehnung, die er gegenüber Clara und seinem Sohn verspürte, rührte nur von einem einzigen Wunsch her, nämlich dem, Enna heiraten und mit ihr eine Familie gründen zu können.

»Aber wenn Clara ihn doch nicht will«, riss Henrike sie aus ihren Gedanken. »Was wird denn aus Dieter, wenn ich mich nicht um ihn kümmere?«

Ja, das war eine gute Frage, auf die auch Elisabeth keine Antwort wusste. Im besten Falle würde Karls Aufenthalt in Berlin dazu führen, dass er und Clara zusammenfanden, dass sie sich um des Kindes willen darauf einigen konnten, zukünftig die Familie zu sein, die sie vor dem Gesetz schon waren.

Diese Möglichkeit, die Elisabeth gar nicht so unrealistisch erschien, in Betracht zu ziehen, versetzte ihrem Herzen einen schmerzhaften Stich. Da sie aber nun schon einmal dabei war, realistisch zu denken, gestand sie sich einmal mehr ein, dass nichts unwahrscheinlicher wäre, als dass sie und Karl miteinander glücklich würden. Selbstverständlich war ihr bewusst, dass sogar Enna noch viel eher zu ihm passen würde als sie. Unterschiedlicher nämlich als das, was Karl und sie, Elisabeth, bisher gelebt hatten, konnten zwei Leben kaum sein.

Während Henrike erneut zu weinen begann und ihren Kopf in ihre Halsbeuge bettete, sah sich Elisabeth in dem so bescheiden eingerichteten Raum um, den Karl seinen Wohnraum nannte, und in dem sie sich, versorgt von Henrike, in den letzten Tagen versteckt hatte. Ein Tisch, ein paar Stühle, eine wurmstichige Vitrine, ein gusseiserner Herd, ein Kohleofen, das abgenutzte Sofa, auf dem sie saßen. Im Nebenraum ein Bett und eine Waschschüssel. Der Abort auf dem Hof. Mehr gab es hier nicht. Elisabeth gestand sich widerwillig ein, dass sie niemals bereit sein würde, ihr recht luxuriöses Leben in Berlin gegen das in einem solchen Umfeld einzutauschen – selbst wenn dies hieß, dass sie ihre Hoffnungen, mit Karl doch noch einen Weg für eine gemeinsame Zukunft zu finden, für immer begraben musste.

»Und wenn Karl nun überhaupt nicht wiederkommt?«, fragte Henrike zwischen zwei herzzerreißenden Schluchzern. »Vielleicht gefällt es ihm in Berlin. Und er weiß doch nicht, dass auch Annemarie nun keine Angst mehr vor dem Herrn Direktor haben muss. Meinen Sie, er bleibt gleich da?«

Elisabeth lächelte. *Ich wünschte, es wäre so.* Ja, wenn Karl Gefallen an Berlin finden würde, dann wäre die Situation natürlich eine andere. Vielleicht könnte Janno ihm Arbeit geben, vielleicht Gertrud. Ganz sicher würde sich irgendetwas für ihn finden. Allein bei der Vorstellung, es könnte so sein, breitete sich ein warmes Gefühl in Elisabeth aus.

»Karl wird nicht in Berlin bleiben können«, brachte sie sich auf den Boden der Tatsachen zurück. »Sobald er weiß, dass Annemarie auch hier in Sicherheit ist, werden die beiden zurückkommen und Karl wird seine Arbeit im Berg wieder aufnehmen.«

»Aber er wird Dieter immer noch nicht haben wollen«, ergänzte Henrike traurig.

Elisabeth wusste nicht, was sie darauf erwidern sollte, also schwieg sie.

Nachdem Elisabeth einen Tee aufgebrüht hatte, saßen sie, ihre dampfenden Becher in den Händen haltend, für eine ganze Weile einfach nur da und hingen ihren Gedanken nach. Bis Karl wieder auftauchte, half es nichts zu spekulieren, was sein und was nicht sein konnte.

Als die Dämmerung heraufzog und Henrike die Glut der Kohle noch einmal anfachte, weil es in der Wohnung empfindlich kalt wurde, hämmerte jemand plötzlich so heftig an ihre Tür, dass beiden Frauen der Schrecken in die Glieder fuhr. Wer mochte das sein?

»Henrike?«, rief eine weibliche Stimme. Elisabeth war enttäuscht, hatte sie doch für einen Moment gehofft, dass es Karl sein würde. »Henrike? Ich bin es, Luise.«

Karls Mutter! Elisabeth atmete erleichtert auf. Luise war die Einzige, die außer Henrike von ihrer Anwesenheit und Karls Reise nach Berlin wusste, und hatte sich, nachdem sie erfahren hatte, worum es ging, auch gleich einen Plan ausgedacht, wie mit dieser so absonderlichen Situation umzugehen sei. Elisabeth hatte diese resolute und tatkräftige Frau sofort in ihr Herz geschlossen, doch hatte Luise nicht durchblicken lassen, ob das auf Gegenseitigkeit beruhte. Wohl eher nicht, nahm Elisabeth an, denn wer konnte schon Menschen leiden, die andere in derlei Schwierigkeiten brachten, wie sie es tat?

Seit aber Luise das Gerücht gestreut hatte, dass Karl unter einer höchst ansteckenden Krankheit litt und deshalb nicht zur Arbeit erschien, machten die Bewohner der Zechensiedlung einen großen Bogen um seine Wohnung. Zu sehr hatten sie noch das große Leid in Erinnerung, das die Spanische Grippe in den Nachkriegsjahren über so viele Menschen gebracht hatte.

Henrike ging zur Tür und öffnete sie einen Spaltbreit, damit sie möglichst niemand anders als Karls Mutter sah. »Was gibt's denn, Luise?«

»Wir brauchen dich«, keuchte ihre Nachbarin, ohne Elisabeth auch nur eines Blickes zu würdigen. »Bei Hiska ist es so weit, und du weißt ja, wie sehr sie sich unter der Geburt immer quält. Wir können jede Hand gebrauchen.«

»Natürlich, ich bin sofort da.« Henrike schnappte sich ein paar saubere Handtücher, kurz darauf fiel die Tür hinter ihr ins

Schloss, und Elisabeth hörte nur noch ihre sich schnell entfernenden Schritte.

Ihre Gedanken schweiften erneut zu ihrem Vater, der jetzt – und vermutlich für die nächsten Jahre – im Gefängnis saß und keinerlei Gefahr mehr für sie darstellte. Wie mochte es wohl ihrer Mutter unter den gegebenen Umständen gehen? Vielleicht wäre es an der Zeit, zur Villa zu gehen und zumindest mit ihr reinen Tisch zu machen, bevor sie nach Berlin zurückkehrte?

Nach längerer Überlegung schüttelte Elisabeth den Kopf. Nein, dazu war sie noch nicht bereit. Viel zu lange hatte ihre Mutter einfach nur weggeschaut und damit dafür gesorgt, dass sich ihr Mann an jungen Mädchen und Frauen vergehen konnte. Stets war es ihr nur um ihr eigenes Wohl gegangen und darum, dass in der feinen Gesellschaft, in der sie verkehrte, nichts von dem, was in ihrer Villa geschah, ans Licht kam. Auch hatte sie nie das fragwürdige Geschäftsgebaren ihres Mannes hinterfragt, selbst dann nicht, als dieses ihn schon einmal ins Gefängnis gebracht hatte. Von der Tatsache, dass sie selbst die Flucht ihrer Tochter nicht zum Umdenken hatte verleiten können, einmal ganz abgesehen. Wegzugucken, solange es irgendwie ging und ihrem Nutzen diente, war ihre Devise. Also sollte sie auch jetzt allein mit den Konsequenzen ihres Handelns und Nichthandelns zurechtkommen. Wenn Käthe von Wolff ihre Tochter brauchte, würde sie sich schon melden, und dann würde man weitersehen. Vorher aber gedachte Elisabeth nicht einen Gedanken mehr an ihre selbstsüchtige Mutter zu verschwenden.

In den nächsten Stunden rechnete Elisabeth fest damit, dass Henrike kommen und ihr die Ankunft eines neuen Erdenbürgers verkünden würde. Zu bereits weit fortgeschrittener Stunde ohne jede Nachricht aber beschloss sie, sich hinzulegen und Körper und Geist die Ruhe zu gönnen, die sie nach all der Anstrengung der letzten Tage dringend benötigten.

Kaum aber, dass sie diesen Gedanken gefasst hatte, machte sich draußen plötzlich jemand am Schloss der Tür zu schaffen. Davon ausgehend, dass es Henrike sein würde, wartete Elisabeth gespannt auf das, was diese zu berichten hatte.

Als sie jedoch gleich darauf sah, wer es tatsächlich war, stockte ihr für einen Moment der Atem. »Karl«, hauchte sie ergriffen, »du bist zurück.« Gerade wollte sie auf ihn zulaufen und ihn, einem Impuls folgend, in den Arm nehmen, als ihr gewahr wurde, dass er nicht allein kam.

Er hatte seine Frau Clara mitgebracht.

* * *

Am nächsten Morgen war es an Elisabeth, an Karls Tür zu klopfen, denn sie hatte sich in der Nacht gleich nach seinem Eintreffen in ein nahe gelegenes Gasthaus zurückgezogen, in dem sie keine Sekunde Schlaf gefunden hatte. Immer wieder, wenn sich ihre Gedanken in einer sich ständig abwärts drehenden Spirale der Sorge verfingen, hatte sie sich dahingehend zu beruhigen versucht, dass sie sich einredete, die Vertrautheit, die sie zwischen Karl und Clara gespürt hatte, würde gewiss nur daher rühren, dass die beiden sich schon ihr ganzes Leben kannten. Und doch war da diese dämonische Stimme in ihr, die ihr einflüsterte, dass nun genau das eingetroffen sei, was sie befürchtete, nämlich dass sie Karl für immer an Clara verloren hatte. Dennoch gebot es der Anstand, dass sie ihm wenigstens Lebewohl sagte, bevor sie den Zug nach Berlin nahm.

»Elisabeth.« Karl wirkte verlegen, vor allem aber völlig übermüdet, als er sie hereinwinkte. »Hatten Sie … du …« Er senkte den Kopf und legte Daumen und Zeigefinger der rechten Hand an die Augen. »Mein Gott, ich weiß wirklich nicht …«

»Wie geht es Hiska?«, half ihm Elisabeth, die nicht weniger verlegen war als er, das Thema zu wechseln.

»Alles gut«, sagte er lahm. »Es ist ein Junge. Sie sind beide wohlauf.«

»Oh, wie schön.« Elisabeth versuchte ein Lächeln, das ihr jedoch misslang. »Karl, ich …« Sie tat einen Seufzer. »Ich nehme nachher den Zug zurück nach Berlin und wollte mich verabschieden. Und natürlich wollte ich Dank sagen. Für alles.« Als er nur dastand und sie mit unergründlichem Blick ansah, fuhr sie fort: »Ich nehme an, du weißt, dass mein Vater und Brodenbeck …«

»Ja.« Karl nickte. »Ich weiß. Das ist der Grund, warum ich Annemarie zurückgebracht habe. Sie hatte Heimweh, und …«

»Es droht ihr nun keine Gefahr mehr, das ist gut.«

»Ja.«

»Was …« Elisabeth schloss die Augen und schluckte schwer. »Was ist mit Clara? Hat sie sich entschlossen zu bleiben? Also … bei dir … zu bleiben?«

»Wäre dir das denn recht?«

»B-bitte?«

»Wenn Clara bei mir bliebe. Wäre es dir recht?«

»Sie ist deine Frau, Karl«, erwiderte Elisabeth leise. »Ich meine … das ist wohl kaum eine Entscheidung, die ich zu treffen habe.«

»Sie geht zurück nach Berlin«, erklärte Karl. »Und da gehört sie auch hin. Der Franzose, mit dem sie zusammen ist … nun … er scheint ein ganz vernünftiger Mann zu sein. Er hat Clara gesagt, sie soll Dieter zu sich holen.«

»Oh, das ist ja …« Elisabeth war von dieser unerwarteten Wende so überrascht, dass ihr die Worte fehlten.

»Ich habe mit Janno gesprochen«, fuhr Karl in so hastigen Worten fort, dass man den Eindruck gewinnen konnte, er wolle das, was er jetzt zu sagen hatte, rasch hinter sich bringen.

»Janno. Ja.« Elisabeth wich Karls Blick aus, als der den ihren nun einzufangen versuchte. »Geht es ihm gut?«

»Ja. Bis auf die Sache mit Edith.«

»Was ist mit Edith? Gibt es Neuigkeiten?«

»Herrgott noch mal, Elisabeth!«, herrschte Karl sie so plötzlich an, dass sie zusammenzuckte. »Das, was ich dir zu sagen versuche, dreht sich weder um Janno noch um Edith oder sonst wen, okay?«

»Aber du sagtest doch gerade, dass du mit Janno …«

»Ja, er bietet mir eine Arbeit an. In Berlin.«

Elisabeths Herz tat einen so heftigen Schlag gegen die Rippen, dass sie für einen Moment glaubte, es sei dessen letzter; doch schlug es zu ihrer Erleichterung weiter, wenn auch in einem spürbar schnelleren Rhythmus als zuvor. »Du … du überlegst tatsächlich, nach Berlin zu gehen? Aber ich dachte, deine Arbeit hier … deine Freunde …«

Ehe sie sich's versah, trat Karl einen großen Schritt auf sie zu, umfasste ihr Gesicht mit beiden Händen und küsste sie, zuerst zögernd, dann, als sie nicht zurückwich, leidenschaftlich.

Elisabeth ließ es geschehen – und für eine ganze Weile hatte sie keine Fragen mehr.

12

Berlin, März 1925

»Es ist erledigt.« Berta, die ihr vor Monaten noch ebenso unnahbar wie unerbittlich erschienen, inzwischen jedoch zu ihrer wichtigsten Vertrauten geworden war, nickte Edith zu, und sie verstand.

»Ist gut«, sagte sie mit leiser, etwas heiserer Stimme. »Ich danke dir. Und ich danke allen, die …«

»Es ist gut, Edith«, winkte Berta ab. »Wir wissen, dass es keine andere Möglichkeit geben konnte, das alles hier zu beenden.« Die korpulente, mütterlich wirkende junge Frau mit dem dünnen brünetten Haar strich dem inzwischen zwölfjährigen Gustav über den blonden Schopf, der nun längst nicht mehr so kurzgeschoren war wie zuvor. Dem Jungen, der in diesem Moment ganz furchtbar jung und zerbrechlich wirkte, lief eine Träne über die Wange, doch wischte er diese mit einer ungeduldigen Geste weg. *Ein deutscher Junge weint nicht.*

Edith spürte in sich hinein, doch fühlte sie nichts als Leere. Die letzten Monate waren ein einziger Albtraum gewesen, und sie endeten mit einem Albtraum. Sie wusste, dass das Erlebte nicht nur sie, sondern vor allem auch ihre Kinder zeitlebens verfolgen würde, und konnte nur hoffen, dass es Gustav und Marie gelingen würde, dennoch ihren Weg zu finden und zu starken und glücklichen Menschen heranzuwachsen.

Doch konnte ein Kind, das seinen eigenen Vater umgebracht hatte, tatsächlich glücklich werden?

»Jetzt ruht euch aus«, sagte Berta. »Morgen wird ein anstrengender Tag.« Sie lächelte warmherzig. »Aber vermutlich auch ein aufregender, denn endlich werdet ihr die Menschen wiedersehen, die euch wichtig sind.« Sie deutete auf eine am Boden stehende Reisetasche, die Martin am Abend zuvor mitgebracht hatte. »Und ihr werdet mit der«, sie malte mit dem ihr so typischen Schalk in den Augen Anführungszeichen in die Luft, »großzügigen Spende des Herrn Direktor ein gutes Leben führen können.«

Edith schüttelte den Kopf. Marie war, den Kopf an ihre Brust gebettet, auf ihrem Schoß eingeschlafen, und Edith war dankbar, dass das Mädchen nichts von diesem Gespräch mitbekam. »Ich will es nicht, Berta. Nimm du es!«

Gustav schaute sichtlich erstaunt auf, doch sagte er nichts. Viel zu sehr war er noch in sein eigenes inneres Drama verwoben.

»Was?« Berta sah sie entgeistert an, dann lachte sie. »Das war ein Scherz, nicht wahr?« Sie trat ans Bett und schüttelte die Decke auf. »Komm, leg dich hin, Edith. Schlafen hilft dabei, einen klaren Kopf zu bekommen.«

»Ich meine es ernst, Berta. Nimm du das Geld und verteile es unter denen, die uns geholfen haben.«

Berta starrte sie ungläubig an. »Aber Edith, es sind eine Million Reichsmark, und ich weiß wirklich nicht, was wir …«

»Ich werde meine Arbeit wieder aufnehmen, Berta, und dadurch mein eigenes und wirklich gutes Geld verdienen.« Zumindest hoffte Edith, dass sie es würde. Denn wer wusste schon zu sagen, was Janno mit ihrem Unternehmen gemacht hatte, nachdem sie ihn, wenn auch unfreiwillig, im Stich gelassen hatte.

Janno. Viel zu sehr hatte sie sich in all der Zeit nach ihm gesehnt, als dass sie jetzt über ihn nachdenken mochte. Viel zu oft hatte sie sich ausgemalt, dass sie in seinen Armen lag, um an dem, was Martin ihr antat, nicht zu zerbrechen. Es war ihr ein wirklicher Trost gewesen, Janno in ihrem Leben zu wissen und daran zu glauben, dass es ihm eines guten Tages gelingen würde, sie und die Kinder aus den Klauen des Monsters zu befreien. Nun aber stand der Tag, an dem sie ihn vermutlich wiedersehen würde, unmittelbar bevor, und sie musste der Wahrheit ins Gesicht sehen: Der Traum, den sie gelebt hatte, würde für immer ein Traum bleiben, denn Janno würde auch zukünftig für sie unerreichbar bleiben. Viel zu viele Jahre kannten sie sich nun schon, und wenn er für sie bis jetzt keine Liebe empfand, dann würde er es wohl auch niemals tun. Allenfalls, wenn alles gut ging, würden sie Geschäftspartner bleiben, ja. Als Mann aber fühlte er sich ihr nicht zugehörig, und sie konnte ihn schließlich nicht dazu zwingen, sie zu lieben. Aber sie durfte nicht undankbar sein. Die Kinder und sie hatten nach so viel Rückschlägen auch diese Hölle überlebt, und so konnte alles, was jetzt kam, sie nicht mehr schrecken. Und wer wusste schon zu sagen, ob auch sie nicht eines Tages doch noch einen Mann finden würde, der ihr aufrichtig zugetan war?

»Ich meine es wirklich ernst, Berta«, bekräftigte sie ihren aufrichtigen Wunsch, sich den Menschen erkenntlich zu zeigen, die ihr in ihrer größten Not beigestanden hatten. »Sei so gut und ermögliche dir und den dir Nahestehenden mit diesem Geld ein sorgenfreies Leben. Es ist mir ein echtes Bedürfnis zu wissen, dass ihr nicht mehr darben müsst.«

»Aber ich kann doch nicht …«

»Nimm es, Berta«, insistierte Edith. »Und ganz egal, was du mit dem Geld machst, es geht mich nichts an. Als ich meinem Elternhaus damals den Rücken gekehrt habe, habe ich mir geschworen, dass ich nie wieder auch nur einen Pfennig Geld von meinem Vater annehmen würde.« Sie lächelte ein kaum wahrnehmbares Lächeln und deutete erneut auf die prall gefüllte Tasche. »Und dies hier ist deutlich mehr als ein Pfennig, nicht wahr?«

»Aber dieses Geld«, wehrte Berta mit einer fast panischen Geste ab, »es ist kein gutes Geld.«

»Das war es nicht, solange es in den Händen meines Vaters war. Doch wenn du es nimmst, Berta, dann ist es gutes Geld, denn es wird Gutes bewirken.«

Nach wie vor wunderte Edith sich, dass sich ihr Vater auf Martins Forderungen eingelassen hatte. Allerdings mochte sie nicht daran glauben, dass er es tatsächlich für sie getan hatte, und wohl auch nicht für Marie, die er nicht einmal in seinem Leben gesehen hatte. Anzunehmen war vielmehr, dass es wegen Gustav war, dass er sich zu diesem Schritt hatte verleiten lassen. Es musste ihm wirklich etwas an seinem Enkel liegen. Nun, vielleicht würde sie irgendwann die Gelegenheit haben, herauszufinden, was genau es war, das die beiden verband. Wann sie aber bereit sein würde, ihrem Vater gegenüberzutreten und sich für dessen Unterstützung zu bedanken, das wusste sie nicht zu sagen. Viel zu viel Porzellan war zwischen ihnen zerbrochen, als dass man so einfach zur Tagesordnung übergehen konnte. Man würde also abwarten müssen, wie sich die Dinge entwickelten.

Edith stand vorsichtig von ihrem Stuhl auf und trug Marie zum Bett. »Gustav, leg dich jetzt auch schlafen«, forderte sie ihren Sohn auf, der, völlig in sich gekehrt, immer noch mitten im Raum stand. Dann wandte sie sich erneut an Berta: »Wir sehen uns morgen, und dann wird alles gut.«

* * *

Die Sonne stand noch tief am Horizont und tauchte den Himmel in sanfte Pastelltöne, als Edith am nächsten Morgen die aus massiven Baumstämmen errichtete Hütte verließ, in der sie so lange Monate hatte ausharren müssen. Das Tageslicht sowie alles, was von diesem erleuchtet und zum Leben erweckt wurde, hatte sie über all die Zeit nur durch Gitterstäbe betrachten können – bis zu jenem schicksalhaften Moment vor zwei Tagen, als ihr Martyrium so plötzlich ein Ende genommen hatte.

Tief sog sie die frische, noch feuchte Luft in ihre Lungen, und mit diesem so befreienden Atemzug kehrte auch ihr Glaube zurück, dass sich ihrer aller Schicksal wieder zum Guten wenden würde.

»Gustav, Marie«, rief sie in die Hütte hinein, »seid ihr so weit? Bertas Bruder wird gleich hier sein, und dann wollen wir keine Zeit verlieren, von hier zu verschwinden.«

Noch weit entfernt am Horizont der so eintönigen, noch mit Schneeresten bedeckten flachen Landschaft unweit der polnischen Grenze sah sie, eine Rußwolke hinter sich herziehend, ein Automobil auf sie zusteuern, und sie atmete erleichtert auf. Ihre Befürchtung, den so langen Nachhauseweg in einer Pferdekutsche antreten zu müssen, bewahrheitete sich also Gott sei Dank nicht. Anscheinend hatte Bertas Bruder ein Automobil aufgetrieben, in dem sie einigermaßen bequem würden reisen können.

Edith hatte sich geschworen, ihren Ehemann für immer aus ihrem Gedächtnis zu streichen, und doch zog es ihren Blick nun zu dem frisch aufgeschütteten Hügel hinüber, unter dem sein Leichnam seit dem gestrigen Abend begraben lag. Berta und ihre Leute hatten wahllos Äste und Gestrüpp auf ihm abgelegt, und schon jetzt war der Hügel nur noch als Grab zu erkennen, wenn man von ihm wusste. Ganz sicher würde es unter dem Einfluss von Wind und Wetter nicht lange dauern, bis der

Erdhaufen nicht mehr als solcher auszumachen war, sondern sich den Kräften der Naturgewalten gebeugt hatte.

»Hättest du dich doch nur mit dem zufriedengegeben, was du hattest, Martin«, wisperte sie in den auffrischenden, kühlen Wind hinein. »Hättest du deinen Fanatismus bezwungen, deine Wut und deine Gier … vielleicht wärst sogar du eines Tages glücklich geworden. All die Jahre habe ich genau das für dich gehofft, dich sogar in meine Gebete eingeschlossen. Nun aber wünsche ich dir nur noch das ewige Höllenfeuer für das, was du uns in deinem Wahn angetan hast.«

Gustav kam aus der Hütte geschlichen, unter den Arm geklemmt nichts als eine warme Wolldecke, die sie ihn aufgetragen hatte mitzunehmen, da man nicht wissen konnte, wie kalt es unterwegs werden würde. Sie erschrak über sein blasses, fast ausdrucksloses Gesicht und seine leeren, dunkel umrandeten Augen, deren Blick sich nicht mehr zu fokussieren schien, sondern sich stumpf im Nirgendwo verlor. Alle Freude, die er in seinem kurzen Leben jemals empfunden haben mochte, schien wie ausgelöscht.

»Du hast die Seele deines Sohnes getötet, Martin«, flüsterte sie in Richtung des Grabhügels. »Du hast seine so sanfte Seele getötet, und dafür sollst du für immer in der Hölle schmoren.« Sie ging auf ihren Sohn zu und legte stumm ihren Arm um seine schmalen Schultern. »Du hast alles richtig gemacht, Gustav«, sagte sie leise. »Bitte, vergiss nie, dass du alles richtig gemacht hast.«

»Ich habe meinen Vater getötet«, kam es mit dünner, fast lebloser Stimme zurück.

»Du hast uns gerettet, Gustav, und das ist alles, was zählt.« Sie deutete auf ihre Tochter, die lachend einem Schwarm Vögel zuwinkte, der über sie hinwegflog. »Schau, Gustav, durch dich hat Marie ihr Lachen wiedergefunden. Das ist allein dein

Werk.« Sie drückte ihm einen Kuss auf den Kopf, was er sich zu ihrer Überraschung klaglos gefallen ließ.

Mit Schaudern dachte Edith an den Moment zurück, als Martin an jenem schicksalhaften Abend zur Hütte hereinkam. Sie meinte, noch seinen alkoholisierten und nach kaltem Zigarettenrauch stinkenden Atem riechen zu können, der inzwischen sein ständiger Begleiter war. Mit einem breiten Grinsen hatte er sorgsam die Tür hinter sich verschlossen, die mit Geld gefüllte Reisetasche mit einem zufriedenen Grunzen in die Ecke gestellt und sie aufgefordert, mit ihm in den Raum zu gehen, den sie zum Schlafen nutzte. Wie schon so oft in einer solchen Situation bedeutete Edith ihren Kindern daraufhin mit einem eindringlichen Blick, dass alles in Ordnung sei, und sie folgte ihrem Mann ohne jede Gegenwehr, weil sie inzwischen wusste, dass er seine Wut auf sie ansonsten an den Kindern auslassen würde. Bereit, alles über sich ergehen zu lassen, hatte sie, auf dem Bett liegend, die Augen geschlossen, während Martin sich an ihrer Kleidung zu schaffen machte. Plötzlich aber hatte Martin einen dumpfen Laut von sich gegeben, sein Körper hatte sich aufgebäumt, um gleich darauf auf ihr zusammenzusinken.

Als sie die Augen aufschlug, hatte Gustav an ihrem Bett gestanden und gesagt: »Es ist vorbei, Mama.«

Wie in einer Trance hatte sie Martin, der sie aus leeren Augen anstarrte, von sich geschoben und das spitze Stück Holz entdeckt, das tief zwischen seinen Rippen steckte.

Seither sprach Gustav kaum noch ein Wort. Auf ihre Frage, woher er das Stück Holz habe, das so scharf war wie ein Messer, antwortete er lediglich, er habe es gefunden.

Die Rettungsaktion, die Berta mit ihren Leuten schon seit Tagen für sie vorbereitete, hatte sich damit erledigt. Über all die Monate hatte Berta sie in Martins Auftrag mit Essen und allem Notwendigen versorgt, und sie schien ihm und seinem Charme zunächst völlig verfallen zu sein. Mit der Zeit aber hatte sich irgendetwas an ihrem Verhalten gewandelt, ohne dass Edith hätte sagen können, woran genau sie diese Erkenntnis festmachte. Sie nahm aber an, dass Berta sich letztlich auf ihre Seite schlug, weil auch sie, genau wie einst Edith, im Laufe der Zeit erkannt hatte, mit wem sie es wirklich zu tun hatte, und dass Martins große Klappe und seine ewigen Versprechen lediglich dazu dienten zu kaschieren, dass er ein Versager war.

Gut möglich auch, dachte Edith, dass sie niemals erfahren würde, was genau Berta zum Umdenken bewogen hatte. Tatsache war jedoch, dass es ihr gelungen war, nach und nach Bertas Vertrauen zu gewinnen. Gustavs ebenso mutiges wie unerwartetes Einschreiten hatte dann letztlich das, was ohnehin hätte passieren sollen, lediglich beschleunigt.

Beruhigend nur, dass Gustav von Bertas Plänen nie etwas erfahren würde, denn das hätte ihn vermutlich nur noch darin bestärkt, dass ihn das, was er getan hatte, der ewigen Verdammnis preisgab. Schon allein aus diesem Grund fühlte sich Edith ihrem Sohn gegenüber verpflichtet, immer wieder zu beteuern, dass es keine andere Lösung gegeben habe, als genau das zu tun, wofür er sich hergegeben hatte. Denn nichts wäre schlimmer, als mitansehen zu müssen, wie der kleine Mann an seiner Tat zerbrach.

»Warum hat mir Direktor von Brodenbeck nie gesagt, dass er mein Großvater ist? Und auch du nicht? Warum musste ich es von Vater erfahren?«, fragte Gustav nach einer längeren Pause, und Edith blieb für einen Moment das Herz stehen. Bislang hatte sie dieses Thema ihrem Sohn gegenüber absichtlich nicht angesprochen. Sie hatte nicht gewusst, mit welchen Worten sie ihm erklären sollte, dass es seinem Großvater vermutlich nie um ihn gegangen war, sondern stets nur darum, ihr, seiner abtrünnigen Tochter, eine Lektion zu erteilen.

Kaum anders als ihr Vater hatte sich Martin verhalten, dem es sichtlich Vergnügen bereitet hatte, seinem Sohn das

Verwandtschaftsverhältnis unter die Nase zu reiben und sich an dessen ungläubigem Gesichtsausdruck zu weiden. »Da siehst du mal, Gustav, was dein Großvater für ein falscher Hund ist, dass er dich darüber im Unklaren gelassen hat«, hatte er gesagt und seinem Sohn dann kumpelhaft auf die Schulter geklopft. »Aber nun schauen wir nach vorn, Gustav. Einen strammen Revolutionär werden wir aus dir machen! Und dann wirst du den Tyrannen, wie dein Großvater einer ist, ordentlich einheizen!«

»Ich wollte dich schützen«, antwortete Edith nun. Sie strich ihrem Sohn über den Kopf und fügte nach einem kurzen Zögern hinzu: »Und ich bin sicher, dass genau das auch das Anliegen deines Großvaters war.«

»Aber ich verstehe nicht …«

»Lass uns darüber reden, wenn wir wieder in Berlin sind, in Ordnung? Ich verspreche dir, dass du dann alles erfährst, was du wissen möchtest, Gustav. Von mir und von deinem Großvater sicherlich auch.«

»Sicher?«

Edith nickte, obwohl sie, was ihren Vater anging, alles andere als überzeugt war, dass ihm an der Wahrheit gelegen sein würde. Aber es würde sich schon alles finden. Wichtig war lediglich, dass auch sie nun um den Betrug, den ihr Vater an Gustav und auch an ihr begangen hatte, wusste. Also würde sie zukünftig ein Auge darauf haben, dass dessen Einflussnahme auf ihre Kinder eine möglichst geringe sein würde. Das war ihr schließlich schon mal über lange und beschwerliche Jahre hinweg gelungen. Warum also sollte sie nicht noch einmal die Kraft finden, sich gegen ihn und seine fragwürdigen Methoden zur Wehr zu setzen?!

»Schau, da ist Bertas Bruder«, sagte sie erleichtert, als sich nun das Automobil mit tuckerndem Motor näherte. »Marie«, rief sie ihrer Tochter zu, »nimm dir deine Wolldecke und dann …«

Ediths Lächeln erstarb, als der Wagen vor ihnen zum Stehen kam und mit einem verschlagenen Grinsen auf dem Gesicht ein Mann ausstieg, den sie nur allzu gut kannte, der jedoch nicht Bertas Bruder war.

»Horst«, krächzte sie. Ihr schwindelte so sehr, dass sie glaubte, im nächsten Moment in Ohnmacht fallen zu müssen. Einem Reflex folgend, stellte sie sich schützend vor ihre Kinder. Zu ihrer Überraschung aber löste sich Gustav aus ihrem Schatten und rannte mit einem Strahlen auf dem Gesicht auf ihren ehemaligen Kollegen zu. »Horst!«, rief er freudig aus. »Ich wusste ja nicht, dass du es bist, der uns nach Hause bringt!«

»Nun, Gustav, es hat eine Weile gedauert, bis ich wusste, wo ihr steckt«, erwiderte Horst. Er klopfte dem Jungen kameradschaftlich den Rücken. »Aber du hast ja sicherlich gewusst, dass dein Großvater dich ganz bestimmt nicht im Stich lässt. Und nun hopp ins Automobil!«

Noch immer stand Edith wie gelähmt da. Was dachte sich das Schicksal nur dabei, ihr schon wieder einen so üblen Streich zu spielen? Als Horst nun auf sie zutrat, ließ er sie wie zufällig einen Blick auf die Pistole erhaschen, die er am Hosenbund trug.

»Marie«, forderte sie ihre Tochter in gespielt fröhlichem Tonfall auf, »setze du dich bitte zu Gustav in den Wagen. Ich komme sofort nach.«

Marie zögerte kurz, dann aber löste sie sich von ihr und stob ihrem Bruder hinterher.

»So ist es brav, Edith«, sagte Horst, seinen stechenden Blick nicht von ihr wendend. »Wenn du mir jetzt noch verrätst, wo du deinen nichtsnutzigen Ehemann versteckt hältst, wäre ich dir sehr verbunden. Ich habe deinem Vater nämlich versprochen, auch ihn auf einen Plausch vorbeizubringen.«

»Ich … ich habe keine Ahnung, wo Martin ist«, stammelte Edith. »Er … er kommt nur am Abend vorbei und …«

Horst lief, die Hand an der Pistole, zur Hütte hinüber und inspizierte sie.

»Hm«, sagte er, als er zurückkam, »er scheint wirklich nicht hier zu sein. Nun ja, ich werde ihn schon noch auftreiben. Mich wundert, dass er euch in seiner Abwesenheit so frei herumlaufen lässt. Er hat wohl keine Angst, dass ihr flieht?«

Horst trat dicht an sie heran und strich mit seinen Pranken durch ihr Haar, was sie einmal mehr erstarren ließ. »Ihr zwei seid euch also doch wieder gut?« Er beugte sich zu ihr herab, bis sie seinen heißen, keuchenden Atem an ihrem Ohr spürte. »Oder wart ihr euch gar nie böse? Das würde deinem Vater aber gar nicht gefallen. Bestimmt erzählst du mir später mit Freuden, was ihr in dieser Einöde miteinander getrieben habt, oder? Ich glaube, das würde mir gut gefallen. Und«, fügte er nach einem heiseren Lachen hinzu, »ich bin mir sicher, dass wir dazu in Zukunft ausreichend Gelegenheit haben werden.« Er senkte seine Stimme erneut, bevor er raunte: »Und jetzt gehst du fröhlich lächelnd zum Automobil hinüber, verstanden? Nicht dass deine Kinder noch denken, dass du deinen Retter und zukünftigen Ehemann nicht gern in deinem Leben willkommen heißt.«

* * *

»Ein Durchsuchungsbeschluss?!« Hagen Brodenbeck griff sich an den Magen, durch den plötzlich jemand eine ganze Armada von Messern zu rammen schien, und kalter Schweiß trat ihm auf die Stirn.

»Ist alles in Ordnung, Herr Direktor?«, erkundigte sich sein Sekretär Friedhelm Asmussen besorgt.

»Nein, verdammt«, presste Brodenbeck unter einer Welle des Schmerzes hervor, »gar nichts ist in Ordnung!« Er starrte die Polizeibeamten an, als hätten diese die Ankündigung der unmittelbar bevorstehenden Apokalypse überbracht, und genau so fühlte sich das, was gerade geschah, auch an. Sollten die Beamten tatsächlich Zugriff auf seine Unterlagen erhalten, dann wäre dies sein Ende. »Wie können Sie eine so bescheuerte Frage stellen, Asmussen, wenn sich hier so mir nichts, dir nichts ein halbes Dutzend Wühlmäuse unangekündigt Zutritt verschafft?!« Er nahm Haltung an, auch wenn es ihm aufgrund der stechenden Schmerzen, die ihn in die Knie zu zwingen drohten, schwerfiel. »Was, gelinde gesagt, ein Missverständnis ist, das ich umgehend beim zuständigen Richter aufzuklären gedenke. Also«, herrschte er im Befehlston die Beamten an, »bleiben Sie gefälligst hier stehen, bis ich das geregelt habe!«

»Nun, Sie können regeln, was Sie wollen, Herr Direktor«, entgegnete der offenbar führende, mit diversen Orden behängte Beamte mit einer Gelassenheit, die Brodenbeck einmal mehr zur Weißglut brachte. »Wir aber haben einen unmissverständlichen Befehl erhalten, und genau den werden wir jetzt ausführen.« Der Beamte nickte den fünf Uniformierten, die hinter ihm standen, zu, und sofort begannen diese, auszuschwärmen und sich an den Regalen und Aktenschränken zu schaffen zu machen.

Brodenbeck rang sich ein hämisches Grinsen ab. »Diese Angelegenheit scheint dem Richter ja wirklich äußerst wichtig zu sein, wenn er ein Aufgebot von einem halben Dutzend Beamten bereitstellt, um eine der größten Fabriken Berlins auf den Kopf zu stellen.«

Der leitende Beamte drückte ihm ein Schreiben in die Hand. »Multiplizieren Sie die Zahl mit sechs und Sie liegen in etwa richtig.«

»Was?!«

»Meine Männer haben sich über das ganze Gelände verteilt und überprüfen bereits, was zu überprüfen ist«, klärte der Beamte ihn auf. »Meine Aufgabe war es lediglich, Sie darüber in Kenntnis zu setzen. Was ich hiermit getan habe.«

Brodenbeck versuchte, den Inhalt des Schreibens zu erfassen, doch verschwammen die Buchstaben vor seinen Augen. Nur ein in fetten Lettern geschriebenes Wort sprang ihn immer wieder an: Durchsuchungsbeschluss. »Aber wie nur ...«, stammelte er, »wie nur ist das möglich? Und was versprechen Sie sich zu finden?«

Der Uniformierte zuckte mit den Schultern. »Wie uns übermittelt wurde, pflegen Sie erneut dubios anmutende Geschäftsbeziehungen nach Duisburg zu einem gewissen Heinz-Rudolf von Wolff, in die mutmaßlich ebenfalls ein höherer Offizier der französischen Besatzer involviert ist.« Er seufzte. »Zu bedauerlich, dass manche Menschen aus Fehlern der Vergangenheit nicht klüger zu werden scheinen, nicht wahr, Herr Direktor? Falls es Sie interessiert: Auch bei Ihrem Freund von Wolff finden derzeit Durchsuchungen statt. Es wäre also verschwendete Liebesmüh, ihn warnen zu wollen. Ist es nicht schön zu sehen, wie manchmal alles hübsch zusammenpasst?«

»Rufen Sie unseren Justiziar, Asmussen! Rufen Sie sofort unseren Justiziar, damit das unverschämte Treiben hier ein Ende findet!« Brodenbeck wurden die Knie weich. Woher, so fragte er sich, wussten sie von seinen neuerlichen Geschäften mit von Wolff?! Hatte Jacques Dumont ihnen etwa eine Falle gestellt? Das würde ihm ähnlichsehen, diesem durchtriebenen Franzosen!

Der Polizeibeamte zeigte jetzt mit spitzem Finger auf Asmussen, der an seinen Schreibtisch getreten war und zum Telefon griff. »Lassen Sie das!«, herrschte er ihn an. »Keiner Ihrer Fernsprechapparate wird benutzt, solange wir unsere Arbeit hier nicht abgeschlossen haben! Und keiner Ihrer Mitarbeiter wird sich auch nur in die Nähe der Akten trauen, ist das klar?!«

»J-ja«, stammelte Asmussen nach einem ängstlichen Blick auf Brodenbeck.

»Gut. Dann folgen Sie alle ab jetzt den Anweisungen meiner Kollegen.« Der Polizeibeamte schlug die Hacken zusammen und salutierte, seine Hand an den Tschako legend. »Ich empfehle mich.«

»Oh, mein Gott, das ist das Ende. Es ist tatsächlich das Ende.« Hagen Brodenbeck saß, den Kopf in die Hände gestützt, in seiner Bibliothek der heimischen Villa, nachdem er das von Polizeibeamten nur so wimmelnde Fabrikgelände verlassen und alles Weitere seinem Sohn Eberhard überlassen hatte. An jedem Eingang seiner Villa hatte sich ein Posten der Polizei postiert, sodass es für ihn auch von hier kein Entrinnen gab.

»Ich habe dir gleich gesagt, dass du die Finger von den Geschäften lassen sollst, die dir der Franzose aufgenötigt hat«, hatte Eberhard ihm wutentbrannt zugezischt, als er das Fabrikgebäude verließ. »Das war's dann wohl, Vater! Aber glaube nur nicht, dass ich ohne zu kämpfen ins Gefängnis gehe. Keines der Papiere trägt meine Unterschrift. Wehe dir, wenn du behauptest, ich hätte von den kriminellen Machenschaften gewusst! Das müssen die mir erst mal beweisen. Während du also erneut deine Zeit absitzt – und das dürfte diesmal eine lange sein –, werde ich die Geschäfte weiterführen, und zwar nach meiner Façon.«

Brodenbeck wusste seit Langem, dass Eberhard seinen Posten haben wollte, und nun war seine Zeit gekommen. Nein, ganz sicher würde er seinem Sohn dieses Erbe nicht streitig machen, denn er wusste niemanden, dem er es ansonsten hätte anvertrauen sollen. Eberhard war eine starke Persönlichkeit, die es gewohnt war, den Ton anzugeben, egal ob im beruflichen oder im privaten Leben. Inzwischen war er selbst Vater eines strammen Jungen und das nächste Kind kündigte sich bereits an. Seine Frau war schüchtern und von devoter Natur, und somit führte Eberhard genau die Ehe, die seinem dominanten Wesen entgegenkam. Ja, er war wirklich ein Prachtbursche, und genau deshalb würde jetzt alles in seinem Sinne weiterlaufen, während er, der stolze Hagen Brodenbeck, in Würde den ihm bevorstehenden Gang nach Canossa beschreiten würde.

* * *

Edith blieb während der endlos erscheinenden Fahrt mit dem Automobil Zeit genug, über das Geschehene nachzudenken, und so kam sie zu dem Schluss, dass es zu diesem Moment nur wichtig war, wieder nach Hause zu kommen. Alles andere würde sich beizeiten finden. Und so fielen auch ihr, genau wie ihren Kindern, die von dem, was gerade geschah, weder überrascht schienen noch sich bedroht fühlten, schließlich die Augen zu.

Aber selbst als sie schon längst wieder wach war, gab sie vor zu schlafen, denn auf gar keinen Fall wollte sie von dem widerlichen Horst Bracken ein Gespräch aufgezwungen bekommen, das sie nicht zu führen bereit war. Sie wusste nur eins: Niemals würde sie die Ehefrau dieses dumpfen und brutalen Nationalisten werden. Niemals! Auch konnte sie sich kaum vorstellen, dass ihr Vater dazu tatsächlich seine Zustimmung erteilt hatte. Der alte Herr mochte berechnend sein, wie er wollte; doch eine solche Verbindung, die einen so armseligen und ungebildeten Kerl wie Horst in ihrer Familie und damit im Unternehmen willkommen heißen würde, wäre selbst für ihn eine Zumutung, die er nicht zu tragen bereit war. Oder?

Zwar wusste Edith nicht, wie sie sich gegen ihren Vater zur Wehr setzen würde, sollte Horst tatsächlich recht behalten; ganz sicher aber konnte sie auf die Unterstützung ihrer Freunde setzen, wenn es darum ging, auch diesem Schicksal zu entgehen. Schließlich hatte sie es schon einmal geschafft, sich gegen ihren Vater durchzusetzen, und das zu einem Zeitpunkt, als sie durch das Leben noch nicht halb so gestählt gewesen war wie jetzt.

Warum also sollte sie diesmal als Verliererin aus diesem Kampf hervorgehen?!

Nein, dachte sie, während sie im schaukelnden und ruckelnden Wagen weiter vor sich hin döste, ganz sicher würde sie sich nie wieder dem Willen ihres Vaters beugen, da konnte kommen, was wollte.

Als sie endlich nach Berlin hineinfuhren und sowohl die Bebauung als auch der Verkehr immer dichter wurden, überlegte Edith hier und da, ob sie an der nächsten Straßenkreuzung aus dem Automobil springen und das Weite suchen sollte. Doch wie hätte sie ihren Kindern vermitteln sollen, es ihr gleichzutun, ohne dass Horst es mitbekam? Außerdem: Wohin sollte das Weglaufen führen, wenn ihr Vater beschlossen hatte, sie wieder in den Schoß der Familie zurückzuholen? Genau wie Elisabeth würde sie zukünftig zeitlebens auf der Flucht sein, und das war ganz sicher nicht das Leben, das sie sich und ihren Kindern wünschte. Also beschwor sie sich, sitzen zu bleiben und sich dem zu stellen, was jetzt auf sie zukam.

Noch einmal eine gute Zeit später näherten sie sich der Villa Brodenbeck, die einst ihr beschützendes Zuhause gewesen, nun aber nur noch eine Bedrohung war.

»Jetzt sind wir da, meine liebe Edith.« Horst tätschelte ihre Hand, die sie ihm jedoch sogleich entzog. Er bedachte diese Geste mit einem spöttischen Grinsen, sagte jedoch weiter nichts, sondern lenkte den Wagen vor das Anwesen der Brodenbecks, das sich durch eine hohe Mauer und ein fast drei Meter hohes Gittertor vor dem Zutritt unwillkommener Besucher schützte.

»Warum steht denn der Uniformierte da rum?«, schimpfte Horst. Er kurbelte die Scheibe hinunter und streckte seinen Kopf heraus. »Los, Mann, zieh Leine! Ich komme mit einer wertvollen Fuhre für den Herrn Direktor!«

»Hier hat niemand Zutritt«, entgegnete der Polizist, ohne sich aus der Ruhe bringen zu lassen.

»He, Mann, hast du Kohl auf den Ohren?!«, ließ Horst nicht von seinem Vorhaben ab. »Das hier«, er deutete über die Schulter zurück auf Edith, »ist die Tochter des Direktors Brodenbeck mitsamt seinen Enkelkindern. Könnte mir gut vorstellen, dass er ziemlich sauer wird, wenn du sie nicht passieren lässt. In deiner Haut möchte ich dann echt nicht stecken, Mann.«

»Sie können den Herrn Direktor ja dann im Gefängnis besuchen«, kam es emotionslos zurück. »Dort wird er viel Zeit für sie haben.«

»W-was?« Horst wirkte plötzlich verunsichert. Vermutlich, so dachte Edith, hatte auch er zwischenzeitlich die anderen Polizisten ausgemacht, die sich auf dem Villengrundstück herumtrieben. »Was ist hier los, verdammt?!«

Das fragte sich Edith auch, und ihr kam der Gedanke, dass es nur von Vorteil sein könne, wenn das erste Gespräch, das sie nach Jahren mit ihrem Vater führen würde, quasi unter Aufsicht der Polizei stattfinden würde. So wie es schien, waren ihm diese Polizisten nämlich keineswegs wohlgesinnt, sondern sogar darauf aus, ihn ins Gefängnis zu bringen. Was auch immer all das zu bedeuten hatte – sie würde es sich nie verzeihen, diese Chance nicht genutzt zu haben.

Also streckte nun auch sie den Kopf heraus und rief: »Bitte, der Herr, lassen Sie mich und meine Kinder zu meinem Vater.« Sie deutete nach hinten und hoffte, dass Marie verstehen und mitspielen würde. »Meine Tochter … Es geht ihr nicht gut, und sie braucht dringend ihre Medikamente. Ganz sicher wollen Sie nicht schuld daran sein, dass es ihr schlechter geht.«

Der Polizist trat an den Wagen heran und schaute hinein. Marie hatte zu weinen begonnen und hielt sich wie unter starken Schmerzen den Bauch, während Gustav sie tröstend im Arm hielt und ebenfalls aus der Wäsche guckte wie das reinste Elend. Dabei mussten die beiden Kinder vermutlich nicht einmal übertrieben schauspielern, waren sie doch nach der langen Reise tatsächlich am Ende ihrer Kräfte.

»Nun gut«, brummte der Polizist, »ich will mal Gnade vor Recht ergehen lassen.« Er wandte sich dem Tor zu, dessen Flügel gleich darauf weit aufschwangen.

»Respekt«, sagte Horst, während er den Wagen auf das Grundstück lenkte. »Anscheinend kannst auch du es kaum erwarten, dein neues Leben zu beginnen.« Trotz dieses Teilerfolgs schien ihn die Anwesenheit der Polizei jedoch mehr zu verunsichern, als er zuzugeben bereit war, denn sein Blick huschte über das Gelände wie der eines in die Enge getriebenen Tiers.

Vor dem Eingangsportal brachte Horst den Wagen zum Stehen, und Edith stieg, von den anwesenden Polizisten misstrauisch beäugt, mit steifen Knochen und schmerzenden Muskeln, doch deutlich hoffnungsfroher als zuvor aus.

Kaum, dass auch die Kinder dem Automobil entstiegen waren, erschien in der Eingangstür, flankiert von zwei Polizeibeamten, Hagen Brodenbeck, der ihnen mit einem unergründlichen Gesichtsausdruck entgegensah.

* * *

Seine Tochter war zurück! Jetzt, da Edith nach so langen Jahren leibhaftig wieder vor ihm stand, war Hagen Brodenbeck so berührt, dass er Mühe hatte, seine Tränen zurückzuhalten. Tapfer schluckte er sie hinunter, denn schließlich stand es einem Mann nicht gut zu Gesicht, seine Emotionen zur Schau zu stellen. Auch blieb er, den Rücken durchgestreckt, dort stehen, wo er war, um ja nicht den Anschein der Schwäche oder gar der Freude zu erwecken; nicht den ihn flankierenden Beamten gegenüber und schon gar nicht gegenüber dem auf widerlich überlegene Art grinsenden Horst Bracken, der nun mit so stolzgeschwellter Brust hinter Edith hermarschierte, als handele es sich bei ihr um eine Jagdtrophäe.

»Vater.« Edith war wenige Meter vor ihm stehen geblieben und sagte nur dieses eine Wort, wobei er in ihrem Blick nicht zu lesen vermochte, was sie empfand. Die Kinder standen dicht hinter ihr und schienen, genauso wie sie, am Ende ihrer Kräfte zu sein. Das Mädchen, das er noch nie gesehen hatte, klammerte sich am Rock ihrer Mutter fest. Über Gustavs Gesicht huschte ein Lächeln, als sein Großvater seinen Blick einfing, doch erstarb es schon im nächsten Moment wieder. Wie mochte der Junge darauf reagieren, wenn er erfuhr, dass sein Großvater ins Gefängnis musste?

»Du bist zurück.«

»Ja.« Edith räusperte sich. »Ich … Ich danke dir, vor allem um der Kinder willen, dass du das Geld für uns bezahlt hast.« In ihren Augen blitzte für einen kurzen Moment etwas auf, das Brodenbeck nicht einzuordnen wusste. »Du hast damit viel Gutes getan.«

Er nickte, auch wenn er nicht verstand, was genau sie damit meinte. »Hat Wiemers dich und die Kinder gut behandelt?«

Edith antwortete nicht darauf, sondern biss sich auf die Lippen und senkte den Kopf. Das war ihm Antwort genug, und er wünschte seinem missratenen Schwiegersohn einmal mehr die Pest an den Hals. »Wo ist Wiemers?«, fragte er an Horst Bracken gewandt.

»Er war nicht bei ihnen, als ich kam«, antwortete der. »Aber er entkommt mir nicht, das ist mal sicher.«

»Und dann stehen Sie hier noch rum?!«, schnauzte Brodenbeck ihn an. »Sehen Sie zu, dass Sie seiner habhaft werden, Bracken, aber ein bisschen plötzlich!« Er scherte sich nicht darum, dass ihn die Polizeibeamten jetzt misstrauisch musterten. Für ihn war, so wie es sich derzeit darstellte, sowieso alles verloren. Wichtig war jetzt nur noch, dass der kommunistische

Bastard für das, was er seiner Tochter und seinen Enkeln angetan hatte, zur Rechenschaft gezogen wurde. Und dafür brauchte es ganz sicher kein rechtmäßiges Verfahren, denn dieses Problem gedachte er so aus der Welt zu schaffen, wie es seiner Art entsprach: sauber und geräuschlos.

»Wir haben eine Abmachung«, sagte Horst Bracken und legte besitzergreifend seinen Arm um Ediths Schultern, woraufhin die zu einem Eisblock zu erstarren schien.

»Wiemers ist Teil dieser Abmachung, Bracken!«, stauchte Brodenbeck ihn zusammen. »Also nehmen Sie gefälligst Ihre schmierigen Finger von meiner Tochter!« Er funkelte Bracken wütend an und hob warnend den Zeigefinger. »Solange Wiemers nicht hier ist, sehe ich mich Ihnen gegenüber nicht in der Pflicht. Also, worauf warten Sie noch?!«

Als sich nun einer der Polizisten sichtlich unwohl zu regen begann, raunte Brodenbeck ihm zu: »Familie, Sie verstehen.« Nur um dann in gestrengem Ton hinzuzufügen: »Und außerdem ist es schwerlich Teil Ihres Befehls, sich in meine privaten Angelegenheiten einzumischen, nicht wahr?«

»Natürlich … äh … natürlich nicht.«

Brodenbeck wartete, bis Bracken wieder im Fahrzeug saß und dieses wenig später zum Tor hinaus gelenkt hatte. Dann winkte er Edith und die Kinder zu sich heran. »Kommt rein, ihr seht ja ganz verfroren aus. Ich werde veranlassen, dass der Kamin im Salon angeheizt wird und ihr etwas Kräftigendes zu essen bekommt.«

13

Berlin, März 1925

Janno irrte wieder Nacht für Nacht ziellos durch die Straßen Berlins, immer auf der Suche nach Zerstreuung. Solange Karl und Annemarie in Ediths Wohnung gelebt und ihm am Abend sehr häufig Gesellschaft geleistet hatten, war ihm die Einsamkeit, die ihm seit Ediths Verschwinden wie ein bleischweres Gewicht auf dem Herzen lag, nicht so erdrückend vorgekommen. Nun aber, da die beiden in Begleitung der wunderschönen Clara wieder abgereist waren, empfand er die Stille, die ihn umgab, als ungleich beklemmender als zuvor. Also zog er, sobald er sein tägliches Arbeitspensum absolviert und von der spröden Art Hermann Kortes' genug hatte, wieder los, um bei alkoholischen Getränken und körperlichen Freuden zu vergessen, dass Edith ihn ganz offensichtlich aus ihrem Leben gestrichen hatte.

Oder warum sonst hatte sie sich noch nicht bei ihm gemeldet, ihm nicht einmal einen Brief oder wenigstens eine Nachricht zukommen lassen?

Längst hatte sich herumgesprochen, dass sie mit ihren Kindern wie aus dem Nichts plötzlich wieder nach Berlin zurückgekehrt war. Es hieß, ihrem Vater sei es letztlich doch gelungen, sie ausfindig zu machen. Jannos Erleichterung darüber, dass es Edith – so man den Gerüchten Glauben schenkte – gut ging, war jedoch rasch einer neuerlichen Angst gewichen. Wie, fragte er sich, würde es ihr im Hause ihres Vaters ergehen? Würde der sie, jetzt, da sie so tief in seiner Schuld stand, zum Bleiben zwingen? Oder – und das war die Frage, die ihn am allermeisten marterte – würde er sie tatsächlich zur Heirat mit Horst Bracken zwingen, wie Fritze es über Umwege von einem Freund erfahren haben wollte?

Tausendmal schon hatte Janno auch nur den Gedanken an diese völlig absurde Vorstellung aus seinem Kopf zu verbannen versucht, und doch hielt er ihn wie in einer Folterkammer gefangen. Edith und Horst … Horst und Edith … Edith und Horst … Nein, das durfte und konnte nicht sein! Niemals würde selbst ein Hagen Brodenbeck so weit gehen, seiner Tochter einer solchen Hölle auszuliefern. Es sei denn, dass es, wie es ein weiteres Gerücht besagte, tatsächlich Horst Bracken gewesen war, der Edith und die Kinder aufgespürt und aus den Fängen dieses verrückten Kommunisten befreit hatte. Nicht ausgeschlossen also, dass Horst unter diesen Umständen eine Heirat zur Bedingung gemacht hatte, denn schließlich hatte er schon seit langen Jahren ein Auge auf Edith geworfen und ihr nicht nur einmal damit gedroht, seinen Traum wahr werden zu lassen, sobald er die Gelegenheit dazu habe.

Weiterhin fragte Janno sich, was eigentlich aus Ediths Ehemann geworden war, denn über dessen Verbleib war angeblich noch nichts bekannt. Hatte Horst ihn womöglich umgebracht? Oder war es letztlich doch das Lösegeld gewesen, das Martin Wiemers davon überzeugt hatte, Edith und die Kinder laufen zu lassen? War Horst womöglich sogar der Überbringer des Geldes gewesen und hatte sich damit bei Brodenbeck verdient gemacht?

»Verfluchtes Nationalistenpack!«, schimpfte Janno. Er redete sich ein, dass seine Entscheidung, Brodenbeck nicht bei der Lösegeldübergabe zu unterstützen, richtig gewesen sei. Schließlich wusste jeder, dass man den Völkischen nicht trauen konnte. Tief in seinem Innern aber flüsterte ihm eine hinterhältige Stimme zu, dass er ein Feigling sei und somit Ediths Gunst gar nicht verdient habe.

»He, du schöner Mann«, gurrte ihn nun eine gut gebaute und nur mit Dessous bekleidete Frau an, als er in einem seiner angestammten Lokale an der Friedrichstraße einkehrte. Sie legte ihm ihre warme Hand an die Wange und brachte ihre vollen, grell geschminkten Lippen so nahe an die seinen, dass sie sich fast berührten. »Du siehst so traurig aus. Ich bin sicher, dass ich dich aufmuntern kann. Wollen wir es versuchen?«

»Warum nicht?«, erwiderte Janno gleichgültig und ließ sich von ihr in eines der Separees führen.

Als er das Lokal viel später wieder verließ, war seine Stimmung an einem Tiefpunkt angelangt. Sosehr er es auch versuchte, so schien ihn doch gar nichts mehr aufheitern zu können. Im Gegenteil fühlte er sich nach diversen Gläsern alkoholischer Getränke und der körperlichen Befriedigung, die ihn emotional verdorrt und in völliger Leere zurückließ, noch miserabler als zuvor.

»Janno?«, sprach ihn auf dem Trottoir eine Frau an, gerade als er beschlossen hatte, nach Hause zurückzukehren.

Er drehte sich um und setzte zu einer abwehrenden Geste an. Doch blieb sein Arm auf halber Höhe stecken, als er erkannte, wer da vor ihm stand. »Margot«, sagte er, um eine möglichst feste Stimme bemüht. »Ich … ich wusste nicht, dass du … äh … wir haben uns lange nicht gesehen.«

Margot nickte. »Es ist wirklich lange her, Janno.«

»Ja.« Janno räusperte sich. »Du … du bist nicht allein«, stellte er dann überflüssigerweise fest, denn der großgewachsene

Mann, an dessen Arm sie sich untergehakt hatte, war nicht zu übersehen. Der Hüne mochte ein paar Jahre älter sein als Janno und schien finanziell gut dazustehen, denn sein Anzug war aus feinstem Garn gefertigt, auch spiegelten sich seine Schuhe im Licht der Laternen. Vor allem aber wirkte er mit Margot sehr vertraut.

»Darf ich vorstellen?«, besann sich Margot mit einem verlegenen Lächeln auf die Konventionen. »Heinrich Ortgies, mein Verlobter. Heinrich, dies ist Janno Ulferts.«

»Sehr angenehm.« Ortgies schüttelte Jannos Hand, die der ihm mechanisch hingestreckt hatte. »Ihr Name ist mir durchaus geläufig, Herr Ulferts.« Er lachte und zeigte dabei eine Reihe ebenmäßiger Zähne. »Und das nicht nur, weil er ungewöhnlich ist. Nein, vielmehr hat mir Margot schon oft erzählt, wie hilfreich Sie ihr in den Jahren nach dem Krieg zur Seite gestanden haben, persönlich wie geschäftlich.« Er verbeugte sich. »Dafür darf auch ich Ihnen noch im Nachhinein meinen aufrichtigen Dank aussprechen. Ich würde mich freuen, wenn wir Sie beizeiten als unseren Gast begrüßen dürften. Vielleicht einmal auf ein Glas Wein?«

»Aber Heinrich«, tadelte Margot ihn, »selbstverständlich werden wir Janno nicht nur auf ein Glas Wein, sondern zu unserer Hochzeit einladen.« Janno entging nicht, dass sie ihrem Verlobten beim Wort Hochzeit die Hand drückte. Sie schien mit ihm tatsächlich ihr Glück gefunden zu haben. »Du wirst doch kommen, Janno? Wir haben den Termin auf einen Tag im Mai gelegt, aber natürlich lasse ich dir noch eine schriftliche Einladung zukommen.«

Als Margot ihm nun ihrerseits die Hand hinstreckte, zwang Janno sich zu einem Lächeln. »Selbstverständlich komme ich sehr gern«, sagte er artig, auch wenn alles in ihm danach drängte, ihrem so überlegen auftretenden Begleiter die Faust ins Gesicht zu rammen. Erst viel später würde ihm aufgehen, dass es weniger Eifersucht war, die in ihm diesen Wunsch entstehen ließ, als vielmehr die Tatsache, dass er den Anblick glücklicher Menschen nicht ertrug, solange er annehmen musste, dass sein eigenes Glück für immer verloren war.

»Auf Wiedersehen, Janno. Du erhältst bald meinen Brief, versprochen.«

»Auf Wiedersehen, Margot.«

Die beiden gingen weiter, und Janno beschloss, in eine Seitenstraße abzubiegen, obwohl dies ein Umweg auf seinem Weg nach Hause war. *Margots Problem war nie die Trauer um Werner gewesen*, machte er sich klar, während er über das regennasse Kopfsteinpflaster taumelte. *Margots Problem war ich. Ja, ich war es, den sie nicht gewollt hat.*

Diese Erkenntnis war nicht eben das, was ihn aufmunterte. Würde es ihm womöglich nie vergönnt sein, mit einer Frau glücklich zu werden?

»Hoppla«, entfuhr es ihm wenig später, als er ins Straucheln geriet und auf alle viere fiel, weil er, geblendet von dem blinkenden Licht einer Leuchtreklame, offenbar etwas auf dem regennassen Gehweg Liegendes übersehen hatte. Fluchend rappelte er sich wieder auf und sah sich um. Unweit von ihm lag eine zusammengekrümmte Gestalt halb auf dem Trottoir, halb in der Gosse. Ganz offensichtlich war es der nur leicht bekleidete Körper einer jungen Frau, doch keiner der zumeist feiernden und grölenden Passanten schien sich um ihr Wohl zu scheren.

Janno selbst wusste nicht zu sagen, warum ausgerechnet er es war, der nun umkehrte, denn ein solcher Anblick war in Berlin nichts Ungewöhnliches. Irgendetwas aber zog ihn zurück und ließ ihn trotz aufgeschürfter, schmerzender Knie neben der erbärmlich dürren Gestalt in die Hocke gehen. Er hob den Kopf der Frau, deren Gesicht verklebt war mit nassem, strähnigem Haar, aus der mit allerlei Unrat verschmutzten Gosse. Ihr Körper war so schlaff, dass er sie für tot hielt, doch öffnete sie für einen Moment die Augen, und auf ihrem Mund zeigte sich ein kaum wahrnehmbares Lächeln. »Kiek an, Janno aus Ostfriesland«, hauchte sie.

Janno erstarrte vor Schreck, und mit einem Schlag war er wieder stocknüchtern. »Helene?!«, keuchte er heiser. Rasch zog er seinen Mantel aus, hob ihren ausgezehrten und von seltsamen Flecken und Pusteln übersäten Körper an und wickelte ihn darin ein.

»Biste wohl jekomm', um mir nach Hause zu bringen, wa? Aber da biste zu spät, Janno. Der liebe Jott hat schon seine Engel jeschickt, datt se mir zum Himmel tragen.« Ein seliges, beinahe überirdisches Lächeln erschien auf ihrem Gesicht – dann tat sie einen letzten japsenden Atemzug, und ihr Kopf fiel zur Seite.

»Helene!« Verzweifelt schlug Janno ihr ein paar Mal mit flacher Hand ins Gesicht, doch musste er schließlich einsehen, dass er zu spät kam. Das Bauchladen-Mädchen mit dem blonden Haarkranz hatte in seinen Armen liegend ihr noch so junges Leben ausgehaucht.

»Helene.« Fassungslos hielt Janno sie im Arm, schaukelte sie wie ein kleines Kind, während die Nachtschwärmer lachend an ihnen vorbeizogen und ein kalter Märzregen auf sie herabzuregnen begann. Es war, als würde sogar der Himmel den Tod dieses Mädchens beweinen.

Seinerzeit, erinnerte sich Janno, war die kecke Helene die erste Person gewesen, der er in Berlin begegnete, und sie war ihm in ihrer selbstlosen Art sofort behilflich gewesen, ohne dies an Bedingungen zu knüpfen. *»Komm mit, ick bring dir zu Fritze«*, hörte er sie in seiner Erinnerung sagen. *»Der weeß bestimmt wat.«* Ja, durch sie hatte er Fritze und Lotte kennengelernt und somit letztlich auch Edith.

Ich werde sie finden und mich um sie kümmern. Es war noch gar nicht lange her, dass er diese Worte zu Elisabeth gesagt hatte. *Ich werde dafür sorgen, dass sie wieder ganz gesund wird.*

Er hatte versagt. Schlimmer noch, er hatte Helene, die immer nur nach einem kleinen bisschen Glück gesucht hatte, verraten!

Diese Erkenntnis traf Janno wie ein Schlag in die Magengrube, und er stöhnte wie unter Schmerzen auf. Keinen Gedanken hatte er nach diesem Gelübde mehr an sie verschwendet, nicht einen einzigen Gedanken! Und warum? Weil er in seiner Sorge um Edith in erbärmliches Selbstmitleid verfallen war, anstatt das zu tun, was seine verdammte Pflicht gewesen wäre: der treuen Helene zu einem Leben in Gesundheit und vor allem in Würde zu verhelfen.

Was war er doch für ein elender Nichtsnutz!

Von Schuldgefühlen geplagt, fasste Janno einen Entschluss: Wenn Helene schon nicht in Würde leben durfte, dann sollte sie wenigstens in Würde ruhen. Also war es nun an ihm, sich um ihr Begräbnis zu kümmern.

Es war alles, was er noch für sie tun konnte.

* * *

Es war eine recht armselige Prozession, die Helene auf ihrem letzten Weg begleitete. Nur wenige Menschen waren gekommen, um sie zu verabschieden. Nicht einmal ihre Mutter oder ihre Geschwister fanden sich am Grab ein, denn die hatten, so hieß es, schon lange mit ihr gebrochen, nachdem Helene sie wiederholt bestohlen hatte. Somit reihte sich nun auch Helene ein in ein Schicksal, wie es so viele Menschen in dieser Zeit ereilte, wenn es ihnen nicht gelang, sich mit den schwierigen wirtschaftlichen und sozialen Verhältnissen zu arrangieren – oder sie ganz einfach nicht die Chance dazu bekamen.

Janno hatte dem Pastor, der angesichts von Helenes Lebenswandel zunächst wenig Motivation gezeigt hatte, ihr einen würdevollen Abschied zu bereiten, unmissverständlich und mit Nachdruck zu verstehen gegeben, dass er für Helene die schönste Zeremonie wünsche, die je eine Tote bekommen habe. Letztlich aber waren nicht die Androhungen, die er dem Geistlichen entgegenschleuderte, sondern wohl vielmehr die Geldscheine ausschlaggebend dafür gewesen, dass es nun eine Trauerfeier gegeben hatte, wie sie sich Helene selbst nicht feierlicher hätte wünschen können. Vor allem wäre es wohl das bunte Blumenmeer auf dem Sarg und später auf dem Grab gewesen, dachte Janno, das sie in Entzücken versetzt hätte.

Janno ließ, als er sich nach Abschluss der Zeremonie vom Grab abwandte, seinen Blick zum wolkenverhangenen Himmel schweifen und stellte sich vor, dass Helene, auch wenn sie nicht hier bei ihnen war, auf die kleine Trauergemeinde herabschaute und sich über diese Geste freute.

»Wir hätten besser auf sie achtgeben müssen«, sagte Elisabeth, während sie mit einem Taschentuch die Tränen von ihren Wangen tupfte. »Ich wusste doch schließlich, wie schlecht es ihr ging. Stattdessen …« Sie schluchzte unglücklich auf, woraufhin Karl, der ihre Hand hielt, ihr einen tröstenden Kuss auf die Wange gab. Es war erst zwei Tage her, dass die beiden wieder in Berlin eingetroffen und zu jedermanns Überraschung plötzlich als Paar aufgetreten waren. Nie im Leben hätte Janno geglaubt, dass sie sich auf ein solches Experiment einlassen würden, doch anscheinend waren sie mutig genug, es wenigstens zu versuchen. Janno jedenfalls freute sich aufrichtig für die beiden, auch wenn ihr Glück ihm einmal mehr vor Augen führte, dass er selbst, die Liebe betreffend, auf ganzer Linie versagt hatte.

Auch Gertrud und Margarete liefen Hand in Hand den mit Schotter bestreuten Weg des Friedhofs entlang zum Ausgang. Gertrud hatte sich regelrecht schockiert über Helenes so schrecklichen Tod gezeigt und sich selbst eine Mitschuld an ihm gegeben, war doch sie es gewesen, die dem Mädchen die Arbeit genommen hatte. Sosehr ihre Freunde auch versuchten,

Gertrud klarzumachen, dass sie es auch gewesen sei, die Helene in *Trudes Perle* einst eine Zuflucht geboten habe, so konnte Gertrud dies doch nicht annehmen. »Wann sind wir so hart geworden?«, fragte sie nun an niemand Bestimmten gewandt. »Wann, um alles in der Welt, haben wir uns unseres Mitgefühls und unserer Menschlichkeit berauben lassen?«

Niemand gab ihr eine Antwort darauf; selbst Fritze und Lotte, die eine solche Gelegenheit normalerweise nicht verstreichen ließen, um auf die politischen und gesellschaftlichen Missstände hinzuweisen, blieben stumm. Die beiden hatten Helene schon gekannt, als sie noch ein kleines Mädchen war, und auch sie fragten sich nun ganz offensichtlich, ob sie ihren Tod irgendwie hätten verhindern können.

»Kommt ihr noch auf eine Tasse Kaffee mit rauf?«, fragte Janno, als sie schließlich an seinem Zuhause angekommen waren. »Ich habe Kuchen da, den ich extra zu diesem Anlass beim Konditor bestellt hatte. Ich war der Meinung, dass wir bestimmt alle etwas Süßes gebrauchen könnten, wenn wir … Na ja, wenn wir es hinter uns haben.«

Die Antwort war ein vielfaches stummes Nicken, und seine Freunde folgten ihm die Treppe hinauf. Plötzlich aber blieb Janno so abrupt stehen, dass die Nachfolgenden beinahe über die Stufen gestolpert wären.

»Au«, schimpfte Lotte, »ich habe mir ganz schön das Schienbein …« Doch als sie nun Jannos Blick folgte und eine ihr vertraute Person vor seiner Wohnungstür stehen sah, verstummte auch sie.

»Edith«, sagte Janno heiser. »Wo kommst du … ich meine … was machst du hier?« Ihm fehlten schier die Worte, die in diesem Moment angemessen gewesen wären, doch wollte er es nicht schon wieder vermasseln. Also sprang er die letzten Stufen hoch, war nach wenigen Schritten bei ihr und nahm sie fest in seine Arme – genau wissend, dass er sie nie wieder loslassen würde.

Aus den Augenwinkeln bemerkte er wenig später, dass seine Freunde die Treppe wieder hinabgingen und ihn mit Edith allein ließen.

* * *

»Wo sind Marie und Gustav?«, fragte Janno, während er, eine Zigarette rauchend, zärtlich eine Haarsträhne aus Ediths Gesicht strich. »Und wie geht es ihnen?« Noch nie hatte er so gern neben einer Frau im Bett gelegen, noch nie einfach nur den Augenblick genossen, in dem ihm klar wurde, dass er endlich angekommen war in dem Zuhause, nach dem er sich, als er damals von Ostfriesland nach Berlin aufbrach, so sehr gesehnt hatte.

»Sie sind noch in der Villa meines Vaters«, antwortete Edith. Sie fuhr mit dem Finger Jannos entblößte Brust entlang. »Ich wäre schon viel früher gekommen, aber die beiden waren sehr krank, hatten hohes Fieber. Die Monate in Gefangenschaft, die lange und kalte Fahrt nach Berlin … Es war zu viel für sie. Ich wollte sie nicht allein lassen. Nicht, solange sie nicht auch seelisch einigermaßen stabil sind.« Sie machte eine längere Pause, bevor sie hinzufügte: »Und auch ich brauchte meine Zeit, um mir über einiges klar zu werden.«

»Natürlich.« Janno seufzte. Er ließ sich in die Kissen zurücksinken und starrte an die Decke. »Edith, ich habe in der Vergangenheit so viel falsch gemacht, gerade was uns beide betrifft, dass ich gar nicht weiß, wie ich das jemals wieder …«

»Psst.« Sie legte ihren Finger auf seine Lippen. »Lass uns später über uns reden und erst mal genießen, was ist.«

Janno nickte. »Was ist mit deinem Vater? Sie haben ihn verhaftet, wie ich hörte. Genauso wie den Vater von Elisabeth.«

»Ja. Vater wird diesmal wohl nicht so schnell wieder freikommen. Seltsamerweise schien er es akzeptiert zu haben, als sie ihn abführten. Er wurde nicht einmal laut.«

»Wie hat er sich dir gegenüber verhalten?«

»Wir hatten nur wenige Stunden miteinander«, erklärte Edith. »Nach so langer Zeit war es nicht einfach, in ein Gespräch zu finden. Wo sollten wir anfangen, wo aufhören? Letztlich aber konnten wir uns darauf verständigen, uns, soweit es möglich ist, nicht mehr gram zu sein. Er hat mir angeboten, mit den Kindern in der Villa zu wohnen, und die Dienstboten angewiesen, meine Order entgegenzunehmen.«

»Nimmst du dieses Angebot an?« Janno spürte plötzlich eine Enge in der Brust bei dem Gedanken, Edith könnte nicht mehr in seiner Nähe wohnen. Zwar war auch die Villa der Brodenbecks keineswegs allzu weit entfernt, doch schien sie für ihn unerreichbar, ja gar in einer völlig anderen Welt zu sein. In einer Welt, der er sich nie zugehörig fühlen würde, selbst wenn er noch so wohlhabend wäre.

Edith lächelte. »Würdest du denn wollen, dass ich es annehme?«

»Nein. Ich würde es mir anders wünschen«, antwortete Janno wahrheitsgemäß. »Aber es ist allein deine Entscheidung, Edith. Natürlich hättet ihr es in der Villa um so vieles komfortabler als hier und …«

»Wie würdest du es dir denn wünschen?«, unterbrach Edith seinen Redeschwall.

Janno beugte sich zu ihr hinüber und küsste sie zärtlich. »Ich würde mir wünschen, dass wir heiraten und uns nicht nur beruflich, sondern auch privat eine gemeinsame Zukunft aufbauen.« Er runzelte die Stirn. »Was ist mit Martin?«

Ein Schatten legte sich auf Ediths Gesicht. »Er ist tot.«

Janno riss erstaunt die Augen auf. »Tot? Hat … War es Horst?«

»Nein.« Edith kniff die Lippen zusammen. »Ich werde es dir später erzählen, in Ordnung?«

»Ja. Ja, natürlich.« Janno musste diese neue Entwicklung erst einmal verdauen. Wenn Martin tatsächlich tot war, dann stand doch einer Ehe … Er stockte, als ihm ein Gedanke kam. »Wenn du dich mit deinem Vater ausgesöhnt hast, dann heißt das auch, dass er auf einer Ehe mit Horst nicht mehr besteht?«

Edith lachte auf, und es war ihr anzumerken, wie erleichtert sie war. »Mein Vater hat ihn zum Teufel geschickt. Nicht einmal seine Arbeit in der Fabrik wollte er ihm lassen.«

»Aber warum? Ich meine …«

»Vater sagte zu Horst, eine Bedingung für unsere Hochzeit sei gewesen, dass er Martin findet und nach Berlin bringt. Zweifelsohne hätte mein Vater meinen Ehemann nur allzu gern zu Hundefutter verarbeiten lassen. Da Martin nun aber schon tot war und mein Vater damit um sein Vergnügen gebracht wurde …«

»Keine Hochzeit«, kürzte Janno ihre Erklärung ab.

»Keine Hochzeit«, bestätigte Edith. »Aber wenn du mich fragst, dann war dies nur ein vorgeschobener Grund. Selbst wenn Horst ihm Martin vor die Füße geworfen hätte, hätte mein Vater mich nicht an diesen Widerling verschachert. Er hat mich im Grunde seines Herzens immer geliebt, weißt du? Aber so, wie es sich jetzt darstellte, brauchte er sich für die Absage an Horst ja nun nicht einmal mehr eine plausible Erklärung auszudenken, und hat ihn einfach weggeschickt.«

»Was werden Gustav und Marie sagen, wenn wir heiraten?«, fragte Janno nach langen Minuten des Schweigens.

»Dass sie ein Geschwisterchen wollen«, flüsterte Edith ihm ins Ohr. »Und ich finde, wir sollten uns gleich darum kümmern, ihnen diesen Wunsch zu erfüllen.«

Dem hatte Janno nichts entgegenzusetzen.

14

Ostfriesland, April 1925

Enna ließ den Brief sinken und schaute zum Fenster hinaus in ein Meer von Osterglocken und Tulpen. Diese Blumenpracht hatte ihr in den letzten Wochen, die so voller Leid und Dunkelheit gewesen waren, viel Trost gespendet.

Sie nahm ihre Teetasse zwischen die Hände, und je mehr sie über die Nachricht, die sie soeben erhalten hatte, nachdachte, desto mehr verzogen sich ihre Mundwinkel zu einem Lächeln.

Karl und Elisabeth waren ein Paar.

Zwar hatte sie keine besonders klare Erinnerung an die Frau, die sie vor etlichen Jahren bei Janno in Berlin und später noch einmal auf ihrem elterlichen Hof getroffen hatte, doch wusste sie noch, dass sie in Berlin zwischen Elisabeth und Karl eine besondere Energie wahrgenommen hatte.

Karl schrieb ihr, dass es ihm leidtäte, ihr, Enna, Hoffnung gemacht zu haben. Sie möge ihm bitte verzeihen. Ja, dachte Enna, auch sie hatte stets eine besondere Verbindung zu ihm verspürt, aber war es jemals Liebe gewesen? Dankbarkeit, ja, denn schließlich hatte er sie, wenn auch auf grausame Weise, vor einem schweren Schicksal bewahrt. Zudem hatte sie in seinen starken Armen jene Geborgenheit erfahren, nach der sie sich nach ihrer unglücklichen Ehe schon so lange sehnte. Aber Liebe?

Bitte, Enna, heirate nicht noch einmal einen Mann, den du nicht wirklich, wirklich von Herzen liebst, erinnerte sie sich an Wiebekes Worte.

Hätte sie Karl geheiratet? Enna dachte darüber nach und schüttelte den Kopf. Nein, vermutlich nicht, denn eigentlich hatte sie immer gewusst, dass Wiebeke recht hatte. Und spätestens jetzt, da …

Sie schaute lächelnd zum Bett hinüber, in dem Jean-Pierre auf dem Rücken lag und fest schlief. Ja, spätestens jetzt wäre wohl sie es gewesen, die Karl eine endgültige Absage erteilt hätte. Wie froh sie war, dass ihm diese Zurückweisung nun nichts mehr würde anhaben können, ja nicht einmal mehr vonnöten war, da auch er sein großes Glück, wie er schrieb, bereits gefunden hatte.

Enna war fast feierlich zumute, als sie sich nun ohne schlechtes Gewissen den Verlobungsring vom Finger streifte und ihn beiseitelegte.

Es klopfte, und Greetje kam herein, um nach dem Patienten zu sehen. »Wie geht es ihm?«

»Gut«, kam es flüsternd vom Bett.

»Du bist wach«, stellte Enna fest, als Jean-Pierre nun die Augen aufschlug und sie anlächelte. Immer noch konnte sie kaum glauben, dass es ihnen tatsächlich gelungen war, ihn quasi aus dem Reich der Toten, in dem er sich mehr als einmal zu befinden schien, zurückzuholen. Fieber, Krämpfe, Erstickungsanfälle … Mit all dem hatten sie in den letzten Wochen wiederholt zu kämpfen gehabt, was Enna körperlich und emotional an den Rand ihrer Kräfte gebracht hatte.

Seit drei Tagen aber war Jean-Pierre fieberfrei und erholte sich zusehends. Sein Gesicht bekam nach und nach eine gesunde Farbe, auch aß er wieder normal. So würde es nur eine Frage der Zeit sein, dass er wieder völlig genesen war.

»Das freut mich zu hören«, sagte Greetje. Sie trat ans Bett heran und zwinkerte ihm zu, wobei ihr die Erleichterung, dass es ihrem Patienten besser ging, ins Gesicht geschrieben stand. »Wenn der Herr dann bitte nicht so faul herumliegen, sondern sich aufrichten würde, damit ich die Kissen aufschütteln kann …«

Enna lachte. Sie und Greetje waren in den schweren Wochen zu Freundinnen geworden, und so hatte sich auch der Umgangston, den sie miteinander pflegten, geändert. Sie stand auf und ging Greetje zur Hand, sodass das Dienstmädchen schon gleich darauf das Zimmer wieder verließ.

Kaum, dass Enna sich wieder auf ihren Stuhl gesetzt hatte, langte Jean-Pierre nach ihrer Hand und sah sie aus seinen dunklen Augen warm an. »Ich danke dir für alles, was du für mich hast getan, Enna. Ich weiß nicht, wie ich kann es jemals wieder machen gut.«

»Heirate mich.« Enna war selbst erschrocken, als diese zwei Worte plötzlich aus ihr herauspurzelten, und sie schlug sich die Hand vor den Mund.

»*Pardon?*« Auch Jean-Pierre schien nicht glauben zu können, was sie gesagt hatte.

Enna schloss für einen Moment die Augen, dann straffte sie ihren Körper und wiederholte klar und deutlich: »Heirate mich.«

Jean-Pierre verzog gequält das Gesicht. »Enna, *Chérie*, bitte, spiel nicht mit mir …«

»Es war mir nie ernster«, entgegnete sie. »Ich weiß, es ist nicht üblich, dass eine Frau einen Heiratsantrag macht, aber nach allem, was wir durchgemacht haben, Jean-Pierre … Es sei denn, du willst mich nicht mehr, weil ich dich damals so krude abgewiesen habe.«

Jean-Pierre sah sie entsetzt an. »*Moi?* Ich soll dich nicht mehr wollen?« Der Druck seiner Hand wurde fester. »Ich habe immer nur gewollt dich, Enna, *toujours*, immer! Natürlich ich will dich heiraten, will haben Kinder mit dir! Aber du …« In seinem Blick stand plötzlich Trauer. »Aber du bist doch schon verheiratet, und …«

»Nein. Nein, Jean-Pierre, das bin ich nicht.«

»*Mais* …« Er wirkte nun völlig verwirrt.

»Mein Mann ist gestorben, schon vor langer Zeit«, erklärte Enna.

»Aber Karl hat … und ich doch habe deinen Mann gesehen. Er …«

Enna strich ihm zärtlich eine vorwitzige Locke aus der Stirn. »Du hast geglaubt, ihn zu sehen, *Chéri*. Alexej ist nicht mein Mann, er arbeitet für mich. Und Karl …« Sie seufzte. »Nun ja, er hat dich angelogen. Aber er wollte mich nur schützen, weißt du?«, schob sie sogleich eine Erläuterung hinterher, als Jean-Pierre zu einer empörten Erwiderung ansetzte. »Ich … ich bin frei für dich.«

Als Jean-Pierre sie nun zu sich herunterzog und sie in einem nicht enden wollenden Kuss versanken, wusste Enna, dass auch sie endlich angekommen war.

»Du willst Kinder?«, fragte sie leise, als sie sich schließlich wieder voneinander lösten.

»*Mais bien sûr*«, sagte Jean-Pierre mit ungewohnt kräftiger Stimme. »Natürlich. Immer ich habe davon geträumt, Kinder zu haben mit dir. *Au moins une demi-douzaine* … ein halbes Dutzend.«

»Nun denn.« Enna stand auf und strich sich den Rock glatt. »Ich bin gleich zurück.« Sie schloss die Tür hinter sich und atmete ein paarmal tief durch, weil ihr das Herz bis zum Hals schlug. Jetzt war endlich der Moment gekommen, den sie sich in ihren Träumen so oft ausgemalt hatte!

»Jean-Pierre«, sagte sie, als sie wenig später mit Clivia an der Hand zurückkam. »Darf ich dir unsere Tochter vorstellen?«

Danke

Was kann es für eine Schriftstellerin Schöneres geben, als dass ihre Leserinnen und Leser einer mehrteiligen Reihe bis zum letzten Band die Treue halten?! Wenn Sie bis zu dieser Stelle gekommen sind, gehe ich davon aus, dass Sie zu genau diesen Lesern und Leserinnen gehören, und ich bedanke mich von Herzen, dass Sie auch in den dritten Band meiner historischen Trilogie »Wege in eine neue Zeit« das Wertvollste investiert haben, was Sie besitzen, nämlich Ihre Zeit. Daher hoffe ich, dass ich Ihnen mit diesem Roman ebenso schöne Stunden bereiten konnte, wie ich sie bei der Recherche und beim Schreiben hatte.

Geschildert habe ich in diesem dritten Band den Beginn einer Epoche, die im historischen Rückblick gemeinhin als die *Goldenen Zwanziger* benannt wird. Bis zu meiner Recherche war auch ich weitgehend der naiven Vorstellung verfallen, in den Jahren 1924 bis zur Weltwirtschaftskrise im Jahr 1929 sei in unserem Land alles in Butter gewesen. Was wenig verwunderlich ist, wenn man zunächst allenthalben von Wirtschaftsaufschwung, technischem Fortschritt und der Blütezeit von Kunst, Kultur und Wissenschaft liest.

Das alles hat es gegeben, ja, doch war es allenfalls ein kleiner Ausschnitt der Nachkriegswirklichkeit. Während sich in

Berlin ein überschaubarer Teil der deutschen Bevölkerung tatsächlich in einem ständigen Rausch der Genusssucht zu befinden schien, kämpfte ein weitaus größerer Teil immer noch mit den Traumata der Kriegsjahre oder war schlicht und einfach mit dem täglichen Überleben beschäftigt.

Letztlich nämlich war das, was damals in Deutschland stattfand und als der lang erhoffte Aufschwung beschworen wurde, ein Leben auf Pump. Das galt für den Staat genauso wie für nahezu jeden Unternehmer, jeden Fabrikarbeiter, jede Stenotypistin, wurde dieser Aufschwung doch fast ausschließlich über Kredite aus dem Ausland finanziert. Kredite, die mit dem Beginn der Weltwirtschaftskrise im Oktober 1929 nicht mehr zur Verfügung standen, was erneut zum Zusammenbruch der deutschen Wirtschaft und zu massivem Elend führte. Erschwerend hinzu kam ein unbeständiges, aus einem Wust von (klientelorientierten) Parteien bestehendes politisches System, das sich nicht in der Lage sah, stabile und regierungsfähige Mehrheiten zu organisieren.

Der Rest ist Geschichte.

Mein ausdrücklicher Dank für das in mich gesetzte Vertrauen geht auch diesmal an das wundervolle Team von Tinte & Feder, das mir mit der Beauftragung dieser Trilogie die Möglichkeit gab, schriftstellerisch ein Thema aufzugreifen, das mir am Herzen liegt. Namentlich danke ich Katrin Bussac für die stets vertrauensvolle und unkomplizierte Zusammenarbeit.

Danken möchte ich auch meinen Lektoren Kanut Kirches und Rainer Schöttle für die inspirierenden Lektorate sowie Manuela Tiller für den letzten Schliff im Korrektorat. Wie schön, dass wir uns im letzten Jahr bei Glühwein und Bratwurst auch persönlich kennenlernen durften, liebe Manu! Ich freue mich auf viele weitere Treffen!

Auf den ersten Blick verliebt habe ich mich auch diesmal in das wundervolle Cover. Dafür ein großes Dankeschön an zero-media.net.

Und nicht zuletzt danke ich meiner wundervollen Kollegin Babsy Tom, dass sie sich als waschechte Berlinerin meiner lieb gewonnenen Helene auch in deren Todesminuten angenommen und ihr ein paar letzte Sätze in ihrem eigenen Dialekt ermöglicht hat. Von Helene Abschied zu nehmen ist mir nicht leichtgefallen, und ich gestehe, beim Schreiben ein paar Tränen verdrückt zu haben. Letztlich aber steht Helene stellvertretend für zahllose andere Menschen jener Zeit, die ihren ganz persönlichen Kampf ums Überleben verloren haben. Jedem Einzelnen von ihnen zolle ich hiermit meinen größten Respekt.

Herzlichst
Elke Bergsma

Folge der Autorin auf Amazon

Wenn dir dieses Buch gefallen hat, folge Elke Bergsma auf Amazon. Dann erhältst du eine Benachrichtigung, wenn die Autorin ihr nächstes Buch veröffentlicht. Um der Autorin zu folgen, gehe bitte folgendermaßen vor:

Desktop:

1) Suche auf Amazon.de oder in der Amazon App nach dem Namen der Autorin.
2) Klicke auf den Namen der Autorin, um auf die Autorenseite zu gelangen.
3) Klicke auf den »Folgen«-Button.

Smartphone und Tablet:

1) Suche auf Amazon.de oder in der Amazon App nach dem Namen der Autorin.
2) Klicke auf einen Titel der Autorin.
3) Klicke auf den Namen der Autorin, um auf die Autorenseite zu gelangen.
4) Klicke auf den »Folgen«-Button.

Kindle eReader und Kindle App:

Wenn du dieses Buch auf einem Kindle eReader oder in der Kindle App liest, wird dir automatisch angeboten, der Autorin zu folgen, nachdem du die letzte Seite des Buches gelesen hast.

Printed in Poland
by Amazon Fulfillment
Poland Sp. z o.o., Wrocław

36283318R00181